돌아와요,
피앙세

Come back to me, Fiancee

2

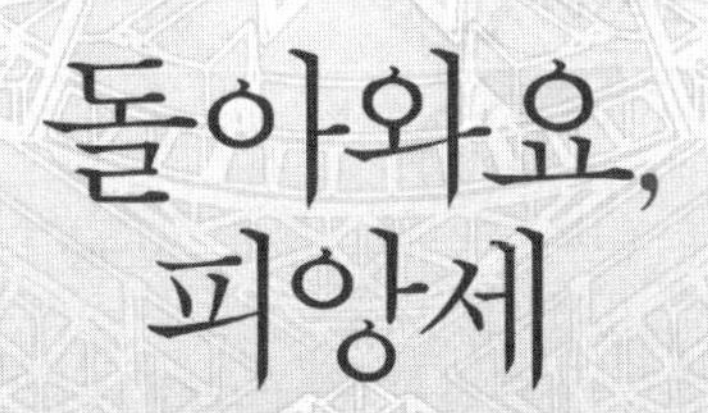

돌아와요, 피앙세

Come back to me, Fiancee

마지노선 장편소설

돌아와요 피앙세 2

지은이 마지노선
펴낸이 이형기
펴낸곳 도서출판 가하

초판인쇄 2017년 4월 4일
초판발행 2017년 4월 11일
출판등록 2008년 10월 15일 제 318-2008-00100호

주소 서울 영등포구 양평로 67, 1209 (당산동5가, 한강포스빌)
전화 02-2631-2846 **팩스** 02-2631-1846

www.ixbook.co.kr

ISBN 979-11-300-1659-7 04810
979-11-300-1655-9 04810(set)

값 12,000원

다시, 시작

닭 모가지를 비틀어도 아침은 온다.

아무리 참석하기 싫은 파티가 있는 날이라도 해는 뜬다.

어김없이 다음 날은 또 찾아왔다. 어젯밤 늦게 잠들었던 통에 거의 한낮에 눈을 뜨기는 했지만, 어쨌든 어제 그리도 피하고 싶어 한 내일이었다. 나는 푸석한 얼굴로 양치질하며 거울 속 피부에 돋은 트러블들을 아무렇게나 찔러댔다. 피부가 상하는 일은 없겠지만 피지도 어김없이 제자리에 있다.

"오늘 진짜 가야 하나?"

그리 고민하는 척 묻기는 했지만, 물론 가야 했다. 이제 와 참석하지 않으면 더 유난하게 받아들여질 것이다. 외부에 이상을 보이지 않기 위해서라면 평소처럼 행동하는 수밖에 없었다.

부디 이 파티에 2왕자가 참석지 않기를 바랄 뿐이다. 참석하지 않는 것도 모자라 나를 몰래 따라오거나 하는 일도 없어야겠지만.

어제 연기가 제법 잘 먹혀든 모양이니 그리 걱정하지 않아도 되겠지?

나는 스스로를 안심시키며 양칫물을 뱉어냈다. 하얀 거품 사이로 붉은 액체가 조용히 번져 나간다. 입안이 헐기라도 한 모양이었다. 이젠 포기다. 탈모에 걸리든 말든, 잇몸이 상하든 말든.

"내 인생은 글러먹었어……."

"인생을 긍정적으로 바라보셔야죠."

"그리고 이맘때쯤 레이가 등장할 것도 예상했지."

내가 그리 중얼거리며 뒤로 손을 뻗었다. 레이가 들려준 빗으로 앞머리를 조심스럽게 빗어낸 뒤, 마저 입안을 헹구었다. 만성적인 건 아닌지 마지막으로 양칫물을 뱉어낼 즈음엔 거의 핏기가 보이지 않았다.

"기상이 늦으셨네요."

"피곤했나 봐."

내가 아무렇게나 대꾸했다. 하지만 이대로 입 닦기엔 왠지 모르게 2번 조항이 찔린다.

[을은 갑에게 거짓을 말하거나 위증하지 않는다.]

거짓을 말했다기보다는 원인을 축소한 셈이지만 어쨌든 내 양심은 꽤나 민감했다. 그리고 나중에 트집잡혔다간 정말 내 지갑 사정이 파탄 날지도 모른다. 하도 10,000골드를 염두에 두고 살았더니 노이로제에 걸릴 지경이었다. 각서에 적은 명제와 조금만 어긋나도 심장이 벌렁벌렁 뛰며 눈치를 보게 되는 것이다.

나는 운을 뗄 요량으로 은근슬쩍 레이에게 물었다.

"레이, 너는 내가 베인과 이어졌으면 좋겠어, 아니면 루센과 이어졌으면 좋겠어?"

고개를 갸웃거리며 고민하던 레이가 의문 어린 얼굴로 물었다.

"근데 그걸 저희끼리 정한다고 상대가 와주긴 해요?"

"……."

우문현답이로군.

솔직히 누구를 고르든 내 의사를 떠나 아무도 내게 오지 않을 확률이 더 커 보인다. 인생에 회의감이 밀려들었다. 내가 인생을 잘못 살고 있는 건가. 그렇다면 지금에 와서 교정하는 것도 힘들까.

"……치장이나 하자."

내가 힘없이 한숨을 내쉬었다. 얼굴에 뭐라도 찍어 발라야 사랑의 전투에 당당하게 임하지 않겠는가. 이를테면 나는 관심의 계곡과 썸의 강을 넘어 그만 결판을 내야 하는, 그야말로 최전방의 바다에 다다른 셈이다. 어쩐지 중간 단계를 건너뛴 느낌이 있긴 있지만 어쨌든 관계의 방향성을 결정지어야 한다는 점에서 그리 틀린 단계 선정은 아니었다.

믿을 만한 측근 알테의 발언에 의하면 얼마 전 루센은 코제트가에 초대에 응하는 편지를 부쳤다고 한다. 루센이 그런 일로 빈말하는 성격은 아니었으므로 오늘은 어렵지 않게 그를 만날 수 있을 것이다. 이번에야말로 도망치지 못하게 붙잡아놓고 궁금했던 것들을 다 물어보아야지.

"그래, 사람은 목표가 있어야 해."

"어떤 목표요? 오늘은 속눈썹을 몇 밀리미터까지 올려볼까 하는?"

"그건 네 맘대로 하고. 울 것 같은 청초한 눈망울로 연출 부탁해."

내 개떡 같은 설명을 찰떡같이 알아들은 레이가 모조 속눈썹을 보기 좋게 다듬었다. 사실 워낙 알아서 잘하니 따로 말로 거들 필요도 없다. 나는 이런 손재주엔 젬병이라 루주를 덧바르거나 하는 수정 화장만 겨우 할 뿐 그 외의 섬세한 스킬엔 내공이 없었다.

"귀족가 아가씨다운 거지."

"그냥 미술 감각이 없는 거잖아."

불쑥 튀어나온 로제가 반박했다. 나는 깜짝 놀라 그만 뒤로 나자빠질 뻔했다.

뭐야, 얘가 왜 여기서 나와. 설마 우리 집에서 잤나? 벌써부터 남자 친구 집에서 외박이라니, 저 발랑 까진 것!

“너 우리 오빠가 그렇게 좋니? 말만 한 처자가 애인 집에서 외박을 하게?”

로제가 인상을 팍 쓰며 대꾸했다.

“무슨 헛소리야? 너 어제 나랑 같이 잤잖아.”

“…….”

그랬나?

사실 별로 어제 일은 기억이 안 난다. 왜냐하면 집에 돌아오자마자 힘든 일을 잊겠답시고 무지막지하게 술을 퍼 마셨기 때문이다. 왜 아침부터 머리가 지끈거리나 했더니 아무래도 지난밤 과음의 흔적인 모양이었다. 그리 독한 술을 꺼낸 건 아니었는데 과일주라고 우습게 봤다가 큰코다쳤다. 속이 다 울렁거린다.

“나 좀 괜찮아?”

분칠로 회생 가능할까? 그런 의문을 담고 물은 말인데 로제는 심각하게 고개를 저었다.

“다크 서클이 발목까지 내려앉았는데? 혹시 세상 모든 근심이 다 너한테 갔니?”

평소라면 농담같이 넘겼을 말인데 지금은 왠지 몹시 신빙성 있게 들린다.

최근 내 불행은 가득 차다 못해 흘러넘쳐 도무지 그 양을 가늠할 수 없는 지경이었다. 이 와중에도 패배주의에 물들지 않은 나의 건강한 정신이 대단하게 느껴진다.

내가 힘없이 웃으며 대꾸했다.

"이젠 연애질에 내 목이 걸렸잖아."

연인과 포옹하며 '우리 제발 사랑하게 해주세요!' 구호라도 외쳐야 하나. 그런데 그렇게 끌어안은 상상 속 상대는 누구인지. 검은 실루엣을 한 꺼풀 들추기 전에 로제가 나를 현실로 끌어내렸다.

"아무튼 빨리 준비해. 잘못하면 지각하겠다. 어떻게 이때까지 자냐?"

"미인은 잠꾸러기래."

로제와 레이가 동시에 나를 노려보기 시작했다.

아니, 그냥 그러려니 하고 넘어갈 수도 있는 거 아닌가? 이렇게 칭찬에 인색할 수가 있나. 냉철하기로 치면 생판 남만도 못한 수준이다. 그러나 다시 입을 잘못 놀렸다간 절교를 당할 판이라 나는 두 손 들고 적진에 투항했다.

"다신 그런 말 안 할 테니까 둘 다 진정해."

레이가 진지하게 정색하며 말했다.

"아가씨, 저 방금 계약 위반으로 위약금 요구할 뻔했어요. '을은 갑에게 거짓을 말하지 않는다.' 조항을 잊지 말아주세요."

"……."

지금까지 줄곧 꺼낸 적 없던 협박이 고작 미인 소리 한 번에 등장했다. 정말 가슴이 아프다. 내가 얼마나 사람답지 못하게 살았으면 이런 고난을 겪는가도 싶다. 내 인간관계에 급격히 회의가 밀려드는 순간이었다.

"다 됐어요. 그만 일어나세요."

레이가 묘하게 쌀쌀맞아진 투로 나를 일으켰다. 나는 풀 죽어 조용히 거울만 들여다보았다. 레이가 회생시키려 애쓴 탓인지 화장기 도는 얼굴은 다행히 별로 피곤해 보이지 않았다.

“얼른 옷 갈아입어. 마차 벌써 대기하고 있어.”

로제가 창 밖을 내다보며 말했다. 자연스럽게 창틀에 올려놓은 손에 무언가 반짝이는 것이 걸려 있다. 인상을 찡그려 집중해보니 다름 아닌 어제 내게서 약탈해 간 바로 그 팔찌였다.

“그거 잘 어울린다.”

내가 무념무상으로 말했다. 딱히 액세서리 때문이라고 언질도 않았는데 로제는 눈에 띄게 반색하며 눈꼬리를 휘었다.

“네가 봐도 그렇지? 호호, 꼭 맞춘 것처럼 딱 맞더라니까.”

“그거 줄 조정되는 거잖아…….”

“이건 마치 나를 위한 팔찌 아닐까? 어떻게 생각해?”

나는 자신만의 세계에 잠긴 로제를 두고 마저 옷을 갈아입었다. 얼른 준비를 끝내야 저 꼴을 안 보지…….

다행히 마차에 오를 때까지 로제는 팔찌에 관해서 다시 언급하지 않았다. 간만에 마음에 든 장신구를 뺏긴 것이라 아무래도 우울한 티가 났나 보다. 로제는 이따금 진득이 제 팔에 머무는 내 시선을 말없이 흘려버렸다. 본인 필요할 땐 눈치가 귀신이면서 제 이득과 상관없어지면 가는귀를 먹는다.

나 같으면 미안해서라도 똑같은 거 사다 주겠네!

“그래서 오늘 어떻게 할 계획이야?”

“뭔 소리야?”

정신을 다른 데 두고 있었기에 나는 로제의 질문을 잠시 뒤에야 알아들었다. 내가 미간을 좁히며 되묻자 로제는 범위를 명확히 좁혀주었다.

“그래서 결국 네가 정한 낭군이 누구냐고.”

내가 뭐 그리 당연한 걸 묻느냐는 듯이 대답했다.

"그야 당연히 루센이지. 야, 솔직히 베인은 후보군에도 못 들었었어."

"예에……."

대답하는 태도가 몹시 불량하다. 분노에 손이 떨리지만 참자. 화장이 무너지는 돌이킬 수 없는 일이 벌어질 테니까.

"일단 오늘 가서…… 왜 날 피하냐고 물어봐야지."

내가 창가에 머리를 기대며 중얼거리듯 말했다.

실로 정말 모를 일이 많았다. 행복했던 미래에선 이러지 않았는데 과거로 돌아온 후 영문도 짐작 가지 않는 일이 많이 생겼다. 원래와 너무 달라진 일들이 많아 가끔 이전의 기억이 꿈이었나 싶을 정도다. 루센이 나를 박대하는 것이나, 베인 조르제에게서 구애받은 사실이나, 2왕자에게서 위협받는 생소한 상황도 그렇고 모두 비현실적으로 느껴질 뿐이다.

다 포기하고 드러눕고 싶은 심정이지만, 진짜로 그렇게 했다가는 정말로 미래를 되찾을 수 없을지도 모른다.

"정신 빠져서 뭐하냐? 다른 생각은 이제 그만하고 내려."

벌써 목적지에 다 도착한 모양이었다. 로제의 재촉에 나는 어쩔 수 없단 듯 얌전히 마차 밖으로 나왔다. 그런 나를 빤히 쳐다보던 로제가 진지한 기색으로 물었다.

"얼굴이라도 좀 가리고 가야 되는 거 아냐?"

"그게 무슨 소리야?"

"루센이 널 피한다며. 변장이라도 하고 접근해야 하는 거 아니야?"

나는 어이없는 얼굴로 물었다.

"뭘로 변장하는데?"

"으음…… 시종……?"

“레이첼한테 들키면 평생 놀림감 될 소리 그만해라.”

“아, 그건 그러네.”

로제가 명쾌하게 고개를 끄덕였다. 나는 한숨을 내쉬며 고개를 내저었다. 레이첼의 경우가 아니더라도 내가 무슨 죄를 지었다고 변장까지 한다는 말인가. 솔직히 말하자면 나는 모든 일에 있어서 가련한 피해자였다. 소설 주인공들은 인생 역전, 원죄 탈출, 과거 리셋 등등으로 회귀를 알차게도 써먹던데 정작 나는 본전도 못 찾고 있다.

“이럴 거면 인정이라도 좀 더 빨리 할 걸 그랬지.”

괜한 현실 부정을 하느라 아깝게 허송세월만 했다. 내가 정신만 제대로 차리고 있었어도 루센을 놓치는 어이없는 실수는 일어나지 않았을 텐데.

“아까부터 혼자 뭐라고 중얼거리는 거야?”

“나 기분이 우울해.”

“네가 못생긴 건 사실이지만 그런 걸로 인생 비관하면 곤란해. 아직 넌 살날이 많이 남았거든. 이 창창한 나이에 접싯물에 코 박고 죽을 순 없잖니.”

“얘가 근데 보자 보자 하니까, 야, 네 얼굴은 뭐 잘난 줄 아냐?”

장난으로 한 소리라는 거 아는데 계속 못생겼다는 소리를 들으니까 울컥해버렸다. 예전에 건달과 마주쳤을 때 받았던 충격이 아직 채 다 가시지 않은 듯도 하다.

아니, 아무리 대단한 화장을 한 모습을 먼저 봤다고는 하지만 어떻게 본인을 못 알아봐?

“화를 내도 진실은 변하지 않는단다. 솔직히 요즘 네가 전보다 좀 많이 못생겨진 건 사실이잖니?”

“으음…….”

그건 부정할 수 없다. 이전에 레이가 말했듯 나는 탈모까지 오지 않았던가?

안 그래도 심각한 스트레스로 면면이 많이 상한 상태였는데 연이은 거부 행렬에 내상까지 심해졌다. 민낯은 내가 봐도 처참한 수준이라 화장으로 겨우 그 흔적을 덮곤 했다.

연애라는 전쟁터에서 만반의 준비를 해도 모자랄 판에 갑옷은 찢어졌고 무기엔 금이 가 덜렁거리고 있다. 이제는 정말 맨몸 승부였다.

"루센 저기 있다."

로제가 소곤거리며 구석 쪽을 가리켰다. 와인 잔을 든 채 중앙에서 멀리 떨어진 모습이 다소 어렴풋하긴 하지만 상대를 알아볼 정도는 되었다. 나는 열심히 주변을 살피며 방해 요인을 계산했다.

베인 조르제, 없고. 2왕자, 그리 중대한 자리가 아니니만큼 당연히 없고. 혹시 모르니 아를르 제냐는 어디 있나 한번 볼까? 음, 역시 없군. 완벽하다.

나는 지나가는 사람의 뒤에 숨어 교묘히 내 얼굴을 가려가며 루센에게 접근했다. 로제는 뭐, 알아서 혼자 잘 놀 것이다.

우수 어린 눈길로 창 밖만 내다보던 루센은 내가 제 앞에 다다를 때까지 나를 발견하지 못했다.

"안녕하세요, 루센 경."

"헉!"

사레들린 듯 루센이 급한 기침을 쏟아냈다. 용케 잔을 안 엎은 것이 대단하다 싶을 정도다. 루센이 파리하게 질린 얼굴로 인사했다.

"안녕하세요, 카타리나 양. 여기 참석하신다는 소식은 못 들었는데……."

그거야 내가 일부러 참석 여부에 대해 입을 열지 않아서 그렇다. 만약 내가 참석한다는 소식이 들리면 루센이 일부러 자리를 피할까 봐 그랬던 것인데, 지금 생각해보니 미래를 예견한 대단한 설계였다.

"많이 당황하신 것 같아요."

내가 '아무것도 몰라요.'라는 순진무구한 표정을 지으며 말했다. 루센이 헛기침을 하며 천연덕스럽게 되물었다.

"제가요?"

"아니시면 말고요."

"예, 제가 당황할 일이 뭐가 있겠습니까? 아, 급한 일이 생각나서 그럼 저는 이만."

루센이 속사포같이 말을 마치고는 재빠른 걸음으로 멀어졌다. 단순히 자리를 피한 것뿐만이 아니라 그는 아예 무도회장을 벗어나 복도로 향했다. 이만 저택으로 돌아가려는 듯했다. 그러나 이대로 놓칠쏘냐. 나는 재빨리 그를 따라나섰다.

내가 빠른 걸음으로 그를 뒤따르며 또박또박 말을 이었다.

"루센 경, 어디 가세요? 무슨 급한 일이라도 있으신가요?"

"그럴 리가요. 그런데 양은 왜 따라오시는지……?"

"제가 경을 따라가면 안 될 이유라도 있나요?"

"그건 아니지만."

뒤를 돌아보며 변명하던 루센은 복도의 끝을 미처 계산하지 못하고 그대로 이마를 박았다. 그가 신음성을 삼키며 제 이마를 감쌌다. 그러는 와중에도 나는 꾸준히 그와의 거리를 좁혔다.

"오……, 오지 마세요."

루센이 떨리는 동공으로 경고했다. 나는 목을 돌리며 어깨 근육을 풀었다.

"왜 그러시죠? 토하는 부작용이라면 거의 다 나으셨잖아요."

루센의 얼굴에 '안 나은 척할걸.' 하는 후회가 스쳤다. 그러나 내 알 바 아니다.

빠져나갈 자리를 찾는 루센의 눈이 거칠게 방황했다. 그는 재빨리 어느 방의 문을 열고 안으로 들어가려 했으나, 문을 닫기도 전에 내가 문틈에 발가락을 쑤셔 넣었다.

"루센 겨엉……. 발이 아픈데요, 좀 비키시죠?"

"그것이…… 제가 지금 좀 곤란한 상황인지라."

"제 발에 멍을 내고 싶으신 게 아니라면 그만 문 여세요."

루센은 잠시 침묵했다.

뭐야, 지금 고민하는 거야? 아니, 어떻게 내 발의 안전과 이 상황에서 도망치는 것 사이에서 타산할 수 있어?

나는 그가 후자로 결론 내리기 전 재빨리 안으로 밀고 들어갔다. 얼떨결에 뒤로 물러난 루센을 보며, 조용히 문을 닫고는 그에게로 걸어갔다. 그리 피하고자 했으나 루센은 결국 나와 밀실에 갇히게 되었다. 정확히 말하자면 뒤에 창문이 열려 있으니 밀실은 아니지만. 어쨌든 루센이 빠져나갈 구멍은 없다.

진저리치며 나를 피하려 들 줄 알았는데, 생각 외로 그는 제자리에 가만히 서 있었다. 배가 옴죽거리거나 볼이 볼록 튀어나오거나 하는 구토의 전조도 없다.

나는 박력 있게 그를 밀치고 벽을 팔로 짚었다. 팔이 한참 위로 올라가 그다지 그럴듯한 모양새는 아니었지만 어쨌든 제압에는 도움이 되었다.

"루센 경."

"……예."

"왜 자꾸 저를 피하시죠? 아니라거나, 그렇지 않다거나 둘러댈 작정이면 관두세요. 지금 엄청 티 나게 도망간 거 본인도 아실 테니까."

만약 말도 안 되는 변명을 늘어놓는다면 사실을 토해낼 때까지 보내주지 않을 작정이었다.

"우선 무례를 사과드립니다."

루센이 담담히 인정했다. 부정은 않겠다는 듯 낮은 한숨도 함께 내쉬었다. 살풋 내리깐 시선이 내 얼굴에 와 닿았다. 그 안에 언뜻 복잡한 심경이 비친 듯도 하였다.

날은 이미 저물어 어두운 밤이었고, 실내를 밝히는 빛은 없었다. 바깥에 휘황찬란한 등을 잔뜩 매달아두기는 했지만 그 빛이 여기까지 전부 와 닿지는 않았다. 어렴풋한 밝기 덕에 눈에는 오직 루센의 모습만이 들어왔다. 그것은 아마 루센도 마찬가지였을 것이다. 마치 이 세상에 둘밖에 남지 않은 듯한 느낌이었다. 먼지 쌓인 공기나 텁텁한 냄새가 전혀 신경 쓰이지 않을 정도로.

"무례라고 생각하면서도 그리하셨다니 충격이네요. 덕분에 전 아주 고민이 많았어요. 제가 경에게 뭐 잘못한 게 있나 많은 기억을 되짚었었고요."

내가 피곤하다는 듯이 고개를 기울이며 말했다. 실로 어깨가 뻐근했다. 내 시선을 피하며 루센이 짧게 사과했다.

"죄송합니다."

"저번부터 그 말씀만 하시네요. 말뿐인 사과는 그리 달갑지 않아요."

"……그래도 사과드리겠습니다."

잠시 망설이던 루센이 이내 다시 말문을 떼었다.

"제가 그동안 다소 혼란스러운 상태였기에 영애를 피했습니다. 영애의 잘못은 아니니 괘념치 마세요."

"그렇다면 그 이유가 뭔지 더더욱 알아야겠는데요. 제 잘못이 아니라면, 도대체 뭣 때문이죠?"

루센의 눈이 조용히 들렸다. 그는 나를 가만히 내려다보았다.

조용한 시선이 분석이라도 하려는 것처럼 내 얼굴을 조각조각 살핀다. 얼굴에 뭐라도 묻었나 싶어 무의식적으로 왼뺨을 매만질 때였다. 루센이 불쑥 물었다.

"코켓…… 좋아하십니까?"

"네, 뭐, 맛있잖아요."

생뚱맞은 말에 내가 설렁설렁 대꾸했다. 갑자기 과일 얘기나 꺼내는 이유를 알 수 없다. 지난번에 선물까지 했던 물건이면서 이제 와 좋아하느냐고 물어오는 이유가 무엇일까. 그러나 루센의 얼굴은 더없이 진지해 보였다.

분위기가 영 어색하다. 루센이 내 눈을 피하지 않고 이리 똑바로 마주 본 것은 오랜만의 일이었다. 나는 괜히 민망하여 치맛자락을 잡아당기거나 입술을 깨물거나 하였다.

루센이 그런 내 팔목을 붙잡았다. 거센 악력에, 나는 그와 다시 시선을 맞추는 수밖에는 없었다. 루센이 천천히 눈을 감았다 떴다. 그러고는 망설이며 입을 열었다. 마치 이런 말을 하는 자신이 이해가 되지 않는다는 듯이, 그리고 그 발언이 더없이 멍청하게 들릴까 걱정된다는 듯이.

"꿈을 꿨습니다."

"……."

"아릍르라고 생각했는데, 아니었죠, 그녀가 가장 싫어하는 과일을 꿈속 여자는 아주 맛있게 먹고 있었으니까."

"……."

"그건 당신이었습니까?"

나는 그만 입을 벌렸다. 그가 무슨 말을 하는지 도통 이해되지 않았던 탓이었다. 머리로는 언뜻 감이 오는 듯도 한데, 막상 받아들이자니 큰 돌덩이라도 걸린 것처럼 도무지 안으로 소화되지 않았다.

지금, 그가 대체 무슨 말을 하고 있는 거지?

"아시다시피 저는 영애에 대해 아는 것이 없습니다. 그렇지 않습니까. 최근에야 겨우 대화랄 것을 시작한 사이인데."

"……."

"그런데 영애를 방문한 그날, 왠지 모르게 영애가 그 과일을 좋아한다는 생각이 들었습니다. 그리고 제가 그 사실을 알고 있다는, 또 그걸 왜 알고 있는지에 대한 자각도 없이 선물로 결정했습니다."

바쁘게 이야기를 늘어놓던 루센이 숨이 차다는 듯 잠시 말을 멈추었다. 그가 주먹을 쥐었다 펴며 마저 입을 열었다.

"그런데 귀가한 뒤에야 뒤늦은 깨달음이 들더군요. 저는 영애의 기호에 대해 어디에서도 들은 기억이 없다는 걸."

"지금, 무슨 말씀을……."

상황이 정리되지 않아 내가 고개를 내저으며 뒤로 물러섰다. 나는 그동안 희망하고 바라왔었다. 그가 회귀 전의 기억을 되찾고 나와 사랑했던 때를 기억하기를.

그런데 지금 그 꿈같은 일이 실제가 되었다고? 이렇게 갑작스럽게?

심장이 몹시 뛰었다. 혹여나 만약 기대한 방향이 아니라면 실망이 너무나 클까 봐, 나는 예방 주사를 놓듯 마음을 진정시키려 노력했다.

"다시 말씀해주세요. 지금…… 지금 뭐라고 하셨어요?"

내 다급한 물음에 루센의 얼굴에서 핏기가 가셨다. 그가 멈칫하며 나를 붙잡고 있던 손을 놓았다. 그가 입가를 가리며 고개를 돌렸다.

"아닙니다. 실언을 할 뻔했군요. 멍청한 소리를 했습니다. 잊어주세요."

궁금할 이야기는 다 꺼내놓고 다시 입을 다물겠다니. 나는 황급히 루센을 붙들었다.

"잠깐만요. 난 더 들어야겠어. 무슨 꿈이었는데요. 그 빌어먹을 코켓을 먹으면서 내가 뭘 하고 있었는데!"

"잠시만요, 이건…… 너무 말이 안 되지 않습니까."

혼란으로 가득한 그의 눈에서 직감적으로 알 수 있었다. 그가 우리의 오붓한 한때를 기억해냈다는 것을. 어떠한 연유로 이루어진 기적인지는 알 수 없지만, 중요한 건 그게 아니었다.

그가 나를 기억했다. 나를 사랑했던 때를 기억해냈다.

"제가 경을 만났을 때 처음 했던 말…… 아직 기억하시나요?"

내가 떨리는 목소리로 물었다.

「상냥한 루센 경, 알고 계시나요? 당신과 저는 처음 보는 사이가 아니랍니다.」

루센이 제 옷깃을 말아 쥔 내 손을 밀어내었다. 어지럼증이 인다는 듯 그가 제 머리칼을 거칠게 쓸어 넘겼다. 언뜻 흥분한 기색인 듯도, 아니면 단순히 혼란에 생각이 정리되지 않는 듯도 싶었다.

"그럴 리 없어요. 이건, 이건 아닙니다."

「이런 제 말을 믿지 않으실지도 몰라요. 저도 믿어지지 않으니까요. 하지만 저는 거짓을 말하는 것이 아니에요. 경……. 저는 경의 연인이었어요.」

"이런 일이 가능할 리가 없지 않습니까. 어떻게……."

「제 이름은 카타리나 리플렉츠, 당신의 하나뿐인 약혼자였죠.」

점점 잦아들던 그의 목소리가 이내 완전히 멎었다. 멍하니 나를 응시하는 눈에 힘이 없었다.

자꾸만 고개를 젓는 그에게 나는 그만 울컥하고 만다. 나는 주먹으로 그의 가슴을 때렸다. 그리 센 강도는 아니었지만 내 원망을 전할 정도는 되었으리라.

"제가, 제가 말했잖아요. 항상 그리 말해왔잖아요. 그런데 당신은 왜 기억해내기까지 했으면서 또 우리를 부정해요? 절 얼마나 가슴 아프게 하시려는 작정이세요?"

잠시 고였던 눈물인데, 그것이 기점이라도 됐다는 듯 이내 볼 위로 하염없이 흘러내렸다. 그간의 서운함과 설움이 쌓여 도무지 진정할 수 없는 지경이었다. 그런 나를 보며 루센이 더듬더듬 아무 말이나 주워섬겼다.

"아닙니다. 당신은 그저 왕의 명령으로 제게……."

그가 꺼낸 말은 아까부터 문장을 끝맺지 못하고 있었다. 스스로도 정리되지 않은 생각을 밖으로 꺼내려 하니 그런 것이다. 내 얼굴에 진절머리 난다는 표정이 떠올랐다.

스토커의 오명을 벗기 위해 아무렇게나 지껄였던 변명. 왕을 끌어들여가면서까지 나는 그에게서 다시 사랑받고 싶었다.

"왕이라뇨, 그분께서 한낱 제 혼인에 왜 신경을 쓰실까요? 물론 제 신분이 대단하고 미모도 뛰어나긴 하죠. 근데 그게 나라의 주인에게 신경 쓸 거리나 되나요?"

"하지만 영애께서."

루센이 반박을 꺼내기도 전 내가 다음 말을 왈칵 쏟아내었다.

"제가 확언을 한 적이 있었나요? 왕의 말씀을 입에 담은 적은 없어요. 큰 뜻, 무서운 분, 제가 그리 뭉뚱그리지 않았던가요? 부풀려 말하긴 했지만, 그렇다고 거짓말을 한 건 아닌 셈이죠. 저는 당신이 거역할 수 없는 누군가 때문에 강제로라도 저와 함께했으면 했어요."

그간 억눌러왔던, 하고 싶어도 하지 못했던 말이 터져 진정할 수 없는 지경이었다. 나는 소리쳐 갈라진 목소리로 언성을 높였다.

"예, 비겁했어요. 그만큼 당신이 돌아왔으면 했거든요. 원래, 원래 내 것이었으니까."

일말의 희망을 담아 루센을 올려다보았으나, 그는 인정한 표정이 아니었다. 받아들일 수 없는 이야기이긴 할 것이다. 실로 말도 안 되는 일이기도 하다. 하지만 그가 부정해버리면 홀로 남은 나는 어쩌란 말인가. 그가 버릴 우리의 시간은 또 어떻게 된단 말인가.

그리 의미 없이 흘러간 시간이라면 우리는 왜 그리도 애틋이도 아끼었던가.

만약 그가 기억하면서도 우리가 연인이었을 때를 부정한다면 나는 사랑의 주체를 잃게 되는 셈이었다. 내가 그를 사랑했던 일과 그를 좋아하게 되었던 인과가 모두 지워지는 것이다. 그러면 내가 그에게 가지고 있는 감정은 단순히 헛된 꿈이 되겠지. 그러면 나도 한여름 밤의 꿈처럼, 없었던 일인 듯 그 일을 잊어버리게 될까.

"말도 안 되는 이야기를 하시는군요. 지금 영애께서 무슨 말씀을 하시는지 모르겠습니다."

루센이 입술을 깨물며 말했다. 다시 들어 올렸던 내 손이, 차마 그의 가슴을 내려치지 못하고 천천히 바닥을 보았다.

"왜 자꾸 말이 안 된다고 말씀하시는 거예요? 직접 보셨다면서요. 본인이 꾼 꿈이라면서!"

"받아들일 수 없습니다."

"왜요? 당신이 믿을 만한 증거를 내가 얼마나 들이대어야 하겠어요? 제가 저희만의 추억을 얼마만큼 털어내야 사실이란 걸 믿겠어요!"

나는 성을 내며 그의 옷깃을 잡아당겼다. 하얀 옷감이 당겨져, 틈 사이로 걸린 단추가 터질 듯이 팽팽해졌다. 나는 투시라도 한 것처럼 그의 가슴팍 어딘가를 턱짓으로 가리켰다.

"저는 아직 이 와이셔츠 안을 보지 않았어요. 그건 그대도 아실 거예요. 자꾸 이상한 가정으로 도피하려는 그대를 위해 첨언하자면, 저는 공작원 같은 대단한 인물이 아니니 그레미오가에 몰래 잠입해 그대의 알몸을 볼 능력도 없어요."

"……."

루센은 침묵했다. 나는 더욱 그의 앞으로 바싹 다가갔다.

내가 분명한 어조로 말했다.

"하지만 저는 알아요. 당신 유륜 아래에 작은 점이 있는 걸요. 갈비뼈 부근에 어릴 적 나무에서 떨어져 생긴 작은 흉터가 남아 있고, 그걸 부끄러이 여긴 당신이 다른 사람에게는 대련 중 생긴 상처라 변명한다는 걸."

루센은 부정하지 않았다. 그러나 긍정하지도 않았다. 나는 바싹 약이 올라 그의 옷을 마구잡이로 풀어헤쳤다. 눈물이 앞을 가려 시야가 흐리다. 억지를 쓰고 있는 것이 아닌데, 사실을 말할 뿐인데 막무가내의 철부지가 된 것 같은 기분이었다. 그러나 가슴팍이 채 드러나기도 전 루센이 제 옷깃을 잡아챘다. 창백한 얼굴의 그가 나를 밀어냈다.

"죄송합니다."

그의 말에 나는 그만 숨을 들이켰다. 대체 무엇이 죄송하다는 말인가. 황급히 자리를 피하려는 그를 나는 멍하니 돌아보았다. 그는 항상 도망만 치고 있었다.

붙잡아 마음을 돌리려는 시도도 이젠 지친다. 왜 그는 나를 기억해냈으면서도 모든 걸 피하려 드는 걸까. 내가 대체 무얼 잘못했기에 이런 일이 벌어지는 걸까.

나는 그의 등에 대고 입을 열었다.

"루센!"

내 소리침에 그가 잠시간 멈추었다.

그가 내게 이럴 수는 없었다. 어떤 이유로든 그가 나를 기억해냈다면, 그래서 나에 대한 사랑을 떠올리고 만 거라면 그 마음의 변화를 계속해서 부정할 수는 없을 것이었다.

나는 주먹을 틀어쥐었다.

"당신은 나 없인 살 수 없을 거라고 말했어요. 그리고 그건 절절한 진심을 담고 있었죠. 나는 운명이 그렇게 쉽게 바뀐다고 생각하지는 않아요."

한껏 갈라진 목소리였지만 의미는 충분히 전달될 크기였다. 단순한 호기로 꺼낸 말이었으나, 어쩌면 두고 보자는 경고이기도 했다.

남자의 어깨가 움찔하더니 이내 조용히 멎었다. 그러나 내게 돌아오는 일은 벌어지지 않았고, 그는 그저 앞으로 나아갔다.

문이 닫혔다.

탈력감이 찾아왔다. 나는 내 얼굴을 감싸고 숨을 몰아쉬었다. 너무 상상치도 못한 일이 벌어진 것이라, 나로서도 이 상황은 생소하고 낯설었다. 정말 루센이 나를 기억해내는 일이 벌어지다니. 그렇다면 대체 그 기점은 언제일까. 지난번 내 편지에 답을 주지 않았을 때, 루센은 그때에도 기억의 조각을 떠올려 스스로 혼란스러운 상태였을 터다. 공원에서 나를 피해 도망친 것도 감당할 준비가 되지 않아서였겠지.

그 이유라고 치면, 회귀 전을 기억해낼 만한 변수가 있었다고 가정하면 그건…….

"사랑의 묘약?"

번뜩 고개를 든 내가 쉿소리 섞인 음성으로 중얼거렸다.

사랑의 묘약이다.

그의 일상은 단조로웠고 그를 그 쳇바퀴에서 벗어나게 할 만한 건 내가 준 약물뿐이었다. 피오니를 만나야 했다. 사랑의 묘약의 효과가 어떤 원리로 발생하는지 그녀에게 물어야 한다.

나는 다급한 걸음으로 복도로 나섰다. 벌써 어딘가로 사라진 것인지 루센은 보이지 않았다. 지금이 아니더라도 그와 대화할 기회는 있다. 우선은 상황 파악이 먼저였다. 루센이 하도 멀리 도망쳤던 탓에 돌아가는 길을 찾기는 쉽지 않았다. 나는 기억을 더듬어 겨우 무도회장으로 향했다.

잠시의 시간 동안 내 기분이 바닥을 친 것과는 별개로 사람들은 여전히 웃고 있었고 화려한 샹들리에와 귀여운 핑거 푸드들도 그대로였다. 나는 한 손으로 얼굴을 반쯤 가린 채 주변을 둘러보았다. 울었다는 사실을 드러내고 싶지는 않아 그런 것이지만 집요한 시선이 있다면 금방 알아채겠지. 빨리 로제를 찾아 이곳을 나가야 했다.

다행히 그녀를 발견하기는 어렵지 않았다. 로제는 그녀답게도 열심히 음식을 집어 먹고 있었다. 알테는 참석하지 않았으니 마땅히 춤을

출 상대가 없긴 했을 것이다. 나는 재빨리 로제 쪽으로 다가갔다.

내가 작은 목소리로 "로제." 하고 부르자 그녀가 소스라쳤다. 나를 발견하고 난 후 그 호들갑은 더욱 심해졌다.

"세상에, 꼬라지가 왜 이래?"

"집에 가자. 집에 가고 싶어."

내가 숨을 몰아쉬며 다급하게 말했다. 로제가 그런 내 팔을 붙들고는 얼굴이며 행색 따위를 찬찬히 살폈다.

"뭐야, 무슨 일 있었어? 똑바로 말해."

"지금 이 꼴로 여기서? 일단 나가자."

타당하다는 듯 로제는 이후 나를 얌전히 쫓아왔다. 마침 로제가 들고 온 부채가 있어 얼굴을 가리기는 한결 쉬워졌다. 다만 시야가 다 가려진 통에 걸음걸이는 영 어기적거렸다. 결국 로제는 내 손을 잡고 눈 역할을 해주었다.

"두 걸음 앞 전방에 신사 한 분 계시네. 잠깐 멈춰."

내가 걸음을 멈추자마자 바로 앞에서 사람의 기척이 일었다. 나는 가볍게 흩날린 앞머리를 다시 쓸어 넘기며 로제에게 엄지를 들어 보였다.

"이거 좀 괜찮은데?"

"아무 때나 울지나 마라. 뭐 이렇게 눈물이 많아?"

그러게 말이다. 나는 왜 이렇게 울음이 많아졌을까.

활달한 척은 했지만 지금 내 인생은 암울함의 연속이었고 거기서 이성을 찾기는 몹시 힘들었다. 모든 상황이 정신적으로 밀어붙이고 있었고 계속해서 한계라는 느낌이었지만, 그렇다고 시도마저 멈추면 그대로 정체되는 것이라 스스로를 보듬을 여유도 없었다.

로제나 레이와 농담이나 하고 있을 때면 즐겁고 나아지는 것 같다가도, 이렇게 받아들이기 힘든 일이 터지면 또 밑도 끝도 없이 우울해진다.

"로제."

"왜?"

"나 네가 있어서 다행이야."

부모님이나 알테에겐 털어놓을 수 없는 이야기들이다. 지겨울 텐데도 계속해서 내 말상대를 해주는 그녀가 몹시 고마웠다.

세상에, 로제의 쓸모를 인지하게 되다니. 내가 정말 죽을 때가 됐나 보다.

로제도 생각이 다르지 않았는지 당황한 얼굴로 헛기침을 했다.

"너 뭐 잘못 먹었니?"

그러고는 "혹시 루센한테 맞았어?" 하고 이어 묻는다. 순식간에 루센은 여자를 폭행하는 불한당이 되었다.

"설마."

내가 피식 웃으며 대꾸했다. 그러나 로제는 의심을 저버리지 못한 모양이었다. '너밖에 없다.' '너 없으면 어떡할 뻔했냐?'라는 등의 우정을 돈독히 하는 발언을 너무 아껴오기는 했다. 아끼다 못해 그 샘이 아예 말라, 존재는 했었는지 그 유무까지 의심스러워질 지경이었다.

"난 네가 그런 말을 하면 너무 불안해. 그냥 평소처럼 욕해주지 않을래? 나 욕먹고 싶어……."

로제가 몸까지 달달 떨며 말했다.

도무지 분위기 잡을 타이밍을 안 주는군.

나는 말없이 손을 뻗어 그녀의 허리춤을 꼬집었다. 로제는 고통스러워하면서도 '그래, 이거야!' 하는 표정을 지었다.

"……."

뭐야, 혹시 마조히스트인가? 내 친구에게 M 기질이 있었다니 조금 충격이다. 오빠한테 조언이라도 해줘야 하나?

스스로의 입으로 밝히기는 어려울 테니 둘의 만족스러운 사적인 생활을 위해 내가 대신 힘써줘야 하나 싶다. 진지하게 고민하는데 로제가 대뜸 내 엉덩이를 쳤다. 깜짝 놀란 나는 재빨리 둔부를 감쌌다.

자연히 드러난 시야에 문이 열린 마차가 보인다.

"야, 타."

로제가 짐짓 터프하게 고개를 까딱였다.

"말로 해."

내가 눈을 부라리며 경고했다. 로제가 어깨를 으쓱이며 내 등을 툭툭 밀었다. 나는 얌전히 마차 안으로 발을 들였다.

"그래, 이제 얘기해봐."

"뭐를."

"너 자꾸 빼다?"

잠시 침묵하던 내가 짧은 한숨을 내쉬었다.

"맞아. 미안해. 요즘 입 밖으로 내기에 좀 힘든 일들이 많았잖니. 오늘도 비슷해. 방어기제라도 생긴 모양이야."

"너 진짜 루센한테 맞았냐?"

로제가 더없이 진지한 눈으로 물었다. 나는 정색하며 그녀에게 진정하라는 제스처를 해 보였다.

"물론 아니야. 흥분 좀 가라앉혀줄래?"

큰일이 있었던 건 난데 오히려 로제의 반응이 더 격하다.

물론 나도 아까는 몹시도 서러웠었지만, 지금은 그녀 덕분에 나름대로 마음을 가라앉힌 후였다. 나는 잠시 망설이다가 말문을 떼었다.

"내가 그동안 일부러 안 했던 말이 있는데."

"뭐? 네가 있어서 다행이라느니 뭐니 했으면서 지금 나한테 비밀이나 만들었다는 소리냐?"

진정하기는커녕 로제의 언성이 더욱 높아졌다. 나로서는 미친 여자 취급받을까 봐 부러 피했던 화제이기는 하지만, 그녀의 입장에서는 배신감이 느껴지기도 할 것이다. 그러나 내가 미리 회귀에 대한 이야기를 꺼냈다면 아마 로제는 애인은 서로 닮는다는 말을 증명했을 것이다. 알테와 합심하여 진지하게 나를 휴양 보내려 했을 것이라는 뜻이다.

"내가…… 그, 사실……."

시간을 돌아왔거든……?

스스로 생각해도 너무 오글거리는 말이라 입을 열기가 쉽지 않다. 도통 말문이 떨어지지 않았다. 일을 겪은 당사자인 나조차도 이런데 타인은 어떨 것인가. 로제가 만약 믿지 않는다면 여러 근거를 들어 그녀를 설득해야 할 것이다. 거의 대질신문에 가까울 테고 만약 그걸 마쳐도 그녀가 받아들인다는 보장이 없다.

그리고 회귀에 관해 설명해야 하는 건 피오니에게도 마찬가지였다. 회귀에 대해 말해야 루센이 나를 어떻게 기억해냈는지에 대한 조언을 구할 수 있을 테니 말이다. 같은 과정을 두 번이나 반복할 여력이 없다. 잠시 고민하던 나는 결국 유예를 선언했다.

"나 지금 상황 정리가 좀 안 된다. 마차 안에서 할 말이 아닌 것 같아. 저택으로 돌아가서 얘기하자."

로제의 이마에 힘줄이 돋았다. 하지만 내 상태가 좋지 않다는 걸 인정했는지 다행히 주먹이 올라오진 않았다.

로제가 결국 고개를 끄덕였다.

"……좋아, 그 정도도 못 기다리겠어."

애초에 저택 간의 거리가 그리 멀지 않다. 얼마 지나지 않아 우리는 리플렉츠가에 도달했다.

늦은 저녁이라서인지 불은 거의 꺼져 있었다. 나는 손수건으로 대충 지저분한 얼굴을 훔쳐내고는 마차에서 내렸다. 보통 나는 파티에서 오래 머물다 늦게야 들어오고는 하니, 아마 레이는 나를 기다리지 않고 제 방에 있을 것이다. 마침 같이 이야기를 나누어야 하는 피오니도 레이와 같은 방을 쓰고 있고 말이다.

나는 제자리에서 숨을 크게 들이켰다. 양옆을 번갈아 살피다가는, 로제를 돌아보며 이렇게 물었다.

"하녀들 숙소가 어느 방향이었지?"

로제가 잘못 들었다는 듯 미묘하게 미간을 좁히며 되물었다.

"……여기 네 집인데?"

"……."

물론 여기가 내 집이라는 건 나도 안다.

아랫것들에게 좀 더 관심을 기울이고 살았어야 했는데. 이리 리플렉츠가에 대해 아는 게 없다니 다 내 부덕의 소치였다. 결혼하면 출가외인이라고는 하지만 평생 친정에 안 올 것도 아니지 않은가. 무엇보다 나는 알테와 로제가 언제 이혼하는지 정기적으로 감시할 의무가 있었다.

아무튼 그게 아니더라도 적어도 레이가 어떤 방에 묵는지는 알고 있어야 하지 않겠는가?

결국 나는 얌전히 손가락 두 개를 펴 들었다. 코카콜라를 시도했다는 뜻이다.

"코, 카, 콜, 라, 맛, 있, 다."

근데 왜 하필 코카콜라일까.

코카인가에서 출시한 이 암적색 탄산음료가 사상 초유의 대박을 기록하긴 했지만 그게 뽑기의 바이블이 될 이유인지는 잘…….

어쨌든 그만한 대체재가 없었으므로 나는 마저 노래를 불렀다.

"맛, 있, 으, 면……."

심각한 얼굴로 하나씩 손가락을 꼽는데 로제가 한심하다는 얼굴로 고개를 저었다. 나는 아랑곳하지 않고 마지막 손가락을 꼽았다.

검지, 왼쪽이었다.

"왼쪽! 왼쪽으로 가자!"

"이리 와. 거기 아니야."

로제가 내 뒷목을 쥐고 질질 잡아당겼다. 나는 의아한 얼굴로 고개를 갸웃거렸다.

"왼쪽 아니라고?"

"어, 내가 전에 가봐서 알아."

"니가 레이 방에 언제 가봤는데?"

"레이 방은 몰라도 하녀들 침대는 써봤…… 헛!"

단세포 로제가 제 입을 틀어막았다. 하녀들 처소까지 가서 은밀한 회동을 즐겼다니, 나는 그만 한숨을 내쉬었다.

저렇게 단순해서야 뭘 말해도 비밀이 지켜지기는 하려나? 의리는 있을지 몰라도 유도 신문만 들어가면 아마 술술 기밀을 불어버리고 말 것이다.

그나저나 영 샌님이라고 생각했는데 알테도 화끈한 면이 있다. 꽃가루까지 뿌릴 것 같지는 않지만 방에서, 꼭 침대에서만 정자세를 고집할 것 같은 인간인데 그런 다크 사이드가 있었다니 조금 놀라웠다. 뭐 내가 알테의 성적 취향에 뭐라 왈가왈부할 권리는 없지만 말이다.

"근데 하녀들 숙소는 왜 찾아가는데?"

로제가 뒤늦게 질문했다. 거의 다 도착해 건물이 코앞인데 그제야 궁금증이 들다니. 나는 현관에 있는 등을 들어 불을 켜며 대답했다.

"피오니가 같이 있는 자리에서 얘기하는 게 좋을 것 같아서. 그 사람이 지금 레이랑 같은 방 쓰고 있거든."

내가 말을 마치며 등불로 계단을 가리켰다.

"일단 올라가자."

막상 건물까지 찾아오고 나니 어렴풋이 옛 기억이 나는 듯도 하였다. 2층 복도 끝에 있는 방이라고 레이가 설명해준 적도 있고 말이다.

결국 결전의 문 앞에 다다라, 나는 잠시 심호흡을 했다. 문을 똑똑 두드리자 부스럭거리는 소리가 들리더니 이내 문이 열렸다. 문틈으로 모습을 드러낸 건 레이였다. 나는 "나야." 하고 작게 속삭이며 비켜달라는 시늉을 했다.

"아가씨, 벌써 들어오셨어요?"

방문객이 설마 나일 거라고는 예상치 못했는지 레이의 눈이 동그랗게 뜨였다. 그녀가 로제와 똑같은 질문을 했다.

"근데 아가씨 얼굴이 왜 그러세요?"

"……그럴 일이 있었어."

자연스러운 척했지만 나는 그 발언에 은근히 가슴이 떨리었다.

[4. 을은 거적때기 같은 몰골로 외출해 갑을 욕 먹이는 행동을 하지 않는다.]

실수로라도 어길까 봐 각서를 외우고 또 외웠더니 문장이 머릿속에 아주 선명히 떠오른다. 그리고 실로 지금 내 몰골은 거적때기 같았다. 외출해서 자꾸 울 일이 생기니 큰일이다. 그러나 내 예기치 못한 방문이 당황스러웠는지 다행히 레이의 생각이 거기까지 뻗어 나가진 못한 모양이었다. 그녀는 얌전히 뒤로 물러서 자리를 비켜주었다.

내가 방 안을 쭉 훑으며 입을 열었다.

"응, 피오니 안에 있어?"

그런데 워낙 좁은 방이라 나는 약 0.5초 만에 피오니를 발견했다.

아니, 두 명이 같이 자는데 이렇게 방이 작아도 되는 거야?

일곱 걸음만 걸으면 끝에서 다음 벽면 끝으로 다다를 수 있을 것 같았다. 내 방이 50보 정도의 크기임을 감안하면 몹시도 조촐했다.

"방이 왜 이리 작아?"

내가 황망한 얼굴로 중얼거리듯 물었다. 레이가 어이없다는 얼굴로 대답했다.

"다른 데랑 비교하면 리플렉츠가 하녀 숙소가 제일 큰 편인데요. 방마다 창도 있고요."

방에 창이 없으면 대체 어떻게 살지? 나는 심각하게 고민했다.

빵이 없으면 케이크를 먹으면 되잖아요! 라는 공감 결여 발언을 할 정도는 아니지만 나도 현실 감각이 좀 부족했던 모양이다.

으음……. 그래도 이런 닭장 같은 곳에서 사람이 살 수 있다니 좀 놀랍다.

"오실 것 같아서 기다리고 있었어요."

피오니의 영적인 목소리는 나를 겨우 충격에서 헤어 나오게 했다. 평소랑 다르게 영업용 콧소리가 가득한 것이, 마치 처음 사랑의 묘약을 사러 갔을 당시를 떠올리게 만든다. 게다가 내가 올 줄 예상하고 있었다니. 루센이 나와의 기억을 떠올린 것도 그렇고 갑자기 무척 신임이 간다.

나는 떨리는 목소리를 진정시키며 물었다.

“어…… 어떻게 내가 올 줄 알고 안 자고 있었어?”

“오늘 저녁에 뭘 잘못 먹어서 계속 설사가 나온다던데요. 설사약 찾아서 방 다 뒤집느라 안 자고 있었어요.”

레이가 하품하며 끼어들었다. 방이 왜 이렇게 어지럽혀져 있나 했더니 약을 찾아 뒤지느라 그랬던 모양이다.

“…….”

그 말이 사실인 듯 피오니 역시 침묵했다. 하여튼 사람 그럴듯하게 낚는 데는 선수였다.

이 인간 진짜 믿고 말해도 되나?

어쨌든 이렇게 판을 벌여놓고 발을 뺄 수는 없었다. 나는 작게 기침을 하며 목을 가다듬고는 입을 열었다.

“……오늘 내가 여길 찾아온 건, 다들 모아놓고 할 중대 발언이 있어서야.”

“그거 내일 낮에 하면 안 돼요?”

레이가 하품하며 태클을 걸었다. 나는 못 들은 척 모두를 바닥에 옹기종기 모여 앉게 했다. 자리를 다 지정해준 뒤, 나는 남은 자리에 가 앉았다. 그러고는 잠시 전부와 눈을 맞췄다.

피곤해서 나도 별로 꺼내고 싶지 않은 이야기지만 어쨌든 해치워야 하는 일이다. 심호흡을 마친 내가 계속해서 말을 이었다.

“피오니는 모르겠지만, 나머지는 알 거야. 내가 몇 개월 전 미래에서 과거로 돌아왔다는 발언을 한 적이 있다는 거.”

피오니의 눈이 언뜻 이채를 띠었다. 로제는 ‘그게 뭐?’ 하는 얼굴이고 레이 역시 의아한 기색이다.

“사실 나도 다 안 믿을 것 같아서 이런 말 하긴 싫은데…… 이거 진짜거든. 나는 원래 스물한 살까지 더 살았어. 지금 나이 열여덟이 아니라, 스물한 살. 미친 사람 취급받을 거 알면서 다시 이 얘기 꺼내고 싶지 않았어. 그래서 농담이었다고 둘러대기도 했고. 근데 사실이야. 거짓말이 아니란 건 믿어줬으면 좋겠어."

"잠깐, 난 왜 그 얘기가 나오는지 지금 이해가 안 되는데."

로제가 당황한 얼굴로 횡설수설했다. 나는 그녀의 말을 가로막고 마저 설명했다.

"오늘 루센과 있었던 일을 설명하려면 이 얘기를 꼭 해야 해서 그래. 내가 살았던 미래를 간단하게 설명하자면 나는 루센과 연인이었어. 베인 조르제와는 알지도 못했고. 피오니도 만난 적이 없지. 레이랑 로제, 너희랑은 별다른 사건이 없어. 로제 너는 계속…… 음, 별로 인정하고 싶지 않지만 너는 내 베스트 프렌드였고, 레이는 충실한 하녀였거든."

입이 말랐다. 3년이란 시간을 얼마간의 설명으로 축약하자니 잘 정리가 되지 않는 듯도 싶다.

"이번에 아를르가 루센과 사귀는 계기가 된…… 내가 참석 안 했던 로제의 생일 파티에서, 원래 루센과 마주친 상대는 나였어. 우리는 연인이었고, 내가 3년 전 지금으로 돌아오기 전, 내가 잠들었던 날은 우리의 결혼식 전날이었어."

"……."

"근데 눈을 떠보니 결혼식은 펑, 뜬금없이 루센과의 연애 기간이 흔적도 없이 증발한 거지. 그래서 난 좀 미칠 것 같은 기분이었고, 그래서 미친 척 발광을 좀 했었지. 나도 처음엔 장난이거나 가족들이 나를 놀리려고 꾸민 거라거나 꿈이라는 생각을 했어. 근데 아니더라고."

나는 더듬더듬 설명했다. 다들 쉽사리 입을 열지 못하고 있었다.

눈치를 보던 레이가 조심스럽게 입을 열었다.

"말도 안 돼요."

모두의 시선이 레이 쪽으로 쏠렸다. 그게 부담스러웠는지 레이가 제 손을 말아 쥐며 말했다.

"그렇잖아요, 과거로 돌아온다는 게 가능한 일인지……. 아가씨가 거짓말을 하셨다고 생각하는 건 아니에요. 근데 그냥 아가씨가 긴 꿈을 꾸신 게 아닐까요? 그런 거 있잖아요. 너무 진짜 같아서 깨어나서도 착각하게 하는 꿈."

듣다 보니 좀 울컥하기도 하였다. 나 역시 아직까지도 이게 꿈이었으면 좋겠다는 희망을 버리지 못했다. 아주 요원하다 못해 불가능한 일이지만, 자고 일어나면 결혼식 전날로 돌아가는 기적 같은 일이 일어났으면 좋겠다. 만약 현실로 이루어진다면 나는 모든 걸 잊고 루센과의 즐거운 한때를 즐길 텐데.

"내 얘기 아직 안 끝났어."

나는 잠시 숨을 들이켜고는 곧 마지막 문장을 쏟아내었다.

"오늘 루센이 나를 기억해냈어."

다들 조용했다. 나름대로 생각을 정리하는 듯도 하고, 아니면 그냥 지금 이 상황을 이해하지 못한 것도 같다.

그때까지 쭉 침묵하던 피오니가 불쑥 입을 떼었다.

"불가능한 이야기는 아니죠."

"뭐라고?"

내가 당황하여 되물었다. 믿어달라고 하긴 했지만 이리 선선히 수긍이 돌아올 줄은 몰랐던 탓이다. 로제와 레이 역시 당황스러운 눈으로 피오니를 돌아보았다. 그저 재미없는 농담쯤으로 여겼는데 예기치 못하게 동조자가 늘어나자 놀란 듯했다.

"불가능한 얘기가 아니라고요. 실제로 그런 주술이 있어요. 시간을 되돌리는 주문. 설화로 많이들 존재하지만, 다들 그냥 설화일 뿐이라 잊고 말잖아요. 근데 그게 영 근거가 없는 얘기냐고 물으면 그건 아니거든요."

내 이야기에 동조해주는 이가 있다니, 그리고 그게 다름 아닌 피오니라니 몹시 고무적이었다. 목이 탔다. 찬물이라도 한잔 들이켜고 싶은 심정이었지만 그건 이야기가 끝난 후로 미뤄야 할 것이다. 나는 이곳까지 찾아온 이유를 그제야 더듬더듬 늘어놓았다.

"난…… 사랑의 묘약 때문에 루센이 날 기억해냈다고 생각했어. 그게 아니면 이유가 없어. 그래서 사랑의 묘약이 어떤 원리로 작용하는지 물어보러 온 거야."

피오니가 가볍게 고개를 끄덕였다. 모두가 그녀의 다음 발언에 집중하고 있었다. 피오니가 어깨를 으쓱이며 말했다.

"아마 그게 맞을 거예요. 먹는다는 건 그 양분을 내 몸의 일부로 받아들인다는 뜻이잖아요. 사랑의 묘약도 그래요. 피부와 뼈에, 피에 당신을 새기는 거죠. 너는 이 여자를 사랑한다고. 그게 잊힌 기억을 깨울 매개가 됐을지도 모르죠."

"그, 그럼 역시 사랑의 묘약 덕이 맞았던 거야?"

나는 몸이 단 기색으로 피오니에게 바싹 다가붙었다. 그러고는 사심 가득한 질문을 꺼내었다.

"그…… 그럼 어떻게, 사랑의 묘약을 더 먹이면 효과가 더 좋을까?"

루센이 인정할 수 없다면, 인정하지 않을 수 없도록 더 많은 기억을 게워내게 하면 될 것이다. 내 충혈된 눈빛이 두려웠는지 피오니가 슬금슬금 몸을 뒤로 물렸다.

"글쎄요, 이미 깨어나기 시작한 거면 굳이 더 힘을 쓰지 않아도 또 떠오르지 않을까요? 원래 기억이란 연쇄적이니까요. 근데 부담스러우니 이 얼굴 좀 저리…….”

“…….”

정신을 차려보니 거의 내 코와 피오니의 볼이 맞닿을 지경이 되어 있었다. 나는 헛기침을 하며 뒤로 물러났다. 그제야 좀 안심이 된다는 듯 피오니가 제 가슴을 쓸어내렸다.

그렇게 부담스러웠나? 괜히 미안해지는군.

“아무튼 주술의 당사자 빼고 다른 사람이 회귀를 기억해내는 경우는 없는 걸로 아는데. 혹시 뭔가 불안정했다는 의미일까요? 그래서 보호막 같은 게 깨진 건가?”

피오니가 다소 의아한 기색으로 반문했다. 이런 데 조예가 없다 보니 그녀의 말을 알아듣기가 힘들다. 내가 그게 뭐냐는 듯 되물었다.

“보호막이라니?”

“세상 사람들이 예전 기억을 다 갖고 과거로 오면 어떻게 되겠어요? 미래를 바꾸니 뭐니 하면서 한꺼번에 설치면 나라가 멸망하고도 남을걸요? 게다가 인과가 바뀌고 운명이 뒤틀리면 사람의 영혼 자체도 불안정해지거든요. 주술자가 뭔가 실수라도 한 거 아닐까요?”

피오니가 제 뺨을 감싸며 으음 하고 신음했다. 고뇌에 빠진 모습이 제법 진지했다. 그녀가 적당한 답안을 찾아내어 내 궁금증도 함께 해결해주길 바랐지만 피오니의 입은 좀처럼 다시 열리지 않았다.

무언가 단서라도 주고 싶은데 나는 정말 아는 게 없다. 시간을 돌아왔다는 실제 경험이 있긴 한데 나 역시도 이게 뭔 일인지 잘 모르겠고, 따라서 조언을 해줄 만한 것도 없었다. 애초에 내가 바라 돌아온 삶도 아니지 않던가. 그래서 나는 그냥 어깨만 으쓱여 보였다.

“난 모르지, 내가 원해서 돌아온 게 아니니까. 내가 만난 주술사라곤 피오니 당신이 처음인걸.”

냉철했던 내가 이렇게 미신적인 분야에 기대게 될 줄은 정말 꿈에도 몰랐다. 그런데 막상 시작하니 왜 그 많은 사람들이 복채를 가져다 바치며 조언을 구하는지 알 것 같기도 하다. 하도 현실이 답답하니 이런 데서라도 위안을 얻는 것이다. 제법 영험하게 들어맞기도 하고.

그나마 다행인 건 피오니와 정찰제로 계약했다는 점일까? 바가지를 썼던 일을 생각하면 아직도 식은땀이 흐른다.

"뭐 원한 살 만한 일도 한 적 없어요?"

미련을 버리지 못한 피오니가 재차 질문했다. 그녀의 눈빛은 마치 이렇게 말하는 듯했다.

'없어? 정말 없냐고? 없을 리가 없잖아!'

눈이 희번덕하게 변한 것이 좀 무섭기까지 할 지경이다. 원한 살 만한 일이라니, 이번에 2왕자와 트러블이 생기기는 했지만 회귀 전엔 해당하지 않는 이야기였다. 나는 당당하게 가슴을 폈다.

"내가 워낙 인생을 올바르게 살았어야지."

그 말을 듣자마자 로제는 가는 눈으로 나를 째려보았다.

나는 그녀가 바닥에 침을 뱉거나 껄렁껄렁하게 서서 '네가 양심이 있어서 그런 말을 하는 거냐?' 같은 발언을 내놓기 전에 재빨리 화제를 돌렸다.

"아무튼, 그럼 기다리면 루센도 점점 더 많이 기억하게 된다 이거지?"

"이론상으로는 그렇죠."

피오니는 후폭풍을 감당할 게 두려웠는지 한발 물러난 자세를 고수했다. 하지만 희망이 있단 사실만으로도 나는 몹시 설레었다.

오늘은 혼란스러운 마음에 도망쳤을지 모르나, 더 이상 인정하지 않을 수 없는 지경이 되면 그때에는 그도 진지한 대화를 나누려 시도 할 것이다.

“잠깐만요.”

대충 상황이 정리되어가는 듯한 찰나에 레이가 불쑥 끼어들었다. 나름대로 이 방면의 전문가인 피오니의 인가까지 떨어지니 나머지도 일단은 믿기로 한 모양이었다. 어느새 표정에선 신뢰가 뚝뚝 떨어지고 있었다. 레이는 사실을 받아들인 것도 모자라 단기간에 제 사리사욕을 채울 계획까지 구상했다.

“근데 아가씨, 복권. 복권 번호 기억나는 거 없어요? 어디 사업이 잘됐다거나! 별 볼 일 없다가 대단히 성공한 사람이 있다거나요. 투자해서 다 같이 덕 좀 봐요, 우리.”

내 가련한 신세를 위로하고 보듬기도 전에 꺼내는 게 돈 얘기라니!

내가 정말 이들을 믿고 계속 함께해도 될까? 지금이야말로 인간관계에 대단한 지각 변동이 필요한 때였다.

“그런 거 없어.”

나는 차갑게 고개를 저었다. 괘씸한 마음에 알려주기 싫은 것도 있지만, 사실 진짜 아는 것도 없었다. 2왕자가 왕이 된다는 게 개중 제일 큰 건수인데 일개 하녀인 레이가 그걸로 덕을 볼 리는 없다.

“아가씨, 그러지 말고요. 네?”

“없다니까 그래.”

“아가씨 요즘 먹고 싶은 거 없으세요? 그러지 말고 조금만 얘기 풀어보세요.”

“없어. 말 바꿀 생각 없어. 돌아가.”

“전에 산딸기 타르트 먹고 싶다고 하셨잖아요. 뒷산에서 따 온 거, 그거 어때요?”

필사적인 모습이 조금 안쓰럽기까지 할 지경이다. 나는 다소 누그러진 음성으로 말했다.

"레이, 나 진짜 아는 거 없다니까."

레이의 어깨가 초라하게 움츠러들었다. 낯빛이 순식간에 시꺼메진 것이 혹시 독에라도 감염됐나 싶을 정도였다. 한참 우울함을 뿜어내던 레이가 벌컥 성을 냈다.

"아니, 그런 걸 기억하셨어야죠!"

"어? 미, 미안……?"

내가 왜 사과해야 하는지는 모르겠지만 어쨌든 사과했다. 내가 굽히고 들어가자 레이는 한결 더 기세등등해졌다. 그녀가 눈을 질끈 감고 소리쳤다.

"진짜 다른 걸 말고 알짜배기 정보를 기억해 왔어야죠, 아가씨! 아, 아까워. 정말 이 아까운 기회를 어떡할 거예요!"

"아까운 기회라니? 우리 집은 그럴 필요 없을 만큼 돈이 많은걸."

나는 고래를 갸웃거리며 대답했다.

사실이었다. 도박으로 전 재산이라도 걸지 않는 이상 평생 써도 다 못 쓸 돈인데 뭘 새삼 더 욕심을 내겠는가. 내 부르주아적 발언에 레이가 앓는 소리를 내며 뒤로 넘어갔다. 배를 움켜쥐고 구르는 것을 보아 배가 많이 아픈 모양이었다.

"아이고, 신도 무심하시지. 나한테 그런 기회 주면 정말 알차게 써먹을 자신 있는데."

나는 그런 레이를 애잔하게 내려다보며 충고를 남겼다.

"야, 불시에 시간을 돌아온다는 게 좋은 건 아냐. 언제 복권 번호 기억하고 정세 확인할 시간이 있겠냐. 그냥 눈 뜨면 나이만 리셋되어 있는 거지. 주변 사람의 미친 사람 취급은 보너스야. 어때? 그래도 욕심 나?"

내가 발광했던 3개월을 떠올렸는지 레이는 조용해졌다. 본인도 그러지 않을 자신은 없는 모양이었다. 하기야 그런 놀라운 일이 일어났는데 어떻게 바로 적응할 수 있겠는가. 그래도 아직 아쉬웠는지 레이가 풀 죽은 음성으로 웅얼거렸다.

"그래도 말이에요…… 인생 새로 시작하는 게 보통 기회는 아니잖아요."

확실히 그건 그렇다. 그걸 어떻게 활용할지는 둘째치고 확률만 해도 복권과 비견할 바 아니었다.

하지만 글쎄다. 그건 과거에 후회가 있는 사람이나 할 만한 발언 아닐까?

나는 한 번도 진지하게 인생을 되돌리고 싶다고 생각한 적 없었고 또 그만큼 행복했다. 혹자는 왕의 아내가 된다거나 하는 대단한 출세를 꿈꾸겠지만 내게 그게 다 무슨 소용이란 말인가.

돈이라면 넘칠 만큼 많았고, 요즘 좀 피부가 상하긴 했지만 얼굴은 예쁘장했으며, 애인도 있고, 그리 많진 않지만 친구도 있다. 말하자면 가진 걸 셈하라면 쉼 없이 많고, 거기에 불행의 전조는 없다는 뜻이다. 나는 현재에 만족하는 행복한 소시민…… 솔직히 말해서 소시민은 아니지만 어쨌든 행복한 사람이었단 말이다.

"넌 시간을 돌아오면 뭘 하고 싶은데?"

나는 궁금해서 물었다. 다른 사람의 생각은 어떤지 알고 싶어졌던 탓이다. 어떻게 보면 신이 내렸다 말할 수 있는 기회를 이리 끔찍하게 꺼리다니, 내가 이상한 건가.

"전 복권을 사야죠."

"불시에 돌아와서 그런 거 기억 못한다니까."

"이제부터 매일 희망을 가지고 매주 로또르 번호를 기억하겠어요."

레이가 가장 큰 규모의 복권 회사를 언급하며 결연한 눈빛을 띠었다.

로또르라니, 모르긴 몰라도 일찍 자리 잡은 가문이라 그쪽 1등 상금이 제법 큰 편이긴 했다. 나랑은 상관없는 얘기지만 일반 서민이라면 탐낼 만한 액수이기는 하다.

그나저나 일곱 가지의 숫자를 매주 기억할 의지라니, 언뜻 들으면 간단한 일인 듯하지만 말처럼 쉽지는 않을 터다. 우리는 모두 '이번에는 기필코!'라고 외치며 항상 외국어 단어 암기를 계획하지만, 또 매번 작심삼일로 실패하곤 하지 않던가?

"그 부지런함이면 로또르 아니더라도 뭐라도 돼……."

"무슨 소리세요, 아가씨! 인생 한 방이죠. 요즘에 월급 모아서 언제 집 사고 결혼해요? 애 낳고 노후 관리할 거 생각하면 아무리 많아도 모자라요."

월급을 그리 짜게 주진 않았던 것 같은데 왜 이렇게 애가 억척스러워졌지?

으음, 이번 연말 임금 인상이라도 고려해보아야겠다.

곰곰이 듣고만 있던 로제가 팔짱을 끼며 물었다.

"근데 너 왜 자꾸 설명을 하다 말아? 루센이 너를 기억해내서 뭐, 사랑 고백이라도 했어?"

나름대로 희망에 차 있었는데 로제는 잔인하게도 내게 현실을 환기시켰다. 나는 풀 죽은 얼굴로 양볼을 부풀렸다.

"……아니. 안 믿어. 본인이 확인하려고 꺼낸 말이면서 막상 내가 맞다고 하니까 그게 말이 되느냐고 하더라."

"하긴……."

로제가 수긍하며 고개를 끄덕였다. 본인도 나를 미친 사람 취급한 전적이 있으니 루센의 편을 들어주고 싶은 모양이다. 그녀가 짐짓 아쉽다는 듯 이어 질문했다.

“그럼 그냥 기다리는 수밖에는 없는 거야?”

나는 고개를 돌려 지그시 피오니를 응시했다. 쓸 만한 조언이 나오기를 바랐지만, 피오니는 그저 긍정할 뿐이었다.

“그렇죠. 그냥 기다리세요.”

그 기다림의 길이가 얼마가 될지 알 수 없다. 나는 결국 긴 한숨을 내쉬었다.

그가 나를 보며 구토를 했던 기간, 그것이 그의 기억을 일깨우는 구간이었으니 이번에도 그 정도만 기다리면 되지 않을까?

그리 어렴풋이 짐작했지만, 의외로 그 시기는 일찍 찾아왔다.

한갓진 오후였다.

로제는 친구의 불행은 전혀 괘념치 않고 알테와 데이트를 하겠다며 집을 나섰고 레이는 대청소에 동원되었지만, 나만은 할 일 없이 심심했다. 애인이 없으니 이렇게 비는 시간이 서럽군. 그저 얼굴만 봐도 시간이 빨리 지났던 상대는 이제 너무나 먼 곳에 있었다. 어찌나 먼지 도무지 내게 돌아올 기색이 보이지 않는다고나 할까?

아니다. 기다림 끝에 낙이 온다고 했다. 희망을 버리지 않고 있으면 나에게도 해 뜰 날이 오지 않겠는가?

“으음……. 이건 좀 어렵네.”

조금 떨어진 곳에서 피오니의 진지한 목소리가 들려왔다. 나는 차를 홀짝이다 말고 눈을 들어 그쪽을 살펴보았다. 그러고는 방금 있었던 일을 회상했다.

날이 좋아 기분 전환이라도 할까 후원으로 나온 참이었다. 딱히 할 일이 없다며 피오니 역시 나를 따라 나왔는데, 좀 거리가 있는 곳에서 하녀 하나가 머뭇대며 얼쩡거리는 것이 아닌가. 왜 그러느냐 불러 물었더니 피오니에게 상담하고 싶은 게 있다고 하더라. 다른 식솔들을 의식하여 피오니의 정체를 숨겼는데, 일전에 피오니의 가게에 들렀던 인물이 용케 그녀를 알아보고 소문을 퍼뜨린 모양이었다.

근데 좀 신기하다. 어떻게 그 손가락 한 마디는 될 듯한 화장 밑에서 피오니의 본판을 발견해낼 수가 있지?

나는 피오니의 귀신 같은 분장을 보고 기절했던 일이 아직도 선명하다. 그래도 내 심장 건강을 배려해준 건지 다행히 피오니는 우리 집에 들어온 뒤 나름대로 멀쩡한 행색을 하고 다녔다.

"카드 뜻이 애매해서 하나 더 뽑아야 할 것 같은데, 그럼 총 다섯 장을 보는 거라 추가 금액이 있어. 어때, 볼 거야? 좀 두루뭉술한 결과가 나오겠지만 지금 멈춰도 되긴 해."

'두루뭉술한 결과'를 강조하며 피오니가 영업을 시작했다. 개미지옥이 어디 있나 했더니 바로 여기 있었다. 여기서까지 보일 정도로 떨리는 동공을 내비치던 하녀는 결국 고개를 끄덕이고는 주머니를 뒤적거렸다. 원래 복채로 내놓았던 1실버 위에 다시 1실버가 쌓였다. 상대를 봐가면서 돈을 뜯는지 내게는 금화 한 닢이었던 복채가 대폭 세일 중이다.

"음, 그래. 이제 좀 알겠네. 이 카드 보이지? 이게 액운을 상징해. 하지만 그러면서도 표정이 부드럽군. 금방 끝날 불행이라는 뜻이야. 애인의 변심이 불안해도 되도록 이번 달 안에는 만나지 마. 아마 시간이 지나면 원래처럼 돌아올 테니까."

"정, 정말이죠?"

하녀가 감격 어린 얼굴로 되물었다. 피오니가 당당하게 고개를 끄덕이며 긍정했다.

"그럼! 근데 그 확률을 올려주는 약물이 있는데……. 아, 아니다. 이게 좀 비싸. 이것까지 팔긴 좀 그렇다."

"네? 얼만데 그러시는데요?"

하녀가 초조한 얼굴로 되물었다.

미간을 좁히던 피오니가 진지한 얼굴로 고개를 내저었다. 고뇌에 잠긴 표정이 예술이었다.

"아…… 이를 어쩐다. 내가 일하는 언니들 사정을 뻔히 아는데, 에라, 모르겠다. 원래 10실버 정도 하는데. 아…… 정말 이럼 안 되는데…… 모르겠다. 5실버만 내."

"5실버요?"

하녀가 침을 꿀꺽 삼키며 되물었다. 월급을 모두 가족에게로 보내야 하는 말단 하녀가 부담하기엔 다소 큰 금액이었다.

피오니가 뭘 모르는 모양이라는 듯 쯧 하고 짧게 혀를 찼다.

"솔직히 아가씨가 안 사면 내가 이득이야. 이거 원가도 안 되는 가격이거든. 근데 내가 우리 카타리나 아씨 가문 사람이기도 하고 해서 많이 봐준 거야. 순전히 아가씨를 위해서. 근데 필요 없다면 어쩔 수 없지. 사기 싫으면 안 사도 돼. 부담이긴 하잖아?"

피오니가 그렇게 말하며 벌떡 몸을 일으켰다.

"아니에요, 저 그거 살게요. 같이 주세요!"

하녀는 몹시 초조했는지 눈을 질끈 감고 피오니를 붙잡았다.

"그래? 그럼 어쩔 수 없지……."

나는 보았다. 하녀가 고개를 숙이고 있어 볼 수 없다는 걸 알고 음흉하게 입꼬리를 끌어 올리는 피오니의 모습을. 악마가 있다면 바로 저 형상이 아닐까?

하녀는 몇 번이고 고맙다고 인사를 하고는 사라졌다. 피오니는 돈이 가득한 주머니를 흔들고는 그 짤랑이는 소리를 음미했다. 으음, 그러고 보니 엄연히 근무 시간인데 하녀의 사주를 봐주는 이른바 투잡을 뛰고 있었군. 말려, 말아?

그러나 나는 인자하게도 피오니의 부업을 방해하는 대신 이전부터 품어왔던 궁금증을 꺼냈다.

"남편 다리 때문에 그런 거야? 그렇게 악착같이 버는 건?"

손등에 턱을 괸 채 내가 눈을 가늘게 떴다. 피오니가 피식 웃으며 동의했다.

"말하자면 가장의 비애죠."

"남편 다리는 어쩌다 그렇게 된 건지 알려줄 수 있어? 실례되는 질문이라면 사과할게. 말하기 싫으면 안 해도 돼."

말해놓고도 왠지 곤란한 질문을 꺼낸 것 같아 선수 쳐 사과했다.

"글쎄요, 물론 사고라는 게 즐거운 일은 아닌데, 딱히 말 못할 이유도 없어요."

그렇게 말하며 피오니가 내 앞으로 걸어왔다. 건너편 의자를 끌어당겨 앉은 그녀가 곧 말문을 떼었다.

"제 고향은 원래 시저였어요."

시저라니, 한미한 지방이긴 하지만 나는 그 지역의 존재를 알고 있었다. 특별한 특산품이 있다거나 하는 이유는 아니고, 말하자면 거기서 난 게 유명해서이긴 한데, 그게 물건이 아닌 사람이었다.

시저는 이 시대 최고의 물불 안 가리는 로맨스의 주인공, 바로 몰테 자작부인의 고향이었다.

"거기서 상경하려면 힘들었을 텐데."

"고생이었죠. 게다가 남편 다리가 완전히 나았을 때도 아니었거든요. 어쨌든 왜 다쳤느냐를 설명하자면……."

피오니가 곰곰이 생각에 잠긴 기색으로 제 턱 주변을 두드렸다. 곧 이야기의 화두를 찾은 듯 주름진 입술이 열렸다.

"아시겠지만, 시저는 무척 작은 지방이에요. 몰테 자작부인 덕에 왕이 힘을 써 좀 발전하긴 했지만 그래도 다른 지방과는 비할 바가 안 되죠. 영주가 수도로 올라와 사저를 두 채나 운영할 재력도 없고, 왕 가까이에서 일할 능력도 없고."

고향에 대한 평치고는 제법 신랄했다. 나는 잠자코 그녀의 이야기에 집중했다.

"수도의 고위 귀족들이 아랫것들을 통해 영지민들을 부린다면 작은 영지에선 영주가 직접 나서서 패악을 부리지요. 높은 세율과 심심하면 나타나서 트집을 잡는 영주 때문에 살기는 팍팍했어요. 게다가 그땐 제가 점술사 노릇을 하지 않았을 때였어요. 재주가 있는 건 알았지만 어머니가 결사반대했거든요. 하늘을 팔아먹고 사는 이들은 더 일찍 부름 받는다면서요. 실제로 어머니도 굉장히 젊은 나이에 돌아가셨고요."

그런 비화가 있는지는 몰랐다. 하기야 남들과 다른 능력을 가진 사람들은 보통 명이 길지 않다고들 하다.

억척스럽기로 치면 100세가 넘도록 장수할 것 같은 인물인데, 본인이 단명한다는 얘기를 담담하게 하는 걸 보니 왠지 기분이 이상했다. 나는 잠시간 뭐라 위로해야 할지를 고민했다. 그걸 알아챘는지 피오니가 피식 웃으며 만류했다.

"분위기 진지하게 만들지 마세요. 모르죠, 그냥 속설이니까 전 오래 살지도. 그리고 저는 국운을 세우거나 기울게 할 만한 건수 큰 예언을 한 기억은 없거든요."

"그럴 거야. 오래 살아야지. 눈에 넣어도 안 아플 자식들이 있는데."

"덕담 감사히 들을게요. 아무튼, 그래서 그땐 남편이 소작하는 농작물로 어떻게든 먹고살고 있었는데……. 10년 전에 기근이 들었을 때였어요. 높은 세율은 여전했고 곳간 바닥까지 긁어도 밀 한 톨 없던 시절이었죠. 먹을 게 없어 실제로 사람들이 죽어갔어요. 남은 이들은 그 시체까지 뜯어 먹어야 했지요."

10년 전이라, 내가 아직 어렸을 적이지만 대단한 흉작이 이어졌던 기억은 있었다. 하루가 멀다 하고 기우제를 지냈지만 내리는 비는 없었고, 식물이 마르다 못해 사람까지 말라 죽었다. 실로 을씨년스러운 시절이었다. 리플렉츠 지방에서는 세율을 줄이고 보관해두었던 식량을 풀어 빈민을 구제했지만, 당연히도 그러지 않은 곳이 더 많았다. 아무래도 시저는 후자였던 모양이다.

"남편은 어떻게든 살아보겠다고 영주가 지나가는 마차를 가로막았어요. 바닥에 드러누워 억울함을 고하는데 마차 안에서 젊은 여자 목소리가 들리더군요."

피오니가 말을 멈추고는 목소리를 가다듬었다. 그러고는 가늘고 권위적인 음성을 흉내 내었다.

"'뭐야, 왜 멈춰?'"

그저 흉내만 들었는데도 나는 그 목소리의 주인공이 대충 상상이 갔다. 나 역시 들어 알고 있는 음성이었다. 10년 전 일인데도 그 어조며 말투를 똑똑히 기억하고 있다니 원한이 대단한 듯했다.

피오니의 이어진 설명으로는 이러했다. 진퇴양난에 빠진 마부는 당황하여 땀을 뻘뻘 흘리다가, 결국 사실대로 고했다.

「아가씨, 그게, 영지민 하나가 지금 길을 막고 있는데…….」

길을 지나던 이들이 모두 숨을 죽였다. 목숨이 달아날지도 모르는 상황이었고, 그저 다 같이 한마음으로 영주의 자비를 바랐다. 그러나 청아한 목소리는 그저 짜증스럽게 이 한마디를 더했을 뿐이다.

「왜 멈췄냐고 물었어.」

그게 내 앞길을 막을 만한 거리가 되느냐는 투였다. 몰테 자작부인은 일개 소작농의 목숨보다는 제가 저택으로 빨리 돌아가는 일이 더 중했다.

그 아비에 그 자식이라고 했던가. 콩 심은 데 팥이 날 수 없고 팥 나온 데 콩을 심었을 리가 없다. 영주의 손속도 똑같았다.

「내 딸의 말이 들리지 않는가, 자네!」

마부는 눈을 질끈 감았다. 말은 투레질했고 발굽 소리는 요란했으며 마침내 마차 바퀴가 굴렀다. 간발의 차로 뛰어든 행인이 피오니의 남편을 끌어낸 덕에 목숨은 구했지만, 다리 한 짝은 처참하게 뭉개져 회복할 수 없었다.

"그럼……."

내가 질린 얼굴로 중얼거렸다. 정말 고작, 빨리 사저에 돌아가고 싶다는 이유로 사람을 치고 지나갔다고?

피오니가 삐뚜름하게 웃으며 긍정했다.

"친절한 귀족 아가씨, 당신은 이해 못할 비극이지요?"

이야기는 끝났지만 피오니는 아직도 뭔가 말하고 싶은 얼굴이었다. 나는 망설이는 피오니의 눈을 들여다보며 물었다.

"교훈이 뭐야?"

잠시 제 입가를 문지르던 피오니가 어깨를 으쓱였다.

"글쎄요. 선택은 내가 한다는 것? 저는 어머니의 말을 듣고 하나뿐인 재주를 억눌러왔지만, 제가 밥벌이를 못한 덕에 남편은 다리를 잃었죠. 저는 그걸 죽을 만큼 후회했고요."

"……."

"자기 인생은 자기가 선택하는 거예요. 전부터 생각했는데, 전 아가씨가 왜 그렇게 과거에 집착하는지 모르겠어요. 이젠 존재하지 않는 과거의 정이 중요한가요? 과거의 기억 때문에 정말 중요한 걸 놓치고 있는 건 아니에요? 정작……."

피오니는 말을 맺는 대신 가만히 눈을 굴렸다. 이윽고 그녀의 입가에 조용한 미소가 떠올랐다.

"정말 중요한 선택은 되돌릴 수 없어요. 시간을 돌아오는 기회가 흔한 것도 아니니까. 잘 선택해요."

말을 마친 피오니가 자리에서 일어났다. 나는 멀어지는 그녀의 뒷모습을 빤히 응시하다가, 다 식은 차를 한꺼번에 들이켰다.

그날 밤 리플렉츠 저택엔 두 명의 기사가 방문했다.

방문객이 있다는 소식은 저녁 식사 시간이 가까워질 무렵 전해졌

다. 하녀는 다소 당황한 기색으로 좀처럼 입을 열지 못했고, 나는 머리를 올려 묶다 말고 답지 않게 짜증까지 냈다.

"나 답답하게 구는 거 싫어하는 거 알지. 뭐 잘못했어도 5초 안에 입 열면 봐줄 테니까 얼른 말해."

많이 봐줘서 장신구 하나 잃어버린 것쯤은 그냥 넘어가줄 수 있다. 그러나 하녀의 곤란한 표정은 변하지 않았다.

"아, 그게 제가 잘못한 건 아니지만, 그게……."

"아, 대체 뭔데?"

벌써 5분가량 이렇게 실랑이를 하고 있었더니 목이 다 탈 지경이다. 마침내 내가 성을 낼 것 같았는지 결국 눈을 질끈 감은 하녀가 털어놓듯 외쳤다.

"루…… 루센 경이 오셨어요!"

"뭐? 정말?"

너무 놀란 나머지 뒤로 넘어갈 뻔했다. 나는 겨우 의자 위에서 중심을 잡으며 목을 쭉 빼었다.

"뭐야, 언제? 지금? 근데 그냥 말하면 되지 그걸 왜 망설여?"

"그…… 그게……."

루센이 급작스레 찾아온 구토로 저택 바닥을 하수구장으로 만들고 있는 게 아니라면 저리 당황할 것도 없을 텐데. 이번에도 눈을 질끈 감은 하녀는 이번엔 주먹까지 쥔 채 사실을 고했다.

"조, 조르제 소공작님도 같이 찾아오셨어요!"

"뭐?"

이번엔 정말 의자가 뒤로 넘어갔다. 나는 뻐근한 어깨를 매만지며 찔끔 새어 나온 눈물을 닦았다. 통증은 아직 가시지 않았지만 그걸 신경 쓸 짬은 없었다.

"그래서 지금 다 어디 있는데?"

"응접실에 같이 모셨어요."

"뭐? 지금 장난해? 둘이 못 마주치게 했어야지! 루센이 나를 대체 어떻게 생각하겠어!"

베인 조르제는 내가 루센에게 구애하고 있는 걸 아니 사실 상관이 없다. 오히려 루센과 나의 사이를 내보임으로써 그를 밀어내는 데 더 도움이 된다 하겠다. 하지만 루센으로서는 베인 조르제와의 동석이 몹시 당혹스러울 것이다. 최악의 경우에는 내가 양다리나 걸치는 지조 없는 여자라고 생각할 수도 있었다.

나는 재빨리 묶고 있던 머리를 마저 틀어 올렸다. 분칠도 하고 이것저것 꾸미고 싶었지만 우선은 둘을 갈라놓는 게 급선무였다.

베인이 혹시 나에게 한 것처럼 루센에게 이상한 소리라도 늘어놓는다면?

얼굴에서 핏기가 가신다. 나는 입고 있던 홈드레스를 재빠르게 훑어보았다. 선이 좀 밋밋하고 단조롭긴 했지만 과자 가루를 흘리거나 이상한 걸 묻히진 않았다. 옷을 무작위로 짚어 살피던 내가 고개를 퍼뜩 들며 물었다.

"나 별로 안 이상하지?"

"네, 아름다우세요!"

"아니, 그러지 말고 자세히 봐봐. 뭐 거슬리는 거 없어?"

"거슬리다니요, 그야말로 완벽하세요!"

하녀가 혼신의 힘으로 아부했다. 더한 거지꼴이었어도 동일한 대답이 돌아왔을 건 알지만 그래도 안심이 된다.

"좋아, 안내해."

나는 콧김을 뿜으며 장군 같은 걸음으로 방문을 열어젖혔다. 그런데 문이 열리는 감촉이 이상하게 평소보다 묵직하다. 마치 무언가 무게라도 실린 듯이…….

그러니까 정확히 성인 세 명 정도가 방문에 귀를 붙이고 있다가 황급히 떨어져 나간 듯한?

"아이코!"

"아이구!"

"억! 나 죽네!"

연쇄적으로 중년 여성, 청년, 중년 남성의 각기 다른 비명이 들려왔다. 나는 황당하다는 표정을 지으며 바닥에 넘어진 그들을 내려다보았다.

"다들 여기서 뭘 하고 계세요?"

다름 아닌 가족들이었다. 어머니와 아버지, 알테는 모두 내 눈치를 보며 건너편 창가를 내다보았다.

"허허, 날씨가 참 좋군. 그렇지, 여보?"

"그러게요, 데이트하기 딱 좋은 날씨예요. 그렇죠?"

"어머니 아버지가 뭘 좀 아시네요. 그럼 저희 다 같이 피크닉이라도 갈까요?"

그리고 세 사람 모두 어색하고 삐걱거리는 걸음으로 내게서 멀어지기 시작했다.

"잠깐."

나는 싸늘한 음성으로 그들을 붙들었다.

"……."

일동 침묵했다. 나는 어이없다는 얼굴로 허리에 양손을 올렸다.

"지금 제 방에서 말소리 훔쳐들으신 거예요, 다 같이? 이게 무슨 짓이야, 대체?"

아무래도 베인 조르제와 루센이 동시에 방문했다는 소식을 듣고 몰려든 듯싶었다. 나는 황당하다는 티를 숨기지 않으며 마저 나무랐다.

“제가 손님들 만나면, 그 대화까지 훔쳐들으실 작정이었어요? 저한테도 사생활이라는 게 있어요!”

“카렌! 무슨 말을 그렇게 하니! 우린 가족으로서 네 걱정을 했을 뿐이란다.”

알테가 발끈하여 앞으로 나섰다. 방귀 뀐 놈이 성낸다고 부모님은 몰라도 알테는 쥐구멍을 파서라도 상황을 훔쳐볼 작자였다. 그런 알테를 거들 듯 어머니가 말을 더했다.

“그래, 양다리는 부끄러운 게 아니야.”

그런데 핀트가 좀 많이 어긋났다.

양다리는 충분히 부끄러운 일인 것 같은데……?

말의 어폐를 깨달았는지 어머니가 작게 헛기침을 했다. 혼란스러운 와중이라 말실수를 한 듯하다. 과년한 처자에게 남자 둘이 동시에 찾아오다니. 부모님과 오라버니 모두가 놀랄 만한 빅뉴스이기는 했다. 얼떨결에 가족들 사이에 거대한 스캔들을 투하해버린 셈이라 약간 죄책감이 들었다.

나는 한결 누그러진 음성으로 말했다.

“그래도 훔쳐듣진 마세요. 저 이젠 애 아니라고요. 제가 다 알아서 할 수 있어요.”

어머니가 다소 푸석해진 얼굴로 뺨을 문질렀다. 어쩐지 회한이 가득한 표정이다.

“젖 물리던 때가 엊그제 같은데 벌써 남자들이 다 찾아오고……. 그것도 한꺼번에 둘씩이나…….”

“내 딸이 날 닮아서 인기가 좀 많긴 하지.”

아버지가 점잖게 고개를 끄덕이며 말했다. 어머니가 정색하며 대꾸했다.

"말은 똑바로 하세요, 후작님. 후작님이 아니라 절 닮은 거죠."

평소 부르던 '여보'라는 호칭이 생략되고 공적인 지위를 들고 나오자 굉장히 거리감 있게 들린다. 나는 어머니의 말에 동의한다는 의미로 진중히 고개를 끄덕였다. 그런 발언에 전혀 위화감이 없을 정도로 어머니의 소싯적 미모는 대단했다. 그리고 아버지의 외관을 객관적으로 설명하자면 길가에 지나가는 행인 1 정도의 존재감이라고 표현할 수 있다. 한마디로 전혀 눈에 띄지 않는다는 말이다.

"지금 그게 중요한 게 아니잖아요. 베인 조르제를 얼른 내쫓아야죠."

제 생각대로 흘러가지 않는 상황에 알테가 주먹을 불끈 쥐고 말했다. 어머니는 오른편으로 고개를 기울이며 회의적인 표정을 지었다.

"어머, 그건 카렌 선택이지."

"그래, 결국 결정은 카렌이 하는 거란다."

아버지가 비위를 맞추듯 어머니에게 동조했다. 알테가 발끈하여 언성을 높였다.

"아버지 정말 이렇게 갈대같이 구실 겁니까?"

"아니, 좋은 게 좋다는 거지 내가 무슨!"

"사람이 일관성이라는 걸 좀 가져보세요! 언제는 2왕자, 으, 읍 읍읍!"

비밀로 했던 2왕자의 이야기가 언급되자 아버지가 재빨리 알테의 입을 틀어막았다. 그러고는 성을 내며 소리쳤다.

"아니, 이놈이 다 들리는 데서 이게 무슨 추태야! 이 자식, 얼른 방으로 돌아가지 못해!"

아버지가 알테를 끌고 재빨리 사라졌다. 남겨진 어머니와 나는 동시에 서로를 돌아보았다. 내게로 다가온 어머니가 내 손을 감싸 쥐며 진지하게 조언했다.

"잘 골라야 한다. 내 똑똑한 딸, 잘 알아들었지?"

"잘 고르는 기준이 뭔데요?"

역시 부모의 입장에선 더 돈 많고 가문도 좋은 베인 조르제 쪽을 선호할까?

아버지는 2왕자의 편을 들려는 듯 보였지만, 내가 베인 조르제의 약혼자로 자리 잡는다면 이야기가 달라진다. 만약 베인과 내가 혼인한다면 아버지는 본인이 파고들 틈이 없어 경계했던 1왕자의 세력에 마음 놓고 힘을 더할 것이다. 그리고 그건 2왕자가 절대 무시할 수 없는 수준이겠지.

문득 지난번 2왕자와 마주쳤던 일이 떠올라, 나는 가볍게 몸을 떨었다. 그런 살기는 다신 느껴보고 싶지 않았다.

"글쎄, 아무래도 네가 결혼해서 후회하지 않은 사람을 고르는 거겠지. 세상엔 불행한 부부들이 몹시 많단다."

그러나 재물을 이유로 그 불행을 견디는 사람들도 몹시 많다. 나는 다시금 반문했다.

"저한테 잘해줄 남자면 족하세요?"

잠시 고민하던 어머니가 작게 속닥였다.

"솔직히 내가 보기엔 베인이 더 잘생기긴 했더라."

"……."

반박하고 싶지만 베인 조르제가 잘생긴 건 사실이다. 루센이 반짝이는 미남이라 연하에게 어필한다고 치면, 진중한 인상의 베인은 어쩐지 모성애를 자극하는 연상 타입이랄까?

“최대한 잘 골라볼게요.”

나는 피식 대꾸하고는 걸음을 돌렸다.

응접실에 도달하는 데까지는 그리 오랜 시간이 걸리지 않았지만, 나는 문을 앞에 두고 한참을 망설여야 했다. 아직까지 생각은 정리되지 않은 채였고, 오늘의 선택은 내 인생에 몹시 큰 영향을 미칠 것이 틀림없었다. 어쩌면 가문의 운명까지 내게 달려 있다고 말할 수도 있을 것이다.

나는 심호흡을 마친 채로 문을 열었다. 마주 앉아 있던 두 남자의 시선이 곧바로 내게 와 닿았다.

“무슨 얘기들을 나누고 계셨나요?”

그리 말하고는 주변을 둘러보았다.

루센의 파란 눈은 어딘지 초조한 기색을 하고 있었다. 루센의 시선이 닿은 곳엔 건너편에 한쪽 다리를 꼬고 앉은 베인이 보였다. 의외롭게도 그는 오늘 평소보다 밝은 색상의 정장을 차려입고 있었다.

항상 남자는 본인 가문 소지의 기사단복이나, 아니면 지난번 여행길에서 보았던 것처럼 눈에 띄지 않는 펑퍼짐한 옷을 입어왔기에 그 변화가 남달랐다.

루센이 당황 섞인 음성으로 입을 열었다.

“아, 그. 베인 경은 어떤 경위로 여길 방문하셨는가 하고…… 그런 이야기를 하고 있었습니다.”

그때 베인의 단조로운 음성이 끼어들었다. 언뜻 여유롭게도 들리는 목소리였다.

“남성이, 혼기 찬 여성을 만나러 오는 데 다른 이유가 더 있겠습니까.”

다분히 오해의 소지가 깊은 발언이었다. 나는 그런 남자를 어이없다는 듯이 돌아보았다. 제가 한 말을 잊으라 할 땐 언제고 이리 뻔뻔하게 재등장한 이유를 알 수 없었다.

"글쎄요, 그러니 더 행동을 조심하셔야 하는 것 아닙니까? 말마따나 교제의 의미로 비칠 수도 있는 사안인데, 근거 없는 소문이라도 나면 곤란하지 않습니까."

뜬금없이 선제공격을 얻어맞은 루센이 울컥한 듯한 음성으로 대꾸했다. '근거 없는'이라는 말을 강조한 것으로 보아 나와 베인이 아무 사이도 아니라는 확언을 얻고 싶은 모양이었다.

그러나 베인은 눈 하나 깜짝 않고 대답했다.

"근거 없는 소문으로 손상될 명예를 걱정한다면, 누구라도 얼마 전까지만 해도 타 영애와 열렬한 염문을 뿌리던 상대와의 스캔들보다는 나을 것 같군요."

"베인 경, 지금……!"

그 발언이 몹시 모욕적으로 느껴졌는지 루센이 자리에서 벌떡 일어났다. 자칫하면 싸움이 날지도 모른다. 중재가 필요할 듯했다. 문가에 서 있던 내가 배에 힘을 준 채 크게 외쳤다.

"두 분 다 그만하세요!"

그러고 보니 이것은 말로만 듣던 두 남자가 나를 두고 싸우는 상황 아닌가?

회귀 후 남자 복이라고는 바닥나다 못해 그 샘까지 말라가는 줄 알았는데 엉뚱한 시기에 터져버렸다. 그러나 이 상황을 즐기거나 할 기분은 아니었다. 내가 느꼈던 베인의 진심은 그야말로 하잘것없었고, 더 이상 그의 장단에 놀아나는 것은 지긋지긋했다.

나는 베인을 내려다보며 싸늘하게 들릴 법한 목소리로 통고했다.

"베인 경, 경은 이만 돌아가주세요. 전 경과 나눌 이야기가 없어요.”

그가 내게 할 말이 있었더라면 지난번에 했었어야 했다. 내가 그의 저택을 찾아갔을 때, 손수건의 행방을 물었을 때.

그러나 그는 제가 한 일을 인정하기를 부정했고, 그것을 기점으로 내게 진실을 말할 기회를 잃은 셈이었다.

“제 말이 들리지 않나요? 나가주세요.”

아직도 자리에서 일어나지 않고 있는 베인을 향해 내가 차갑게 일갈했다. 나를 속이거나 혼란스럽게 했던 일에 대해 앙갚음이라도 하는 기분이었다. 조금 속이 통쾌했다고도 말할 수 있을 것이다. 그 광경을 지켜보는 루센의 눈에도 신난 기색이 비쳤다.

“…….”

뭐지. 저 ‘사장님, 나이스!’나 ‘오빠 멋져!’ 따위의 말을 외치는 듯한 표정은.

어쨌든 내 말을 두 번이나 무시할 수는 없었는지 베인은 그 무거운 엉덩이를 일으켰다. 그는 천천히 걸어 응접실에서 나가려 했다. 그가 문가에, 그래서 내 근처에 다다랐을 즈음이었다.

“왜 찾아왔어요?”

내가 루센에게로 시선을 고정한 채 조르제를 향해 작게 물었다. 루센에게 들리지 않을 만큼 작은 목소리였다. 제자리에 잠시 걸음을 멈춘 베인이 말을 꺼내려는 기색으로 입을 열었다. 그러나 그 입은 몇 번인가 알 수 없는 단어를 뻐끔거리다가, 그저 작별 인사만을 남기었다.

“연인과 즐거운 저녁 되십시오.”

그러고는 내 옆을 스쳐 지났다. 그 속 모를 행동에 내 심정은 아연하기까지 했다. 나는 무의식적으로 헛웃음을 뱉어냈다. 항상 제멋대로 등장했다가 제멋대로 등장해서는, 또 제멋대로 나를 흔들어놓고 '아, 이건 내가 의도한 게 아닌데.' 하는 식으로 빠져나간다. 그 뻔뻔함이 이루 말할 수 없을 지경이다.

그를 따라가 붙잡고 욕이라도 한참 쏟아내고 싶은 심정이었지만, 응접실엔 아직 루센이 남아 있었다. 나는 애써 마음을 가다듬고는 루센에게 다가갔다.

"……좀 소란이 있었죠. 죄송해요."

사실 루센만 해도 이랬다저랬다 하는 태도로 나를 혼란스럽게 했던 인물인데, 그것도 베인에 비하면 양반이라 비교적 덜 밉게 느껴졌다.

"아닙니다."

루센이 손까지 내저으며 부정했다. 황송하게까지 느껴지는 태도라 나도 조금 머쓱해졌다. 나는 머리를 빗어 내리려 손을 뻗다가, 묶어두었다는 사실을 깨닫고 가만히 무릎 위에 두었다.

"그래서 루센 경은, 여기까진 어쩐 일로……."

용건을 꺼낼 시간이 되자 루센의 낯이 다소 긴장으로 물들었다. 확실히 그와 나는 지금 얼굴을 붉히지 않는 게 신기할 정도로 지난한 설전을 벌였었다. 나야 조금만 기다리면 그가 다 기억해낼 것이라는 희망에서 그런 것이지만, 루센은 대체 어떤 심경의 변화가 있었을까.

루센이 망설이며 입을 열었다.

"저는, 그…… 말이 안 된다는 생각이 들었습니다."

"……."

여기까지 와서 또 못 믿겠다는 소리나 하려는 건가. 어깨에서 힘이 빠졌다. 그러나 그의 이야기는 '그러니 이런 이야기는 그만하자.' '묻어두자.'는 식으로 흘러가지 않았다.

"그렇지 않습니까. 이게 어떻게 말이나 되는 소리냐고, 그런 일이 벌어질 일은 없다고."

"……."

"그런데 자꾸 꿈을 꿀 때마다 이상한 장면이 떠오릅니다. 제가 겪지 못했던, 알지 못했던 일들이 제 미래인 양 행세합니다."

루센이 테이블에 시선을 고정한 채 더듬더듬 말을 늘어놓았다.

"제가 이걸…… 그렇게 쉽게 받아들일 수가 없지 않습니까."

고민이 길었던 듯 그의 낯빛이 좋지 않았다. 전보다 마른 듯한 얼굴이나 푸석한 입술 등은 이전에 생기 있던 모습과 몹시 비교되었다. 나 때문에 그러한 걸까.

내 생각을 하느라 몸이 상했다는 걸 슬퍼해야 할지, 아니면 좋은 전조로 받아들여야 할지 알 수 없었다. 피오니는 루센이 앞으로 계속 미래를 기억해낼 것이라고 했다. 그는 지금 어디까지 떠올렸을까. 내가 떨리는 입을 열어 물었다.

"얼마나 기억나셨는데요?"

루센이 눈을 들어 나와 시선을 마주했다. 밤이라도 지새운 듯 피곤함을 그대로 보이는 충혈된 눈동자. 나를 보는 그 눈엔 당황과 혼돈, 그리고 어쩌면 이전의 애정이 있었다.

그가 눈을 감으며 겨우 입술을 달싹였다.

"다요."

입이 바싹 말랐다.

그가 손을 뻗었다. 잔을 쥐고 있던 내 손을 부드럽게 그러쥐어, 나는 그 자연스러움에 놀라 찻잔을 놓칠 뻔도 하였다.

루센이 낮게 가라앉은 음성으로 물었다.

"결혼반지는…… 어떤 모양이었습니까?"

몰라서 묻는 것이 아니었다. 알고 있기에 묻는 것이었다. 저와 내 기억을 비교하기라도 하려는 듯이.

나는 그와 눈을 맞춘 채 결혼식을 준비하던 시절을 떠올렸다. 헤아릴 수도 없을 만치 아주 많은 일들이 있었지만 당연하게도, 결혼반지의 모양을 기억하지 못할 리는 없었다.

"가운데에 큰 다이아몬드가 있었어요. 그 둘레를 푸른 사파이어 알갱이들이 감쌌고요. 다른 것도 함께 보았는데, 당신은 더 간단한 게 좋다고 했어요."

말을 멈추고는 잠시 숨을 들이쉬었다. 한꺼번에 많은 이야기를 하려니 숨이 찼다.

"그때 당신이 좋다고 했던 건 백금으로 만든 링에 핑크 다이아몬드가 박혀 있던 반지였어요. 하지만 저는 먼젓번 것이 너무 마음에 들어서…… 그래서 제가 억지를 부렸었어요. 결국은 두 개를 맞췄죠. 평소에는 편하게 당신이 고른 것을 끼고 다니고, 제가 고른 건 중요한 때 사용하기로."

루센의 팔에 힘이 들어갔다. 눈에는 붉은 기가 진해졌다. 어쩌면 광인처럼도 보일 형상이었지만 나는 그의 심정을 십분 이해할 수 있을 것 같았다. 그가 조금 다급하게도 들리는 음성으로 다시 물었다.

"결혼식은, 결혼식은 어디서 올리기로 했죠?"

"성당에서요. 왕성 바로 옆의 제스 신전에서 운영하는 가장 큰 성당…… 한낮에 들어가면 스테인드글라스 색이 비쳐서 가지각색으로 물든 건물이 아주 멋있잖아요. 본인께서 혼인하셨던 장소라 경의 아버님이 밀어붙이시기도 했고요."

그에게 잡힌 손의 감각이 아릿했다. 제 힘을 자제하지 못하는 모양새였다. 멍이 들지도 모른다고 생각했지만, 나는 그를 쳐내는 대신 그의 손을 마주 잡았다.

“제가 어떤 꽃을 드리며 프러포즈를 했었습니까? 수국, 튤립, 데이지, 제비꽃. 이중 어느 꽃이었는지……! 말씀해보세요.”

루센이 남은 손으로 제 눈가를 문지르며 말했다. 머리칼은 잔뜩 흐트러졌고 코끝은 빨갛게 물들어 있었다. 나는 그의 소매에 매달린 단추를 응시하며 대답했다.

“그건 장미였잖아요.”

“…….”

“대신 아주 색이 다양했어요. 종자도 여러 가지였고. 꽃망울이 봉긋한 것, 빨간색으로 아주 만개한 것. 아주 아름다워서 오래도록 보다가, 그대로 말려 소중히 보관했지요.”

루센이 헛웃음을 지었다.

“말도 안 돼…….”

이번엔 그 웃음소리가 더 짙어졌다. 그가 광소하며 제 무릎을 내리쳤다. 이런 웃기는 일이 또 있느냐는 듯이,

“잠깐만요, 이런 일이 있을 리가 없지 않습니까. 예? 아, 그래. 우연이…… 그래요, 아주 대단한 우연이 들어맞은 거지요. 그렇지 않습니까?”

“…….”

“뭐라고 대답 좀 해보십시오, 예?!”

루센이 히스테릭하게 소리쳤다. 붉게 달아오른 얼굴이 낯설었다. 저를 진정시키려는 듯 그가 크게 숨을 내쉬었다. 나는 잠시간 루센을 빤히 내려다보았다. 이윽고 내 입술이 조용히 열렸다.

“그럼 왜 저를 찾아왔어요? 그대로 있을 수 없는 일이다, 그리 넘기셨으면 되었을 걸 왜 여기까지 방문하셨어요? 결혼반지는 무슨 모양인지, 결혼식장은 어디였는지, 그리고 프러포즈는 무슨 꽃으로 하였

는지 그걸 대체 왜 확인하고 싶으셨느냐고요."

"……."

"저는 아마도 당신이 보았을 그 기억을 많이, 아주 많이 공유하고 있어요. 어디서 데이트를 했었는지, 당신이 좋아하는 음식은 무엇이고 또 어떤 선물을 내게 선사했는지. 우리가 나누었던 사랑이 얼마나 찬란했는지 천 번, 만 번도 넘게 늘어놓을 수 있다고요."

목소리가 젖어갔다. 울고 싶지 않았지만, 울컥 차오르는 감정을 어찌할 수는 없었다. 하지만 나는 겨우 동요를 삼켜냈다. 시간을 돌아와, 나는 그 정도로는 내 사랑을 누를 수 있게 되었다.

"하지만…… 하지만 당신이 원한다면 어쩔 수 없어요. 말마따나 이건 아주 말도 안 되는 일이고, 당신이 부정하면 저는 어느 누구에게도 하소연할 수 없겠지요. 미친 사람 취급을 받는 것은 저일 테니 말이에요."

말을 끝맺고 나는 여즉 그에게 잡혀 있던 손을 빼내려 했다. 그러나 그는 힘을 빼 나를 놓아주지 않았고, 대신 계속 내 손등을 내려다보았다. 머뭇거리던 남자는 내 팔을 돌려 손바닥이 위를 보게 했다. 손금이라도 확인하려는 걸까. 무슨 영문인지 알 수 없었지만 나는 얌전히 그의 행동에 따랐다.

다른 곳으로 시선을 돌리거나, 한숨을 쉬거나, 입술을 깨물거나 하던 루센이 이내 몸을 숙였다. 넓게만 보였던 그의 어깨가 유난히 작아 보였다.

내 손에 얼굴을 파묻은 남자는 결국 아이처럼 울음을 터트렸다.

"너무 오래 돌아와 미안합니다……."

엇갈린 마음

"이제 좀 진정이 되셨어요?"

한참이 지나 그의 어깨 떨림이 잦아들었을 즈음이었다.

내 물음에 루센이 잠긴 음성으로 대답했다.

"예."

그의 눈은 아직 일렁이고 있었지만, 속으로 나름대로의 정리는 마친 듯했다. 내 연인으로 돌아왔다고 생각하니 그의 빨개진 눈이나 코도 귀엽게만 보였다. 무척이나 숙연한 분위기였는데, 이 와중에 루센은 피식 웃음을 흘렸다. 그가 충혈된 눈으로 나를 보며 물었다.

"왜 소리치지 않으셨습니까?"

"네?"

"'이 멍청한 작자야, 지금 네 진정한 짝을 버려두고 뭐 하고 있는 거야?'라고요."

나는 속으로 아 하고 감탄사를 내었다. 이전에 그와 이야기책에 관해서 했던 대화였다. 시간을 돌아와도 설마 내가 당신을 못 알아보겠느냐 단언했던 그때. 그는 뺨이라도 내리치며 저리 말하라 내게 충고했었다. 말은 그리해놓고 지키지 못했다 그리도 원망했었는데, 그와 함께 그때를 회상할 수 있다니 몹시 감격스러운 일이었다.

"지금 뺨이라도 마저 때려드릴까요?"

내가 짐짓 장난스럽게 물었다. 상황이 정리되니 이런 농담을 할 여유도 생긴다.

“원하시는 만큼 때리셔도 좋습니다.”

루센이 쓸데없이 정색하며 대답했다. 나름대로 죄책감 때문에 그러한 듯한데 핏줄이 불거진 눈으로 저러니 좀 무서웠다.

으음, 어쩐지 내게 꼬집히며 ‘이거야!’ 하는 표정을 지었던 로제가 떠오르는군…….

나는 주변을 영 이상한 방식으로 조련하고 있었다. 이러다 주변 사람들은 내 정기적인 폭행이 있어야 안심하게 되는 건 아닐까? 기억까지 돌아왔다고 하니 루센에겐 전처럼 이미지 관리 좀 해야겠다.

잠시 제 눈물로 젖은 내 손바닥을 묵묵히 내려다보던 루센이 입을 열었다.

“힘드셨지요?”

“그렇게 물으시면…… 아니라 대답할 수는 없네요.”

“어떤 기분이셨습니까?”

“무척 비참하고 슬펐지만, 견딜 만은 했어요. 당신이 돌아올 거라는 희망이 있었거든요.”

내가 솔직하게 대답했다.

그랬다. 그에게서 스토커 취급이나 받으면서도 나는 희망을 잃지 않고 그에게 들이대었고 결국 이런 성과를 내고야 말았다. 열 번 찍어 안 넘어오는 나무 없다는 격언이 눈물 나게 위안이 된다.

물론 다른 사람들은 이게 넘어올 가능성이 있는 사람에게만 해당하는 말이라는 걸 유념해줬으면 좋겠다. 상대방이 반기지 않는 구애를 하는 것이 스토커지 다른 게 스토커가 아니다.

……그러고 보니 얼마 전까지만 해도 내 별명이 스토커였군. 똥 묻은 개가 겨 묻은 개 나무란다더니…….

어쨌든 피오니가 더없이 고마워졌다. 상한 사랑의 묘약이라도 먹이지 않았더라면 루센이 평생 나를 기억해내는 일은 없었을 것이다.

"그런데 저도 궁금한 게 있어요."

"말씀해보세요."

루센이 선선히 고개를 끄덕였다. 나는 허락을 듣자마자 곧장 질문했다.

"처음 정원에서 저를 봤을 때, 어떤 기분이셨어요?"

"……이런 말씀 드리고 싶지 않지만, 그때에는 정말 스토커인 줄 알았습니다."

"그러니 저를 연행하셨겠죠."

내가 이해한다는 듯 고개를 주억거렸다. 나를 연행하라 하며 그가 속으로는 '아, 나의 사랑 카타리나!'라고 외치고 있었다고 기대할 만큼 내가 뇌 없는 사람은 아니다. 그리고 그때는 정말 루센이 나를 기억하지 못할 때였으니까.

"정말 죄송하게 생각합니다. 그건 기억이 돌아온 지금이 아니더라도, 내내 마음에 미안함으로 남았었습니다. 레이디에게 그랬으면 안 되는 거였다고."

루센이 믿어달라는 듯 진지하게 말했다. 당시를 떠올린 듯 그의 목소리가 점점 더 작아졌다.

"그런데 그때에는 조금…… 무서워서…… 물론…… 아주 조금입니다. 아주 조금 무서웠습니다."

"……."

엄청 대단하게 무척 끝내주도록 무서웠던 모양이었다.

하긴 처음 보는 사람이 나와 고향의 풍습 같은 걸 읊고 있으면 나라도 한기가 돌겠지.

"아시다시피 그때 카렌…… 당신 모습은 좀, 그렇지 않습니까. 가위도 그렇고. 달빛 덕분에 은제 가위가 아주 시퍼렇게 빛나더군요. 그땐 제가 무장을 하지 않았을 때라, 자칫 위험할지도 모른다는 생각에 과민하게 반응했습니다."

나는 나름대로 그에게 작업을 걸었던 것인데 루센은 생명의 위협까지 느꼈던 모양이다. 내 사랑의 표현이 그리 끔찍하게 다가왔다니……. 미안한 나머지 공익 광고라도 만들어보고 싶은 심정이다.

[당신의 사랑, 누군가에겐 재앙일 수 있습니다.]

결국 루센이 나와의 기억을 되찾았기에 망정이지 아니었으면 내 첫인상은 앞으로도 스토커1로 남았을 것이다. 관계 진전이 있어 결국 상대를 얻더라도 첫인상이 스토커라는 건 좀 슬프지 않은가?

"이해해요. 사실 저도 그땐 별로 제정신이 아니었어요. 당신이 아를르 제냐와 정원에서 만났다는 소리를 듣고, 게다가 그 여자가 당신 옆자리를 차지한 걸 보고서 울고 있던 참이었거든요."

"아, 그래서."

루센의 낯이 하얗게 질렸다. 따지고 보면 그의 잘못은 아니지만 그래도 그는 나 말고 다른 여자와 만났던 사실이 몹시 미안한 모양이었다. 그러나 나는 과거에 연연하지 않는 뒤끝 없는 여성이므로 관대히 용서할 용의가 있다. 무엇보다, 솔직히 말하자면 나도 전과가 없는 건 아니다. 교제까지 간 건 아니지만 베인 조르제와는 손도 잡아봤으므로.

나는 재빨리 베인 조르제의 이름을 머릿속에서 치워버렸다. 루센이 내게 돌아온 이상 베인 조르제를 생각하는 건 배신이나 마찬가지였다.

"왜 저를 더 크게 꾸짖지 않으셨습니까?"

루센이 못내 아쉽다는 듯 핀잔했다. 본인도 말이 안 되는 소리라는 것을 알 텐데. 나는 딱 잘라 대답했다.

"경이 제게 했던 취급을 생각해보세요."

만약 내가 더 강경하게 구애했다면 나는 지금쯤 그를 마주하고 있는 게 아니라 감방에 있을 것이다. 약혼자를 되찾으려다 감방에 가다니, 상상하고 싶지도 않군…….

"이렇게…… 당신과 마주 보고 있으니 참 좋군요."

루센이 뜬금없이 내 심장을 폭행했다. 나는 무의식적으로 가슴팍을 붙잡고는 딸꾹질을 했다.

진정해, 내 심장!

"갑자기 세 살 정도 회춘한 기분도 들고요."

루센이 그리 덧붙이고는 가볍게 웃었다. 온전히 회춘을 즐길 수 있다니 루센은 좋겠다. 나는 탈모까지 생겼는데.

아마 신체 나이로 따지면 회귀 전보다 지금이 더 늙지 않았을까?

"그런데 고민이 하나 있군요."

"뭔데요?"

"결혼식은 언제 올려야 할까요. 3년을 다시 기다리기엔 너무나 긴데 말입니다."

루센이 더없이 진지하게 말했다. 솔직히 나도 같은 심정이지만 돌연 루센과 내가 결혼을 선언하다면 양가 어른 모두가 뒤집어질 것이다. 적당한 때에 약혼을 발표하고, 전보다는 이르겠지만 그래도 여유를 두고 식을 치러야지.

"서로를 알아갈 시간이 늘었다고 좋게 생각해요."

"카렌, 저는 지금 애가 달아 죽을 지경이란 말입니다."
그가 그렇게 말하며 양손을 모아 마른세수를 했다.
"맙소사, 내가 어떻게 그런 멍청한 짓을 할 수 있었는지 믿어지지 않는군요."
남자의 초조해하는 모습은 몹시도 사랑스러웠다. 다시는 못 볼지도 모른다 생각했던 모습이라 더더욱 그렇다.
내가 흐뭇한 웃음을 짓는데 루센이 고개를 들더니 불쑥 질문했다.
"그나저나 베인 경과는 어떻게 아십니까?"
"……."
잘 나가다가 이게 웬 삑사리람?
베인 얘기가 오래 나와서 내게 좋을 게 없었으므로 나는 재빠르게 말을 돌렸다.
"소공작님과는…… 약간의 사건이 있었어요. 그게 중요한가요? 쌓인 회한을 풀기도 모자란데!"
"그건…… 그렇죠. 당신과 엘르에 갔던 일이 생각나는군요. 그 많은 케이크 중 도무지 하나를 고를 수 없다며 열 조각을 한 번에 배 속에 쓸어 담았다가, 다음 날 배탈로 데이트 약속을 지키지 못했죠."
"……."
대체 왜 저런 걸 기억해낸 거지? 생각해보니 루센에게 부분 기억 상실증을 선사해주는 것도 좀 괜찮을 것 같다. 도구는 여러 번 언급했다시피 피 묻은 짱돌…….
헉, 안 돼. 내가 지금을 무슨 생각을 한 거지?
이젠 정말 루센과 솜사탕 같은 한때를 보내야 한다. 채찍과 수갑과 지하실은 그만 잊어야 한다.
"그때 분명 아프다고 전하라고만 했는데요?"

"저녁때부터 배를 살살 쓰다듬으며 인상을 찡그리는데 어떻게 눈치를 안 챕니까. 아파서 못 나온다기에 배탈인 줄 알았죠."

내 다급한 변명에 루센이 당연한 것 아니냐는 듯 대꾸했다.

젠장……. 배탈이란 단어를 떠올릴 수 없도록 좀 더 상세한 병명을 댈 걸 그랬다.

"그리고 한 번은 공원에서 산책하다 넘어져 당신 무릎이 다 까졌던 일도 있었죠."

"……아까부터 자꾸 제가 실수한 기억만 떠올리고 계신 것 같은데 제 착각이겠죠?"

"창피한 기억입니까? 저는 당신께 약을 발라주다 분위기를 빌려 했던 첫 키스가 떠오르는데."

그리 말하며 루센이 가볍게 미소 지었다. 그러고는 이끌듯 내 손을 잡아당겼다. 얼떨결에 허리를 숙였는데, 정신을 차리고 보니 바로 눈앞에 루센이 있었다. 눈이 마주쳤다. 머뭇거리던 입술이 가볍게 달싹이고, 간질간질한 기류가 흐른다. 그리고 조용히 감기는 남자의 눈은 마치…….

"이날을 기념해서 어디 좋은 곳에 가서 식사라도 할까요?"

나는 과장스럽게 말하며 벌떡 자리에서 일어났다. 갑자기 키스라도 이어질 분위기라 몹시 당황스러웠다. 그러나 더 당황스러운 건 내가 루센을 밀쳐냈다는 사실이었다.

내가 대체 왜 그랬을까. 분명 그와 다시 입을 맞추게 될 날을 그리도 학수고대해왔건만.

내 당황스러운 심정을 아는지, 혹은 모르는지 루센이 나를 따라 자리에서 일어났다. 그가 나를 향해 자연스럽게 미소 지으며 고개를 끄덕였다.

"좋은 생각입니다. 카렌 당신이 좋아하던 곳으로 가요."

나는 어색하게 보이지 않도록 애써 미소 지었다.

그저 너무 오랜만이라. 그래, 너무나 오랜만이라 그런 것일 터다.

간만의 꿈같은 데이트였다.

나는 다리로 침대를 차며 이불에 얼굴을 파묻었다가, 숨이 막혀 곧 고개를 들었다. 오늘 일어난 일을 도무지 믿을 수가 없다. 루센과 외출했을 때에도 '이래도 되나? 정말 이래도 되는 거야?' 싶더니, 그와 헤어져 집으로 돌아오고 나서는 아예 이 모든 상황이 꿈처럼 느껴졌던 것이다.

루센은 나를 에스코트해 즐겨 가던 레스토랑으로 데려가주었고, 자리를 잡은 곳도 마침 가장 경치가 좋은 창가였다. 그는 나를 위해 우선 즐겨 마시던 와인을 하나 주문했다. 내가 싫어하는 재료를 조목조목 들어가며 피해달라 웨이트리스에게 주의를 준 것도 당연지사였다.

그리고 그는 나를 향해 부드럽게 웃으며 와인 잔을 들어 보였다. 나는 마주 건배하며 그에게 마주 웃음 지어주었다. 약간의 씁쌀한 맛과 목구멍으로 넘어간 술은 마음까지 들뜨게 했다.

나는 평소보다 더 많이 웃었다. 루센은 그저 내 이야기를 들었다. 우리는 아주 많은 말을 나누었고, 그것은 그야말로 꿈같은 한때였다.

비현실적이다.

"미치겠다."

내가 그리 중얼거리며 다시 이불보에 얼굴을 비볐다. 심장부터 올라온 간질간질함이 도무지 진정되지 않았던 탓이다. 나는 번쩍 고개를 들며 눈물 어린 얼굴로 말했다.

"점술사님, 정말 감사합니다."

한참 루센 자랑을 들어주던 피오니가 재빨리 얼굴에서 따분한 기색을 지워냈다. 내가 안 보고 있는 줄 알고 한껏 표정을 썩혔던 모양이다. 하지만 지금의 나는 모든 걸 용서할 용의가 있다.

큼큼 하고 목을 가다듬은 피오니가 조심스러운 기색으로 말문을 열었다.

"루센 경이 돌아왔다면, 이제 사건도 다 해결된 것 같은데 저는 이만 계약을 조기 종료하고 생업으로……."

"밑장 빼다 걸리면 손모가지 날아가는 거 못 배웠나?"

내가 정색하며 대답하자 피오니의 기대가 급격하게 쪼그라들었다. 그녀가 짧은 순간에 몹시 나빠진 안색으로 중얼거렸다.

"하…… 이제 자유인 줄 알았는데……."

안됐다는 생각이 안 드는 건 아니지만 피오니는 나름대로 잘못의 대가를 치르고 있는 셈이었다. 이제 앞으로 유통 기한이 지난 약을 팔면 안 된다는 교훈을 얻었을 것이다. 그리고 지난번 계약 기간을 약속한 1년에서 반절로 줄여준 것만 해도 충분히 자비로운 처사였다.

"너무 그렇게 나쁘게만 생각하지 마. 내가 월급을 안 주는 것도 아니잖아."

"가게 임대료가 얼만지 아세요? 요즘 저희 가족은 아주 근근이 살아가고 있다고요."

이렇게 말하면 누군가 오해할 수도 있는데 나는 능력에 맞는 적정 급여를 지급하고 있다.

그녀의 쪼들림은 아마 과한 교육열 때문이 아닐까?

솔직히 내가 보기에 아직 모국어도 채 못 뗀 아이들에게 외국어를 가르치는 건 좀 많이 낭비였다. 내가 벨저 어를 배우기 시작한 건 일곱 살 무렵이었는데, 지금 나는 원어민과 대화를 할 수 있을 정도로 모든 문법과 숙어 등을 완벽하게 클리어했다. 물론 가정교사가 잘 가르쳐줬던 탓도 있지만.

한때 알테의 짝사랑이었던, 지금쯤 통역사 남편과 결혼하여 같이 해외를 누비고 있을 그녀……. 그녀가 결혼 소식을 전했던 날 밤, 나는 알테의 방에서 흘러나왔던 흐느낌을 놓치지 않았다. 나는 아련한 눈을 감으며 고개를 저었다.

이 얘기는 절대 로제에게 하지 말아야겠군.

"근데 제가 더 필요할 일이 뭐예요? 이미 결혼 상대는 루센 경으로 선택한 거 아니세요?"

"어머, 이어졌다고 끝이 아니잖아. 관계에는 지속적인 노력이 필요하다고."

그리 대답하며 나는 깜찍하게 눈을 깜박였다. 루센과 이어졌다고는 하나 괜찮은 조언자 하나 옆에 두어서 나쁠 것은 없지 않은가. 그나저나 하도 바라왔던 꿈을 이룬 탓인지 자꾸 입가에서 웃음이 샌다.

"결국 이렇게 돌아올 걸 회귀는 왜 했담."

나는 그렇게 말하며 테라스 쪽 창가를 향해 검지를 쭉 뻗었다. 하늘에 경고라도 하듯이 말이었다.

"잘 봐, 신. 내가 이런 여자야. 한번 문 건 절대 놓치지 않는 이 구역의 미친개가 바로 나…… 아, 아니."

미친개라니 단어 선택이 조금 그렇군.

"이 구역의 사랑꾼이 바로 나라고!"

그리 말하며 광소하는 나를 피오니가 더없이 한심하다는 눈으로 쳐다보았다. 피오니에겐 내가 꼴값을 떨고 있는 것으로 보일지도 모르지만, 나에게 오늘은 몹시도 고무적인 날이었다.

세상 전체가 나를 엿 먹이려 했으나 결국 나는 원래의 행복을 되찾고 말았다!

그런데 마상 일이 이렇게 해결되고 나니 그 원인이 조금 궁금해졌다. 나는 대체 왜 시간을 돌아온 걸까. 문득 시간을 되돌리는 주술이 있다던 피오니의 말이 떠올라, 나는 한참 웃다 말고 피오니에게 질문했다.

"근데 있잖아, 그 시간을 돌아오는 주술이라는 거, 그건 어떤 거야?"

"단순히 어떤 거냐고 물으시면 제가 뭐라고 대답해드려야 할지……. 뭐 주문 같은 게 궁금하신 건 아닐 거 아니에요?"

그러고 보니 질문 자체가 너무 광범위하기는 했다.

"그러니까, 음, 메커니즘이라고 해야 되나? 어떻게 이루어지는지 말이야. 막 미래를 바꾸면 안 된다, 그런 규칙은 없나?"

소설마다 다르긴 하지만 작은 변화가 큰 결과를 불러오지 않던가?

내가 회귀했기 때문인지는 모르겠지만 2왕자가 캐러멜에 목 막혀 죽을지 몰랐던 일이 새로 생겨났던 걸 생각하면 말이다. 나야 거의 과거를 일치시켜가고 있지만 조심해둬서 나쁠 건 없었다.

"제가 초자연 현상 전문이긴 하지만 솔직히 원리는 저도 잘 몰라요. 그냥 그런 주문이 있나 보다 할 뿐. 되게 고통스럽고 힘든 데다 조건도 까다로워서, 아마 제대로 하는 주술사는 거의 없을 거예요."

"제물이 뭔데?"

"주술자의 시간이요. 돌아가는 시간만큼 생명을 갉아먹는 거죠. 이게 좀 별로인 게 만약에 주술사가 직접 시간을 돌아가도 본인 수명이 깎이고, 다른 사람 시간을 돌려줘도 자기 수명이 깎여요."

피오니가 비릿한 미소를 지으며 대답했다. 대충 저 표정을 설명하자면 '이 더러운 세상…….' 정도 될까.

하긴 주술자로서는 좀 억울하긴 하겠다. 자기 인생을 바꾸는 거면 몰라도 남의 시간 돌려주는 데도 자기 생명이 깎인다니.

"당신도 해본 적 있어?"

"뭘요?"

"시간을 돌리는 주술."

가만히 눈을 깜빡이던 피오니가 잠시 고민하다가, 어깨를 으쓱이며 짧게 답했다.

"몰라요."

나는 따라 미간을 좁혔다.

"뭐? 그걸 왜 몰라. 엄청 고통스럽고 힘들다며."

'안 해봤어요.' '해봤어요.'도 아니고 몰라요?

통 이해되지 않는 대답이었다.

내 의문에 피오니가 조목조목 짚어가며 설명을 시작했다.

"과거로 돌아간 사람은 인과를 바꿔요. 본인 스스로 회귀한 게 아니라면 주술자는 누가 의뢰의 당사자인지 알 수 없어요. 시간을 돌아간 사람이 성공적으로 과거를 바꾸고, 그래서 더 회귀가 필요하지 않게 되면 주술자를 찾아오지 않으니까요. 그래서 시간을 돌리는 건 영원히 기억되지 않는 일인 거예요. 그러니까 모르죠. 제가 했는지 안 했는지, 수명이 깎였는지 안 깎였는지."

그러니까 피오니는 자기도 모르는 사이에 수명이 대폭 깎여나갔을지도 모른다는 소리다.

이거 좀 억울하겠는데, 기껏 남은 삶까지 지불하며 과거를 바꿀 수 있게 해줬는데 그 결과도 확인할 수 없다니. 그런데 피오니는 이 이야기를 본인의 억울함이 아니라 영 다른 관점으로 하고 있었던 모양이었다. 그녀가 내 눈앞에 손가락을 흔들며 혀를 찼다.

"그러니까 아가씨의 경우가 이상하다는 말이죠. 분명 아가씨가 직접 회귀의 주술을 청한 게 아니잖아요? 근데 시간을 되돌아온 걸 기억한다는 건 뭔가 문제가 있다고밖에……. 어쩌면 누가 인생 역전해보겠다고 시도한 일에 아가씨가 가련하게 말려든 건지도 모르죠."

그러니까 누군가가 돌린 시간인데 주술이 잘못되어 나도 기억을 그대로 가진 채 회귀한 걸지도 모른다는 소리다. 아니, 이런 끔찍한 소리가 또 있나! 누군가의 변덕에 휘말려 이 고생을 했다니. 한 번 사는 삶 그대로 살면 될 것이지 뭐 때문에 과거를 바꾸려 한단 말인가. 사람은 현재에 만족하며 살아야 한다.

나도 내가 불쌍한데 남이 보기엔 더 불쌍했나 보다. 피오니가 몹시 애잔한 눈으로 나를 보며 중얼거렸다.

"다 잊고 돌아왔으면 차라리 처음부터 원래대로 흘러갔을 것을……."

"……."

쓸데없이 기억력이 좋아서 안 해도 될 고생을 했다.

"근데 사실 이런 일이 없는 건 아니에요. 금제가 옛 기억을 떠올리는 걸 막고는 있지만, 가끔 무의식적으로 발산될 수도 있거든요. 아, 그래! 데자뷔! 내가 안 한 일인데 한 것 같거나, 안 와본 곳인데 와본 것 같거나, 모르는 사람이 왠지 익숙하거나. 그게 이 주술 때문에 생겨나는 현상이라고 알고 있어요."

무의식적으로?

왜 그 말에 예전에 레이가 했던 말이 떠올랐을까. 조르제가와 우리 가문의 교류를 입에 담았으면서, 왜 그런지는 도통 기억해내지 못하던 그녀의 모습이 말이다. 어쩌면 베인 조르제와의 접점은 회귀 전에 있었던 것 아닐까. 내가 너무 오래돼서 기억하지 못하는 거고. 그런데 그런 기억을 홀랑 잊어버리기엔 3년이란 기간은 너무 짧은데…….

단순한 말실수로 생각해야 할지, 아니면 좀 더 의문을 가져야 할지 알 수 없다. 정작 레이조차도 기억하지 못하는 일에 따로 자문을 구할 수도 없고 말이다.

"시간은 어렵네."

"제가 왜 아가씨를 처음 봤을 때 미래가 흐리다고 했는지 알겠어요. 아가씨가 미래를 바꿀지, 바꾸지 않을지 그 기점에 있어서 아직 보이지 않았었나 봐요."

그러고 보니 그런 기억이 있었다. 피오니는 내게 미래가 흐리다 말하며 내가 전설의 동물 개복치처럼 될지도 모른다고 했다. 실제로 지금 2왕자에게서 위협받고 있다는 점에서 그 예언이 그리 틀리지도 않았던 것 같다.

"시간을 돌아온 사람은 그렇게 흐리게 보여?"

"꼭 그런 건 아니고, 중대한 결정을 내리기 전의 사람도 그렇게 보일 수도 있죠. 확언은 못해요."

문득 궁금해져 내가 불쑥 질문했다.

"지금은 어떤데?"

돌아온 대답은 시시했다.

"사람 미래를 그렇게 자주 볼 수 있는 게 아니에요. 왜, 야채 삶을 때 자꾸 뚜껑 열면 제대로 안 익고 나중에 냄새도 나잖아요. 그거처럼 자꾸 들여다보면 정확도가 떨어져요."

그리 말하고는 피오니가 입맛을 다시며 충고했다.

"그러니까 웬만하면 이런 데 관심 갖지 말고 그냥 현재를 충실하게 사세요."

그렇지. 다 모든 게 원래대로 돌아왔는데 머리 아프게 다른 걸 신경 쓸 참이 없지. 나는 무의식적으로 손을 들어 입술을 매만졌다.

만약 오늘 루센이 키스를 시도했을 때로 돌아간다면, 이번엔 어떤 선택을 했을지를 생각하면서.

긴 시간 후에 다시 만난 연인이 그러한 것처럼, 루센은 나를 더 길게, 오래 만나지 못해 애가 단 기색이었다.

그는 다음 날 아침부터 함께 외출을 하자는 기별을 보냈고, 그게 다 같이 아침 식사를 할 무렵 전해진 탓에 나는 가족들의 반응을 그대로 목격해야 했다.

"루센 그레미오라……. 나쁘지 않지."

라고 하는 아버지와.

"루센 경이라고? 사위 사랑은 장모라던데, 왠지 씨암탉을 삶아주고 싶진 않은 기분이구나."

라는 어머니.

"역시 내 동생! 그래, 나쁜 남자는 겉보기에만 번지르르하지 내실이 없단다!"

이건 알테다.

그나저나 알테의 속에서 벌써 베인 조르제는 '나쁜 남자'씩이나 되어 있었군. 하긴 알테 입장에선 베인 조르제가 팽팽한 정쟁으로 위험한 와중에 나까지 그 태풍 안으로 끌고 들어가려는 사람으로 보일 테니 말이다. 정작 그는 나를 밀어내고 있는데, 알테가 대신 피클국을 다 마셔주고 있었다.

"그나저나 루센 경은 용건이 뻔하니 그렇다 치고, 베인 경은 어제 왜 찾아왔다니? 정말 치정 싸움이었어?"

어머니가 궁금하다는 듯 질문했다. 나는 고개를 도리도리 저어 보였다.

"아뇨. 저도 모르는데 그런 목적으로 온 건 아닐걸요."

정말 다시 생각해봐도 그건 아니다.

베인 조르제가 루센과 나를 두고 사랑싸움을 벌일 만한 인물은 아니었다. 그는 지난번 내 앞에서 나를 대체품으로 보는 시꺼먼 속을 까뒤집었고, 그 무례함에 나는 질릴 대로 질린 상태였다. 루센과 있었던 미묘한 신경전은 아마 본인 자존심 문제 때문이 아니었을까.

"별로 중요한 얘기가 아니었으니 금방 갔겠죠."

정작 나는 그의 이야기를 들어보지도 않았지만, 가족들이 그거까진 알 리 없으니 대충 대답했다.

"아무튼 전 이만 일어나볼게요. 오늘 늦게 들어올지도 몰라요."

"카……, 카타리나!"

싱글벙글하던 알테의 얼굴이 금세 배신감으로 물들었다. 나는 그런 알테를 내려다보며 차갑게 말했다.

"정 외로우면 로제라도 불러요."

본인은 하녀 방까지 가서 열심히 방아를 찧을 정도로 열렬한 사랑을 나누는 중이면서 정작 내 연애에는 이렇게 민감하다니! 알테는 생각보다 양심이 없었다.

"저게 무슨 소리냐? 로제라니, 카렌 친구 로제 프레토?"

"어머, 얼굴 빨개진 거 보니 맞나 본데. 얘, 너 그 애랑 사귀니?"

원치 않게 로제와의 관례를 폭로당한 알테의 얼굴이 빨갛게 달아올랐다. 손을 내저으며 아니라고 변명하고는 있지만 알테는 원래 거짓말에 취약이다. 그 연심이 바로 티가 났기 때문에 어머니 아버지는 알테의 말을 듣지도 않고 수긍했다.

"그래, 어쩐지 그 애가 요즘 전보다 더 자주 들르기는 했지. 그래서……."

"오, 오해예요, 어머니!"

"얘, 누가 뭐래니? 로제 정도면 참하지. 아버지도 행실이 좋으신 분이고."

내숭으로 무장한 상태로만 마주했기 때문에 부모님 앞에서 로제는 일등 신붓감이었다. 게다가 프레토 백작이 벌이고 있는 사업의 어마무시한 규모를 생각하면 결코 이 혼인이 밑지는 장사라 할 수 없었다.

나는 로제와 알테의 빠른 결혼을 기원하며 저택을 빠져나왔다. 요며칠 로제에게 빚졌던 고마움은 이걸로 퉁쳤다. 혼사에 대한 진도는 부모님이 알아서 빼주시겠지.

"어제 보았는데도 또 이리도 반갑네요."

내가 마차에 오르자마자 루센이 한 말이었다. 미소 띤 얼굴이라 부드러운 눈웃음은 나를 향한 이전의 모습 그대로였다.

"저도 그래요."

그리 대답하기는 했지만 사실 양심에 찔린 것이, 어제 잠자리가 뒤숭숭해 조금 피곤한 상태였다. 웬만하면 그의 데이트 신청도 거절하고 싶었지만 만약 허락의 답변을 얻지 못하면 루센이 공연히 불안해할까 나온 것이었다. 나는 되도록 밝은 표정을 자아내며 물었다.

"오늘은 무얼 하실 계획이신가요?"

"글쎄요. 당신을 보고 싶은 마음에 바로 달려온지라 마땅한 계획이 없네요. 미처 생각지 못해 죄송합니다."

"죄송하긴요. 앞선 말보다 큰 사랑 표현이 또 있을까요?"

잠자리에서 깨자마자 나를 보고 싶어 달려왔다는 남자를 어찌 준비성 없다며 타박할 수 있을까. 우리는 서로를 마주 보며 배시시 미소 지었다.

"계획이 없다면 오랜만에 함께 광장을 걸어요. 근처 가게에서 제가 좋아하는 아이스크림을 사 들고, 손도 잡고요."

내 제안에 루센이 알겠다며 흔쾌히 고개를 끄덕였다. 나는 밝은 표정의 루센을 보며 약간의 죄책감을 느꼈다. 그와 오랜만의 데이트에 설레기는 했으나 그 생각만 한 것은 아니었다. 루센과 함께 있는 모습을 공공연하게 노출시키면 2왕자의 경계도 흩뜨릴 수 있겠지. 그런 계산이 없다고 말할 수는 없었다.

하지만 일단 살아남아야 연애도 할 것 아닌가? 이 정도는 봐주어야 한다.

"도착했군요. 내릴까요?"

멀지 않은 거리인데 괜히 마차를 타고 왔다. 하기야 정해놓은 행선지가 없었으니 어쩔 수 없는 일이지만.

"날이 좋네요."

내가 하늘을 올려다보며 감탄했다. 한낮에 나와 이리 맑은 하늘을 보는 것도 오랜만이었다. 데이트를 즐길 만한 상대는 없었고, 로제와 나올 때면 거의 상점가에 들러 실내에서 쇼핑만 즐겼었다.

그때 내 손 가까이에 기척이 느껴졌다. 망설이는 듯한 기색이, 이내 결단을 내렸는지 내 손을 깍지 껴 잡는다. 나는 다소 당황했지만, 잠자코 그와 손을 마주 잡았다.

"아이스크림은 무슨 맛으로 드시겠어요? 저는 바닐라로."

"저도 같은 것으로 하겠습니다."

우리는 나란히 같은 콘을 받아 들고 걸음을 떼었다. 나란히 발걸음을 맞추며 걷는데, 문득 예전에 도요 공원에서 그가 나를 두고 도망쳤던 일이 떠오른다.

"왜 그때 도망가셨어요?"

내 질문에 루센의 얼굴에 의아한 기색이 떠올랐다. 나는 그가 알아들을 수 있도록 부연 설명을 더했다.

"제가 만나자는 편지를 보냈을 때, 도요 공원에서 마주쳤을 때. 둘 다요."

"아, 그때……."

그가 아 하고 잠시 침묵했다. 사실 질문해놓고 나는 왜인지 알아서 이해해버렸다. 나 역시도 회귀 후 꽤나 광란의 시간을 보내지 않았던가? 오히려 그는 인정이 빠른 편이라고 할 수 있다. 루센은 내 예상에서 크게 벗어나지 않는 답을 내놓았다.

"기억이 너무 애매했습니다. 꿈이 필요 이상으로 생생했던 건지, 아니면 잠이 덜 깬 건지, 제가 미친 건지, 그렇다면 도대체 누구한테 하소연을 해야 하는지……. 너무 혼란스러워서 되도록 카렌 당신을 마주치고 싶지 않았습니다."

그가 곰곰이 생각하는 듯한 표정으로 말을 이었다.

"그러고 보니 꿈을 꾸기 시작한 시점이 구토가 잦아드는 기점이었던 것도 같네요. 아마 제 몸의 알레르기 같은 반응 아니었을까요. 당신과의 기억을 떠올리기 위해 몹시 앓은 것이지요."

그러고는 스스로 납득한 듯 고개를 끄덕였다.

나는 속으로 다짐했다. 내가 상한 사랑의 묘약을 먹였기 때문에 그리된 것이라고는 죽어도 말하지 않을 것이다.

"아, 잠깐. 뺨에 아이스크림이 묻었어요."

내가 그리 말하며 걸음을 멈춰 섰다. 살짝 스친 것인지 본인도 못 알아볼 성싶을 만큼 옅게 하얀 자국이 나 있었다. 나는 생각을 곱씹으며 주머니를 뒤적거렸다. 휴지나 손수건 같은 닦을 물건이 남아 있을까. 다행히도 손에 무언가가 잡혀 나는 그것을 그대로 꺼내 들었다.

"루센 경, 볼에 여기……."

말을 하다 말고 멈칫했다. 내가 주머니에서 꺼낸 것이 베인 조르제의 물건이었던 탓이다. 레이에게 버리라는 말을 따로 하지 않아, 내가 이걸 꺼린다고는 미처 생각지 못하고 넣어둔 듯했다. 의외의 등장에 다소 깊은 파동이 심경에 일었지만, 그걸 루센 앞에서 티낼 수 있을 리 없다.

나는 애써 아무렇지 않은 척 그의 뺨을 마저 닦아주었다. 루센은 그런 나를 보며 부끄럽다는 듯 옅게 미소 지었다. 그 맑은 눈을 보자니 왠지 모를 부채감이 스며들었다. 그는 이제 나만을 보고 있는데 나는 이 상황이 아까부터 왜인지 어색하게 느껴지는 것이다. 옛날이라면 아무리 몸이 곤해도 그의 데이트 신청에 피곤함을 느끼지는 않았을 텐데. 너무 오래 그와 마주 앉지 못해 생긴 일인 듯싶지만, 언제쯤 적응할 수 있을지 알 수 없었다. 이 와중에 베인 조르제 생각까지 떠올리다니 다른 이가 안다면 욕을 해도 모자랄 상황이다.

나는 한숨을 쉬며 다시 길 너머를 응시했다. 몇 걸음 걷지도 않았는데 급격히 피곤해졌다.

"이전엔 이렇게 많이 나왔었는데, 도요 공원도 그러하고요. 제 산책길엔 항상 카렌이 동참하곤 하지 않았습니까. 이렇게 다시 오니 감회가 새롭네요."

"그러게요."

"저 중앙의 분수대는 생각보다 깨끗하네요. 증축한 게 이 즈음이었던가? 하긴 사람이 많이 지나다니니 빨리 지저분해졌겠죠. 그런데 저

나무는 3년 후와 비교해서 별 차이가 없네요."

"이미 다 자란 나무한테 3년 정도는 그리 큰 차이가 아니니까요."

내가 멍하니 허공에 시선을 고정한 채 설렁설렁 대답했다.

밤을 새워서 그런지 정말 졸리다. 집중을 못하고 있는 걸 들키면 루센에게도 예의가 아닐 텐데 말이다. 어젯밤 왜 잠자리에 제대로 들지를 못했었을까.

너무 설레서 그런가…….

나는 고개를 갸웃했다. 전과 무언가 느낌이 좀 달랐다. 이걸 더 애틋해졌다고 해야 하나. 왜냐면 그와 나는 함께 많은 고난을 겪었으니 말이다.

그런데 문득 시야에 검은 머리칼이 스친다. 그리고 남색 기사단복…….

반쯤 감겨 있던 눈이 뜨였다. 흑발의, 조르제 가문 소속의 기사? 내가 발견한 이는 벌써 인파 안으로 스미고 있었다. 잘못하다간 놓치겠다.

"루센, 잠깐, 잠깐만요."

양해를 구했다기보단 통보에 가까운 식이었다.

나는 루센을 내버려둔 채 뛰어가기 시작했다. 의외의 행동에 루센은 나를 붙잡지도 못하고 내 손을 놓쳤다.

주말이었고, 사람이 많이 나다니는 한낮이었다. 몰리는 인파에 속도를 내기가 쉽지 않았다. 조금 뜀박질을 할 법하면 앞에 다른 행인이 끼어들어 길을 막았다. 나는 길을 마구잡이로 헤치며 베인 조르제를 향해 소리쳤다.

"잠깐만요, 잠깐……. 거기 좀 서보세요!"

그러나 예의 흑발은 걸음을 멈추는 대신 앞으로만 나아갔을 뿐이다. 나는 한껏 달음박질치며 남자의 이름을 외쳤다.

"베인, 조르제 공, 경!"

겨우 헐떡이며 옷깃을 잡아챘다. 다행이다. 놓치지 않았다.

"당신……!"

"예?"

그러나 돌아본 얼굴은 내가 아는 사람이 아니었다. 흑발이었고, 게다가 조르제 가문 소속의 기사이기는 했으나 정작 베인 조르제는 아니었다.

"왜 그러십니까, 영애?"

기사가 왜 그러냐는 듯 질문했다. 하도 경황이 없어 나는 비틀거리며 반걸음을 물러섰다. 골이 울리는 듯해 한 손으로 머리를 감싼 채 말이다.

"아, 아니요……. 사람을…… 잘못 봤나 봐요."

내가 더듬더듬 대답하자 상대는 이상하다는 표정을 짓더니, 이내 몸을 돌려 걸음을 옮겼다. 나는 황망한 얼굴로 길거리를 응시했다. 그가 아니었다. 막상 가까이 와서 보니 너무나 달랐는데 그걸 헷갈렸다.

그런데 나는 왜 뛰었지? 만약 베인 조르제가 맞았다고 해도 대체 왜?

"카렌, 갑자기 어딜 그렇게 달려가십니까."

뒤늦게 나를 쫓아온 루센이었다. 한참 정신을 놓고 있다 뒤늦게 달음박질친 듯 숨을 잔뜩 헐떡이고 있었다. 얼굴엔 당황을 가득 띤 채 말이다.

루센과 눈을 마주칠 수 없었다. 손에 힘이 들어갔다.

"아니……, 아니에요. 아무것도."

묘하게 정신이 빠진 나를 위해 루센은 빠른 귀가를 택해주었다.

너무 설레 잠을 설쳐 그런 것 같다는 내 바보 같은 변명이 받아들여졌는지는 잘 모르겠지만, 루센의 걱정스러운 표정만은 진짜였다. 그것마저도 내겐 죄책감을 유발했지만 말이었다.

나는 오늘의 일로 다소 충격을 받은 상태였다. 아니, 상대가 진짜 베인 조르제였대도 대체 그게 나랑 무슨 상관이란 말인가? 그걸 또 미친 사람처럼 넋 놓고 쫓아갈 것은 무어고?

스스로도 이해되지 않는 행동에 머리가 다 빠질 것 같았다. 미치기라도 한 게 아니라면 도무지 있을 수 없는 일이다. 요새 너무 신경 쓸 일이 많아 잠시 정신이 나간 걸 수도 있었다. 리플렉츠가의 장녀가 미쳤다는 소문이 나돌았을 때에도 내 정신 건강을 의심해본 적이 없는데 갑자기 몹시 걱정이 되기 시작한다.

"걱정스럽군요."

내 연상과 묘하게 겹쳐드는 루센의 말에 나는 다소 놀란 표정을 지었다.

"예?"

"제가 괜히 극성을 부려 당신을 피곤하게 만든 것이 아닌가 하고요."

루센이 그리 말하며 곤란한 낯으로 미간을 좁혔다. 그러고는 스스로가 볼썽사납다는 듯 말했다.

"이 시간의 장난질 이후에, 저는 어쩐지 계속 한심한 짓만 하고 있군요."

"그, 그렇게 생각 마세요."

나는 다급히 손을 뻗어 그의 손등을 그러쥐었다. 루센이야말로 혼란스러운 상황일 텐데, 그를 보듬지 못할망정 지금 대체 뭘 하고 있나 싶다.

"제가 단순히 오늘 좀 곤해서, 그래서 그런 거예요. 너무 염려치 마세요."

내가 고개를 끄덕이며 확언하듯 말했다. 그래도 루센의 불안한 기색은 가시질 않았다.

"그렇다면 다행이지만……."

"저를 얼마나 무안하게 할 작정이세요? 정작 오늘 집중하지 못하고 경을 걱정시킨 건 저인데 말이에요."

"제가 카렌 당신을 탓하려는 게 아니라."

"예. 알아요. 그리고 루센, 그대도 아무 잘못이 없어요. 잘못이 있다면……."

그와의 데이트 중에 다른 남자 생각이나 한 나의 문제다. 그러나 그것까지 사실대로 고해바칠 만큼 내가 양심 없진 않았다.

"잘못이 있다면 모처럼의 데이트에 설레 잠을 설친 제 탓이지요."

내가 몇 번이고 사과를 고사하자 루센은 다소 망설이는 기색이었지만, 그래도 확언하듯 다시 말을 꺼냈다.

"그래도 그동안 부지불식간에 당신에게 너무 많은 실수를 했고, 제가 그, 되돌릴 수 있다면. 예, 차차 당신께 갚아가고 싶습니다. 진심입니다."

그 눈빛이 너무나 진지해 차마 자연스럽게 마주 볼 수가 없었다. 그러기엔 가슴이 몹시 찔려왔기 때문이다. 그와의 만남에 집중하지 못했다는 건 나로서도 다소 충격적인 일이었다.

그야말로 '그토록 바라 이제야'의 완전판이건만, 대체 왜 그랬을까.

"도착했군요."

루센이 창가를 내다보며 말했다. 그가 먼저 마차에서 내리고, 내가 안전히 바닥에 발을 내디딜 수 있도록 내 손을 붙잡아주었다. 나는 그런 그를 올려다보며 짧게 인사했다.

"오늘 고마웠어요."

"제가 해야 할 말을 대신 하시는군요. 사실, 당신을 되찾는 일도 제가 했어야 하는 일인데. 그대는 이야기 속의 기사보다 더 멋진 사람인지도 모르겠습니다."

실제로 그를 되찾기 위한 내 노력은 실로 눈물겨웠다. 모르고 보면 미친 사람 같지만 알고 보는 이 눈에는 참으로 애잔한 광경이었을 것이다.

"나를 포기하지 않아줘서 고마워요."

루센이 그리 말하며 나와 시선을 맞추었다. 내 손을 제 쪽으로 당긴 남자가 곧 고개를 숙이고, 자연스럽게 비틀린 고개가 내게로 향했다.

그와 언제나 집 앞에서 나누었던 키스, 그 이상도 이하도 아니었다. 정말이지 단 하나도 새로울 것 없는 당연한 일상이었을 뿐인데.

"아, 좀 갑작스러워서……."

나도 모르게 한 발짝 뒤로 물러섰다. 거절을 내어놓고도 스스로 이해가 가지 않아 나는 정리되지 않은 변명을 아무렇게나 늘어놓았다.

"미안해요, 루센. 지금은 좀……."

그런 나를 말없이 내려다보던 루센이 평소보다 가라앉은 음성을 내었다.

"제가 또 성급하게 굴었던 모양이군요."

루센은 그대로 손을 뻗어 내 앞머리를 조심스럽게 걷어 올렸다. 그러고는 살짝 허리를 숙여 이마에 입술을 맞추었다.

"오늘은 이것으로."

그대로 루센은 돌아섰다. 그가 마차에 올라타, 그 검은 탈것마저도 자취를 감출 때까지 나는 변변찮은 작별 인사랄 것을 내놓지 못했다. 대신 나는 손을 뻗어 루센의 입술이 닿았을 이마 부근을 매만져보았다.

그와 키스하는 게 대체 어떤 느낌이었더라. 하도 까마득해 제대로 기억나지 않았다. 어쩌면 그래서 그를 밀어냈는지도 모르겠다. 이젠 더 이상 익숙지 않게 되었기 때문에. 나는 지난 기억을 헤집어 그와 마지막으로 입 맞추었을 때를 떠올려보았다. 다행히 기억이 안 나진 않았다. 바로 회귀의 기점이 된 결혼식 전날, 바쁜 와중에 나를 보기 위해 도망 나온 그와 짧고도 즐거운 키스를 나누었었으니까.

자, 천천히 떠올려보자. 부드러운 입술의 감각, 매끄럽게 스며드는 혀, 닿을 듯 말 듯한 속눈썹, 그리고 이마를 간질이는 검은 머리칼…….

눈을 번쩍 떴다. 검은 머리칼? 잘 나가다 이게 웬 삑사리야?

"미쳤어."

순간적으로 입을 틀어막았다. 나는 바닥을 뚫어져라 내려다보며 속사포같이 반복해서 중얼거렸다.

"진짜 미쳤어. 미친 거야."

루센과의 키스를 떠올리던 중 상대역을 베인으로 대체하다니. 이럴 수는 없다. 존재할 수 없는 일이다!

정신없이 집으로 뛰어 들어왔다. 어머니가 보면 경을 칠 속도였지만 그것까지 신경 쓸 참은 없었다. 방으로 돌아와 재빨리 문을 닫고, 방에서 기다리고 있던 레이를 무시한 채 장식장 위에 놓인 커다란 인형을 집어 들었다. 그러고는 무지막지하게 때리기 시작했다.

"카렌, 너 미친 거니? 미친 거야?"

안에 솜만 가득 차 있는데도 계속해서 때리니 손이 좀 아팠다. 눈에 달린 단추에 자꾸 손이 부딪치기도 했고 말이다. 하지만 나는 더더욱 열성적으로 인형을 폭행했다.

"어떻게 루센이 옆에 있는데 소공작을 생각해? 네가 양심이 있어, 없어? 없지?"

나쁜 남자 콤플렉스인가? 나에게 마음을 주지 않을 걸 알면서도 끌리게 되는, 뭐 그런 거?

애초에 그에게 말려들지 말았어야 했다. 대화를 받아주거나, 그의 오지랖을 들어 넘기거나 하는 일이 늘어남에 따라 내 마음속에서도 그의 존재감이 비대해졌다. 대수롭지 않게 넘겼던 것이, 이제는 완전히 정리하지 않고서는 머릿속에서 치워버릴 수 없는 지경이 된 것이다. 며칠 얼굴 좀 안 봤다고 계속 떠올리게 되다니. 사람이 든 자리는 몰라도 난 자리는 안다더니 내 꼴이 딱 그 짝이었다.

아니, 그래도 애초에 어떻게 베인과 루센을 비교할 수가 있지. 이게 말이나 되는 소리란 말인가?

"이게 말이나 되는 소리냐고……."

스스로 그리 중얼거리는 모습은 다소 음산했을지 모르겠다. 기겁한 레이가 달려와서 재빨리 인형을 뺏어들었으니까.

"아, 아가씨, 왜 그러세요? 데이트 잘하고 돌아오시나 했더니만!"

이제 좀 편히 사나 했는데! 레이의 부리부리한 눈이 그리 말하고 있었다.

"레이…… 나 어떡해……."

진심으로 울고 싶은 기분이었다. 아무리 사람 마음이 맘대로 되지 않는다고는 하지만, 그것이 누구보다 분명한 운명의 상대를 가졌다고 생각했던 내게도 해당할 줄 몰랐다.

사실 나는 엄청난 팔랑귀 아니었을까? 그게 아니고서야 어떻게 이럴 수 있나.

"아가씨, 팽, 팽."

레이가 내게 손수건을 들이밀며 코를 풀란 시늉을 해 보였다. 나는 몇 번 콧바람을 내고는 고개를 저었다.

"콧물 안 나와."

아직 울음이 나온 것도 아니라 내 코는 지극히 멀쩡한 상태였다. 내가 콧물을 질질 흘릴 일이 없다는 걸 알아채자마자 레이는 손수건을 뒤편으로 던져버렸다.

"그럼 이건 일단 치우고요."

"응."

"솔직히 제가 아가씨 연애 문제에 별로 참견하고 싶진 않은데요."

내가 인형을 때리며 외친 말이 못 들을 만한 크기가 아니었기에 레이는 내 심경 변화의 원인을 어렵지 않게 추측한 듯했다.

레이는 박력 있게 내 어깨에 손을 얹었다.

"아가씨, 세간에 돌아다니는 교훈 중에 이런 게 있는데요."

"그게 뭔데?"

"만약 두 사람을 좋아하게 되면 후에 좋아하게 된 사람을 택하래요. 첫 번째 사람을 정말 사랑했다면 두 번째 사람을 사랑하지 않게 됐을 테니까."

내 얼굴이 붉게 달아올랐다. 나는 내가 뭔 소리를 하고 있는지도 모르면서 반박부터 했다.

"네가 뭘 안다고 그래! 아니야, 그런 거 아니라고!"

"뭘 알긴요. 아가씨가 루센 경과 다시 만나 기쁜 와중 계속 이어지는 소공작님의 생각으로 지랄발……, 아, 아니, 고민하고 계시는 건 알죠."

"……."

부모님이 어렸을 적 스스로 하는 학습지 교육이라도 시켰나, 추론 솜씨가 제법이었다. 헉. 아, 아냐. 내 무의식아. 인정하지 마. 너는 절대 흔들린 적이 없어!

"아무튼 전 나가볼게요."

별로 내 고민 상담을 해주고 싶진 않았는지 레이는 잽싸게 방을 빠져나갔다. 나는 홀린 듯이 걸어가 베개에 얼굴을 묻었다. 이전에 루센과의 일이 해결되고 이불에 얼굴을 처박았을 때와는 영 다른 마음가짐이었다. 그때에는 설레어 그러했다고 하면 지금은 마음을 정리할 수 없어 그리한 것이다.

말도 안 된다. 정말 말도 안 되는 일이다.

"아니, 그러면 안 되는 일이지."

그리 세뇌하듯 중얼거렸지만 내 마음까지 알아들었는지는 모를 일이었다.

나는 아직까지 내 머리칼을 간질이는 듯한 베인 조르제의 머리칼을 잊기 위해 노력했다. 그랑 키스해본 적도 없으면서 너무 자연스러운 상상을 하는 엉큼한 자신에게 해괴한 욕설을 쏟아내며 말이다.

사실, 별로 효과는 없었다.

"졸려……."

내가 졸린 눈을 비비며 길게 하품했다. 잔뜩 부어오른 데다 충혈까지 된 눈은 어딘지 기괴한 모양이었다. 그러나 누구도 그 몰골이 흉하다며 나를 탓하지는 못할 것이다. 약혼자와의 만남 전으로 시간을 돌아와 겨우 고생고생하며 원상 복귀를 시켜놨더니 정작 다른 남자가 눈에 들어오는 상황이라면, 누구도 나만큼 고민하지 않고서는 못 배길 것이었다.

"내 인생은 대체 왜 이 모양으로 흘러가는 거지?"

나는 내 무의식에 걸쭉한 욕이라도 쏟아내고 싶은 기분이었다.

루센이 바로 옆에 있는데 베인 조르제 생각을 하는 게 말이나 되는 일인가? 그리고 만약 그렇다고 하면, 이제 와 막 기억을 찾은 루센에게 '미안해요, 루센. 난 다른 사람이 좋아졌어요.'라고 통보라도 하란 말인가.

비단 내 마음의 결정만 중요한 것도 아니었다. 베인 조르제가 품은 듯한 사랑은 죽은 연인을 나로 대체시킨 투영일 뿐이다. 왜인지 모르겠지만 베인 조르제는 제 속내를 밝히는 걸 피하고 있기도 하고 말이다. 그러니 마음 놓고 베인 조르제에게로 갈 수 있는 상황도 아니었다. 여기까지 생각해놓고 나는 내 염치없음에 감탄했다.

"그래서 루센을 보험으로 남겨두자고? 우와……. 그거 쓰레기잖아……."

착하게 살진 않았어도 그리 못되게 굴었던 적도 없다 마음 여미며 떳떳이 살아왔는데, 지금 하고 있는 계산은 거의 폐기물급이었다.

문득 마음속 한구석에 의문이 끼어들었다. 내가, 베인 조르제를? 대체 언제부터?

그러나 애석하게도 징조가 없었던 것은 아니다. 애써 잊으려 노력했지만, 그의 과거를 탐색하러 떠났던 리암 여행부터가 그러하다. 솔직히 그에게 죽은 연인이 있든 말든 내가 그와 이어질 생각이 없다면 다 상관없는 일 아닌가? 하지만 나는 그가 실제로 나를 통해 다른 여자를 보고 있다는 사실에 그리도 화가 나고 불쾌했었다.

나는 다시금 한숨을 내뱉었다.

"어떡할 거야, 이 일을 어떡할 거냐고……."

좀처럼 결론 내릴 수가 없는 문제였다. 나는 우수 어린 눈으로 공원 저편을 응시했다. 일전에도 많은 일이 있었던 도요 공원이었다. 베인 조르제가 내게 연유 모를 이유로 손수건을 남기었던 곳이기도 하고. 생각이라도 정리해보고자 나온 것인데, 지나가는 사람들에게 점점 쭈글쭈글해지는 내 얼굴을 보이는 것 외에 별 효과는 없었다. 나는 가만히 내 다리 아래를 내려다보았다.

그런데 무언가 꾸물거리는 게 시야에 잡힌다. 오늘 입은 것은 발목이 드러난 가벼운 시폰 원피스였는데, 그 덕에 만만하게 본 것인지 웬 송충이 같은 게 달라붙어 있었다. 옅은 갈색 다리에 까만 몸은 마치 일전에 만났던 2왕자의 수하를 연상시켰다. 왜냐하면 그도 갈색 머리칼에 까만 피부색을 가지고 있었기 때문이다.

……잠깐, 벌레라고?

"헉, 2왕자의 수하였던 암살자가!"

내가 기겁하며 뒤로 넘어갔다. '같은 벌레가!'라고 마저 소리치려고 했는데, ㅌ 발음을 내기도 전에 뒤편에서 식물이 격하게 부스럭대는 소리가 났다. 나는 그에 더 놀라 비명을 내질렀다.

꺄아악! 하는 단말마에 모습을 비친 것은…… 것은?

"베인…… 조르제?"

"무슨 일입니까!"

베인 조르제가 하얗게 질린 얼굴로 성큼성큼 내게 걸어왔다. 나는 아연한 얼굴로 그런 그를 올려다보았다. 현실감이 없었다. 의도치 않게 그를 만난 것이라 어떤 말부터 해야 할지 알 수 없다. 넋을 놓은 내게 베인 조르제가 다급히 물었다.

"암살자는, 암살자는 어디 있습니까!"

기척을 느끼지 못했는데, 그리 중얼거리며 베인 조르제가 주변을 둘러보았다. 그러고는 내게 다가와 내 목이며 손목 등 주요 급소를 확인했다. 나는 한참 눈만 깜빡이다가, 아직 내 발목 부근에 붙어 있는 벌레를 가리켰다.

"벌레요."

"암살자……."

베인 조르제가 이해되지 않는 표정으로 암살자라는 말을 입에 담았다. 나는 그에 친절히 설명을 더해주었다.

"같은 벌레요."

베인의 손이 뚝 멎었다. 그의 얼굴이 차츰 굳어갔다. 아무 말 없이 자리에서 일어난 남자가, 그대로 천천히 뒤로 돌아섰다. 나는 그가 지난번의 루센처럼 달려 도망가지 못하도록 재빨리 팔을 잡아챘다.

"못 가요."

"……."

"여긴 왜 있어요? 절 따라왔어요?"

그러고 보니 그는 항상 위기의 순간에 등장하곤 했다. 마치 나를 쭉 지켜보기라도 한 것처럼. 으음, 카타리나 스토커 설에 이어 베인 스토커 설을 밀어야 할 때인가?

"아닙니다. 길을 지나던 길에 비명 소리가 들려, 놀라 달려왔습니다."

베인이 딱딱하게 굳은 얼굴로 대답했다. 그러기엔 부스럭거리는 소리가 너무 가까이서 났지만, 일단 모른 척하도록 하자.

"팔이 아프네요. 일단 앉으세요."

"……."

"제 손을 얼마나 무안하게 만들 작정이세요?"

그의 팔을 붙잡고 있는 손은 어쩐지 처량맞았다. 나를 잠시간 빤히 응시하던 남자가, 이내 한숨을 쉬며 내 옆에 앉았다. 그러나 그 시선은 나를 보는 대신 저 먼 곳을 향하고 있었다. 내가 먼저 대화의 운을 떼지 않으면 그대로 자리를 떠날 태세라, 나는 하는 수 없이 입을 열었다.

"지난번 리플렉츠 저택을 찾았을 때, 하려던 말은 무엇이었어요?"

내 손으로 내쫓긴 했으나 나는 내심 그것이 궁금했었다. 내가 대화를 청할 때에는 그리 내쳐놓고, 뒤늦게 찾아온 이유가 무엇인지 말이다.

"별것 아니었습니다."

"별것 아니니 말씀해주셔야지요."

"……근황을 물으려 했습니다. 혹시 다른 별고는 없었는지 하여."

별고라 하면…….

그러고 보니 2왕자와 마주쳤던 일이 있었다. 처신을 잘못했다면 나는 지금쯤 배에 구멍이 난 채 뒷골목 같은 데 버려져 있을 것이다. 어쩌면 증거 소멸을 위해 시체를 태워버렸을지도 모르겠군. 소름이 끼쳐 나는 팔을 감싸고 잘게 몸을 떨었다.

이걸 베인 조르제를 믿고 털어놓을 수 있을까. 타이밍도 그렇고 혹시 알고 묻는 말인가도 싶다. 그러나 말도 안 되는 연상에 나는 고개를 휘휘 저었다. 지속적으로 내 행선을 감시하고 있지 않음에야…….

사람을 그렇게 쉽게 의심하면 안 된다. 실제로 나는 스토커의 누명을 써 오랜 시간 고생하지 않았던가?

"변복을 한 2왕자를 만난 일이 있었어요."

내가 담담한 투로 말했다. 근래 피오니에 대한 내 신뢰도는 정점을 찍은 상태였고, 그것은 그녀가 했던 과거 조언에도 많은 영향을 미쳤다. 나는 베인 조르제를 믿어도 된다고 했던 피오니의 말을 한번 따라 보기로 했다.

게다가 진실성은 둘째치고, 그에게 나는 대체품이든 뭐든 변질된 애정이나마 가진 상대였다. 내가 죽거나 크게 다칠 일을 하려고 들진 않을 것이라는 뜻이다. 실제로 방금 암살자라는 외침에 나를 걱정해 뛰어오기도 했고.

"내가 당신에게 가느냐, 아니면 루센에게 가느냐에 따라 나를 다르게 처리할 것이라고 하더군요."

내가 천천히 말을 이었다.

실제로 이건 나만의 일이 아니었다. 베인은 이 사안에 반절의 지분을 차지하고 있었고, 나는 사태 해결을 위해 의견을 구할 필요가 있었다.

"그 이야기를 나눈 걸 들켰으면서, 영애를 그냥 보내주었단 말입니까?"

베인의 미간이 급격히 좁혀졌다.

"벨저 어로 얘기를 나누었거든요. 저는 못 알아들은 척했고, 그게 정답이었는지 그냥 물러갔어요. 2왕자는 계집은 글을 제대로 읽을 줄도 모른다고 생각하는 사람이니까요."

"이렇게 빨리……."

"예?"

그가 속삭이듯 중얼거려, 나는 그가 한 말을 채 알아듣지 못했다. 내 되물음에 베인 조르제는 고개를 저었다.

"아닙니다. 그래서 몸은 무사하십니까?"

"보시다시피요."

나는 팔을 벌리고 몸을 좌우로 휙휙 돌려보았다. 상한 곳은 한 군데도 없었다. 그에게 안전함을 확인시킨 뒤, 나는 지금까지 쭉 하고 싶었던 말을 꺼내었다.

“이 얘기를 당신께 털어놓은 건 당신이 이 위험에 책임이 있기 때문이에요. 1왕자의 편을 들고 있는 당신과 저의 접촉은, 2왕자에게 위기로 다가왔을 테니까요. 저는 그저 당신의 감정놀음에 휘둘린 것뿐이었는데 말이지요.”

베인 조르제의 얼굴이 굳었다. 그가 심각한 낯으로 입가를 매만졌다.

“제가 안일했습니다. 양의 말대로 좀 더 조심했어야 하는 문제였습니다. 이리 빨리 행동할 줄은 미처 예상치 못하여…….”

베인이 심각하게 중얼거렸다. 다소 혼란스러운 기색인 듯하여, 나는 손을 뻗어 그의 손 위에 얹었다. 이따금 다리를 떨 때마다 함께 흔들리던 손이 잠잠해졌다. 그 온기가 생각보다 익숙하여, 나는 다소 당황해 그에게서 손을 떼어냈다. 그를 안정시키고 싶은 마음에 무의식적으로 행동부터 나섰다.

나는 큼큼, 목소리와 함께 속내를 가다듬으며 입을 열었다.

“그런 책임을 물으려는 게 아니에요.”

“하지만…….”

쓸데없는 사과와 받아들임으로 아까운 시간을 낭비하는 것은 질색이다. 나는 곧장 그의 말을 잘랐다.

“다만, 저는 이 상황을 정리하게 확실히 하고 싶은 게 있어요.”

그러나 막상 이야기를 꺼내려고 하니 왜인지 망설이게 되었다. 가슴 한구석이 간질거리는 듯도 하고, 어쩌면 아릿한 감각이 스미는 듯도 하고 말이다.

"바로 다…… 당신의 죽은 연인에 대해서 말이에요."

그가 나를 통해 과거의 연인을 보고 있는 게 아니라고 말해준다면, 말이라도 해준다면…….

"그건 이 일과 아무 상관없습니다."

베인이 급격히 얼굴을 굳히며 대답했다. 나는 다급한 마음에 언성을 높였다.

"그건 당신이 결정할 게 아니에요, 제가 묻고 싶은 건……."

목소리가 떨리었다. 나는 무의식적으로 침을 삼켰다. 그에게서 어떤 대답이 돌아올지 상상이 가질 않는다. 스스로부터가 연상을 거부하는 듯도 싶고 말이다.

"저를…… 당신은, 저를 정말 당신이 사랑했다던 그 여자의 대용품으로 생각하였나요? 그래서 제게 구애하셨던 건가요?"

"무슨 말씀을 하시는 겁니까?"

그는 영문을 모르겠다는 표정을 하고 있었다. 상황을 피하려고 부러 그리한 것이라면 베인 조르제는 명연기자감이었다.

"제가."

나는 몸이 달아 바로 입을 열었다. 그마저도 금방 그에게 저지당하고 말았지만 말이었다.

"영애께서 궁금해하실 일이 아닙니다. 아니, 아예 제게 관심을 가지셔선 안 되셨습니다. 저 역시도 그러하고요. 제가 안일했습니다."

그가 굳은 얼굴로 자리에서 일어났다.

"저를 만나지 않으심이 좋겠습니다. 루센 경과 있으면 적어도 당분간 2왕자는 잠잠할 겁니다."

2왕자 얘기를 괜히 꺼내었나. 그가 내게 품은 감정을 먼저 정리하고 넘어갔어야 하나. 혼란스러운 와중 나는 그를 따라 자리에서 일어났다. 내가 다급히 물었다.

"잠깐만요, 잠깐만요! 제 얘기 아직 안 끝났어요."

루센과 있으면 2왕자는 당분간 잠잠할 거라니. 평소 같으면 안위에 집중했겠지만 이번에 내 신경을 끈 것은 전자였다. 나와 다른 남자의 만남을 너무나 당연시하는 저 태도 말이다.

내가 더듬더듬 물었다.

"당신은, 제가…… 제가 다른 남자에게 가도 정말 괜찮아요?"

"……."

베인 조르제는 잠시간 침묵했다.

감정이 고일 대로 고인 내 얼굴을 잠시간 응시하던 남자가, 이내 고개를 까딱이며 인사를 남겼다.

"루센 경을 결국 되찾으신 것, 축하드립니다."

그런, 그런…… 무책임한 말이 어디 있어?

입을 벙긋거렸지만, 단어랄 것을 밖으로 내어놓지는 못했다. 반대편으로 사라지는 베인을 보며 나는 달아오르는 얼굴을 양손으로 감쌌다. 시야를 가려 더는 베인 조르제가 보이지 않는데도 열기는 도통 사그라지지 않았다.

이럴 거면 나한테 예쁘다느니 하며 설레게 했어? 이럴 거면 왜 나를 흔들었어?

왜…… 나를 좋아한다고 했어?

"울지 마, 울지 마."

스스로에게 다짐하듯 말했다.

다행히 젖은 눈에서 물방울이 흐르지는 않아 슬픔의 양을 세는 일은 없었지만, 그렇다고 마음에 난 상처의 크기가 어느 정도인지는 나조차도 잘 모를 일이었다.

"하아……."

나는 한숨을 길게 내쉬었다. 그러나 그러고 나서도 도무지 속이 풀리지 않아, 손을 들어 가슴까지 두드렸다. 명치끝부터 시작된 체기가 도통 사라지질 않았다.

답답한 마음을 애써 달래며 나는 스스로를 위로하듯 말했다.

"차라리 잘된 일이야."

정말 차라리 잘된 일이지. 근데 왜 그게 그렇게 느껴지지가 않을까.

"하아……."

"하아……."

다시금 입가에서 한숨이 새어나왔다. 그런데 그 수가 두 배다. 의아함에 고개를 들자 복도에 선 어머니가 걱정스러운 낯으로 창 밖을 내다보고 있었다.

"무슨 일 있으세요?"

별로 남의 걱정까지 챙겨주고 싶은 상황은 아니지만 예의상 질문했다. 이대로 내 방에 돌아갔다간 뒤끝이 일주일쯤 남을 것 같기도 하고 말이다. 내가 지나가는 것을 알고 그리한 것인지 어머니는 기다렸다는 듯 이야기를 털어놓았다.

"글쎄, 네 아비랑 오라비가 또 싸우고 있구나."

"아버지랑 오라버니가 왜요?"

며칠 잠잠하다 했더니 또 언쟁을 시작했다는 말인가? 하기야 쉽게 의견의 차를 좁힐 수 없는 문제이기는 했다. 아버지와 알테가 언성을 높일 일이 있다면 이유는 단 하나다.

1왕자와 2왕자. 영웅과 악당 사이에서 더 착한 사람을 고르라는 것만큼이나 쉬운 문제지만 외적인 상황을 돌아보면 그리 간단하지만도 않다.

원래 인생은 능력보다는 빽으로 흘러가는 법 아닌가? 인간성부터 그른 2왕자에게는 애석하게도 왕의 총애를 받는 정부 몰테 자작부인이라는 빽이 있다. 모 소설 주인공처럼 하느님이라는 빽이 있어 세상과 맞장 뜰 수 있는 정도는 아니지만 그럭저럭 1왕자랑 맞장 뜰 수준은 되었다. 왕 덕분에 사생아 주제에 정식 왕자로 인정받기까지 한 인물이니 말이다.

으음……. 그나저나 왕은 대체 왜 잘게 다져 빻아 도무지 형체를 알아볼 수 없는 인성을 지닌 몰테 자작부인에게 반했는지 모르겠다.

혹시 나쁜 여자 취향이기라도 한 걸까? 늦은 밤 침실에서 '더 밟아줘! 더!' 따위의 소리가 새어나오는 건 아니겠지?

생각이 영 다른 방향으로 빠져나가기 전, 어머니의 목소리가 내 정신을 깨웠다.

"너도 이제 다 자랐으니 하는 말이지만, 2왕자와 1왕자 사이에서 우리는 좀처럼 줄을 대지 않고 있었잖니."

어머니가 걱정스러운 얼굴로 뺨을 문질렀다. 나는 말없이 고개를 끄덕여 동의를 표했다.

그렇다. 그래서 나는 지금 2왕자의 좋은 표적이 되어 있었다. 차라리 어디에 완전히 속하기라도 했으면 됐을 텐데. 중립에 선 가문의 영애가 간을 보듯 양쪽을 오가니 눈에 심히 거슬리기야 했을 것이다.

"두고 보려는 것도 있었지만, 일단 네 아버지와 알테의 생각이 너무 달라서……. 이젠 정말 뭐라도 결론이 나야 할 때인데 말이다."

"급하게 굴 이유가 있나요? 중요한 결정이니만큼 좀 더 시기를 두고…….”

“글쎄, 그게, 전하의 건강이 더 나빠지셨다는구나. 두 해를 못 넘기실 거라고 주치의가 쓸데없는 공언을 하여 지금 왕궁 전체가 뒤집어졌어.”

아, 그래서 지금 이렇게 분위기가 뒤숭숭한 것이로군. 어째 저택 입구부터 음울한 분위기가 짙다 싶었다. 아마 귀족들 대부분은 시시각각 제 궁둥짝을 향해 타오르는 폭탄의 불길을 보고 겁에 질려 있을 것이다. 무거운 엉덩이를 들 때가 되었다 싶어 잔득 몸이 달아 안달이나 있겠지.

“그래서 결론은요?”

어머니는 그저 고개를 저었다. 딱히 결정이 나지 않았다는 뜻이다.

“아버지는 어디 계세요?”

“지금 알테랑 같이 집무실에……. 얘, 설마 가보려고?”

“저도 리플렉츠가의 식솔이에요.”

그리 말하며 아버지의 집무실 쪽으로 걸음을 옮겼다. 내 목숨을 보전하기 위해선 정세에 대해 조금이라도 더 알아야 했다. 베인 조르제는 내가 루센의 곁에 있으면 안전할 것이라고 했지만, 남의 품에 기대어 안녕을 바라고 싶지는 않았다. 내게 닥친 위험이 있다면 내가 직접 풀어낼 의무가 있다. 그게 내가 생각 없이 벌였던 행동 때문에 닥쳐든 것이라면 더더욱 말이다.

다행히 그사이 자리를 옮기진 않았는지 집무실 복도 초입에 들어설 때부터 고성이 들려왔다.

“그 미치광이가 또 사람을 죽였어요!”

나를 제일 먼저 반긴 것은 알테의 외침이었다. 나는 걸음을 멈추지 않고 집무실 쪽으로 다가갔다. 알테의 말도 그치지 않고 계속되었다.

"차를 엎질렀다는 이유로 시녀의 배를 갈라 내장을 끄집어냈다고 하더군요. 모르죠, 그건 단순히 핑계고 그런 일이 없었어도 칼을 댔을지. 그 새끼가 화가 난 건 시녀 때문이 아니라, 제 기반을 닦아주기도 전에 고꾸라질 것 같은 아비 때문일 테니까요!"

아무래도 2왕자 궁에선 벌써 사람이 하나 또 죽어나간 모양이었다. 하기야 그 눈, 저 외의 사람을 벌레로 보는 듯한 그 지저분한 눈빛을 생각하면 이해가 안 가는 것도 아니었다.

제핀 왕자에게 시녀는 사람이 아니라 대체될 수 있는 도구, 단지 그뿐이었을 것이다. 사저에 빨리 돌아가지 못하는 게 짜증 난다는 이유로 그대로 사람을 밟고 지나가려 했던 몰테 자작부인처럼 말이다.

과연 콩을 심은 덴 콩이 났고 팥을 심은 데에는 팥이 났다. 아비인 시저 남작에게서 영지민을 하찮게 보는 눈을 배웠을 몰테 자작부인과, 이어 그 성품을 똑같이 물려받은 제핀 왕자까지.

나는 졸지에 죽어간 시녀를 생각하며 아무렇게나 중얼거렸다.

"몰테 자작부인도 자식 농사를 완전히 망쳤군."

본인에겐 물론 왕의 핏줄을 물려받았다는 사실만으로 자랑스러운 아들일 테지만 말이다.

"시녀 하나 죽은 게 뭐가 대수란 말이냐! 만약 1왕자에게 줄을 댔다가 2왕자가 왕이 되면, 그때에는 변절자들에게 칼을 대려 할 거다. 그걸 네가 책임질 수 있겠어!"

당연한 이치로 1왕자가 왕이 되는 편이 좋겠지만 문제는 이거다. 2왕자가 왕이 됐을 때의 후폭풍을 책임질 수 있느냐는 것. 만약 왕이 여력이 남아 제핀 왕자를 왕세자로 만들고 사망한다고 치면? 별로 상상하고 싶지는 않지만 충분히 가능한 이야기다.

"무슨 얘기들을 그렇게 하고 계세요?"

내 등장에 알테와 아버지의 눈이 크게 뜨였다. 나는 그대로 안으로 들어가 문을 닫았다.

"지나가는 사용인들이 모두 듣겠어요. 조금만 언성들 낮추세요."

"카타리나, 이건 네가 끼어들 일이."

"아버지가 그렇게 말씀하시면 섭섭해요. 제 혼사도 지금 하시는 대화와 연관이 있는 것 아닌가요? 언질 한번 듣지 못하고 넘어갈 일은 아니죠."

그러고 보니 지금 얼굴 상태는 좀 괜찮겠지? 쓸데없이 유약해 보여서는 안 될 텐데.

나는 루센에 이어 베인에게서까지 많은 실연의 상처를 얻은 후였고, 그건 내게 한 가지 교훈을 남겼다. 내 인생은 내가 개척한다는 것. 단순한 타인의 변심으로 어그러질 인생이 되지 못하도록 나는 스스로를 바닥부터 잘 닦아나갈 필요가 있었다.

루센이 결국 돌아왔다고는 하지만 연인에게 모든 걸 기대었다간 그가 없을 땐 정작 아무것도 하지 못하게 될 것이다. 쓸데없이 병치처럼 굴었던 지난 사건들처럼 말이다. 그동안 겪었던 수모와 면 상함을 생각하면…….

나는 절레절레 고개를 내저었다.

고작 첫 만남 한번 놓쳤다고 못 알아볼 사람이 아니라, 더 멋진 여자가 되어야지. 그리고 그러다 보면 베인 조르제도 나를 아깝게…….

"……."

이게 웬 뻑사리람?

그이가 나를 아깝게 여겨 돌아오면 받아주기라도 할 것이란 뜻인가? 그리 매정하게 당해놓고도?

나는 재빨리 그를 생각에서 치워버렸다.

"그래서, 어떤 얘기들을 하고 계셨어요?"

심각한 얼굴로 코끝을 문지르던 아버지가, 낮은 한숨을 내쉬더니 내 쪽을 돌아보았다.

"이리 와 앉아라."

나는 말없이 걸어가 알테의 옆에 앉았다. 치맛단을 정돈하며 다리를 모으는데 아버지가 고민하는 기색으로 입을 열었다.

"그래, 너도 들어야 할 얘기가 맞구나. 네가 어디까지 알고 있는지는 모르겠지만 나와 알테는……."

더없이 길게 이어질 아버지의 설명을 알테는 사전에 재빨리 차단했다.

"아버지. 저와 아버지의 다른 입장은 카타리나도 압니다. 지난번 저희가 이야기를 나눌 때 서재 근처에 있다가 엳어 들은 모양이더군요."

휴, 나는 남몰래 땀을 닦았다. 알테가 아니었다면 다 아는 일들로 여러 지면을 잡아먹었을 것이다.

"뭐? 얘기를 훔쳐들었단 말이냐?"

얘기를 훔쳐들었다는 말에 화가 난 건지, 아니면 본인의 발언 비중이 현저히 적어진 것이 짜증스러웠는지 아버지가 언성을 높였다. 이유를 분간할 수 없는 아버지의 분노에 나는 여유로운 태도로 응대했다.

"그렇게 크게 말씀하시는데 못 듣는 게 이상한 것 아닌가요? 덕분에 저는 제 독서 시간을 방해받아야 했다고요."

실제로 독서를 하진 않았지만 나는 뻔뻔하게 아버지에게 책임을 전가했다. 그리고 사실 이건 내 잘못도 아니다. 내가 도청 장치를 설치하거나, 혹은 아버지에게 첩자를 붙인 것도 아니지 않은가? 나는 그저 집무실에서 새어나오는 소리를 들었을 뿐이다.

확실히 비밀스러운 얘기는 좀 더 은밀하게 나눌 필요가 있다. 내 말에 반박할 수 없었는지 아버지는 재빠르게 말을 돌렸다.

"앞으론 조심하도록 하여라. 대화를 훔쳐듣는 게 좋은 버릇은 아니다."

심기가 불편한지 다소 심통 맞은 발언이다. 그렇다면 집안싸움을 다 들리도록 하는 건 좋은 버릇인가? 나는 고개를 갸웃거렸지만, 의문을 드러내지는 않았다. 가여운 아버지가 얼굴을 붉힐 것이 안쓰러워서였다.

그런 내 속을 아는지 모르는지 아버지가 진지하게 입을 열었다.

"들어 알고 있는지 모르겠지만, 전하의 건강 상태가 많이 나빠지셨다고 하는구나. 이젠 정말 결정의 때가 머지않았어. 1왕자의 편을 들려면, 그리고 그 안에서 제법 쓸 만한 가닥을 잡으려면 이쯤이 기회이니 말이다."

나는 동의한다는 듯 고개를 끄덕였다.

2왕자와 1왕자의 입장은 표면적으로 보기에 대등한 편이다. 2왕자에게 왕의 총애가 있는데도 왜 그러하느냐고 묻는다면, 1왕자에겐 정통성과 그로 인해 쌓아온 많은 산물이 있기 때문이다.

사실, 2왕자가 태어났을 때부터 왕궁에서 자랐다면 오히려 그쪽이 더 우세했을지도 모르겠다. 왕의 제핀 왕자를 향한 편애는 타국에도 익히 소문이 났을 정도이니 말이다. 혹자는 정통성 문제로 타 왕가의 비웃음을 들을 것을 걱정하겠지만, 정부에게 지어 바친 사랑의 세레나데가 거의 국민가요가 된 지금에 와선 그리 면 상할 일도 아니다.

나는 '뮤즈 오, 뮤즈. 그대는 나의 뮤우즈'로 시작하여 '그대의 아름다움은 만 송이의 장미에도 비할 수 없소. 나의 뮤즈, 사랑, 하나뿐인 그대!'로 끝나는 예의 세레나데를 생각하며 삐뚜름한 미소를 지었다.

누가 내게 그 세레나데를 부르며 구애한다면 치안대에 신고해버릴 것이다.

으음, 그런 노래로 사랑하는 사람의 애정을 얻을 수 있는 권력을 손에 넣고 싶어지는군.

앞선 가사로 짐작할 수 있듯, 타국의 비웃음은 더 이상 우리에겐 부끄러움거리가 아니다. 왜냐하면 팔릴 쪽이라면 예전에 이미 다 팔았으니까.

어쨌든 왕비의 눈치를 보았던 것인지 아니면 귀족들의 반대를 의식한 것인지 제핀 왕자는 제법 나이 들고 나서야 조용히 왕궁으로 들여졌다. 사생아는 사생아일 뿐이라 애써 존재를 무시해왔던 왕비는 아마 발밑이 무너지는 기분이었을 것이다. 새로운 세력을 경계치 않았던 귀족들의 안이함이 무너지는 순간이기도 했다.

그 와중 왕은 몰테 자작부인과 제핀 왕자에게 남다른 총애를 더해 혼란을 빚었다. 이쯤 되면 나라꼴이 개판이라고 해도 할 말이 없다.

"지금 정세가 어떻게 흘러가고 있죠? 많이들 2왕자 쪽으로 건너갔나요?"

개인적인 감정으론 별로 안 그랬으면 좋겠다. 죽이려 했는지, 혹은 경고만 주려고 했는지는 모르겠지만 제핀 왕자는 나를 실제로 위협한 전적이 있다. 하지만 개인적 감정으로 가문의 미래를 결정지을 수는 없긴 하지.

"아직까진 소식이 없구나. 굵직한 인물만 따져보면, 당연히 알겠지만 1왕자 측엔 조르제가가 있지. 제법 거리가 있긴 하나 세력이 닿지 않을 정도로 소레트 왕가가 약소한 것도 아니고. 2왕자 측의 전력이라고 하면 역시 왕의 총애와, 그래. 제냐가는 2왕자 쪽에 완전히 붙은 모양이더구나."

제냐라면, 예의 그 아를르 제냐의 본가?

제냐가가 2왕자 세력인 건 회귀 전부터 알고 있었지만 아를르와 연관 지어 생각하니 뭔가 느낌이 남달랐다. 나와 같은 연상을 했는지 아버지의 미간이 고민으로 깊게 파였다.

"그래서 고민인 것이, 그레미오가가 어디로 거취를 정했는지 잘 모르겠구나. 후계자인 루센 경이 제냐가의 영애와 관계를 가지는 듯해 자연히 2왕자 쪽으로 흘러가나 했더니."

아버지가 말을 멈추고는 나를 물끄러미 응시했다. 그다음에 무슨 말이 나올지 대충 알 것 같다.

"지금 카타리나 너와 대뜸 교제를 시작했으니 말이다. 아마 루센 경으로서도 조급한 마음일 게다. 만약 네가 루센 경과 정말 혼인할 생각이라면, 언제 한번 불러 같이 이야기를 나눠보는 것도 좋겠구나. 아무래도 가문 간의 혼사가 있으면 뜻도 함께 가는 법이니……."

내가 테이블을 내려다보며 말했다.

"제 혼사는 중요한 문제겠군요. 베인 조르제에게 가느냐, 루센 경에게 가느냐에 따라 선택지가 달라질 테니 말이에요."

아버지가 곧바로 이견을 더했다.

"루센 경이 1왕자의 손을 들 수도 있다."

나는 아버지를 향해 고개를 내저으려다, 그냥 어깨만 한번 으쓱여 보이고 말았다. 지난 기억에서 그레미오가는 표면적인 중립을 지켰다. 만약 내가 그와 결혼한다면, 2왕자의 편을 드는 셈이 될 것이다. 추가 기울었을 때의 중립은, 기운 쪽에 동조하겠다는 뜻이나 마찬가지이니 말이다.

내가 무의식적으로 중얼거렸다.

"저는 2왕자 같은 사람이 왕이 되면 안 된다고 생각해요."

"……."

아버지와 알테가 모두 침묵했다. 아버지는 그동안 해온 말이 있어 대놓고 동조는 못하겠지만, 내심 속으로는 인정하고 있을 것이다. 누가 봐도 2왕자는 성군의 재목이 아니다.

"그렇지만, 모르겠네요. 성군의 자질이 있었지만 왕이 되지 못한 자들은 차고 넘치니까요."

권력의 정점에 섰던 모든 이들이 정의롭진 않다. 왕이 될 수 있는 능력은 애석하게도 백성을 잘 돌보느냐, 치세를 잘하느냐는 등의 점에 의해 갈리지 않는다. 권력이란 무자비한 것이라 가끔 가장 잔인한 이의 손끝에 매달리기도 한다.

과연 반박할 수 없었는지, 아버지가 씁쓸한 어조로 중얼거렸다.

"문제는 왕의 뜻이로구나."

"가기 싫다고 하면 배가 부른 거겠지."

내가 바닥을 기며 중얼거리자 레이가 이불을 털다 말고 새침하게 물었다.

"왜 또 의욕이 바닥나셨어요?"

"그러게……."

나는 긴 한숨을 내쉬우며 다시 방바닥에 뱃살을 비볐다. 청소에 방해가 되는 것이 짜증 났는지 레이가 팔짱을 끼며 말했다.

"이젠 먼지털이였던 전생이라도 생각나셨어요? 얼른 안 일어나세요! 이따 나가시려면 치장도 하셔야죠."

그렇다. 나는 지금 루센과의 만남이 잡혀 있었다. 하도 혼란스러운 와중이라 웬만하면 받아들이고 싶지 않았는데, 관계 회복을 위해 노력하는 모습을 보니 거절의 말을 내놓기도 쉽지 않더라.

"얼른 일어나세요. 안 그러면 평소보다 코르셋을 1인치는 더 조여드릴 거예요."

1인치라니, 누구 시체 치울 일 있는가?

리플렉츠가에서 혼절한 긴 금발의 여자가 실려 나가는 걸 막기 위해 나는 재빨리 자리에서 일어섰다. 무서운 레이 덕에 몸은 움직였지만 생각은 제자리걸음을 벗어나지 못하고 있었다.

가장 큰 고민은 내가 아무렇지 않게 루센을 대할 수 있는지다. 베인조르제와 신파극을 찍고 와서는 무슨 낯으로 루센을 만나러 간단 말인가? 양심상 루센에게 이별 선언이라도 해야 할 것 같지만, 그렇다고 나에게 모든 걸 엎을 정도의 의지가 있는 것도 아니었다. 혼자는 외롭다. 그건 홀로서기를 결심한 후에도 두려운 점이었다. '아직도 내가 예전의 카타리나로 보이나?'를 모토로 삼은 것치고는 참으로 어중간한 마음인 셈이다.

분명 루센의 곁으로 가면 나는 이전의 안정을 찾을 수 있다. 그건 분명하다. 다시 예전으로 돌아가 소소한 일상을 즐기며 즐거운 결혼 생활을 할 수 있을 것이다. 하지만 생각이 영 다른 곳에 가 있는데 그 괴리를 견딜 수 있을까?

"아가씨, 제가 저번에 말했잖아요. 두 번째 사랑이 찾아온다면 그건……."

"알았으니까 조용, 조용. 날 더 머리 아프게 하지 말아줘."

마지막으로 한숨을 더 내쉬고는 자리에서 일어났다. 이러다간 정말 지각할 것이다. 루센에게 더한 실례를 저지를 수는 없었다.

옷을 갈아입고, 화장도 하고, 머리도 예쁘게 틀어 올렸다. 레이의 솜씨는 여전했다. 오히려 평소보다 더 신경 썼는지 오늘따라 특히 더 예쁘게 마무리된 듯도 했다. 나는 어색하게 끝 부분에 매달린 머리 장식을 매만졌다. 거울 속 여자는 인형 같았지만 왠지 모르게 생기가 없었다.

"피부가 상해서 그런가……."

"아가씨, 루센 경 오셨어요."

마저 정돈할 짬도 없이 들어온 호출이었다. 나는 창 너머로 루센이 타고 있을 마차를 한 번 내다보고는, 그대로 방을 나섰다.

"오늘따라 더 아름다우십니다."

"영광이에요."

루센의 에스코트를 받아들이며 내가 부드럽게 응대했다.

지난번 계획 없이 광장을 걸었던 일을 떠올라, 나는 장난스럽게 물었다.

"오늘은 다른 계획이 있나요?"

내가 놀리려 하는 것을 알았는지 루센의 얼굴에 부드러운 미소가 떠올랐다.

"예, 다행히도요. 오늘은 예약도 다 잡아두었습니다. 식사 먼저 하시죠."

코르셋을 한껏 조인 배로는 고깃조각이나 몇 점 집어 먹고 말 텐데.

문득 추레한 몰골로 함께 했던 베인 조르제와의 아침이 떠올랐다. 스튜와 빵, 한없이 조촐한 아침이었지만 넉넉한 포플린 드레스와 커다란 겉옷에 안심하여 간만에 뱃살 생각 없이 뱃속에 잔뜩 욱여넣었었다. 가짓수는 변변찮아도 참 맛있었는데. 입맛을 다시다 말고 멈칫했다.

이젠 대놓고 베인과 루센을 비교하다니, 양심이 없어도 이렇게 없을 수가 없었다. 마차에 머리라도 가져다 박고 싶은 심정이었지만, 그럼 루센이 이상하게 생각하겠지. 정말 접싯물에 코나 박고 죽어야겠다.

"도착했습니다."

루센이 바깥을 내다보며 말했다. 그의 에스코트를 받으며 레스토랑 안으로 들어가면서도 나는 패닉에서 벗어날 수 없었다. 주위를 둘러볼 정신은 당연히 없었는데, 어느새 정신을 차려보니 나는 그와 마주보고 앉아 있었다. 목이 타는 듯해 글라스에 담긴 와인을 한꺼번에 넘겼다. 취기가 오르는 듯도 하고, 아닌 듯도 하다.

"목이 타셨습니까."

루센이 다소 당황한 기색으로 제 앞에 놓인 물 잔을 내밀었다. 나는 고개를 내저으며 애써 분위기를 환기시켰다.

"괜찮아요. 그나저나 분위기가 지나치게 좋네요, 뭐 중요한 할 말이라도 있으신가요?"

그냥 평소처럼 농담으로 건넨 말인데, 정곡을 찔렀는지 루센의 몸이 뻣뻣해졌다. 왜 저럴까. 설마 프러포즈라도 다시 하려는 건가. 하지만 그러기엔 이전에 받았던 장미꽃다발이 어디에도 보이질 않는데?

차오르는 의문에 왼편으로 고개를 기울이는데 루센이 대뜸 내게로 손을 뻗었다. 단단한 마디의 손이 내 왼손을 잡고, 약지 부분을 가볍게 쓸었다.

"카렌 당신은 성급하다 여기실지도 모르겠습니다. 당연히 인내해야 하는 부분인데, 사랑에 빠진 남자는 바보라고들 하지요. 그래서 그런가 봅니다. 이 초조함을 견디기가 무척 힘이 드는 건."

무슨 이야기를 하려는지 알 수 없다.

내가 다소 당황하여 손을 뒤로 빼려 할 때였다. 루센은 나를 잡은 팔에 더욱 힘을 주었고, 덕분에 물러나는 일은 불가능하게 되었다. 목이 탄다는 듯 남자는 제 목깃을 쥐고 가볍게 흔들었다.

"저는 당신의 것이고, 당신은 저의 것이란 사실을 널리 알리지 않고서는 배겨내지 못할 만큼, 저는 몹시 애가 답니다."

그가 진지한 눈으로 나를 응시했다. 양손으로 조심스럽게 나를 그러쥐고는, 부드럽게 눈을 맞추며 이렇게 묻는다.

"카렌. 추수제 무도회에 제 파트너로, 같은 반지를 낀 채 참가해주시겠습니까?"

연이은 당황에 나는 쉽사리 대답을 내어놓지 못했다.

추수제 무도회라. 카르스에서 가장 중요한 기념제이니만큼 그 파티의 의미는 남달랐다. 귀족들 대부분이 참석하는 자리지만, 확정된 파트너를 데려오는 건 대개 기혼자들뿐이다. 미혼의 두 남녀가 공공연히 연인 관계임을 드러내는 건 혼약을 약속한 사이가 아닌 이상 거의 없는 일이다. 장난처럼 사귄 연인과는 아무 파티나 잘도 쏘다니곤 하나, 아무래도 상징적인 의미가 있다 보니 추수제에서는 다들 조심스러웠다.

그러니까 그는 우리의 교제를 공공연히 밝히고 싶다는 말을 하고 있는 셈이다. 심지어 혼인까지 전제로 하고 있는, 그런 깊은 사이라고.

아직 내 마음도 다 추스르지 못했는데 이를 허락해도 될까. 하지만 거절의 답변을 준다면 루센은 심히 당황스러울 것이다. 결혼식 전날 운명의 장난으로 돌아왔을 뿐, 우리는 거의 혼인의 초입에 들어선 부부 사이나 마찬가지였다.

입술이 떨렸다. 화제를 돌릴 수 있을까. 그런 생각으로 주위를 둘러

보는데 문득 저 끝에 낯익은 인영이 보인다.

의외의 만남에 당황스러워할 새도 없었다. 어쩌다 여기에 왔는지, 그렇다면 누구와 함께 방문하였는지. 그것을 셈할 시간도 없을 정도로 찰나의 짬이었다. 밖으로 나서려는 듯 입구로 향하는 베인 조르제를 나는 잠시간 빤히 응시했다. 당연한 이치로 눈이 마주쳤다.

루센과 내 이야기를 들었을까?

테이블이 멀리 떨어져 있어 못 들었을지도 모른다. 그러나 나는 호기롭게도 입을 열었다. 그의 반응이 어떤지 보고 싶다는 다소 유치한 소망을 담아.

"……그럴게요. 루센, 당신의 파트너로 참석할게요."

사랑해요, 루센.

이 말이 그리 딱딱하게 들리지 않았기를 바라며 말을 마쳤다. 루센은 다른 곳으로 향한 내 시선을 그저 수줍음 때문이라 이해한 듯싶었다. 아니면 떨림 때문에 미처 주변을 살필 정신이 없었든지. 루센은 힘이 탁 풀린 듯 "고맙습니다, 카렌." 하는 짧은 인사를 남겼다.

그리고 베인 조르제는 그대로 내가 앉은 테이블을 지나쳤다. 꼿꼿이 세우고 있던 허리가 문득 뻐근했지만, 나는 문에 달린 종이 울릴 때까지 같은 자세를 고수했다. 표정이 어그러지지 않도록 몹시 애를 쓰며 말이었다.

갔다. 그냥 가버렸다.

"제가 그리 못난 사람이었는데도 계속 그런 저를 보듬어주어서, 나를 포기하지 않아줘서 정말 고맙습니다."

나는 목소리가 나오지 않는 입술을 겨우 달싹였다.

"고마워 마세요. 당연한 일인걸요."

"그래도……."

"건배라도 할까요? 술이 정말 다네요."

아무렇게나 둘러대고는 다시 와인을 마셨다. 도수가 약한 것인지 약간의 취기도 돌지 않았다. 한 병이나 마셔야 겨우 느낌이 올까.

반쯤 정신을 놓은 상태였던 것과는 별개로, 식사 자리는 제법 무난하게 흘러갔다. 나는 생각보다 연기에 소질이 있는 모양이다. 그러고 보니 2왕자에게서 목숨까지 구해준 능력이지. 그리 생각하니 즐거운 웃음까지 나왔다. 결국 나는 맛있다는 말을 연발하며 포도주 한 병을 거진 다 비웠고, 그 덕에 다소 비틀거리는 걸음으로 레스토랑을 나섰다.

마차를 타고 오는 도중엔 어쩐지 익숙한 토사물 참사의 위기가 몇 번인가 있었다. 제 안쓰러운 과거가 생각났는지 루센은 얼마든지 게워내라며 나를 북돋워주었다. 사랑하는 사람의 추태를 이해할 넓은 마음씨는 나도 가지고 있지만, 그렇다고 마음 놓고 루센의 바지에다 구역질을 하고 싶지는 않았다. 나는 인간으로서의 존엄을 힘겹게, 아주 힘겹게 지켜냈다.

리플렉츠가 저택 근처에 무사히 내려서고 나니 그제야 숨이 좀 트였다. 더는 마차의 흔들림을 못 견딜 것 같아 양해를 구한 탓에 내린 자리는 입구에서 조금 떨어져 있었는데, 덕분에 루센과 나는 약간의 거리를 함께 거닐 수 있었다.

"알아서 들어갈 수 있어요."

"너무 많이 마시지 않으셨습니까."

"어머니가 혼을 내실까요."

루센이 짐짓 아쉬운 체를 했다.

"점수를 딴 적도 없는데 잃기부터 하게 생겼습니다."

"늦을지도 모른다고는 미리 말을 하고 왔어요."

그리 말한 내가 담벼락에 등을 기대었다. 어지럼증에 그리한 것이었는데, 예상치 못하게 간질간질한 분위기가 잡혔다.

루센이 내게 눈을 맞추며 물었다.

"키스해도 되겠습니까."

"……이마에 해주세요. 가족들한테 들킬지도 몰라요."

이 시간 즈음 밖으로 나올 일이 없다는 걸 알면서도 나는 부모님을 팔아먹었다. 짧은 입맞춤이 끝나고, 내가 아스라이 눈을 뜨며 말했다.

"이만 가보세요."

"왜 벌써 보내려 하십니까?"

"그대에게 뒷모습을 보이고 싶지 않아서요."

거짓말이었다. 그냥 그와 계속 대화를 나누는 것이 불편하고 미안해서 그런 것이다. 머뭇거리던 루센은 작별 인사를 남기고는 자리를 떠났다. 나는 그가 마차로 돌아가는 모습을 잠시 지켜보다가, 이내 모퉁이를 돌았다.

그런데 저택 문 근처에 누군가가 서 있다. 나처럼 술에 취한 알테인가 싶었지만, 어둠 속에서도 반짝이는 금발이 이번만큼은 눈에 들어오지 않았다.

나는 미간을 좁히며 걸음을 옮겼다. 알테가 아니라면, 그리고 저 익숙한 인영이, 만약 내 예상이 맞다면…….

상대 역시 인기척을 느꼈는지 내 쪽을 돌아보았다.

"……이제 들어오십니까."

베인 조르제가 여상한 얼굴로 물었다.

현실인지 아닌지 잘 분간이 가지 않았다. 그는 마땅한 행동을 보일 때라 생각하면 자리를 피했고, 때론 맥락 없이 등장하여 내 속을 태웠다.

왜 이곳을 찾아왔을까? 혹시 아까 있었던 일 때문에?

하지만 지난번 도요 공원에선 제게 관심 두지 말라 그리 차갑게 말하며 자리를 떠났으면서.

"여긴 어쩐 일이에요?"

어떻게 보면 무서운 일이기도 하였다. 루센과의 동행이 조금만 길어졌다면 베인 조르제와 삼자대면을 해야 했을 것이다.

"……."

내 질문에 남자는 잠시간 대답하지 않았다. 그의 입술이 열린 것은 조금의 시간이 더 지난 후였다.

"추수제 행사에, 루센 경과 함께 참석하기로 하셨습니까?"

나는 잠시 그의 말을 제대로 알아듣지 못했다. 그가 이 일에 신경 쓰지 않았을 거라 은연중에 못 박아두었던 탓이었다. 못 들은 척 지나갔으면서 다 듣긴 들은 모양이다. 발끈하여 성을 낼 뻔도 하였지만, 나는 겨우 스스로를 가다듬으며 답했다.

"……맞아요."

그가 이어 질문했다.

"혼인을 약속하셨습니까?"

내 얼굴이 어이없다는 듯 흐려졌다. 갑자기 등장해 대체 무슨 말을 하는 것인가. 내가 다른 남자와 함께해도 정말 상관없느냐 물었던 그때, 매정하게 돌아선 것은 다른 누구도 아닌 그였다.

"그걸 경이 왜 궁금해하시죠?"

"그러지 마십시오."

"예?"

"그 남자와, 함께 가지 마십시오."

지금 상황이 이해가 가지 않았다. 그러면서도 언뜻 명치 아래에서 열이 오르는 듯도 하였다. 모욕이라도 당한 기분이라 얼굴이 붉게 달아올랐다.

내가 그리도 쉽게 보였나. 대체 나를 얼마나 가볍게 보았으면 저렇게 쉽게 말을 바꿀 수 있는지 짐작도 가지 않았다. 저가 오라면 오고, 가라면 갈 말 잘 듣는 강아지 같기라도 했던가. 나는 그가 이랬다저랬다 하며 가지고 놀아도 될 사람이 아니다.

하지만 그가 내게 미련을 보였다는 사실에 또 설레, 그저 알았노라 대답하고 싶은 내 마음은 또 어찌할까?

"무슨 말씀을 하시려는지 모르겠네요. 이만 비켜주세요. 그만 들어가야겠어요."

나는 일부러 차가운 목소리를 내었다. 그대로 옆을 지나치려는데, 베인 조르제는 걸음을 옮겨 내 앞을 가로막았다.

"비켜요."

"……."

"비키라는 내 말 안 들려요?"

감정의 둑이 무너지기라도 한 걸까. 한번 언성을 높이고 나니 온갖 원망과 서러움이 그대로 쏟아지려 했다. 이성을 유지하려 애써 눌러왔던 것들이 도통 제자리에 있지를 못하였다. 나는 두 팔로 그를 밀쳤다. 그러나 단단한 어깨는 내 앞을 가린 채 움직이지 않았다.

아프기는 아팠을까. 내가 하는 행동이 그에게 아픔이나 줄 수 있었을까.

"이럴 거면 왜 그랬어요? 이리 다시 올 거면, 그래서 루센과 함께하지 말라 말을 번복할 거면 왜 그리도 무심한 척을 했어요? 왜 다른 사람에게 가라고 말했느냐고요!"

"……."

"내가 그리 쉬워 보였나요? 그대가 가라고 하면 가고, 오라고 하면 오는 쉬운 여자 같던가요? 그래서 내게 이래요?"

한참 그의 가슴팍을 내리쳤다. 그러나 남자의 단단한 몸은 그저 흔들리기만 할 뿐, 이렇다 할 반응이 없다. 그가 대체 어떤 생각을 하고 있는지 모를 일이었다.

"제가……."

위에서 들려온 젖은 목소리에 잠시 멈칫했다. 당황하여 고개를 드는데, 별안간 이마로 젖은 물방울이 떨어졌다. 나는 당황하여, 제자리에 굳은 채 잠시간 눈만 깜빡였다.

구름 한 점 없는 하늘을 보아 비는 아니었다. 그렇다면 이건 분명 남자의 눈물일 텐데, 나는 도통 이 상황이 이해가 가질 않았다.

그가, 베인 조르제가 나 때문에 울고 있다고?

당황하여 남자의 가슴팍을 두드리던 팔도 멎었다. 그런 나를 내려다보던 남자가 조용히 무릎을 굽혔다. 미처 표정을 정비할 새도 없이 더한 당황이 나를 덮쳤다.

조심스럽게 내 손을 끌어당긴 남자가, 손등에 가만히 입을 맞추었다. 그 입술은 유난히 뜨거웠다. 참을성 없이 떨어져 살갗 위를 구른 눈물은 축축했다. 애달픔 농도가 내 가슴까지 저리게 할 정도였다.

그가 젖은 목소리로 입을 열었다.

"저는 당신이 저를 사랑하지 않았으면 좋겠습니다."

"……."

"그러면서 당신이 저를 안고 사랑을 속삭이길 바랍니다."

그가 무슨 말을 하고 있는지 도통 이해가 가질 않았다. 왜 저리도 애절히 울면서 저를 사랑하지 말라 말하는지. 왜 그간 제게 관심두지 말라 그리도 밀어냈는지. 그러면서 또다시 내게 돌아와 애정을 구걸하는 그 모든 이유가 말이다.

"그 의미를 당신이 알아주었으면 하다가도, 차라리 모르게 하고 싶기도 합니다."

베인 조르제의 눈에선 눈물이 도통 멎질 않았다. 그 애통함에 나는 지금 상황도 잊고 남자를 달래주고 싶어지기까지 하였다. 끓는 듯한 음성이 그대로 갈라져, 그보다 더 애절할 수는 없을 것 같았다.

"제가 어리석었습니다. 참을 수 있다고 생각했습니다. 한번 겪어본 일이니, 이번에야말로 담담할 거라고, 가슴 아프지 않으리라고 생각했습니다. 진정 어리석었습니다."

한번 겪어본 일? 떠오른 의아함을 정리할 새도 없이 베인 조르제가 숨 가쁘게 말을 이었다.

남자가 눈물로 호소한다.

"그 남자를 하나뿐인 사랑이라 말하는 당신을 차마 이성적으로 바라볼 수 없음을, 내가 간과했습니다."

도통 이해할 수 없는 것들투성이였지만, 그가 장난으로 이러는 게 아니라는 것만은 확실히 알 수 있었다. 누구도 저 일렁이는 눈을 보고도 거짓이라 말하지는 못할 것이다.

뒤로 물러서고 싶은 기분이었지만, 어떠한 인력이라도 있는 것처럼 도무지 그를 밀어낼 수 없었다. 손이 저렸다. 눈을 깜빡이는 간단한 일조차도 무척 어렵게 느껴졌다.

입을 다물고 울먹임을 억누르던 베인 조르제가, 이내 헛웃음을 터트렸다.

"제 감정의 호소가 영애에겐 무섭겠지요. 광인처럼 여겨지지 않을까 싶기도 합니다."

과연 광인이 아니고서야 있을 수 없는 일이었다. 나는 당신이 그런 감정을 느낄 만한 일을 한 기억이 없기 때문이다. 우리에겐 그만한 추억이 존재하지 않기 때문이다.

내가 지나온 미래에서, 당신은 나를 사랑한 적 없기 때문이다.

나는 파르르 떨리는 입가로 겨우 대꾸했다.

"전…… 당신을 몰라요."

"……."

내가 모르는 감정의 출처를 그가 밝혀주길 바랐지만, 그의 입은 꾹 다물린 채 열리지 않았다. 나는 그를 자극하려 아무 말이나 쏟아내었다.

"전 당신과 함께하면 안 돼요. 루센이 내게 왔어요. 그동안 그토록 원하던, 내가 사랑하는 그 남자가 내게 돌아왔다고요. 그런데 내가 어떻게 당신 손을 잡을 수 있겠어요? 어떻게, 내가 어떻게 그럴 수 있겠냐고요."

베인 조르제에게 하는 말이었지만, 그것은 스스로에게 하는 다짐이기도 하였다. 내가 이제 와 루센을 저버리고 베인에게 가버리는 것은 안 될 일이다. 그건 루센에게 너무나 못할 짓이지 않은가.

차라리 그를 가만 내버려두기나 하지. 나를 잊은 채 살게나 두었어야지. 사랑한 기억을 끌어안은 채, 그러나 정작 그 연인은 안지 못하는 슬픔을 그에게도 선물하려고?

"모두가 나를 욕할 거예요. 그렇게 다 보이는 곳에서 루센과 만남을 가졌는데, 그대와 함께한다면 추문이 나를 또 따라오겠죠. 제가 왜 사……."

순간 말을 멈추었다. 그러나 이윽고 마음을 가다듬고는 그에게 마저 쏘아붙였다.

"사랑하지도 않는 당신을 위해, 내가 그걸 왜 감수하겠어요?"

사실인 듯도 한데, 아니, 그것이 사실이어야 맞는데 저 말을 입 밖으로 내려니 어쩐지 거부감이 들었다.

그런데 왜 나는 그에게서 확언을 듣고 싶어질까. 왜 질투라도 하는 것처럼 그에게 나뿐임을 확인하고 싶을까.

"……그러니 그렇게 애절한 척하셔봐야 소용없어요."

내가 더듬더듬 말했다.

"애절한 척이라."

그가 새기듯 중얼거렸다.

"저는 알아요. 당신이 왜 그러는지, 나를 밀어내다가도 광인처럼 매달리곤 하는 이유를 말이에요."

내가 떨리는 목소리로 말을 맺었다. 그러고는 쌓아왔던 말을 마저 쏟아내었다.

"그만, 죽은 애인의 모습을 내게서 보지 마세요."

바싹 마른 입술이 겨우 입 밖에 낸 말이었다. 내 말에 그도 건조한 웃음을 터트렸다.

"죽은 애인의 모습이라."

내가 한 말을 읊조리며 그가 천천히 자리에서 일어났다. 어느새 울음은 멈춘 채였지만, 감정으로 잔뜩 얼룩진 얼굴은 여전했다. 그가 일그러진 낯으로 입을 열었다.

"그녀가 어쩌다 죽었느냐고 묻지 않았던가요? 그래, 기억나는군요. 누가 죽였는지도 궁금하지 않습니까?"

그가 재밌지 않느냐는 듯 자문자답하였다. 그답지 않은 모습이라 약간의 두려움까지도 든다. 나는 무의식적으로 걸음을 물렸다. 더 이상 가까이 가면 안 될 것 같았다. 마치 알아서는 안 될 금기에 가까이 온 듯한 느낌이었다.

"곤란하시면 안 알려주셔도 돼요."

내가 그에게서 손을 빼내려 애쓰며 답했다. 그러나 그 완력이 강했던 통에, 도통 떨쳐내기가 쉽지 않았다. 베인 조르제는 결국 나를 놓아주지 않았다. 레이디를 완력으로 제압하는 것은 큰 실례였으나 그를 질책할 만한 분위기는 아니었다.

그가 눈썹을 들어 올렸다.

"곤란한 건 제가 아니라 카타리나 양 쪽입니다."

내가 반발하듯 쏘아붙였다.

"제가 왜요?"

"범인은 루센 경이니까요."

잠시간 제자리에 굳었다. 손목을 두고 그와 실랑이를 하는 것도 잊은 채 말이었다. 그가 무슨 말을 하고 있는지 이해할 수 없었다.

루센이라고? 그게 말이나 되는 소리인가?

내가 루센이 아니라 베인에게 마음이 기울었다고는 하나 그건 루센의 도덕성과는 별개의 일이었다. 그는 회귀 전부터 나를 아껴주던 단 하나의 연인이었으며, 이러한 배신이 참으로 죄스럽게 느껴질 정도로 충실한 사람이었다.

나는 맑게 웃으며 내게 사랑을 고백하던 남자의 천진한 얼굴을 알고 있다. 연인에게만 보이는 그의 부끄러운 낯과, 그 안에 숨은 사랑의 깊은 열렬함도.

그런데 베인 조르제의 연인을 루센이 죽였다고?

물론 루센의 본직은 기사이다. 그리고 칼을 든 사람이 살인을 할 수 있다는 건 나 역시도 인지하고 있는 바였다. 하지만 루센은 적어도, 죄 없는 레이디에게 수를 쓸 만한 졸렬한 인물은 아니었다.

"아니에요."

나는 한참 후에야 겨우 입을 열어 반박했다. 안타깝게도, 몹시 더듬거렸던 통에 그리 신뢰감 있게 들리지는 않았다. 루센이 베인의 연인을 죽일 이유가 없었지만, 그렇다고 베인이 이런 일로 거짓말을 할 인물도 아닌 듯싶었기 때문이다. 나는 베인 조르제에게 들려주기 위해서라기보다는 스스로에게 못 박듯이 다시 중얼거렸다.

"오해가 있을 거예요."

"그럴 수는 없습니다, 영애."

"오래전에 사별했다고 하셨잖아요? 그는 그때 수도에 없었어요."

"제가 직접 듣고, 본 일입니다."

내가 눈을 치켜뜨며 따지듯이 물었다.

"그렇다면 왜 그를 가만 내버려두셨나요?"

그가 무표정한 얼굴로 나를 내려다보았다. 그러나 여직 눈물의 흔적이 남아 있어, 어쩐지 비통한 인상을 주는 낯이었다.

그가 고저 없는 음성으로 통보했다.

"이야기가 궁금하다면 추수제 파티에 제 파트너로 참석하세요."

진짜 사랑

눈앞에서 손바닥이 흔들거린다. 두 손가락이 사이좋게 부딪으며 소리를 내다가, 손뼉을 치며 난 바람이 설핏 이마로 내달리기도 하고 말이다. 그러나 나는 눈만 깜빡이며 미동도 않았다. 침대에 널브러져 머리만 바깥으로 내놓은 상태인데 별로 불편하다는 생각도 안 들었다.

끔찍한 사고로 후유증을 앓는 이들 중 편집적으로 머리칼을 뜯거나, 제 팔을 꼬집거나 하는 사람들이 있다고 한다. 적어도 머리카락을 쥐어뜯는 동안에는 사고로 인한 고통이 찾아들 틈이 없으니 자해를 한다는 것이다. 내 상황도 대충 그와 동일했다. 머리에 피가 몰려 저릿한 감각이 돌지만, 덕분에 다른 생각이 끼어들 자리가 없었다.

내게서 반응을 이끌어내려 노력하던 로제의 얼굴에 이내 심각한 표정이 떠올랐다.

"레이, 얘 죽었니?"

로제의 진지한 물음에 레이가 절레절레 고개를 저었다.

"내버려두세요. 어제 귀가하신 후부터 쭉 저 상태세요."

"난 왜 얘 눈이 흐리멍덩한 게 꼭 죽은 거 같지?"

로제의 노력이 가상하여 나는 힘없는 대답이라도 돌려주었다.

"안 죽었어……."

"곧 죽을 것 같은데."

"안 죽어……."

"왜?"

"……."

안 죽는다는데 왜 그러느냐는 질문이 돌아오면 뭐라고 대답해야 하지?

"농담이고, 일어나. 네 얼굴 피 몰려서 완전 삶은 고구마 같아."

"고구마는…… 행복할까……?"

내 아련한 질문에 로제의 표정이 썩어들어갔다.

나와 정상적인 대화를 나누기가 불가능하다고 판단한 것인지 로제는 입을 다물었다. 그녀는 말없이 양손으로 내 머리를 잡아당겨 침대 위에 제대로 눕혔다.

나는 팔을 뻗어 로제의 소매를 붙잡았다.

"대답해줘, 로제. 고구마는 행복했을까……?"

"어떤 고구마를 말하는 건데?"

로제가 참을성 있게 되물었다. 나는 멍하니 천장에 시선을 고정한 채 대답했다.

"내가 어렸을 때 길렀던 고구마 말이야."

"몇 살 때쯤인데?"

로제가 도통 기억나질 않는다는 듯 미간을 좁혔다. 나는 웅얼거리며 설명을 계속했다.

"나 다섯 살 때. 간식으로 유모가 고구마를 삶아줬어. 껍질을 안 벗겨내고 가져와서, 까먹으라고 통째로 내밀었는데 그게 너무 따듯해서 나는 살아 있는 줄 알았어. 꼭 사람 체온 같았거든."

"그 고구마가 대체 지금……, 아, 아니다. 마저 말해."

로제는 평소 성질대로 화를 내려다 말고 인내의 심호흡을 했다. 그러고는 만면에 미소를 띠는데, 꼭 진상 고객을 상대하는 점원의 모양새였다.

로제가 답답해하건 말건 나는 혼자서 열심히 떠들었다.

"그래서 나는 그걸 마당으로 가지고 나가서……."

"나가서?"

"잘 자라라고 묻어줬어."

"……."

레이와 시선을 맞춘 로제가 머리 옆에 대고 손가락을 빙빙 돌렸다. 내 정신 상태를 의심하는 둘을 두고 나는 말을 이었다.

"나는 걔한테 이름도 지어줬어. 프티 릴리 스위트포테이토라고. 그리고 매일 물도 주었지. 근데 하루가 지나고 이틀이 지나고 일주일이 지나도 싹이 돋아나질 않는 거야."

"너 그러는 동안 유모가 안 말렸어?"

"프티 릴리 스위트포테이토는 나만의 비밀이었어. 화원 앞 장미덩굴 아래에 있는 오목한 자리, 그러니까 애들 시야에나 닿는 구석에 두었었거든. 아무튼 나는 왜 싹이 안 나는지 궁금해서, 한번 다시 땅을 파봤어. 우리 프티가 어디 아픈 건 아닌지 걱정됐거든."

"그래……."

로제가 따분한 얼굴로 귀를 팠다.

그녀가 만약 프티 릴리의 마지막 모습을 봤다면 저리 맹숭맹숭한 얼굴을 하진 못할 것이다. 삶은 고구마, 여름의 땡볕, 과한 습기의 3연타는 엄청났다. 프티 릴리 스위트포테이토는 땅속에서 엄청난 악취를 내며 말 그대로 썩어가고 있었다. 그 구릿한 냄새에 나는 코를 막고 한참 구역질을 했다. 내가 우는 소리를 듣고 찾아온 유모에 의해 프티 릴리는 버려졌다. 다섯 살배기의 무지가 불러온 끔찍한 종말이었다.

"비극적이지?"

"퍽이나……."

로제의 반응에도 아랑곳 않고 나는 말을 이었다.

"걔는 먹히지도 못했는데, 땅에 묻혀 썩어들어가면서 무슨 생각을 했을까?"

"삶은 고구마한테 무려 인격까지 부여해줬어?"

우아아 하고 로제가 여전히 따분하단 얼굴로 박수를 쳤다. 나는 샹들리에 끝에 매달린 먼지를 응시하며 마저 말했다.

"그때 알았어. 삶은 고구마는 심어도 싹이 안 나는구나. 이미 익혀버린 식물은 땅에 들어가면 자라는 게 아니라 썩어버리는구나. 근데……."

갑자기 눈앞이 흐려졌다. 로제는 당황하여 내게 바짝 다가왔다. 그녀가 "야, 갑자기 너 왜 그래!" 하며 닦달하는 것을 밀쳐내지도 못했다. 나는 두 손으로 얼굴을 가리며 그대로 울음을 터트렸다.

"내가 이번에도 또 삶은 고구마를 땅에 묻어버렸어……."

"뭐? 언제, 어디다? 말해봐 이 언니가 프티 스위트 릴리……. 젠장, 아무튼 그것보다 더 예쁘고 끝내주는 고구마를 데려다줄게."

나는 고개를 내저으며 구성진 울음을 쏟아냈다. 방울진 눈물이 눈꼬리 밑으로 흘렀다. 내가 엉엉 울며 입을 열었다.

"처음부터 알고 있었어. 그땐 모르고 하기라도 했지, 이번에는 싹이 못 틀 걸 알았는데, 그러면 안 되는 걸 알았는데 그래도 묻어버렸어. 그걸 희망이라고 심어두고 자라라고 계속 물을 줬어."

베인 조르제가 나를 진심으로 좋아하지 않을 것을 알고 있었다. 그에게 잊지 못한, 혹은 못할 다른 연인이 있다는 것도 충분히 알고 있었다. 애초에 그는 그 사실을 별로 숨기려 들지도 않았으니까.

그러나 그가 제 죽은 연인에 대한 미련을 드러내며, 동시에 루센에 대한 증오를 내비쳤을 때 나는 몹시 가슴이 아팠다. 루센이 살인을 했을지도 모르기 때문이 아니라 그녀가 그의 가슴에서 잊히지 않을 걸 알았기 때문에. 그것이 너무나 슬퍼 나는 그에게 알았다고도, 혹은 싫다고도 대답하지 못했다.

죽어버린 사람을 무슨 수로 이길 수 있단 말인가. 가장 찬란한 한때를 함께하고 스러진 연인을 잊을 수 있는 이가 존재는 할까.

베인 조르제를 선택한다면 결혼이야 어렵지 않게 할 수 있을 것이다. 허울 좋은 부부일 뿐이겠지만 객관적으로 우리는 나쁘지 않은 짝이었다. 나는 그의 가문에 힘을 실어줄 수 있고, 베인 조르제는 나를 통해 다른 이를 보긴 하나 행동만은 다정할 것이다.

그 찰나의 달콤함에 따라올 나의 비참한 희망. 내가 루센을 버리고 얻을 수 있는 건 고작 그런 보잘것없는 것들이었다.

그러나 마음의 추는 똑똑하지 못해서 밑지는 장사에 자꾸 무게를 더하려 한다. 나에게 자꾸 베인에게 가라 말한다.

이쯤 되니 인정하지 않고서는 배겨낼 수 없었다. 이만한 아픔이 사랑이 아니면 그 무엇으로 불릴 수 있단 말인가. 죄스러운 일이지만 나는 더 이상 루센을 좋아하지 않았다. 이미 내 사랑의 총량은 베인 조르제에게 가버렸다. 그리고 아마 영영 돌아오지 않을 것이다.

"카렌, 나 프티 릴리 2세 사러 간다? 어? 언니가 진짜 예쁜 고구마 사 올 거다? 응? 설레지?"

로제는 다급한 기색으로 침대에서 몸을 일으켰다. 당장이라도 시장통으로 달려갈 모양새라, 그게 우습고 고마워 나는 짧게 웃음을 흘렸다.

나는 그녀의 소매를 잡고 놓아주지 않았다.

"가지 마."

"어? 왜, 아직도 프티 릴리한테 미련을 못 버렸어? 갠 이제 그만 잊어."

"못 잊어."

내가 눈물을 닦아내며 말했다. 그러나 또 울컥 차올라, 갈라지고 부푼 음성으로 다시금 흐느꼈다.

"이젠 절대 못 잊어……."

"얘 고구마 얘기 하는 거 맞아……?"

혼란스러운 로제를 향해 레이가 조용히 고개를 저었다. 나는 바보 같은 로제를 위해 입 밖으로 공언해주었다.

"레이 말이 맞았어. 내가 루센을 정말 좋아했으면 흔들려선 안 됐어. 나는 미련하게 과거만 붙들고 있다가, 정작 내 사랑이 어디로 달아난 줄도 모르고 있었어."

"베인 말하는 거야?"

나는 고개를 끄덕이지 않았다. 그렇다는 대답도 하지 않았다. 그러나 잠시 측은하단 낯을 하던 로제는 이내 내 머리를 들어 끌어안아주었다.

"불쌍한 내 친구……. 좋아하는 남자 때문에 항상 마음고생이구나. 루센이나 베인이나."

"넌 알테랑 행복하니?"

"너희 오빠는 그런 일로 여자 마음 상하게 할 사람이 아니야. 정치 얘기로 가끔 심각할 때 빼곤."

"알테……."

나는 내 하나뿐인 오라비의 이름을 가만히 읊조려보았다. 로제가 삼삼한 어조로 대꾸했다.

"그래, 네 오빠. 알테는 1왕자가 왕이 됐으면 하는 모양인지 계속 푸념하더라."

"알아. 그래서 아버지랑도 종종 싸우더라고."

나는 고개를 돌려 잠시 로제를 쳐다보았다.

로제와 알테가 결혼하면 로제는 리플렉츠 후작부인이 되겠지? 그러려면 일단 가문이 망하지 않아야 할 거야. 이왕이면 목이 달아나지 않도록, 모시는 상관도 인자한 편이 좋겠지.

"계속 위험하다고는 말하지만, 내가 베인 조르제랑 결혼하면 결국 알테가 원하는 대로 되겠지. 그럼 리플렉츠가는 완전히 1왕자 편에 서는 셈이니까. 그 정도 결합이 아니면 아버지도 마음을 돌리지 않을 테고."

내가 아무렇게나 웅얼거리듯 말했다.

"그야 당연히 너랑 베인 조르제랑 결혼하면 리플렉츠가도 1왕자 세력에 흡수되긴 하겠지……. 잠깐, 근데 그럼 우리 아버지한테도 얘기를 해봐야겠는데? 아니, 이게 문제가 아니고, 너 아까부터 계속 무슨 말을 하고 있는 거야?"

생각 없이 긍정하던 로제가 점점 미간을 좁히며 되물었다. 갑자기 왜 정치 얘기로 빠졌는지 이해할 수 없다는 투로. 나는 멍하니 대답했다.

"핑계 중이야."

"뭐?"

"이렇게라도 하면 덜 비참할 것 같아서. 나도 이만큼 다른 속내를 꾸미고 있다 변명하면 덜 밑지는 것 같아서. 그래서 핑계 대는 중이라고."

"야, 너……!"

"편지를 써야겠어."

벌컥 언성을 높인 로제를 두고 자리에서 몸을 일으켰다.

"레이, 편지지 좀 줘."

"아가씨……."

"뭐해? 얼른."

머뭇거리던 레이가 깃펜과 종이를 들고 왔다. 나는 그 백지 두 장을 잠시간 내려다보았다.

양자택일의 순간이다.

그러나 딱히 비장한 각오 같은 게 있거나 하지는 않았다. 나는 어젯밤 내 앞에서 울던 남자를 떠올렸다. 볼썽사납게 얼굴을 일그러뜨리고는, 루센이 제 연인을 죽인 범인이라 헐뜯던 그를.

루센은 어쩌다 베인의 여자를 죽였을까.

리암에 갔을 때 옷가게 주인에게서 얻어들은 바에 의하면, 게리는 친절하고 참한 아가씨였다. 도대체 무슨 원한으로 벌어진 일인지 짐작도 가질 않았다. 아니, 애초에 루센이 그녀를 죽인 게 맞기는 맞을까. 그게 무엇인지는 알 수 없지만 다른 오해가 있는 것은 아닐까.

그러나 나는 루센을 변호할 생각보다는 베인의 마음에 오래도록 남은 그녀가 밉다는 생각이 먼저 든다. 그 미움에 울지 않고는 배겨내지 못할 정도로 말이다. 차라리 그녀가 이미 죽었다는 사실에 기뻐해야 하나 싶기도 하였다가, 너무 끔찍한 생각 같아 재빨리 머릿속에서 털어냈다.

"아가씨, 먼저 얼음찜질이라도 하시겠어요?"

레이가 조심스럽게 물었다. 로제도 고개를 끄덕이며 긍정했다. 편지지를 보는 내 얼굴이 꽤 심각했던 모양이다. 나는 피식 웃으며 고개를 내저었다. 종이 두 장을 탁자에 올려두고, 펜을 집어 들고, 그 위에 각기 다른 이름을 썼다.

루센 그레미오, 베인 조르제. 나의 지난 사랑과, 오래도록 내 마음을 아프게 만들 남자를.

서럽고 서러운 마음에 공언을 미루었을 뿐 마음속으로는 결론이 나 있었다. 나는 심호흡을 하고는 편지를 써 내렸다.

추수제 무도회 당일까지의 보름은 빠르게 흘렀다.

나는 적당히 우울했고 그래서 적당히 울었으며, 마찬가지로 적당히 웃었다. 후작가의 베개가 모두 젖어들지도 모른다는 레이의 공포는 현실이 되지 않았다. 로제는 며칠 과자를 바리바리 싸들고 들이닥치더니 나중에 가서는 우리 집 요리사를 착취하는 성의 없음을 보였다. 실연 아닌 실연을 겪은 것치고는, 내가 적어도 보통 사람들처럼은 보였다는 뜻이다.

"예쁘세요."

레이가 내 귀에서 조심스럽게 손을 떼어내며 말했다. 방금 그녀가 달아준 은색 귀걸이가 부드러운 빛을 내며 흔들거렸다.

유려한 쪽빛 드레스에 맞춰 액세서리는 푸른색으로 통일했다. 귀걸이와 세트인 목걸이, 반지도 목과 손가락에서 각각 반짝였다. 가슴골이 은근히 파인 드레스는 그 위에 레이스까지 촘촘히 박음질돼 있어 시선을 모았다. 팔로 갈수록 부푸는 소매는 나풀거리듯 떨어지고, 치맛단은 풍성하게 옆으로 벌어진다.

"그러게. 예쁘네."

그리 중얼거리며 거울 앞에서 한 바퀴 돌았다. 발목 위로 붕 떴던 치맛단이 자연스레 제자리를 찾는다. 이것저것 많이 가져다 붙인 것치고는 제법 가벼웠다.

나는 거울에 한 발짝 다가서 내 얼굴을 꼼꼼히 살펴보았다. 튀진 않지만 은은히 바른 색조는 모나지 않게 어울리고, 이런저런 일로 상해 커버가 힘들 것이라 생각했던 피부는 자연스럽게 광이 났다. 이 역시 레이의 노고다.

"이만 내려가도 되겠어요."

"지금이 몇 시지?"

내가 시계 쪽을 살피며 물었다. 레이는 내가 시침을 확인하기도 전에 재빨리 답했다.

"약속 시간 5분 전이에요."

"10분 정도는 더 기다리게 해야 되는 거 아닌가?"

"준비가 빨리 끝나면 좋은 거죠."

"상대가 내가 애달았다고 생각하면 어떡해?"

"아가씨."

레이가 내 팔을 붙잡았다. 그러고는 혹시 그사이 먼지가 내려앉진 않았나 꼼꼼히 털어주었다. 마지막으로 그녀는 나와 눈을 맞추며 말했다.

"제가 장담하건대, 그 남자는 아가씨를 본 순간부터 머릿속이 텅 비어서 지금이 몇 시인지는 생각도 못하게 될 거예요."

나는 장난스레 입가를 삐죽였다.

"하여튼 아부는 잘해."

"그럼 내려가세요."

레이가 내 등을 떠밀었다. 나는 허리를 꼿꼿이 세우고는 1층 중앙 홀을 향해 계단을 내려갔다. 아까 출발한 알테도 아마 지금쯤 프레토 백작저에 있을 것이다. 어머니의 빠른 행동력으로 양가는 거의 상견례 비슷한 것까지 마친 상태였다. 아직 약혼반지를 맞추진 않았지만,

이 정도 진행이 되었으면 같이 파티에 참석 정도는 해줘야 했다.

"아야."

다른 생각을 하다가 발을 삐끗할 뻔했다. 평소보다 더 굽이 높은 구두라 그 높이가 아찔했다.

내 방은 3층에 있었기에 구둣발로 1층까지 내려가는 건 생각보다 많은 시간이 걸렸다.

2층에서 1층으로 내려가는 지점에서, 나는 조심조심 내딛던 발걸음을 멈추고는 계단 손잡이 너머를 살폈다.

아치형 계단 아래의 홀에선 한 남자가 나를 기다리고 있었다. 딱히 어떤 옷을 입겠다 언급하진 않았는데, 다소 놀랍게도 남자는 나와 비슷한 푸른빛 연미복을 입고 있었다. 혹시 기사단복을 입고 오는 건 아닌가 걱정했는데 그건 아니라 다행이었다.

예전부터 생각했는데 남자의 몸은 선이 예쁜 편이었다. 그래서인지 소매에 새겨진 금색 자수보다는 각진 어깨에 더 시선이 갔다. 그렇다고 그 금색 장식이 안 어울린다는 뜻은 아니지만.

"오셨습니까."

또각또각 울려 퍼지는 구두 소리에 내 등장을 알아챘는지 남자가 뒤로 돌아섰다. 그가 먼저 내민 인사에 나는 대답하지 않고 마저 계단을 밟았다. 겨우 1층에 다다르고, 나는 그의 앞으로 천천히 걸어갔다. 나를 응시하는 남자의 눈이 다소 커졌다가, 이내 미미하게 가라앉았다.

"아름다우십니다."

"그대도 그런 칭찬을 하나요?"

"아부처럼 들리셨습니까?"

"소공작님께 듣는 칭찬이 익숙하진 않네요."

베인 조르제의 표정이 언뜻 아릿하게 흐려졌다. 나는 잘 정리된 그의 검은 머리칼이나 인상이 진한 눈썹, 무뚝뚝한 입술 같은 것을 찬찬히 살펴보았다.

어머니가 봤다면 씨암탉을 삶아주고 싶은 상이라고 하셨을까. 루센한테는 별로 그리하고 싶지 않다고 하셨었는데, 어쩌면 이런 결과를 예상하신 건지도 모르겠다.

내가 조르제가와 그레미오가에 각각 편지를 보낸 날, 나는 가족들이 다 모인 식사 시간에 이렇게 공언했다.

「베인 조르제와 결혼할게요.」

아버지는 잘된 일인지 아닌지 모르겠다는 미묘한 표정이었고, 어머니는 '어머, 어머.'만을 연발했으며, 알테는 얼굴을 붉히며 자리에서 일어났다.

「카렌, 네가 무슨 생각을 하고 있는지는 모르겠지만, 만약 가문 때문에 그런 결정을 한 거라면 네가 희생할 필요는 없어.」

「아니에요, 알테.」

나는 차분한 낯으로 냅킨을 무릎 위에 올렸다.

「솔직히 가문을 위한 숭고한 희생이라 포장하고 싶지만, 양심상 그건 제 마음속에서나 할게요. 이건 제 이기적인 결정이 맞아요.」

「뭐?」

「제가 베인 조르제를 좋아해요.」

알테는 그대로 씩씩대며 식당을 박차고 나섰다.

알테의 걱정이 이해가 안 가는 건 아니라, 나는 '이러다 2왕자한테 칼 맞아 죽으면 어떡하지?' 하는 등의 생각을 다소 길게 했다. 파티 이후 웬만하면 집 안에 처박혀 있는 게 좋겠다는 생각도.

지난번 세 차례 연달아 보냈던 편지가 무참하게 버려졌던 것과는 비교되게 루센은 그날 밤 바로 이곳으로 찾아왔다. 그러고는 '왜 그러느냐.' '내가 무얼 잘못했느냐.' 혹은 '내가 기억이 돌아오기 전 했던 행동이 당신을 질리게 했느냐.' 하는 말들을 알아듣을 수 없는 속도로 반복했다.

나는 그런 루센을 앞에 두고 측은한 음성을 내었다.

「미안해요, 루센. 편지에 적은 대로 저는 당신을 더는 사랑하지 않아요. 그건 결코 당신의 잘못이 아니에요. 하지만 이렇게 돼버렸어요. 이미 그러했는데, 당신을 사랑했던 기억 때문에 그걸 내가 너무 늦게 깨달았어요.」

루센은 갑작스러운 이별 통보에 정신을 차리지 못한 기색이었다. 내 정신 하나 붙드는 것만도 벅찬 상태였던 나 역시 그를 오래 달래주진 못했다.

「저는 계속 당신을 기만할 정도로 연기력 좋은 여자가 아니에요. 그대를 더 속일 수는 없었어요. 미안해요. 내가 나쁜 게 맞아요.」

그리고 문을 닫았다. 루센은 한참이고 나오라며 애원했지만, 새벽즈음이 되자 그마저도 조용해졌다. 밤늦은 고성방가를 들은 것인지 그다음 날부터 카타리나 리플렉츠가 루센 그레미오를 가지고 놀았다는 소문이 돌았다.

「남 얘기 하는 것 말고는 사는 재미가 없나 보지.」

로제가 삐딱한 투로 말했지만 남의 가십을 껌처럼 씹고 놀았던 과거가 있어 썩 그 비판이 진실성 있게 들리지는 않았다. 나는 '그게 맞는데 뭐.' 하고 아무렇지 않은 척 대꾸했다. 그리고 외출하지 않았다.

말하자면 오늘이 집 탈출 1일차인 셈이다.

방 안에서만 구른 것은 고작 2주였지만, 몸은 침대 미만의 딱딱함에 벌써 거부감이 생긴 모양이다. 덜컹이는 마차 때문에 금방 엉덩이가 아팠다.

나는 티 나지 않게 허리를 주물렀다. 내 불편한 기색을 알아챘는지 베인 조르제가 내 쪽으로 시선을 돌렸다.

"어디 불편하십니까?"

"몸은 괜찮아요."

대답에 뼈가 있다는 걸 기민하게 알아챈 남자가 다시금 물었다.

"심기 불편한 일이라도 있으십니까?"

모른 척하는 솜씨가 제법이다. 저 뻔뻔함에 질릴 법도 한데 나는 왜 그에게 반했을까. 속수무책으로 저 남자에게로 끌려간 마음의 행방을 알 수 없다. 그가 그대로 삼켰는지, 혹은 쓰레기통에 내버렸는지.

"왜 내게 파트너 신청을 했어요?"

"무슨 저의로 하는 질문이신지 모르겠습니다."

"그러게요. 저도 잘 모르겠네요. 왜 이런 질문을 했을까."

나는 나른하게 대답했다. 어쩐지 그를 약 올리는 듯한 뉘앙스였지만, 실제로 스스로도 저의를 이해 못할 질문임은 맞았다.

"그럼 다른 면에서 접근을 해볼까요? 우리가 결혼하면 정세가 어떻게 될지에 대해서요."

남자의 입에서 짧은 헛기침이 튀어나왔다. 나는 그런 남자를 돌아보았다.

"설마 모른 척하시려는 건 아니겠죠? 추수제 무도회에 미혼 남녀가 같이 참석한다는 게 어떤 의미인지 말이에요."

남자가 목깃을 흐트러뜨리며 대답했다.

"……물론 알고 있습니다."

"알고 계시다니 다행이네요. 저는 루센과 갑작스러운 결별을 선언하느라 아주 소문이 안 좋게 난 모양이거든요. 이제 경만큼 좋은 혼처를 찾기는 쉽지 않을 거예요."

"……."

베인 조르제는 가만히 고개를 끄덕일 뿐 침묵했다. 일부러 밉게 말한 것인데, 정작 상대가 별다른 반응이 없으니 무안했다. 나는 웃옷에 달린 레이스를 매만지며 아무렇게나 말을 늘어놓았다.

"당신은 1왕자의 충직한 신하이기 때문에 내가 당신과 결혼하면 지금은 비등한 세력에 나름대로의 편차가 생기겠죠. 일단 리플렉츠가는 완전히 당신네 편으로 돌아설 것이고. 아, 미리 축하드려요. 아마 프레토 백작도 1왕자 전하께 힘을 더할 거예요. 제 오라비인 알테와 로제 프레토가 약혼을 선언했거든요. 대단한 전력이 넝쿨째 떨어진 셈이네요."

베인 조르제가 그런 나를 빤히 바라보았다. 남자의 시선이 다소 부담스럽게까지 느껴질 때쯤. 그가 입을 열었다.

"왜 그런 식으로 말씀하십니까?"

그가 무얼 말하는지 잘 이해가 가질 않았음에도, 나는 짐짓 찔리어 반 박자 뒤에 되물었다.

"……제가 뭐를요?"

"저는 양이 남을 상처 주려 할 때의 표정을 압니다."

나는 입을 다물었다.

남을 상처 주려 할 때의 표정이라. 그 말이 틀리지는 않았다. 나는 우리 사이의 감정을 아무렇지 않은 것으로 치부하여, 그에게 이 관계 변화가 아무것도 아니라고 말하고 싶었다. 그것으로 내 자존심을 세우고 싶었다.

"제가 이 결혼으로 떨어질 이득에 대해 말하는 게, 왜 경이 상처받을 일이죠?"

내가 아무렇지 않은 척 대꾸했다. 베인 조르제가 담담한 낯으로 말했다.

"충동적으로 내린 결정이긴 하나, 이 일이 제게 정치적인 이득이 된다는 사실은 부정하지 않겠습니다. 하지만."

"정치적 이득, 그걸 노렸나요?"

나는 그의 말을 가로막고 부러 날카롭게 물었다. 베인은 입술을 깨물더니, 다소 억눌린 음성으로 답했다.

"감정적인 부분을 말하고 있는 겁니다."

감정적인 부분이라 하면, 당신의 죽은 연인까지 언급해달라고? 그런 비참한 말을 나보고 또 하라고? 나는 그의 시선을 피하며 화제를 돌리려 했다.

"굳이 그럴 필요가 있나요? 그런 불필요한……."

"저와 함께 등장하면!"

갑자기 높아진 언성에 몸이 움찔했다. 나는 하던 말을 멈추고 그를 돌아보았다. 주먹을 틀어쥔 베인 조르제가, 눈을 감은 채 말을 이었다.

"저와 함께 등장하면, 당신은 이제 공공연한 2왕자의 적이 될 겁니다. 제가 당신을 위험에 빠트리고 기뻐하리라 생각하십니까? 지금 저는 스스로의 멍청함에 기가 질릴 정도입니다. 그 잠깐의 충동을 못 이긴 자신에게 진절머리가 난다는 말입니다."

그는 이렇게 또 이기적으로 다정하다. 말로만 나를 걱정하며, 정작 상처 주는 일은 본인이 다 하고 있으면서 말이다.

나는 입을 벙긋거리다가, 내내 눌러왔던 물음을 던졌다.

"루센 경에 대해서는, 언제 말씀해주실 건가요?"

그때 마차가 멈추었다. 말이 투레질하는 소리가 벽 너머에서 들려왔다. 베인이 몸을 일으키며 답했다.

"……그건 귀가 후 말씀드리겠습니다."

그가 먼저 마차에서 내려 내게 손을 뻗었다. 나는 그의 손을 잡고 조심스럽게 발을 디뎠다. 베인 조르제가 나를 내려다보며 물었다.

"준비가 되셨습니까?"

그 목소리가 언뜻 걱정스럽게도 들려서, 나는 나를 추스르지 못하고 그만 얼굴을 붉힐 뻔했다. 내가 웅얼대듯 대답했다.

"그럭저럭요."

그러고 보니 새삼스러운 걱정이 찾아들었다.

루센도 이 자리에 나왔을까. 그러지 않기를 바라지만 중요한 행사이니만큼 등장할 가능성도 있다. 대뜸 이별 선언을 던져놓고서는 다른 남자와 결혼하겠다며 나타난 나를 보는 그의 심정은 어떠할지, 짐작이 가지 않았다.

아릴르와 다정하게 웃던 남자의 모습을 보고 발밑이 꺼지는 것 같았던 내 기분이 다시금 떠오른다. 아마 그와 비슷하거나, 아니면 좀 더 심하겠지.

다행인지 불행인지 파티장 안으로 들어서 주변을 아무리 살펴도 루센은 눈에 띄지 않았다. 왕궁에서 여는 무도회라 인파가 많기는 했지만, 자주 섞여드는 무리를 분리해서 보면 사람을 찾는 건 별로 어렵지 않다. 아무래도 루센은 이 파티에 참석치 않은 모양이다. 실연의 아픔에 자택에서 두문불출하고 있는지도 모를 일이다.

베인 조르제의 장신이 워낙 눈에 띄는 데다, 만만치 않게 꾸민 내 장신구 탓에 우리는 꽤나 시선을 끌었다. 부채로 입술을 가린 채 소곤대는 소리가 여기까지 들리는 것 같다.

"카타리나 양이 루센 경을 버렸다는 소문이 돌더니, 그게 사실이었나 보네요. 루센 경에 이어 차지한 게 베인 경이라니 수완도 좋아요. 안 그런가요?"

"그러게요. 하긴 남자들은 여자의 외관만 보고 곧잘 꼬여들곤 하니까요. 정말 괜찮은 여자는 정숙해서 눈에 띄지 않는 법이죠."

"그나저나 아를르 양에다 카타리나 양까지. 연이은 시련을 겪은 루센 경이 참 안됐어요."

"영애, 설마 이 기회를 노리려는 건 아니죠? 실연 후 마음의 틈을 비집는 건 좀 교활한 일이잖아요."

"어머, 영애야말로 유부남과 추문이 일어 단정치 못하게 군 게 얼마나 되었다고 교양씩이나 따지시는지……."

"……지금 말씀 다 하셨어요?"

"못했습니다만?"

아마도 루센을 한번 자빠트리는 게 목적이었을 여인네들이 팔을 정답게 쥐고 파티장을 떠나갔다. 조용한 퇴장이었지만, 아마 곧 정원에서 머리를 쥐어뜯으며 싸우지 않을까?

"왕자 저하께서 나오십니다."

후원 생각에 정신이 팔린 나를 베인 조르제가 일깨웠다. 과연 홀 중앙을 보니 2층 입구 근처에 선 남성 둘이 눈에 들어왔다. 시종이 입장을 알리자, 느린 걸음들이 아래층으로 향한다. 건강이 좋지 않다더니, 정말 왕은 참석하지 않았다.

나는 제가 이미 왕의 후계라는 듯이 구는 2왕자를 쳐다보았다. 몰테 자작부인의 미색을 물려받아 껍데기는 제법 반반했으나, 정작 그 안에 들어찬 것은 구더기였다.

입장은 같이 했으나 사이가 좋지 않음을 대놓고 드러내듯, 1왕자와 2왕자는 곧바로 갈라졌다. 그리고 1왕자의 걸음은 베인 조르제, 즉 이쪽을 향했다. 왕위 계승권자에 공작가의 영식, 그리고 그가 파트너라고 데려온 여자는 후작가의 영애이다. 자연히 눈에 띄는 조합인지라, 적지 않은 시선이 이쪽을 향했다.

"오랜만이군. 자네 너무 두문불출하는 것 아닌가?"

"저하께서 불러주시지 않았을 뿐, 말씀만 하셨다면 어디든 찾아가지 않았겠습니까."

"글쎄, 사냥이나 함께 하자고 부르려 했더니 부재중이라는 소식이 들려오던데. 덕분에 뱃살 가득한 내무대신이 그대 대신 고생을 좀 했지."

"소신이 불충하여 미처 명을 받들지 못했습니다."

"탓하려고 꺼낸 말이 아닐세. 경에게도 쉴 시간은 필요하겠지. 한창 창창한 나이이니 연애도 좀 해야겠고."

1왕자가 내 쪽을 가리키며 눈을 찡긋했다.

"그래서, 휴가 기간에 그대의 마음을 사로잡은 이 아리따운 영애는 누구지?"

몇 번이고 인사를 나눈 적이 있는 사이라 내 얼굴을 못 알아봤을 리 없다. 알고서 물은 것이다. 리플렉츠가가 제 세력이 되었음을 공공연히 하기 위해서.

"송구합니다. 리플렉츠 후작가의 장녀 카타리나 리플렉츠라고 합니다."

나는 공손하게 허리를 숙여 보였다.

"참으로 잘 어울리는 선남선녀 한 쌍이로군."

1왕자가 이보다 유쾌할 수 없다는 듯 말했다. 내가 굉장한 추녀였거나, 혹은 베인 조르제의 배가 남산만 했다 하더라도 그의 눈엔 우리가 최고의 한 쌍으로 보였을 것이다. 그가 만족한 점은 외관이 아니었을 테니까.

우리를 둘러싸고 수군거리는 소리가 너무나 커 들리지 않았을 리가 없는데도, 1왕자는 아무렇지 않은 척 베인 조르제와 나를 몇 번이고 칭찬했다.

2왕자와 비교해 상대적으로 유약해 보이는 면이 없지 않아 있었는데, 그간 받아온 인상과는 다르게 상당한 수완가인 듯했다. 타고난 정치꾼의 모습이 보인다.

"두 아름다운 연인을 위해 건배라도 한번 하지. 이봐, 거기, 잔을 주게."

1왕자가 시종을 불러 세웠다. 나는 그의 뜻에 따라 잔을 부딪고, 조심스럽게 한 모금 들이켰다. 1왕자가 잔으로 뒤편을 가리키며 말했다.

"왕궁의 악대 연주 솜씨가 못 들은 사이 좀 시원치 않아진 듯하네. 안 그런가?"

"음악엔 조예가 없어 무어라 드릴 말씀이 없습니다만, 오늘 컨디션이 좋지 않아 그런 듯합니다. 실력으로 치면 왕국 최고의 악대가 아닙니까."

"아니야, 영 심심해. 음악도 책도 맹숭맹숭한 것이 요즘 통 재밌는 일이 없군."

술을 마저 들이켠 1왕자가 지나가던 시종의 쟁반 위에 잔을 내려놓았다. 자리를 비키려는 듯한 기색이었다.

"경이 곧 즐거운 경사 소식을 들려주리라 믿네."

"그렇다면."

내가 불쑥 입을 열었다. 생각보다 목소리가 매끄럽게 나왔다. 급작스러운 발언에 1왕자와 베인 조르제의 시선이 나란히 내게 향했다. 나는 침을 삼키고는 다음 말을 곧장 입 밖으로 내었다.

"오래 기다리지 않으셔도 될 것 같습니다, 저하."

잠시 멍하니 있던 1왕자가 곧 파안했다. 그가 나를 보며 더없이 즐거운 미소를 띠었다.

"아주 대단한 인물을 데리고 왔군, 베인. 내 그대들의 결혼식을 몹시 기대하고 있겠어. 혼인 선물은 섭섭지 않게 챙겨줄 테니 기대하게."

단순한 인사치레인지 아니면 진심인지, 1왕자는 그리 공언하고선 자리를 떴다. 나는 그가 제 측근이 모인 다른 무리에 가 자리 잡는 모습을 유심히 살폈다. 그런 나를 보며 베인 조르제가 물었다.

"그리 말씀하셔도 되겠습니까?"

"무엇을요?"

"혼인 말씀입니다."

"왜요, 이제 와 저와 결혼 생각은 없다는 말씀을 하시려는 건 아니겠죠? 그렇다면 당신은 정말 끔찍한 인간이에요."

그리 말해놓고는 갑자기 불안해졌다. 경험상 그는 말 바꾸기의 달인이다. 나는 눈을 치뜨며 경고했다.

"우린 이미 한 배를 탔어요."

"어떤 한 배입니까?"

"……약혼자라는 한 배지요."

"약혼자라."

베인은 그 말을 몇 번이고 입 안에서 굴렸다. 도무지 그 말이 소화되지 않는다는 듯 말이다.

한참 그 발음을 음미하는 듯하던 남자가, 내게 눈을 맞추며 물었다.

"그렇다면 키스를 부탁드려도 되겠습니까?"

"키스요?"

내가 잘못 들었다는 듯이 되물었다.

그가 프러포즈나 데이트 신청을 하는 장면은 상상해봤어도 입맞춤을 요구할 거라고는 예상한 적 없다.

당황한 내가 주위를 둘러보며 물었다.

"여기서요?"

질문에 곧바로 대답은 않고 그가 내 손등에 가볍게 입을 맞추었다. 그게 어찌나 자연스러운지 나는 이 남자의 여성 편력을 잠시 의심할 뻔했다.

"다 보는 앞에서 해야 모두에게 알릴 수 있지 않겠습니까? 당신이 제게 왔다고 말입니다."

틀린 말은 아니지만 왜 그가 사리사욕을 채우고 있다는 느낌이 들까. 그러나 나는 이 요구가 불쾌하기보다는 부끄럽게 여겨졌다.

그렇다. 부끄러웠다. 루센과의 키스를 회상하려다, 정작 베인 조르제와 입을 맞추는 상상을 해버렸던 스스로의 모습이 자연히 떠올랐기 때문이다.

음심을 들키기라도 한 듯한 기분이라 얼굴이 다 붉어졌다.

"전 좋아하는 사람하고가 아니면 키스 안 해요."

내가 새침하게 대답했다. 베인 조르제의 분위기가 급격히 침울해졌다. 아니, 그런데 다시 보니 그냥 무표정한 듯도 싶다. 착각이었을까? 찰나라 잘못 보았을 수도 있다.

"……알겠습니다."

베인 조르제가 덤덤하게 대꾸했다. 지나치게 정돈된 모습이라 내가 더 애달았다. 나는 뒤로 물러서는 남자의 손을 꽉 쥐었다.

"하지만, 당신이 그렇게 부탁한다면 어쩔 수 없이, 정말 어쩔 수 없이 해야겠지요."

"강제하여 드리는 부탁은 아닙니다만."

나는 지나치게 정중하게 구는 남자의 말을 자르고는 턱 근처로 손을 뻗었다. 그 단단한 선을 매만지며 속삭였다.

"조용히 하고 입술 내밀어요."

베인 조르제의 입가가 미미하게 늘어졌다. 마치 미소라도 짓는 것처럼 말이다. 그러나 그것을 길게 눈에 담기도 전 남자는 고개를 숙였고, 나는 턱을 치켜든 채 그의 입술을 훔쳤다.

긴 입맞춤은 아니었다. 다 보는 앞에서 혀까지 섞는 민망한 일을 벌일 재간은 없다. 하지만 다정한 연인처럼 보일 정도로, 혹은 떨어져 있는 것을 단 한순간도 못 견디는 열렬한 사이가 연상될 정도로는 애절해야 했다.

그의 입술을 가볍게 빨아들이고, 나는 조용히 뒤로 물러났다. 입술의 감촉이 생생했다. 그 따듯한 온기도 어쩐지 익숙했다. 보통 기대가 크면 현실에 실망을 한다고 하는데, 오히려 상상에 등장했던 그 꿈같은 입맞춤과 엇비슷한 감각이었다.

"……만족했나요?"

내가 가늘게 눈을 뜨며 물었다. 베인 조르제가 내게 시선을 고정한 채 말했다.

"만족한 것으로 보이십니까?"

어쩐지 음험한 인상을 주는 말이라 나는 재빨리 화제를 돌렸다.

"좋은 본보기는 되었지요."

그러며 주변을 살폈다. 예의가…… 요즘 애들은 부끄러움을…… 하는 등의 수군거림이 번져가고 있었다. 그 중간중간 예상했던 반응이 등장하기도 하고 말이다.

"리플렉츠가도 1왕자 쪽에 서기로 결정한 겁니까?"

"허 참……. 왕의 비보가 전해진 게 얼마나 되었다고. 리플렉츠 후작도 참 발이 빠릅니다."

"추수제에서 저렇게 대놓고 애정 행각을 할 정도면 관계가 꽤나 깊겠죠. 그럼……."

결국 시선의 끝은 2왕자를 향한다. 그들의 눈은 이렇게 말하고 있다.

'그럼, 2왕자는 어떻게 되는 거지?'

파장을 알리는 것처럼 유리 깨지는 소리가 크게 울렸다. 제 성질을 이겨내지 못하고 2왕자가 와인 잔을 던져버린 것이다. 그는 그것으로 그치지 않고 그대로 자리를 박찼다.

안 그래도 불안해졌을 제 세력을 보듬기는커녕 오히려 본인이 동요를 드러내다니. 알테가 왜 그리도 2왕자의 멍청함을 의심하지 않는지 궁금했는데, 그보다 더하면 더했지 덜하지는 않은 인물이었다.

"불안하십니까?"

베인 조르제가 물었다. 나는 고개를 저었다.

"그걸 생각했다면 애초에 당신에게 오지 않았겠죠."

"오지 않으리라 생각했습니다."

"……."

"그대가 그 남자에게 가버릴 것이리라, 그리 생각하였습니다."

"그럼 왜 그런 애원을 하셨어요?"

비록 수신인이 불분명한 애원이었을지라도 말이다.

베인 조르제가 2왕자가 박차고 나간 문에서 눈을 떼지 않은 채 대답했다.

“무엇을 바라고 한 게 아니었습니다. 그러나 입 밖으로 내지 않고서는 배겨낼 수가 없었습니다.”

“…….”

“기대하면 안 된다는 걸 알면서도, 당신이 루센 경 옆에 있는 게 더 안전하다는 걸 알면서도 기대를 했습니다. 그래서 그런 멍청한 행동을 해버렸습니다.”

나는 무의식적으로 바닥을 내려다보았다.

나야말로 해서는 안 되는 기대라는 건 알고 있지만, 이건 정말…… 사랑에 눈이 먼 남자 같은 발언 아닌가. 내가 급격히 존재감을 드러낸 심장을 진정시키기 전, 분위기를 환기시킨 베인 조르제가 내 손을 잡아끌었다.

“미리 빠져나가는 편이 좋겠군요. 2왕자가 어떻게 나올지 모르겠습니다.”

나는 잠시간 그의 말을 알아듣지 못해 멍청하게 눈만 깜빡였다. 내가 겨우 정신을 차리고는 손사래를 쳤다.

“설마, 그래도 그렇게까지 멍청하게 벌써 일을 칠까요?”

“글쎄요, 제 생각은 좀 다릅니다만.”

그의 손에 이끌려 파티장을 나섰다. 베인 조르제는 건물 입구로 향하는 대신, 잘 정리된 조경의 후원으로 이어지는 뒤편을 택했다. 덩굴담장 때문에 언뜻 미로 같기도 하여, 뭇 연인들의 은밀한 회동 장소로도 쓰이는 곳이다. 그의 급한 걸음을 따라가다가 그대로 나자빠질 뻔도 하여, 나는 숨을 몰아쉬며 그를 만류했다.

“베인 경, 아무리 2왕자가 성급해도 사람이 뇌가 있는 이상…….”

그럴 리가 있겠어요 하고 다음 말을 내놓기도 전에 뒤편에서 발소리가 났다.

하나는 아니었다. 지나는 객이라고도 생각할 수 있으나, 그랬다면 그 소리가 우리가 향하는 곳마다 다급히 따라오진 않았을 것이다. 순간 뒷목에 서늘한 감각이 일었다. 따로 부른 자객이든, 아니면 2왕자의 수하이든 어쨌든 우릴 곱게 보내줄 것 같지는 않은 살기였다.

"좀 더 가까이 붙으십시오."

베인이 그리 말하며 내 허리를 끌어안았다. 간질간질한 감각에 설레기도 잠시, 베인이 힘을 주어 내 머리를 숙이게 했다. 힘이 어찌나 세고 또 날쌨던지 나는 하마터면 내 무릎과 인사할 뻔했다. 그러나 그에게 불평을 하기도 전, 고개를 든 내 시야에 들어온 건 방금 내 머리가 있었던 위치 즈음의 수풀에 꽂힌 단도였다.

나는 하얗게 질려 신고 있던 구두를 아무렇게나 던져버렸다. 맨발로 걷는 건 당연히 아프지만, 저 무시무시한 굽의 신발을 신고 걷기보다는 맨발이 더 속도가 날 것 같았다.

"빨리, 빨리 가요."

마차가 있는 곳까진 도보로 5분 정도가 걸린다. 객관적으로 몹시 가깝다. 그러나 5분도 제 다리로 직접 걸은 적 없는 귀족들은 늘 불평불만을 하곤 했다. 저만큼 한심한 발언이 또 없다고 생각해왔지만, 오늘만큼은 그에 열성적으로 동의하고 싶어진다.

엎어지면 코 닿을 거리에 마차가 있었으면 이런 고생은 안 했을 텐데!

2왕자의 뇌 구조가 의심되는 순간이다. 이 정원에서 나와 베인이 죽어나가면 당연히 본인이 용의자가 될 텐데 그만한 계산도 되지 않는 건가. 암살을 시도하더라도 좀 티가 안 나게 해야 할 것 아닌가. 살면서 습득했던 내 총체적인 상식이 모두 어긋나는 기분이었다. 내가 정신이 나갔을 리 없으니 아무래도 정신이 나간 건 2왕자 쪽인 모양이다.

"잠시 이리로."

나를 벽면 뒤에 세운 베인 조르제가 대뜸 식물을 폭행…… 한 건 아니고 그 밑에 숨어 있던 남성을 폭행했다. 관자놀이를 얻어맞고 비틀거리는 남자의 허리춤에서 칼을 빼내는 속도가 몹시 빨랐다. 그의 멱살을 잡고 끌어 올린 베인 조르제가 목에 칼을 들이밀며 물었다.

"2왕자가 모두 몇 명이나 불렀지?"

"컥, 컥……."

"경비는 어디 있어, 전부 치워버렸나?"

남자는 대답하지 않았다. 가는 눈으로 남자의 행색을 살피던 베인 조르제가 짧게 탄식했다.

"이쪽이 경비였군."

남자를 바닥에 내던진 베인 조르제가 그 위에 칼을 꽂았다. 시간이 없었는지, 아니면 자비를 베푼 건지 심장이나 목을 찌른 건 아니었고 대신 양발을 예쁘게 잘라주었다. 나는 목구멍으로 겨우 비명을 삼켰다.

"일어나십시오. 영 생각 없이 일을 저지른 건 아닌가 봅니다."

바닥에 주저앉아 있던 나는 재빠르게 몸을 일으켰다. 돌아가는 상황을 보니, 모르긴 몰라도 왕궁 사람들을 꽤나 매수해둔 듯싶다. 2왕자가 생각보다 그렇게 뇌가 없진 않은 모양이다. 그래도 세력이랄 것을 키우고는 있었다.

그 뒤로도 빠져나오는 동안 셋 정도를 더 마주쳤다. 한 경비는 경례까지 하고 지나가다가는 뒤를 노려, 나를 깜짝 놀라게 하기도 하였다. 결국 그도 발목에서 피를 뿜으며 쓰러지고 말았지만.

"어쩐지 좀 변태적이네요."

"무엇이 말입니까?"

"발목만 잘라놓은 것 말이에요. 다 자른 것도 아니고 덜렁덜렁하게 딱 반절씩만."

"사람을 죽이는 데는 의외로 힘이 듭니다. 목같이 두꺼운 부위는 한 번에 잘라내기 힘들뿐더러, 심장을 한 번에 꿰뚫고 그 경직된 근육에서 칼을 빼내는 건 더더욱 무리입니다. 도망이 목적이라면 당장 치료할 수 없는 부위를, 그리고 이왕이면 거동이 불가능하도록 발을 자르는 게 낫지요. 됐습니다. 타십시오."

나는 그가 시키는 대로 마차에 올랐다. 시종을 통해 마부를 호출하면 정작 필요한 사람 대신 자객이 들이닥칠까 걱정되어, 우리는 왕궁의 마구간을 열심히 터는 중이었다.

"말을 타는 게 낫지 않나요?"

한시라도 빨리 도망쳐야 하는 상황인데, 마차를 타면 자연히 속력이 나지 않을 것이다. 만약 내가 말을 타지 못할까 봐 걱정한 거라면 그런 염려는 필요치 않다. 어릴 적부터 꾸준히 배워 나는 제법 말을 잘 다룬다.

"물론 저도 그런 생각을 안 한 건 아니나……."

말을 마차에 다 연결한 베인이 내게 다가왔다. 어디서 구해 온 건지 먼지투성이의 천으로 온몸을 덮은 채였다. 마지막으로 마차 문을 잠그며 그가 말을 맺었다.

"너무 눈에 띕니다. 적당히 물품을 납품하러 온 마차처럼 보이는 게 좋겠지요. 왕성 입구에는 제가 아는 기사들이 있으니, 거기 도달하고 나서는 안심하셔도 좋을 것 같습니다."

마부석에 가 앉은 듯 이어 뒤편에서 덜컹이는 소리가 났다. 나는 마차에 작게 난 틈으로 베인 조르제가 있는 쪽을 내다보았다. 큼직한 천을 둘러 얼굴을 거의 가렸지만 그가 어디 앉아 있는지 정도는 알 수 있었다. 나는 손을 뻗어 그의 뒷머리를 만지려다 말고 얌전히 바닥에 앉았다.

마차라고 하기도 애매한 게, 베인 조르제가 고른 탈것은 짐을 옮기는 용도의 것이었다. 때문에 내부엔 질 좋은 가죽을 씌운 푹신한 의자 대신 나무상자 여럿이 굴러다녔다. 커다란 술통 같은 것도 있었는데, 안에서 마른 냄새가 나는 것으로 보아 아직 사용하지 않은 물건인 듯싶었다.

"여기 들어갈 수 있을 것 같은데."

좀 좁아 보이긴 하지만 성인 여자 하나 정도는 들어갈 수 있는 크기다.

나는 고민하다가 그 안으로 발을 디뎠다. 베인 조르제가 딱히 이 안 어디에 숨으라고 하지는 않았지만 왠지 불안했다.

그러나 막상 옴짝달싹 못하고 무릎만 끌어안은 채 버티려니 불필요한 짓을 저지른 건지도 모르겠다는 생각이 든다. 그리 크기가 크진 않았던 탓에 바퀴가 구를 때마다 나는 나무판자에 머리를 박았다. 모퉁이를 돌 때엔 중심을 잘 못 잡아 쓰러질 뻔도 했다.

"억!"

험상궂은 내 비명을 들은 듯 바깥에서 베인 조르제가 안부를 물어왔다.

"괜찮으십니까?"

"괜, 괜찮아요."

내가 겨우 호흡을 가다듬으며 대꾸했다. 하마터면 혀를 씹을 뻔했다.

칼 맞고 죽은 것도 아니고 자객들을 물리치고 도망가는 길에 혀를 잘못 깨물어 자결할 뻔했다니!

등골에 식은땀이 흐른다. 만약 현실로 이루어졌다면 이 세상의 가장 멍청한 죽음 중 하나로 등재됐을 거다. 로제는 '내가 그러게 생각 좀 하고 살랬지!' 하고 오열하며 내 시체의 복장을 터트릴 테고 말이다.

나는 얌전히 술통 밖으로 기어 나왔다. 소설 같은 데서 보면 주인공들은 이런 데서 꼬박 하루도 버티던데. 역시 픽션은 픽션일 뿐이었다. 어떻게 저 좁은 곳에서 장시간 숨어 있을 수 있지? 아마 반나절이 지나기도 전 다리가 저려 죽어버릴 것이다.

나는 다리를 길게 뻗고 벽면에 기대앉았다. 갑자기 바닥에 깔린 밀짚이 천상의 푹신함으로 느껴지기 시작한다. 올 때 타고 왔던 고급스러운 마차도 그리 편하다 여기지는 못했는데, 역시 인간은 비교 대상이 생겨야 만족할 수 있는가 보다.

"인간이란……."

아카데미 중등반 2학년생처럼 해탈한 듯이 중얼거리는데 갑자기 마차가 멈추었다. 흘긋 내다본 문틈 사이로 담벼락 엇비슷한 게 비치는 것을 보아 성문에 다다른 듯했다. 용케 다른 이들과 마주치지 않고 도착했다. 나는 안도의 한숨을 내쉬었다.

"어디 다친 데는 없으십니까."

문을 열고 등장한 베인 조르제가 물었다. 솔직히 술통에 찍힌 이마가 좀 아프지만 그냥 아무렇지 않은 척했다.

"네. 괜찮아요. 이대로 나가는 건가요?"

"안면이 있는 이에게 다른 적당한 마차를 부탁했습니다. 중앙으로 가는 대신 외곽 도로로 빠져 주의를 돌릴까 합니다만, 그리하면 리플렉츠가가 아닌 조르제가가 더 가까워……."

잠시 망설이던 베인 조르제가 정중하게 물었다.

"영애께서 괜찮으시다면, 잠시 들렀다 날이 밝으면 돌아가시는 게 어떨까 싶습니다."

남이 했으면 수작이라고 생각했을 텐데, 상황이 상황인 데다 정말 걱정하는 표정이다. 그에게서 들을 이야기도 남아 있는 상황이고 말이다. 나는 얌전히 고개를 끄덕였다.

"제가 생각해도 그게 좋겠어요."

조르제 공작저로 향하는 동안 별다른 일이 일어나진 않았다. 생각보다 덜 집요한 추격으로 보아 단순한 경고 목적으로 붙인 암수들이었을지도 모르겠다.

상황이 하도 급박했던 탓인지 뒤늦게 마음이 놓여, 서로 마주 앉아 있는데도 아무도 입을 떼지 않았다. 어디든 정착된 자리에 앉아야 무슨 이야기를 해도 할 수 있을 것 같았다. 막상 그때까지 곯아떨어지지 않고 견딜 수 있을까.

드레스를 입는다고 점심부터 굶은 데다 파티에선 배를 채울 짬도 없이 도망 나왔다. 기력이 없는 것도 이상하지 않았다. 이전 방문에서 내주었던 쿠키가 제법 맛있던데 오늘 가면 좀 얻어먹을 수 있으려나.

다소 돌아가는 외곽 도로로 빠졌지만 덕분에 인파가 적었고, 그래서인지 저택에 도착한 건 생각보다 이른 시각이었다. 홈그라운드에 돌아왔다고 생각하니 마음이 놓였다. 정확히 말하자면 내 홈그라운드는 아니지만 곧 그리될 예정이니 그냥 넘어가자.

베인의 침실로 가는 건 당연히 안 될 말이고, 손님방에 들어가기엔 잠자리에 들기 애매한 이른 시간대다. 베인 조르제와 나는 응접실로 향했다. 대화를 나눌 예정이라 치면 여기만 한 곳도 없을 것이다.

나는 방 안으로 들어오자마자 길게 기지개를 켰다. 문을 닫은 베인 조르제가 그런 내 앞으로 다가왔다.

"따듯한 차라도 내드릴까요?"

"그럼 소원이 없겠어요. 부탁드릴게요."

베인 조르제는 하녀에게 간단한 다과와 함께 차를 부탁했다. 내가 좋아했던 쿠키도 함께였다.

테이블이 채워지고, 나는 소파 등받이에 몸을 기댄 채 잔을 집어 들었다. 한 모금 들이켜자 그제야 좀 살 것 같다.

"이제 좀 살 것 같네요."

앓는 소리를 내며 목을 뒤로 젖혔다. 추레해 보일 걸 아는데 워낙 힘들어서 몸을 추스를 정신이 없다. 맨땅을 밟은 발도 아까부터 따끔따끔했다. 다행히 정원엔 잔디가 깔려 있어 돌을 밟거나 하지는 않았고, 그 이후로는 쭉 탈것 위에서 움직였으니 심한 상처는 아닐 것이다. 그래도 해본 적 없는 고생에 발가락이 조금 저릿하기는 했다.

"하루 사이 참 많은 일이 있었네요."

내가 말똥말똥 천장을 올려다보며 중얼거렸다.

"본론은 이제 시작이지만요."

나는 베인 조르제와 시선을 맞추었다. 그의 얼굴은 그저 무표정한 듯도 하고, 무언가 많은 말을 억누른 듯도 했다.

"난 당신이 원하는 것을 줬어요. 당신은 이제 제게 뭘 알려주실 건가요?"

잠시 침묵하던 베인 조르제가 입을 열었다.

"루센 경을 믿으십니까?"

곧바로 대답은 않았지만 그 말에 아니라 대답할 수는 없다. 사랑했던 연인이 사람을 죽이는 모습은 영 상상하기 어려운 종류의 것이다.

나는 고개를 끄덕였다.

"예, 저는 그가 그런 남자가 아니라고 믿어요."

"제 말이 진실치 않게 들리셨습니까?"

"아니요, 그건 아니지만…… 오해가 있을 거라고 생각해요."

"오해였으면 제게도 좋았겠군요. 그럼 저는 그녀와 이별하지 않아도 되었을 테니까요."

그가 그리 말하며 제 턱을 문질렀다. 남을 모함하고 있다고는 생각되지 않을 여유로운 태도였다. 나는 눈썹을 삐딱하게 세웠다.

"아까부터 확증이라도 있다는 듯이 구시네요."

"루센 경을 믿으십니까? 그를 만난 지 얼마나 됐다고 사랑을 말하십니까?"

나는 잠시 망설이다 입을 떼었다.

"……당신에게 들려주고 싶은 이야기가 있어요."

떠올려본다. 조르제가에 들렀을 적 그 시계는 왜 그렇게 익숙했는지, 왜 레이는 존재하지 않는 조르제가와의 친분을 입에 담았는지. 그가 모른다면 그냥 넘어가면 될 것이다. 믿지 않아도 어쩔 수 없지.

하지만 말하지 않으면 어떤 것도 해결되지 않는다.

나는 이곳에 많은 의문을 들고 왔고, 상세한 설명까진 바라지 않더라도 어떠한 결말은 나기를 바랐다. 그것이 루센과 베인과의 핏기 어린 과거든 그와 나 사이의 감정이든 말이다.

"한 여자가 있었어요."

"옛날이야기입니까?"

나는 그의 추임새에 고개를 저었다.

"옛날이야기 같은 건 아니고, 그냥…… 그냥 이야기예요. 아무튼,

그 여자는 아주 행복한 사람이었어요."

한번 맥락을 잡으니 그다음부터는 말이 생각보다 술술 나왔다.

"그 여자에게는 사랑스러운 약혼자가 있었고, 결혼식 전날 그 남자를 얻게 될 것을 기대하며 잠들었지요. 그런데 눈을 뜨니 3년 전으로 펑, 돌아와버린 거예요."

"끔찍한 비극이군요."

그가 잔의 윗면을 문지르며 중얼거렸다.

"그 여자는 반쯤 정신이 나가서는, 아주 처절한 3개월을 보냈어요. 하지만 꿈에서 깨어났으면 좋겠다는 소망은 이루어지지 않았죠. 그래서 여자는 현실을 인정하고 다시 제대로 살아보기로 했어요. 그런데 막상 정신을 차려보니 연인과의 첫 만남이 있었던 날은 지나간 후고, 그의 옆자리는 이미 다른 여자가 차지하고 있더군요."

베인 조르제가 천천히 고개를 들었다. 언뜻 벌어지는 입이 약간의 놀라움을 띠고 있는 것도 같다.

"여자는 약혼자를 되찾기 위해 무척 노력했고, 사랑의 묘약이 남자의 기억을 일깨우며 그들은 원래 사이로 돌아가는 듯했어요. 아마 그 틈새를 비집고 들어온 다른 남자가 없었더라면 그대로 결혼까지 했을지도 모르죠. 하지만 여자의 마음에선 이미 약혼자가 떠나간 후였고, 아주 성질 나쁜 기사가 대신 자리를 차지했어요. 여자는 스스로도 어떻게 약혼자와의 3년을 버리고 다른 남자에게 갈 수 있었는지 이해를 못했어요. 하지만 어쩌겠어요, 이미 벌어진 일인데."

"잠깐."

"그리고 그 여자는 당신의 앞에 앉아 있어요."

"……."

"당신이 믿지 않으셔도 상관없어요, 믿기를 바라고 한 말도 아니고요. 하지만 누가 뭐래도 저는 제 연인이었던 루센의 3년을 알아요. 고작 몇 개월 봐온 걸로 확신하는 건 아니라는 소리예요."

눈만 깜빡이던 베인 조르제가 다소 가라앉은 음성으로 중얼거렸다.

"……꿈같은 소리를 하시는군요."

놀란 눈은 과연 당황을 담고 있다. 어찌 이런 일이 가능하겠느냐는 듯. 또 쓸데없는 문답이 오가게 생겼다. 나는 그를 향해 손사래를 쳤다.

"됐어요, 안 믿을 줄 알았어요. 부모님도 저를 미친 사람 취급한걸요."

"그래도 역시 말이 안 되는 이야기입니다."

"베인 경, 저는 이 일로 경과 더 입씨름을 하고 싶진 않아요."

"대신 매력적인 소재인 건 부인할 수 없군요."

내 만류에도 아랑곳 않고 그가 말을 늘어놓았다. 나는 삐딱하게 앉아 팔짱을 꼈다.

"소재 따위도 아니고 비슷한 내용의 소설도 없어요."

"그걸 이렇게 바꿔보면 어떻겠습니까?"

"글쎄, 옛날이야기 같은 게 아니래도……."

내 불평불만은 들리지도 않는지 베인은 계속해서 제 말만 했다.

"사실 여자의 회귀는 처음이 아니었던 겁니다."

이해되지 않는 서두에 내가 미간을 좁혔다. 남자는 내 눈앞에 손가락 세 개를 들어 보였다.

"그녀가 시간을 돌아온 건 총 세 번."

"세 번이요?"

"첫 번째 여자의 생은 여자가 기억하는 것들과는 조금 달랐습니다. 여자의 짝도 예의 후작가의 남자는 아니었죠. 원래 그녀는 이 나라에 하나뿐인 공작가와 연이 있었습니다. 후작가와 공작가의 결합이라, 성대하기 그지없는 혼인이었습니다. 공작과 여자는 서로를 사랑했고 또 행복했죠."

"지금 당신과 저를 이은 건가요?"

나는 짧게 헛웃음을 지었다. 베인은 개의치 않는 듯 보였다.

"그런데 어느 날 여자가 사망한 겁니다. 허무하게도 벌에 쏘여서."

"절 그런 사인으로 죽이지 마세요."

내 얼굴이 떨떠름하게 변해갔다. 여전히 웃음 섞인 말투로 대답하기는 했으나, 입꼬리가 미미하게 굳는 것은 어쩔 수 없었다.

베인 조르제는 제 죽은 연인의 사인을 내게 알려주었었다. 벌에 쏘이고, 낙마해 사망했던 여자에 대해서.

"비탄에 잠긴 공작은 금기를 깨기로 마음먹었습니다. 그는 마침 유명한 주술사의 핏줄이 수도에 흘러들었다는 소식 역시 들어 알고 있었거든요."

피오니?

왜 그 이름이 떠올랐을까. 하지만 그 외엔 다른 마땅한 인물이 떠오르지 않는 것도 사실이다. 게다가 로제는 그녀가 대단한 영적 능력을 지닌 집안의 후예라고 말했었다.

"공작은 여자를 죽음에서 되살리려 했으나, 그것은 영험한 주술사로서도 불가능한 일이었습니다. 대신 그녀는 다른 제안을 했습니다. 시간을 되돌리는 것은 어떻겠느냐고. 새로운 기회를 얻어, 그녀를 죽음에서 구하지 않겠느냐고."

"하지만……."

나는 굳은 입술로 겨우 음절이랄 것을 밖으로 내었다. 피오니가 그런 제안을 했을 리 없다. 피오니는 시간을 되돌리는 주술엔 본인의 수명이 필요하다고 말했다. 자신에겐 아무 소득이 없을 텐데 왜 답지 않은 친절을 베풀었을까. 하지만 그녀에게 들었던 이야기가 문득 기억 저편을 밝혔다.

피오니가 흉내 내던 목소리가 떠오른다. 10년이 지난 지금까지도 그녀가 똑똑히 기억하고 있던, 몰테 자작부인의 차가운 목소리가.

"주술사의 남편이 몰테 자작부인에 의해 장애를 얻은 인과가 있었기에 동의를 얻는 것은 생각보다 간단했습니다. 저는 2왕자가 아니라 1왕자가 왕이 될 수 있도록 돕겠다고 약속했고, 그건 그녀에게도 만족스러운 복수였죠."

무릎에 내려놓은 손이 떨리었다. 치맛자락을 말아 쥐었으나 진정이 되었는지는 알 수 없었다.

"남자는 시간을 돌아왔고, 다시 여자와 사랑에 빠졌습니다. 이번엔 결코 그녀를 죽게 내버려두지 않겠다는 결심과 함께요. 둘은 순조롭게 다시 혼인했고, 남자는 예의 사건이 일어날 빌미들을 애초에 모두 차단했습니다. 그런데, 그렇다고 해서 여자가 죽지 않았을까요?"

나는 흔들리는 음성이 티 나지 않도록 노력하며 대답했다.

"소설 같은 데 보면 시간을 되돌려도 변하는 건 없던데요. 마치 금기처럼."

"맞습니다. 여자는 죽었습니다. 이번에는 벌이 아닌 낙마가 원인이었죠. 공작은 신을 저주했습니다. 왜 두 번이나 사랑하는 사람을 잃게 만들었느냐고. 그는 온갖 집기를 깨부수며 광인 같은 나날을 보내기도 했습니다. 몹시 비참한 시절이었죠."

견디지 못하고서 자리를 박차고 일어날 뻔했다. 그런 나를 향해 베인 조르제는 검지를 입가에 대 보였다. 조용히 하라는 표시였다. 남자가 숙연한 음성으로 입을 열었다.

"그런데 이상한 점이 있었습니다. 여자의 죽음은 사고사가 아니었던 겁니다."

"……그 착한 여자를 누가 질투해 죽였다던가요?"

나는 애써 아무렇지 않은 척 굴었다. 동요를 드러내지 않기 위해 노력하며 말이었다.

"그 의문은 세 번째 생으로 넘어가서 대답해드리겠습니다."

그가 짧게 침묵했다. 워낙 오래된 이야기라 가닥이 잘 잡히지 않는다는 듯, 마저 과거의 기억을 헤집고 있는 듯도 싶었다.

"두 번이나 시간을 돌아온 공작은 고민했습니다. 다시 그녀에게 다가가도 될까. 그래서 다시 그녀와 사랑에 빠져도 될까. 본인과 여자가 결혼하면, 그녀는 죽게 됩니다. 그래서 그는 차라리 그녀를 내버려두는 것이 낫겠다는 결론을 내렸습니다. 어쨌든, 사랑도 살아 있어야 할 수 있는 것이었으니. 그런데 이번에는 무언가 달랐습니다. 여자가 공작 대신 다른 후작가의 후계자와 연이 닿은 것이었죠."

"그게 루센이 맡은 역인가요?"

되도록 아무렇지 않은 목소리를 자아내며 되물었다. 그저 재밌게 꾸며낸 이야기라 스스로를 세뇌시키듯 말이다.

그러나 지금 막 지어냈다기엔 그의 설명은 지나치게 상세했고, 또한 그 표정은 농담을 하고 있다 말할 수 없을 만치 진중했다.

"공작은 차라리 잘되었다고 생각했습니다. 여자가 행복하면 그것으로 되었다고요. 그런데 이상한 일이 일어났습니다. 두 후작가의 혼담이 오가던 어느 날, 왕궁에서 공작을 불러들였습니다. 그리고 왕은 말했습니다. 1왕자의 편에 섰다 패배한 버림받은 개를 자신이 보듬겠다고, 자신과 손을 잡으면 무소불위의 권력을 나누어주겠다고. 대신 그는 눈에 거슬리는 것을 하나 치워달라고 부탁했습니다."

"……."

"그 왕은 당시 막 즉위했던 햇병아리였습니다. 사생아였던 데다가 본인을 왕으로 만든 것은 선대왕의 애정 하나뿐이었고, 그에게 실질적으로 남은 힘은 거의 존재하지 않았습니다. 그래서 그는 귀족들의 화합이 무척 마음에 들지 않았죠. 안 그래도 지지 기반이 약한 자신인데 고위 가문 둘이 세력을 합하면 본인이 제지할 수 없는 수준이 될 테니까요. 때문에 그는 그 혼인을 깨기로 마음먹었던 겁니다. 명분이 없으니 대외적으로 훼방을 놓을 수는 없고, 대신 여자를 죽이는 간편한 방법으로. 그 화합의 증거물로 왕은 후계자의 행동을 원했습니다."

"……."

"저는 깨달았습니다."

베인 조르제가 지칭하는 공작은 어느새 저 본인으로 변해 있었다. 조곤조곤했던 남자의 음성은 갈수록 분명해졌다.

"왕의 선택은 그 몇 번의 시간 동안 다를지언정 비슷했던 것입니다. 조르제 가문과 리플렉츠 가문이 결합했을 땐 그레미오가를, 그레미오가와 리플렉츠 가문이 결합했을 때에는 조르제 가문을."

내내 허공을 보던 남자의 시선이 내게 와 닿았다. 그가 나와 눈을 맞추며 말했다.

"당신의 죽음은 의문스러운 사고사 따위가 아니었습니다."

"……."

"당신을 죽인 건 루센 그레미오였습니다."

내 몸은 가엾게도 몹시 떨리고 있었다. 나는 그의 시선을 피한 채 바닥을 보았다. 드레스 자락을 쥔 손이 사시나무처럼 경련했다.

"말도 안 되는 소리 하지 마요."

더듬더듬 내놓은 대답은, 그 음성마저 그리 선명치는 않았다. 베인 조르제가 눈썹을 들어 올리며 물었다.

"진실입니다, 카렌. 왜 제가 당신을 지키려 했다고 생각합니까?"

"그건, 그건……. 당신이 사랑했던 다른, 다른 여자가……."

상황이 정리되질 않았다. 그가 무슨 말을 해야 하는지 이해가 가질 않았다.

저를 기억해내라 따지고 들던 나를 보던 루센의 기분이 이러했을까?

말도 안 되는 일이다. 차라리 무시하고 싶은 진실이었다. 하지만 나는 사실을 회피해봐야 결국 제자리로 돌아올 수밖에 없다는 것을 알고 있다. 루센이 나와의 설전으로 학습했을 그 교훈은, 마찬가지로 내게도 남아 있었다.

"모든 일엔 등가 교환이 필요합니다. 카렌, 나는 왕을 바꿀 겁니다. 당신이 죽지 않으려면, 당신을 죽이려던 사람을 먼저 쳐야겠지요."

"쿠데타라도 일으키겠다는 말인가요?"

내가 해쓱하게 질린 얼굴로 물었다. 남자가 즉시 대답했다.

"필요하다면."

"지금 나를 위해 왕을 바꾸겠다고요?"

"애석하게도 그는 성군이 되지 못할 겁니다, 영애."

"당신은 살인을 하려 하고 있어요."

"고양이를 걱정하는 쥐 꼴이로군요. 그대는 본인을 죽이려던 살인자도 걱정합니까?"

대답할 거리가 없다. 나조차도 경황이 없는 와중 아무렇게나 받아친 탓이다. 베인 조르제가 쐐기를 박듯 말했다.

"온전히 당신만 바꿀 수는 없습니다. 제 역할이 루센으로 바뀌고 나서도 그걸 제외한 상황은 그대로였습니다. 왕은 공작가에 명을 내렸죠.”

우습게도 그의 이야기를 듣고 나니 뒤늦게 이해되는 것들이 있었다.

오래전 연인에게서 받았다던 보라색 손수건이 왜 판매 시기가 겹치질 않았는지. 벌에 쏘이고 낙마한 이들 중 왜 도통 나와 닮은 생김새를 찾을 수 없었는지.

나는 무의식적으로 입을 벙긋거렸다.

“손수건은…… 그 손수건은, 제가 준 것인가요?”

그 물건을 재차 눈으로 확인하고 싶은 기분이라 옷 안을 뒤적였지만, 당연히도 챙겨 왔을 리가 없다. 베인 조르제는 팔을 뻗어 부산스럽게 구는 내 손을 가만히 내리눌렀다.

“제가 시간을 돌아와 가장 먼저 한 일은 그 손수건을 다시 사는 것이었습니다. 되돌아온 일상에 젖어 지난 악몽을 꿈으로 여길까 두려웠던 탓에, 스스로에게 시간을 돌아왔음을 되새길 매개가 필요했죠.”

“…….”

“당신께 그걸 드린 이유는 하나입니다. 더는 반복되게 하지 않을 것이기 때문에.”

울 것 같은 기분인데, 하도 충격적인 말을 들어서인지 눈물도 나오지 않았다.

“왜…… 왜 말하지 않았어요?”

내가 더듬더듬 입을 열어 물었다. 이렇게 따지고 들 일이 아니라는 걸 알면서도 말이었다.

“글쎄요, 그건 카렌 당신이 루센 경께 받았던 취급을 생각하면 대충 설명이 될 것 같군요. 게다가 설마 당신께서 지난번 생을 기억하고 있을 줄은 몰랐습니다. 아마 주술이 반복되며 무언가가…….”

"그건 변명이 되지 않아요. 당신은 내게 말했어야 했어요. 내가 다른 사람에게 안기는 상황을 견디는 대신 나를 끌어안고 같이 이겨내자 말했어야 했다고요!"

나는 그의 말을 잘랐다. 목소리가 갈라져 쇳소리가 섞여들었지만 그를 신경 쓸 정신이 없었다.

이제야 좀 알 것 같았다.

왜 루센과의 입맞춤 도중 베인 조르제를 떠올렸었는지, 대체 왜 그가 뇌리에 박힌 채 도통 지워지질 않았는지. 그가 나를 사랑했던 적이 있었기 때문에, 나 역시 그를 사랑한 적이 있었기 때문에 그랬다. 우리가 몇 번이고 수없이 입을 맞추었던 연인이었기 때문에 그러한 것이다.

그런 나를 빤히 보던 남자가 느리게 숨을 들이쉬었다 내뱉었다. 그가 이어 말했다.

"……완전히 모르는 편이 더 안전하셨을 겁니다. 그대는 저를 위해 애쓰는 연인을 혼자 버려둘 매정한 사람이 아니니까요."

조용히 눈을 감았다 뜬 남자가 자리에서 일어났다. 테이블을 돌아 내 쪽으로 온 베인 조르제가 내게 확언을 요구하는 투로 경고했다.

"판가름의 때가 머지않았습니다. 앞으로는 호위 없이 외출하지 마시고, 그나마도 되도록 삼가십시오."

그렇지만 그의 말대로 나는 홀로 고군분투하는 사랑을 그저 두고 보기만 할 사람이 아니다.

나는 물끄러미 내 앞에 선 남자를 올려다보았다. 내 손을 들어 올린 베인 조르제가 그 손등에 경건히 입을 맞추었다. 남자의 눈이 아스라이 감기었다.

미약하게 흔들리지만, 동시에 다부진 음성으로 그가 말했다.

"당신에게 스물둘의 아침을 선물해주는 것, 그것이 나의 오랜 꿈이었습니다."

"피오니!"

아직은 아침녘이라 조용했던 건물에서 사람들이 깨어나는 부산스러운 소리가 번진다. 여러 사람에게 민폐를 끼치고 있다는 걸 알면서도 나는 쿵쿵 구르는 발을 멈추지 못했다. 아침의 단잠이 얼마나 꿀같은지는 알지만, 지금 내게 다른 사람을 배려할 여유 같은 게 남아있을 리 없다. 복도 전체를 쩌렁쩌렁하게 울리는 목소리도 도통 줄일 수가 없었고 말이다.

갑작스러운 소란에 빼꼼 바깥으로 고개를 내밀었던 하녀 아이 하나가 나를 발견하고는 놀란 얼굴로 다시 문을 닫았다. 나는 그녀를 지나쳐 그대로 2층 복도 끝 방까지 다다랐다.

"피오니, 이 안에 있어? 피오니!"

문을 잠가놓은 듯 잠금쇠가 부딪는 소리만 울릴 뿐 열리지 않는다. 나는 문고리를 쥐고 거세게 흔들었다. 곧이어 문을 열고 모습을 드러낸 건 평소와 같은 레이였다.

"아가씨, 무슨 일로 또……."

나는 열린 틈으로 재빨리 몸을 밀어 넣었다. 그러자 곧장 반대편 침대 위에서 잠이 덜 깬 얼굴로 눈을 부비고 있는 피오니가 보인다. 나는 황급히 그녀 앞으로 다가갔다.

"피오니, 깼어? 정신이 좀 들어?"

이른 시각인 건 알지만 그녀가 저택으로 건너오기까지 기다릴 인내심이 없었다. 덕분에 식사라도 하고 가라는 베인 조르제의 만류에도 불구하고 날이 밝자마자 집으로 돌아온 참이다.

어제 베인 조르제에게서 들은 이야기는 충격적이었지만, 동시에 몹시 신빙성이 있었다. 무턱대고 다 믿는 건 아니었으나, 그렇다고 거짓말이라고 생각지는 않았다. 다만 나만의 방식으로 그 진위를 확인할 필요가 있었다.

"왜…… 왜 그러세요, 갑자기?"

피오니가 당황한 얼굴로 이불을 끌어 올렸다. 마치 겁탈을 걱정하는 숫처녀의 모양새라 어쩐지 이상한 망상이 들었지만, 나는 재빨리 고개를 저어 털어내고는 다시 그녀를 닦달했다.

"사랑의 묘약, 사랑의 묘약 있어? 그 이후로 새로 만들어둔 거 없어?"

없다면 큰일이다. 조제만도 한 달이 걸린다고 했는데 그걸 어느 세월에 기다리고 있으라는 말인가. 그러나 다행히도 피오니가 내놓은 대답은 긍정이었다.

"있긴 있는데…… 저번에 연차 신청하고 구해 온 재료가 그거라서……. 아니, 근데 그건 갑자기 왜요?"

피오니가 골이 울린다는 듯 제 관자놀이를 가볍게 문질렀다. 나는 그녀가 탁상 옆의 안경을 집어다 쓸 때까지 애타게 기다렸다. 내가 피오니의 손을 잡아당기며 몹시 간절히 말했다.

"그거 나 줘봐. 필요해서 그래. 응? 응?"

"아니, 아가씨. 조르제 소공작님으로 마음 굳히신 것 아니었어요? 그분은 확실히 아가씨를 좋아하는 모양이던데 무엇 하러……."

영험한 점술사라 나를 향한 베인 조르제의 진심이 보이긴 보였었나. 루센과 한 번 틀어진 이후 연애 코치랄 것을 부탁한 적이 없는데

속는 셈 치고 상담이라도 받아볼 걸 그랬다.

하지만 이미 지난 일인 이상 후회는 쓸모가 없고, 무엇보다 해결해야 할 문제는 따로 있다.

"루센이 당신이 준 사랑의 묘약을 먹고 날 기억해냈잖아. 그렇다면 나도, 나도 뭔가 잊고 있던 걸 기억해낼 수도 있잖아. 그렇지?"

"가능성은 있지만……. 아, 골 울려. 잠시만요. 물 좀 마실게요."

그녀가 침대 맡에 둔 자리끼를 들고 단번에 들이켰다. 그제야 정신이 좀 든다는 듯 멍하던 눈빛이 전보다 총명해졌다.

"왜요, 소공작님도 회귀라는 애달픈 사연이 있대요?"

피오니는 장난처럼 말했지만, 나는 입을 꾹 다물고 새어나오려는 딸꾹질을 겨우 눌렀다.

베인 조르제에게서 들었던 충격적인 이야기는 내게 많은 감상을 주었지만, 피오니가 버린 수명은 그 순위권에 들지 못했다. 그런데 막상 저 아무것도 모르는 얼굴을 보니 뒤늦게 죄책감이 밀려드는 것이다. 그녀에게 사실대로 털어놓을 자신이 없을 정도로 말이다.

만약 내가 피오니에게 베인 조르제의 이야기를 한다면 그녀는 한참 눈을 깜빡이다가, 특유의 초연한 낯으로 그저 고개를 끄덕일 것이다. 어쩌면 '두 번도 모자라서 세 번이나 시간을 돌렸다고요?' 하고 제 줄어든 수명을 아까워하며 화를 낼지도 모르겠다. 그러고는 건들건들 '이번에는 제대로 할 거죠?'라고 묻겠지.

한 번 시간을 돌릴 결심을 했을 때, 그녀는 이것이 반복될지 모른다는 사실도 인지했을 것이다. 피오니에게 이건 앙갚음의 기회였을 테고 말이다.

하지만 그렇다고 이게 희생 따위는 존재하지 않는 동화 같은 복수도 아니다.

나는 피오니의 얼굴을 물끄러미 올려다보았다. 당신은 이미 9년을 잃었어. 10년이면 강산도 변한다던데, 1년이 모자라긴 해도 아마 그건 어마무시한 시간일 거야. 나는 고작 3년을 잃어버린 걸로도 몹시 고통스러운 시간을 보냈거든.

9년의 추억을, 또 그걸 쌓을 시간을 한꺼번에 잃었을 당신을 나는 어떻게 위로하면 좋을까?

"아니…… 꼭 그렇다기보다는……."

나는 결국 피오니의 시선을 피했다. 그걸 단순한 민망함 때문이라고 받아들인 것인지 그녀가 슬쩍 웃었다.

다급한 낯이나 붕 뜬 화장, 구겨진 드레스 등이 썩 상태 좋게 느껴지진 않았는지 피오니는 침대에서 몸을 일으키고는 그 위에 나를 눕혔다. 나는 얌전히 그녀를 따라 베개에 머리를 대었다.

"잠시만 기다리세요. 서랍을 좀 뒤져봐야 할 것 같으니까."

나는 고개를 끄덕이고는 다시 천장을 보았다. 그런데 등 부근이 뻣뻣하고 딱딱하다. 당연히 하녀용 침대가 주인 아가씨의 것만큼 고급품은 아니겠지만, 피오니가 내 생명을 살리려는 용사의 파티원이라고 생각하니 대접이 너무 박하다 싶다.

나는 반짝 떠오른 좋은 생각에 반색하며 물었다.

"혹시 말이야, 필요하면 침대 좋은 걸로 바꿔줄까? 이거 감촉이 꼭 마구간의 짚 같잖아."

서랍을 열던 피오니가 레이를 돌아보았다. 피오니와 레이는 그렇게 한참 둘이서 시선을 주고받았다. 먼저 입을 연 것은 피오니였다.

"왜 배려를 받았는데 기분이 나빠지는 걸까요?"

"……그냥 줄 때 받으세요."

레이가 고개를 절레절레 저으며 대답했다.

나름대로 좋은 생각 같아 말한 건데 둘은 마음에 안 들었나? 내가 고개를 갸웃거리는 사이 찾던 물건을 발견했는지 피오니가 다시 돌아왔다. 그녀의 손엔 이전에 익히 보았던 물건이 들려 있었다. 나는 황급히 그걸 받아 들었다.

내가 사랑의 묘약으로 뭘 하든 별로 관심이 없었는지 레이가 하품을 하며 말했다.

"저는 먼저 식사하러 나가볼게요."

이 자리에서 레이의 존재 유무가 그리 중요한 건 아니었기에 밖으로 나서는 그녀를 말리지 않았다. 이윽고 문이 닫히는 소리가 나며 피오니와 나는 방 안에 둘만 남았다.

나는 아주 신중하게 약 안에 베인 조르제의 머리카락을 털어 넣었다. 어젯밤 베인 조르제의 이야기가 끝나자마자 내가 한 일은 그의 머리카락을 몇 올 훔쳐내는 것이었다. 그의 말이 진실인지 확실하게 검증하겠다는 뜻도 있었지만, 사실 그와 연인이었다는 시절을 떠올리고 싶은 마음도 조금은 있었다.

나는 눈을 질끈 감고는, 한 번에 약물을 입에 털어 넣었다. 속에 따뜻한 감각이 번지는가 싶더니 그 열기는 이내 자취를 감추었다. 나는 배를 문지르며 한참 눈을 깜빡였다.

약을 마셨으니 무언가 다른 징후가 일어나야 하는 것 아닌가? 딱히 모르는 기억이 떠오르거나 새삼스럽게 가슴이 두근거리거나 하는 일은 없었다.

"별로 효과 없는데?"

"몸이 안 뜨끈뜨끈해요?"

"응."

"누가 막 격렬하게 생각나거나 하지도 않고?"

"응."

턱을 감싸 쥔 채 잠시 고민하던 피오니가 곧 결론을 내렸다.

"아무래도 아가씨가 그 남자를 이미 좋아하고 있어서 효과가 없나 본데요. 그리고 제가 생각하기에 사랑의 묘약만 있어서 되는 게 아니라, 음…… 뭐랄까, 그때 약이 상하면서 뭔가 화학 작용이 있었던 것 같기도……."

내 눈가가 점점 파리하게 떨리었다.

그녀의 말대로라면 정상적인 약은 쓸모가 없고 상한 약만이 특별한 효과를 낼 것이다. 그리고 그 특별한 효과를 이끌어내려면 찬장에서 오래도록 썩어갔을 액체를 들이마셔야 할 테고 말이다.

"뭐……? 그거 무슨 뜻이야……? 설마…… 설마 나보고 상한 약을 마시라는 건 아니겠지?"

나는 설마 하는 얼굴로 물었다. 제발 다른 답이 있기를 빌며. 그러나 피오니는 말없이 뒤돌아 사랑의 묘약을 꺼냈던 서랍에서 다른 약병을 집어 왔다.

그것은 한눈에 보기에도 방금 내가 마신 것과 확연히 색이 달랐는데, 먼젓번 것이 맑고 투명한 분홍색에 가깝다면 이번 것은 진홍빛으로 아주 짙게 물들어 있었다.

피오니가 숙연하게 말했다.

"1년 숙성시킨 약이에요."

숙성이 아니라 방치겠지!

손이 자연히 부들부들 떨렸다. 6개월짜리 약을 마셨던 루센도 그렇게 괴로워 보였는데 이번엔 무려 1년이다.

대체 저런 걸 왜 버리지 않고 보관해두고 있는 거지? 유통 기한 지난 약을 조제하기 위해 오랜 시간을 기다릴 필요가 없게 된 걸 감사해야 할지, 아니면 약물 오용을 권하는 그녀를 타일러야 할지 모를 일이다.

과연 내가 저걸 마시고 무사할 수 있을까? 베인 조르제와의 추억을 떠올리기도 전에 부작용으로 사망하는 건 아니겠지?

하지만 이 외에 다른 방법이 없다. 그래, 루센은 나와 가까이 있으면 구역질이 났다고 했다. 만약 효과가 동일하다면 나 또한 잠시 베인 조르제와의 만남을 삼가면 될 것이다.

나는 떨리는 손으로 피오니에게서 약을 받아 들었다. 그러고는 눈물을 삼키며 한꺼번에 들이켰다.

"우읍!"

병 깊숙한 곳에서 흘러나오는 썩은 내에 그만 구역질을 할 뻔했다. 그뿐만 아니라 당장 목구멍부터 부글부글한 것이, 약이 위로 넘어가고 나서는 아예 격렬하게 배가 아프기 시작했다. 나는 양손으로 입을 틀어막았다.

왠지 사랑 같은 인자한 감정 대신 이유 모를 분노가 차오르기 시작한다.

"이…… 이거 왜 이래……? 읍, 으읍! 베인 조르제가, 옆에 없어도. 읍! 토할 것 같잖아!"

"더 푹 상해서 그런가 봐요…… 대신 약효는 더 빠를 거예요……."

아련한 눈으로 피오니가 조언했다. 그녀는 친절하게도 족욕을 하는 대야 같은 걸 내 발치에 내려놓아주었다.

"그럼 저도 식사하러 갔다 올게요. 구토는 여기에 하세요."

"……."

사람이 저렇게 잔인해도 되는 건가?

차오르는 토기에 온몸을 떠는 이를 두고 유유히 아침을 먹으러 가겠다니!

그러나 내가 가지 말라고 손을 휘젓건 말건 피오니는 그대로 문을 열고 나갔다. 곧 내 고개가 괴이한 소리와 함께 푹 꺾였다.

"우웨엑!"

"우욱……."

"어머, 이거 맛있다, 레이. 이것도 주방장이 구운 거야?"

"우에엑……."

"네. 요즘 간식거리에 관심이 생기셨는지 부쩍 베이킹 솜씨가 느셨더라고요."

"우우우우엑!"

"응, 웬만한 파티시에보다 훨씬 낫다."

로제가 달달한 생크림 냄새를 풍기며 크림이 묻은 손가락을 쪽쪽 빨았다. 나는 핏발 선 눈으로 담소를 나누고 있는 레이와 로제를 노려보았다.

"너희 다…… 나…… 가……."

"레이, 어디서 돼지 멱따는 소리 안 들리니?"

"글쎄요, 로제 아가씨. 일단 뒤 좀 돌아보세요."

로제는 돌아보았다가 그대로 뒤로 벌렁 넘어갔다. 정상적으로 운신하지 못하는 내가 바닥을 기어 다가오고 있었던 탓이다. 로제가 공포에 질린 얼굴로 발을 뻗어 나를 쳐냈다.

"저, 저리 가."

"네 죄를 네가 알렷다……."

"야, 너 다 나아간다며? 그래서 병문안 온 건데 사람을 이렇게, 으, 으, 너 거기 딱 서. 내 치마에 토하면 네 인생에 있어 단 하나뿐인 친구마저 사라지게 될 거야."

왕따가 되는 것은 조금 슬펐으므로 나는 제자리에 멈췄다. 그러고는 근처에 있는 양동이에 얼굴을 쑤셔 박았다. 질척한 액체가 그 안으로 번져들었음은 당연지사다.

로제가 답지 않게 걱정스러운 얼굴로 물었다.

"벌써 나흘째 아냐?"

"맞아……."

내가 목이 졸린 듯한 음성으로 대답했다. 로제의 말대로, 내가 유통기한이 무려 1년 지난 사랑의 묘약을 주워 먹은 후로부터 사흘이 지났다.

루센의 페널티가 '카타리나를 볼 때 구역질이 난다.'처럼 나름대로 온건했던 것에 비해 내 것은 '시도 때도 없이 구역질이 난다.'로 진화되어 있었다.

누가 지금 내 기분이 어떻느냐고 묻는다면…… 대충 오십보백보라는 멍청한 말을 만든 사람을 잡아다 주리를 틀고 싶은 기분이라고나 할까?

6개월과 1년, 딱 두 배의 차이지만 고통은 수십 배였다. 그나마 다행인 것은 루센이 오랜 기간 나눠 했을 구역질을 한 번에 몰아서 하는 대신 기간이 대폭 줄었다는 점이다.

이튿날부터는 그나마 가만히 있으면 그리 속이 불편하진 않았고, 사흘째부터는 나름대로 운신이 가능해졌으며, 나흘째인 지금은 간헐적으로 올라오는 욕지기 빼고는 어느 정도 컨디션을 회복한 상태였다.

"그래도 느끼한 거 보면 토기가…… 우욱."

다시금 내가 양동이를 끌어안자 로제가 입맛 떨어진다는 표정으로 접시를 밀어냈다.

"레이, 이거 치우는 게 낫겠다. 너라도 주방 가서 실컷 먹고 와."

"아가씨는요?"

"쟤 토하는 거 보면서 내가 뭘 하겠니?"

로제가 한숨을 쉬며 내 등을 두드려주었다. 느끼한 버터 냄새가 사라지니 그나마 좀 나아진 것도 같았다. 불편하던 울렁임이 멎고, 나는 몹시 깊은 한숨을 내쉬었다.

"바깥에라도 나갔다 올래? 멀리는 말고 정원 같은 데."

로제가 그런 내 얼굴을 들여다보며 물었다. 외출은 달갑지 않지만 실내에만 있으니 더디게 낫는 것도 같다. 정원에 나가 맑은 공기라도 마시면 좀 나을 것이다.

"그럴까?"

"그러자. 너 진짜 바깥바람 좀 쐐야겠어."

로제가 그렇게 말하며 나를 일으켰다. 그녀가 내 치맛자락을 툭툭 털어주며 말했다.

"먼저 정원에 나가 있어. 나는 간단하게 먹을 거랑 담요 같은 것 좀 챙겨서 갈게. 너도 뭐라도 먹어야지."

"응. 고마워."

로제의 부축에 반쯤 떠밀려 방을 나섰다. 꼴이 이게 뭐냐며 보듬어 준 그녀 덕분에 이도 닦고, 옷도 갈아입었다. 덕분에 평소처럼은 아니더라도 그럭저럭 평소보다 수척한 정도로는 보였다. 다만 로제는 하녀들이 있을 주방으로 향했고, 나는 그대로 정원으로 나섰기에 중간에 방향이 갈렸다.

그런데 막상 문 앞에 서니 예상치 못한 부슬비가 나를 반겼다. 하도 가늘고 조용한 비라 실내에선 미처 알아채지 못했다. 로제에게 가서 비가 내린다고 말을 해야 하는데, 음식 냄새가 잔뜩 날 주방으로 가야 한다고 생각하니 엄두가 나질 않았다.

나는 걸음을 뒤로 물리거나 앞으로 나아가는 대신 후원의 초입에 서서 맑은 공기를 들이마셨다. 계속 그리하다 보니 나름대로 숨이 탁 트이는 것도 같았다. 시원한 비 냄새는 상쾌한 새벽 같은 느낌을 주었다. 나는 오랫동안 누워 있어 굽은 듯한 허리를 펴며 앓는 소리를 내었다.

"아…… 죽겠다."

루센은 이 고통스러운 토악질을 어떻게 견뎌냈을까?

내가 루센이었다면 이게 트라우마가 되어 평생 나를 피해 다녔을 것이다. 뱃속이 계속해서 부글부글 끓는 감각은 도무지 익숙해지질 않았다. 베인 조르제가 말했던 일들이 떠오르기라도 하면 보람이라도 있을 텐데 정작 내 기억은 제자리걸음이었다.

이쯤 되니 베인 조르제의 진실성이 조금 의심 가기도 하지만, 이러니저러니 해도 내가 선택한 남자가 그라는 사실은 변하지 않는다.

"그래, 못 미더워도 이젠 정말 한 배를 탔지."

그리 중얼거리며 후원 너머를 쳐다보는데 불쑥 수풀 부근이 부스럭거렸다. 정원사인가 싶었지만 비 올 때 일을 시킬 정도로 리플렉츠가가 정 없는 곳이 아닐 텐데. 자연히 내 미간이 좁혀졌다.

근래의 나는 많은 위험을 겪었고, 덕분에 불유쾌한 일일지라도 한 번씩 최악의 경우를 상정하게 되었다. 예를 들면 저 안에 숨어든 것이 암살자일지도 모른다거나 하는 것 말이다. 그러나 모습을 드러낸 남자는 그 예상에서 심히 빗나가는 인물이었다. 따지고 보면 불청객이긴 했으나 불법적인 냄새는 조금 덜했다.
나는 나에게로 다가오는 남자를 빤히 응시했다. 이윽고 내 앞에 다다른 그가 먼저 입을 떼었다.
"잘 지내셨습니까."
비를 맞아서인가, 다소 수척하게도 보이는 낯으로 루센이 물었다.
어떻게 여기까지 들어왔을까 싶었지만 사실 기억을 되찾은 그라면 당연한 일이다. 결혼식 전날 밤 내 방에 쳐들어온 전적도 있는 남자였으니까. 레이 덕분에 발견했던 쥐구멍을 나는 루센에게도 알렸었다. 그가 모든 걸 기억해냈다는 게 이제야 실감이 났다.
그는 베인이 말한 이전 생도 기억하고 있을까?
사랑의 묘약의 효능대로라면 나를 사랑했던 기억만을 떠올린 것일 테니 그럴 리는 없겠지만, 다소 오싹한 상상이었다. 나를 죽이려고 했던 남자가 나를 사랑하게 되었다라.
나는 애써 아무렇지 않은 척 속내를 가다듬으며 물었다.
"여긴 어쩐 일로 오셨어요?"
"대화가 필요하다는 생각이 들었습니다."
루센이 파리하게 질린 음성으로 대답했다.
"저는 제가 할 말을 다 했어요."
"제가 한 질문엔 대답해주지 않으셨습니다."
"들어봤자 부질없는 일들뿐일 거예요. 정말 보잘것없는 결정이니까요."
"제게는 하나도 보잘것없지 않습니다."
잠시 침묵하던 루센이 곧 고개를 들었다.
그가 비를 피하도록 지붕 밑으로 들이고 싶었지만, 그는 그 자리에 멈춘 채 도통 안으로 들어오지를 않았다. 그가 제 명치 부근을 손으로 감싼 채 더듬더듬 말했다.

“묻고 싶은 게 있습니다. 이해가 되질 않는 것들이 있어 그러합니다. 무언가가 이 명치께에 얹혀서는, 삼키려 해도, 자꾸 삼키려 해도 도무지 소화가 되질 않았습니다. 잊자 하여도 잊히질 않아, 그래서 당신을 찾아왔습니다.”

목소리가 떨리고 있었다. 그것이 꼭 그에게 애정을 바라던 내 모습 같아서 몹시 안쓰러웠다.

“추수제 파티에 베인 경과 함께 참석하셨다는 소식을 들었습니다.”

“맞아요.”

“소공작과 결혼할 계획이십니까?”

“아마도요.”

그가 미련을 버릴 수 있도록 되도록 딱딱하게 대답했다. 그러나 연을 끊어내기 위한 내 매정함이 그에게는 영 다른 의미로 비친 모양이다. 루센의 얼굴에 점점 핏기가 가셨다. 그가 핼쑥한 낯으로 물었다.

“제 무엇이 부족했습니까?”

“경의 잘못이 아니에요.”

“제가 뭘 모르고 저지른 실례가 당신을 질리게 했습니까?”

“경의 잘못이 아니라고 했어요.”

그의 목소리는 빗소리와 섞여 내내 조곤조곤하였는데, 내 반복된 대답에 루센의 언성이 폭발적으로 높아졌다.

“그렇다면 왜……! 왜…… 저를 버리셨습니까?”

“사람 마음이…… 마음먹는다 하여 원하는 대로 가는 게 아니었어요. 단지 그뿐이에요.”

루센이 성큼 다가와 거리를 좁혔다. 나는 무의식적으로 뒤로 물러나다가 휘청거려, 그만 넘어질 뻔했다. 그런 나를 루센이 다급하게 붙잡았다. 갑작스럽게 잃은 균형에 잊고 있던 토악질이 슬금슬금 목을 타고 올랐다.

"우욱!"

나는 그대로 입을 틀어막았다. 다행히도 아까 실컷 다 토해낸 덕분에 전처럼 토사물을 쏟아내지는 않았다.

그러나 내 구역질 소리에 루센의 얼굴은 더더욱 하얗게 질려갔다.

"이젠 제가 만지는 것도 구역질이 나십니까?"

"……아뇨, 이건 그냥 소화불량이에요."

당황하여 대답했지만 잘 받아들여진 것 같지는 않았다. 괜한 오해를 더했다. 루센의 얼굴엔 이미 충격이 짙었다.

그에게 상황 설명을 피하는 것이 과연 예의일까?

다른 남자에게 반한 과정을 설명하는 것이 그에게 상처가 되리라고 생각했지만, 정작 그는 본인의 행동을 되짚으며 몇 번이고 스스로를 상처 입히고 있었다. 그가 자책하며 스스로를 원망하는 대신 온전히 나를 탓할 수 있도록 내 잘못을 이야기하는 것이 오히려 옳은 바가 아닌가.

나는 잠시 망설이다 말문을 떼었다.

"사람이 누군가를 좋아하는 마음의 크기가 있잖아요."

"……무슨 말씀을 하시는 건지 잘 모르겠습니다."

"처음 시간을 돌아왔을 때, 당신이 아를르에게 사랑에 빠졌던 걸 보면서요, 저는 사람한테 사랑의 총량이라는 게 있다는 생각이 들었어요. 제가 그 자리에 없었지만, 대신 거기 있었던 아를르가 당신과 사랑에 빠졌었으니까요."

"그건……."

루센이 다급히 입을 열었다. 기억이 없어 그랬던 것이라고 변명하고픈 모양이다. 그러나 변명이나 들으려고 한 말이 아니었다. 나는 그에게 고개를 저어 보였다.

“당신과 아를르와의 관계를 핑계 대려는 건 아니에요. 하지만 둘의 다정한 모습을 보며 제가 심적으로 몹시 힘들었던 것도 사실이지요.”

“당신을 몰라 행한 실수였습니다.”

“그건 실수도 아니에요. 실수라고 치면, 오히려 첫 만남을 잊어버려 그대와 만날 기회를 잃은 제 탓일 거예요.”

실제로 그는 그가 처한 상황에서 할 수 있는 일을 했을 뿐이었고, 그건 결코 비난받을 종류의 것이 아니다.

모두가 스스로의 역할에 맞춰 살아간다. 악역은 악역대로, 창기는 창기대로, 왕은 왕대로, 상인은 상인대로. 그리고 루센은 루센대로 제가 할 수 있는 일을 했다. 그를 탓할 수는 없었다.

하지만 그 상황에 맞는 일 때문에 지지난 생에서 그는 나를 죽였다.

반복되는 회귀 전 그가 행했던 교사와 나를 비켜가 아를르를 향했던 사랑. 비록 나를 몰랐기 때문에 벌어졌다 해도 그것은 실제로 존재했던 일이다. 그 존재감이 내 가슴을 때려 멍을 만들었다. 없던 일이 아니기에 차마 무시할 수가 없었다.

나는 루센을 보며 계속해서 말을 이었다.

“하지만 사람 마음이라는 게 간사해서, 당신이 저를 밀어내는 동안 그 사랑이 안에서부터 조금씩 녹았어요. 그게 계속 흘러서 자꾸 내게 예쁘다, 좋아한다 말하던 다른 사람에게로 옮겨 갔는데, 속은 다 텅 비어버렸는데도 그 껍데기는 아직 터지지 않아서, 그게 얼마나 가벼워졌는지를 당신도 모르고 저도 모르고 있었던 거예요.”

루센과 나 사이가 어쩌다 이렇게 되었을까.

나는 처음 시간을 돌아왔을 때를 되짚어보았다. 만약 내가 제대로 정신을 붙들고 루센과의 만남을 제대로 이어갔다면 어떻게 되었을까. 하지만 사고의 원인을 안 베인 조르제가 이번만은 우리가 연인이 되는 걸 두고 보지 않았겠지. 결국은 이렇게 될 일이었던 거다.

나는 그가 나를 죽였던 이전의 과거까지 설명해주는 게 나을까 잠시 고민하다가, 이내 포기했다. 아직 나조차 받아들이기 힘든 일이었을뿐더러 나는 혼란스러울 루센에게 더한 상심을 안겨주지 않을 정도의 자비는 있었다.

내가 못을 박듯 말했다.

"말했잖아요. 보잘것없는 이야기라고. 단지 그뿐이에요. 당신을 향한 제 마음이 충분히 단단하지 못했어요. 그건 미안하게 생각해요. 안타까운 일이죠."

정말 안타까운 일이다.

나를 사랑해주었던 연인이, 그리되지 않았을 때에는 나를 죽이는 암수였다니. 무슨 이런 운명의 장난이 다 있다는 말인가.

내가 아직 그를 사랑했다면 이 사실을 알고 몹시 고통스러워했을 터였다. 다행히 나는 더 이상 루센을 익애하지 않았지만, 남은 마음이 없는 지금에도 약간의 애석함은 존재했다. 어쨌든 이 시간에서의 루센은 가련한 남자일 뿐이었으니까.

문득 루센과 예전에 나누었던 대화가 떠오른다.

「이 책 본 적 있어요?」

「아니요. 취향이 아니라서. 대신 내용은 알아요. 워낙 유명하니까. 정쟁에 휘말려 죽었던 여주인공이 과거로 돌아와 미래를 바로잡는 얘기 아닌가요?」

그래, 기억난다. 그때 우리는 따듯한 오후에 한가롭게 마주 앉아 책 이야기를 재잘거렸었다.

단순히 책 이야기로만 남았더라면 참으로 좋았을 텐데.

「봐요. 지금 여주인공을 죽였던 남자가 그 여자한테 고백을 하고 있어요.」

「어쨌든 지금의 남주인공은 아직 아무것도 한 게 없잖아요?」

「여주인공을 죽였던 남자와 지금 그녀에게 고백하는 남자는 다른 사람이라고 말하고 있는 건가요?」

그러나 그날의 우리는 결국 결론을 내리지 못했고, 그 의문은 지금까지도 자리에 남아 나를 괴롭히고 있었다. 시간을 돌아왔으니 아직 벌어지지 않은 그 미래는, 과연 없었던 일이라고 볼 수 있을까? 모두가 모른다고 그것이 아무렇지 않은 일이 될 수 있는가.

나는 고개를 저었다. 대답은 아니, 였다.

하지 않은 행동에 대해 책임은 묻지 않을지라도 이전처럼 대할 수는 없었다. 그것이 흔적처럼 남은 애정의 한계였다.

"이만 돌아가세요."

그 말에도 루센은 제자리에 서서 꿈쩍하지 않았다. 나는 한숨을 쉬며 루센에게로 다가갔다. 비로 흠뻑 젖은 남자의 몰골은 말이 아니었다. 잔뜩 일그러진 얼굴에선 비와 함께 눈물이 섞여 흐르고 있었다. 이런 이를 두고 나 혼자 비를 피하고 있기엔 양심이 찔리었다.

"경이 돌아가지 않으면 저도 계속 여기 서 있을 거예요. 참고로 저는 지금 별로 몸 상태가 좋지 않아요. 내일쯤 감기몸살까지 심하게 앓을지도 모르겠네요."

자해 공갈단이라도 된 듯한 느낌이지만 이렇게 하지 않으면 그는 돌아가지 않을 것이다. 내가 망설이는 그를 달래듯 말했다.

“우산이 필요하다면 빌려줄게요. 갈아입을 만한 의복도 내어줄 수 있어요. 마차 역시 얼마든지 빌려 쓰시고요.”

최대한 정 없이 말하려 노력했으나 돌아온 대답은 한없이 감정적이었다.

“정말, 조르제 소공작을 사랑하십니까……?”

나는 물끄러미 그를 올려다보다 입을 열었다.

“대답이 듣고 싶으신가요?”

“예.”

“그대를 더 괴롭게 할 뿐일 거예요.”

“그래도 듣고 싶습니다.”

그렇다면 굳이 못 들려줄 것도 없다. 이왕 그를 상처 주어야 한다면 단칼이어야 할 것이다. 그의 살을 얇게 저밀 악의도, 여유도 없었다. 나는 짧게, 그러나 동시에 분명하게 대답했다.

“네, 그를 사랑해요.”

루센의 눈이 느리게 감겼다.

제 감정이 비칠 눈동자를 가리었지만, 나는 그의 눈두덩에서 더운 감정이 울컥 쏟아져 내리는 것을 그대로 지켜보았다. 꽉 쥔 주먹이 처연하게 흔들렸다. 이윽고 그의 입술이 조용히 열리었다.

“마지막으로 한 번 안아봐도 되겠습니까.”

“……미안해요. 이 이상한 시간의 장난에 우리 사이가 틀어지게 된 걸, 저도 참 애석하게 생각해요.”

나는 오른팔로 왼팔을 감쌌다. 드러난 팔목은 어느새 차게 식어 있었다.

"한 번…… 단 한 번이라도 안 되겠습니까?"

루센이 떨리는 음성으로 애원하듯 말했다. 한 번의 거절로 그의 마음을 돌리기는 어려웠던 모양이다. 나는 그런 그를 물끄러미 응시했다.

"어쩌면 베인은 허락할지도 모르겠어요. 저도 포옹 한 번에 큰 의미를 부여하는 사람이 아니고요. 하지만, 하지만요, 당신을 위해서 하지 않는 게 좋겠어요. 그게 맞아요."

내가 정말 루센을 가엾게 생각한다면 응하지 않는 것이 맞다. 동정하듯 포옹하여 그를 더 불쌍하게 만들어서는 안 되는 일이다.

"참으로 냉정하십니다. 내 거절을 듣는 그대의 심정도 이러했을까요."

루센이 입술을 깨물며 말했다. 고개를 숙이며, 그는 오른손을 들어 제 눈가를 가리었다. 아마 고요히 흐른 눈물이 저 손바닥을 적시고 있겠지.

"그대가 내게 너무나 차갑군요……."

먹먹하게 갈라진 음성이 비통했다. 나조차 가슴이 아파 무심코 그를 안아주려 했을 정도로. 그러나 나는 무심코 뻗으려던 손을 다시 제자리에 두었다. 나는 대신 그의 어깨를 따갑게 두드리는 빗줄기에 가만히 시선을 주었다. 그리 좋아했던 비가 이제는 참으로 슬프게 보였다.

그런데 불쑥 이상한 의문이 찾아든다. 내가 언제부터 비를 좋아했더라? 나는 천천히 머릿속 기억을 되짚어보았다. 그래, 내 장난스러운 성격과 밝은 웃음을 좋아했던 루센. 비 오는 날에 잔뜩 젖은 채 웅덩이를 밟고 있노라면 곤란한 얼굴로 다가와 차가워진 나를 꼭 안아주던 남자. 그 따뜻한 온기가 좋아 비 내리는 날을 은근히 기다리게 하였던 그이.

그 남자는…….

나는 입을 틀어막았다.

어느새 기억 속 내 앞에 선 남자의 찬란한 금발은 어두운 검정빛으로 바뀌고, 나를 사랑스럽게 보던 파란 눈동자는 짙은 남청색에 가린다.

이렇게 하늘에서 내리는 빗줄기를 가만히 맞고 있노라면, 내게 다가온 남자가 부드러운 투로 감기에 걸린다며 나를 염려한다. 그러고는 같이 젖어드는 걸 아랑곳 않고 나를 숨 막힐 듯 꽉 끌어안는다.

나는…… 그와 함께 맞는 비가 좋았다.

그 차가운 빗속에서 뜨거운 당신을 오롯이 느낄 수 있어서. 나는 그래서 비가 좋았다.

약효가 이제야 돌기 시작한 걸까, 너무 많은 것이 머릿속으로 찾아들어 정신을 차리기가 쉽지 않았다. 눈앞이 흐렸고 머리가 핑 도는 듯했으며, 두 발이 제자리에 있는지도 잘 판단할 수 없었다. 그러나 그럼에도 선명한 사실이 있었다.

나는 뒤로 주춤주춤 물러섰다. 스스로를 인지하려는 듯 무의식적으로 내 팔이나 뺨, 몸뚱이를 더듬다가 곧 고개를 들었다. 여전히 고개를 숙이고 있는 루센이 있다. 아무리 정신없는 와중이라도 더한 무례를 범해서는 안 될 일이었다.

나는 단호하게 그에게 마지막을 알렸다.

"고맙고, 미안했어요. 하지만 다시는 이렇게 찾아오지 않았으면 해요. 이만 저는 들어가볼게요."

그대로 돌아섰다. 느렸던 걸음이 문을 열고 들어가서는 점점 빨라지고, 이내 뜀박질로 바뀌었다. 그동안 도무지 풀리지 않았던 문제의 답을 얻은 것처럼, 인생을 바꿀 기점에서 새로운 기회를 얻은 것마냥 마음이 급하였다. 그리고 실제로 그 말이 그리 틀린 것도 아니었다.

뒤죽박죽으로 섞이던 기억이 점차 또렷이 제자리를 찾아갔다. 그리고 그럴수록 목적은 분명해졌다.

"뭐야, 너 왜 다 젖었어. 너……!"

반대편에서 걸어오던 로제가 나를 보고 놀란 눈을 했다. 바닥에 바구니를 내려놓은 그녀가 내 팔을 붙잡았다. 빠르게 내 행색을 훑는 것이 혹 무슨 일이 있었던 것은 아닌가 걱정하는 기색이다. 그러나 그녀를 안심시키거나 사정을 다 털어놓거나 할 여유는 없었다.

헐떡이던 숨을 겨우 정리했다. 손에 힘이 들어갔다. 어쩌면 흥분 상태라고도 할 수 있을 것이다. 밀려드는 기억에 도무지 스스로를 진정시킬 수가 없었으니까.

힘겹게 바쁜 호흡을 억누른 채, 나는 결연히 말했다.

"나 신전에 귀의할 거야."

집안이 뒤집어졌다. 당연한 일이다.

로제는 대뜸 신전에 귀의하겠다는 나에게 물었다.

"너 미쳤니?"

예상은 했지만 예고도 없이 훅 들어오니 가슴이 좀 쓰리군. 나는 고개를 저었다.

"아니, 안 미쳤어. 어느 때보다도 정신이 또렷해."

"얘가 정말 미쳤구나."

로제는 경악한 얼굴로 돌아서서 뛰어갔다. 음식이 담긴 바구니를 복도에 놓아둔 채로.

나는 자리에 남아 바구니를 감싼 보자기를 한 번 걷어보았다. 과연 샌드위치와 과일 등 맛깔나 보이는 간단한 음식이 들어 있다. 빈속이라 배가 고팠던 나는 그것을 얌전히 주워 먹었다.

내가 바구니를 반쯤 비웠을 때 다급한 걸음 소리가 가까워졌다. 나는 시치미를 뚝 떼고 바구니를 다시 바닥에 던져두었다.

로제가 향했던 곳은 예상대로 내 오라버니 알테였다. 알테는 로제만큼이나 핼쑥하게 질린 얼굴로 내게 달려왔다. 그 와중에도 착실하게 팔짱을 끼고 있는 것이 마치 한 쌍의 바퀴벌레 같았다.

나는 더 이상 솔로가 아니기에 별다른 타격을 입지는 않았지만, 모태솔로 레이첼이 이 광경을 봤다간 분을 못 이겨 손수건을 물어뜯었겠지.

"카렌, 이게 무슨 소리니? 내가 들은 말이 맞아? 신전이라니, 왜 갑자기 그런……."

"가족들이 다 모인 자리에서 얘기할게요."

나는 그렇게 말하며 방으로 걸음을 돌렸다. 이렇게 잔뜩 젖은 꼴로 이야기를 늘어놓아봤자 미친 사람 취급밖에 못 받을 것이다.

부모님께 드릴 말씀이 있다 미리 청해두었는데, 옷을 갈아입고 나왔을 즈음엔 가족들 모두가 내 방에 모여 있었다. 아무래도 알테가 사태의 심각함을 먼저 설파한 모양이었다. 그 옆엔 간만에 진지한 표정을 하고 있는 로제도 함께였다.

나름대로 가족회의의 구색을 갖췄다. 로제는 아직 우리 집 호적에 없지만, 예비 새언니로서 머지않아 추가될 인물이니 넘어가기로 하고.

애석하게도 나는 그들의 생각처럼 미치거나, 제정신이 아니거나,

혹은 잠시 회까닥한 것이 아니다. 나는 그들을 앞에 두고 아까 했던 말을 반복했다.

"신전에 몸을 의탁하려고 해요."

말을 마치자마자 아비지가 뒷목을 잡았다.

"내…… 내 딸이 비…… 비구니가 되겠다고?"

어머니가 재빠르게 그런 아버지를 붙잡았다. 반쯤 영혼이 나간 듯했던 아버지는 덕분에 겨우 정신을 차렸다. 어머니의 보조로 다행히 마저 이야기를 이을 여유가 생겼다. 아버지가 저대로 쓰러졌다면 의사를 부르느라 대화가 끊겼을 테니까.

확실히 부모님 입장에선 더없이 충격적인 일이겠지만, 내가 본래 제안하려던 것은 그보다는 정도가 약했다. 내가 고개를 설레설레 저으며 대답했다.

"아뇨, 1년간만요. 신부 수업, 그걸 받아볼까 해요."

물론 신전에서 지내는 건 2왕자를 피하는 데 있어 좋은 방패막이가 될 것이다. 하지만 내 몸이 아무리 중하다 해도 신전에 처박혀 평생 수절하며 지내고 싶지는 않다. 완전하지는 않지만 지금 나는 베인 조르제와의 기억을 떠올린 상태였고, 내 연인이었던 그를 두고 도망치고 싶은 생각 역시 없었다.

그의 말이 맞았다. 단 하나도 틀린 것이 없었다.

빗줄기 아래 나란히 서, 그는 내 허리를 끌어안고 나는 그의 목에 팔을 두른다. 그리고 조심스럽게 내게로 내려앉은 입술. 내 이마를 간질이던 머리칼의 진짜 빛깔을 나는 이제 안다. 언젠가의 꿈에서 보았던 그 모습이, 사실은 꿈이 아니었음을 이제는 알고 있다.

딱히 그의 말을 의심한 것은 아니었지만 머리로 이해하는 것과 가슴으로 받아들이는 것은 완연히 달랐다. 벌써부터 지끈거리는 심장은 그간의 회포를 풀고 싶은 듯 자꾸만 베인 조르제를 보러 가자고 한다.

하지만 그와의 행복한 미래를 위해서는 먼저 해치워야 할 문제가 있었다.

"신부 수업?"

로제는 그게 더 놀랍다는 듯이 목소리를 높였다. 내게 다가온 그녀는 다시 한 번 내 행색을 살피었다. 팔이나 다리에 멍은 없는지, 손목에 칼자국은 없는지 찬찬히 살피던 그녀가 이내 의아한 얼굴로 고개를 들었다.

혹시 내가 누구한테서 협박이라도 당했다고 생각한 모양이다.

내 몸엔 어떤 폭력의 흔적도 없었다. 누구도 그런 적이 없으니 당연한 일이다. 하지만 로제의 유난한 반응도 이해가 안 가는 것은 아니다. 평소의 나라면 절대 이런 발언을 하지 않았을 테니까.

"그래, 신부 수업."

나는 고개를 끄덕이며 대답했다. 로제가 흥분한 얼굴로 다시 따져 물었다.

"지네머리 세일이 간 그 신부 수업? 네가 불쌍하다고 그렇게 말했던 신부 수업? 그럴 거면 차라리 결혼을 안 한다고 했던 바로 그거?"

"그래, 바로 그거."

로제는 도통 이해할 수 없다는 듯 입을 다물었다. 무어라 꺼낼 말이 없는가 보다.

나는 가족들의 얼굴을 순서대로 살펴보았다.

아버지, 어머니, 그리고 알테.

사랑하는 가족들을 이렇게 계속 마주 보기 위해서라도 나는 행동해야 한다.

"베인 조르제와 결혼식을 올리기 전까지 신전에 몸을 의탁하고 있을까 해요. 심신을 정비하는 데 도움이 될 거예요. 어쨌든 나쁜 일은 아니죠."

"아니, 신전이라니……. 그래도 너무 갑작스럽게……."

알테가 혼란스러운 얼굴로 말했다.

그의 입장에선 좋아해야 할지, 아니면 반대해야 할지 감이 오지 않을 것이다. 알테는 내내 내가 베인 조르제와 이어짐으로 인해 2왕자의 표적이 될 것을 두려워해왔다. 신전에 몸을 의탁한다면 적어도 신체적인 위험은 줄어들 것이다. 하지만 낯선 곳에 여동생을 1년이나 맡겨두는 것도 쉽게 결정할 수 있는 일은 아니다.

"너무 걱정 마세요. 제가 그리 적응을 못하는 성격도 아니잖아요?"

"그건 그렇지만……."

"왜 갑자기 그런 생각을 했니?"

알테의 망설임 어린 목소리 뒤로 어머니가 물었다. 나는 무슨 대답을 해야 할지 잠시 망설였다. 내가 본래의 목적을 말한다면 가족들은 모두 기겁하며 나를 말리려 들 것이다. 나는 잠시 생각에 젖어 이전의 일을 떠올렸다.

"어머니가 전에 말씀하셨잖아요. 루센과 베인 경이 동시에 찾아왔을 때, 제가 후회하지 않을 선택을 하라고요."

"그랬었지."

"저는 그날 선택을 했지만, 단순히 그것만으로 끝나는 건 아니었어요. 결정을 후회하지 않기 위해서는 스스로의 노력도 필요했던 거예요. 그래서 저도 이제 노력해보려고 해요."

어머니는 내 의중을 알지는 못했지만, 그래도 나름대로의 결심이 있다는 건 받아들인 듯했다. 그리고 말린다고 말려질 일이 아니라는 것도.

그때까지 말이 없던 아버지가 불쑥 물었다.

"네 결정이 그렇다면 말리진 않겠지만, 신전 생활은 꽤나 힘들 게다. 그래도 괜찮겠어?"

"네. 당장 가까운 헤이론 신전에 기별을 넣어주셨으면 좋겠어요. 빠르면 빠를수록 좋아요."

카르스의 국교인 헤이론은 신자들에게 욕심을 버리라고 한다.

잠에 취하지 않는다. 음식을 욕심내지 않는다. 귀한 것을 탐하지 않는다. 사랑을 강제하지 않는다.

귀족들의 실제 생활과는 정반대되는 교리이지만, 그들은 자신들의 재산에 비하면 푼돈에 불과한 헌금을 내 본인에게 정당성을 부여했다. 하지만 신전으로 직접 들어가 생활한다면 그러한 청탁도 의미가 없을 것이다.

느지막한 기상과 맛있는 음식, 즐거운 쇼핑, 그리고 베인 조르제와의 달콤한 만남. 그 전부를 포기하고서라도 내가 해야 하는 일.

나는 자리에서 일어났다. 파장을 알리기 위함이었고, 그 뜻을 어렵지 않게 알아들은 듯 모두들 그만 나갈 차비를 했다. 먼저 방을 떠난 것은 아버지와 어머니였다. 잠시 머뭇거리던 알테는 내게 다가왔다.

"얘기를 좀 하자꾸나, 카타리나."

"나중에요. 저도 지금 할 일이 있거든요. 로제, 너도 이만 돌아갈래? 나중에 또 보자."

"카타리나, 난 네가 왜 갑자기 그런 결정을 했는지 도무지……."

나는 곧장 알테의 말을 잘랐다.

"나중에요, 알테."

시무룩한 얼굴의 알테가 조용히 방을 나섰다. 그 처연한 어깨를 지켜보던 로제가 허리에 손을 올렸다.

"갑자기 그런 결심을 한 이유가 뭐야? 어떻게 나한테 일언반구도 없이……."

"기억났어."

내가 툭 내던진 말에 로제의 미간이 좁혀졌다.

그녀가 인상을 찡그리며 되물었다.

"뭐?"

"내가 베인 조르제를 기억해냈어. 그가 한 말이 맞았어."

"그게 무슨 소리야? 그 사람이 너한테 뭐라고 그랬었는데?"

나는 로제의 얼굴을 잠시간 빤히 쳐다보았다. 베인이 이전에 내 애인이었다거나 혹은 루센에 관한 일은, 회귀 전의 기억을 떠올린 나조차도 받아들이기 힘든 것이었다. 로제에게 굳이 하지 못할 이야기는 아니지만 스스로도 나름대로 정리할 시간이 필요했다.

"나중에."

"뭐?"

"다 설명할 수 있을 때가 오면 말해줄게."

"안 어울리게 되게 비장하다."

로제는 평소처럼 장난스럽게 말했지만 내 분위기가 심상치 않은 걸 알아챈 듯했다. 나는 생각보다 그녀를 수월하게 돌려보낼 수 있었고, 마침내 방에 혼자 남았다. 레이가 없었지만 불편하거나 불안하지는 않았다. 오히려 다행인 일이었다.

종이와 펜, 잉크를 들고 자리에 앉았다. 그러고는 잠시 심호흡을 했다. 눈을 감을 때마다 내가 몰랐던, 그러나 알고 있는 장면들이 스쳐 지나간다.

나는 장난스럽게 내 발목을 간질이는 검정 머리칼의 남자를 모른다. 그러나 알고 있다.

나는 내게 청혼하던 남자의 남청색 눈이 얼마나 진중했는지를, 그리고 그 눈빛이 얼마나 열렬했는지를 모른다. 하지만 알고 있다.

나는 내게 뜨겁게 키스하던 베인 조르제를 모른다.

동시에 알고 있다.

생각은 어느새 두 번의 결혼식을 지나 장난스럽고 달콤했던 열락의 밤에 다다른다. 그는 내게 입을 맞추며 낮은 목소리를 내었다. 저를 받아들일 수 있겠느냐는 질문에 나는 고개를 끄덕인다. 단단한 마디의 손이 허벅지를 스친다. 가슴께를 덮은 손바닥은 따듯하다.

부끄러움에 끌어안았던 남자의 어깨는 무척이나 넓었고, 그 날렵한 턱선 위 남자의 입술은 이렇게 고백한다.

「사랑합니다.」

"그 사랑을 위해서."

나는 그렇게 중얼거린 뒤 깃펜을 잉크로 적셨다. 그러고는 그대로 편지를 써 내렸다.

[안녕하세요, 경. 이렇게 편지를 쓰려니 다소 어색하네요.]

신전으로

신전 측은 간만에 등장한 열렬한 신자를 반기는 눈치였다.

그도 그럴 것이 한미한 집안이 아닌 이상 웬만한 권세가에서는 여식을 신전에 보내지 않는다. 그럴 이유가 없기 때문이다. 가끔 마뜩잖은 사생아나 말썽 부리는 자식을 잠시 유배라도 보내듯 맡기는 것을 제외하면, 사제들이 생활하는 중앙 건물에 귀족가 자제의 발걸음이 닿는 일은 없었다.

옛날에는 신앙의 힘이 막강했지만 현재로선 정신적 지주로 남았을 뿐이다. 위로 올라갈수록 그만한 보상이 돌아와야 하는데, 점점 금제도 함께 거세어지니 신전 내에서 한자리 해보려는 영식들은 거의 없었다. 이러한 환경 때문에 고위 사제와 사석에서 만나는 일 역시 몹시 드물었다. 대개 그들은 신을 모실 뿐, 재화에 관심이 없었다.

그 신실함이 나에게는 도움이 될 것이다.

"처음 뵙겠습니다, 레이디 리플렉츠. 저는 헤이론 신전의 대신관 신시르 사루제라고 합니다."

새치가 희끗한 대신관이 예의 있게 인사했다.

으음, 어쩐지 굉장히 신실한 사제 같은 이름이로군.

사제들은 내가 자의로 이곳에 왔다는 사실에 꽤나 감명을 받은 듯했다. 신전에 와서 가장 먼저 독대한 인물이 한자리 하는 인물인 것을 보면 말이다. 물론 내 신분만으로도 대접받을 만했지만, 친절한 어투

같은 데서는 남다른 친근감이 배어나왔다. 단순한 존중이라면 모를까, 이런 세심한 대접은 과가 다르다.

안 그래도 짐을 정리하고 따로 찾아가려 했는데, 만남을 요청하는 형식적인 절차를 덜었으니 나로서는 다행인 일이다. 나는 입꼬리를 끌어 올리며 가볍게 고개를 숙였다.

“안녕하세요, 신시르 대신관님. 이렇게 뵙게 되어 영광이에요.”

“저야말로 영애께서 저희 신전을 찾아주셔서 무척 영광입니다.”

대신관이 사람 좋은 미소를 지어 보였다. 마치 아카데미 선생이 모범생을 보는 듯한 눈길이다. 참고로 나는 한 번도 받아본 적 없어 낯선 것이기도 하다.

“그래, 신부 수업 차 방문하셨다고요?”

그가 생각하는 것처럼 투명한 목적으로 온 것이 아니었기에 나는 양심이 다소 찔리었다.

“네, 신의 가르침을 들으며 심신을 정비하고자…….”

나는 말을 하다 말고 잠시 깊은 숨을 들이켰다.

내가 원하는 바는 분명했고, 앞서 이런저런 이야기를 늘어놓아 점수를 따봤자 본 목적을 얘기하는 순간 거짓말로 쌓은 얄팍한 친분은 깨질 것이다.

나는 다시 말을 이었다.

“……가 대외적인 방문의 목적이지만, 대신관님께 드리고 싶은 말씀은 따로 있습니다.”

의아한 기색으로 그가 눈을 크게 떴다.

“용건이 따로 있다고 하신다면……?”

“대신관님께 도움을 청할 일이 있어요.”

대신관은 화친을 요청한 사신이 대뜸 칼을 들이미는 장면을 본 것 같은 표정을 지었다. 아니, 그보다는 좀 덜했지만, 내가 이야기를 끝맺으면 엇비슷한 정도가 될 것이다.

"말씀하십시오."

나는 잠시 망설였다. 여기서 이야기를 마저 꺼내면 더는 되돌릴 수 없어진다. 중요한 결정을 목전에 두니 베인 조르제가 떠올랐다.

그는 무모한 짓을 벌인 내게 무어라 말할까?

레이에게 편지를 전달할 것을 부탁하고 왔으니, 아마 지금쯤 베인은 내 서신을 받아보았을 것이다. 그가 어떤 생각을 할지 궁금했지만, 지금으로선 알 수 없다.

나는 침을 한 번 삼키고는 말을 맺었다.

"저는 1왕자님을 왕으로 세우고자 합니다."

대신관의 안색이 어두워졌다.

곧 새신부가 될 여인의 독실함을 칭찬하러 나왔을 텐데, 이야기가 예상과는 영 다른 분위기로 흘러가고 있으니 당연하다.

"그래서 이곳을 찾으셨군요."

나를 빤히 쳐다보던 대신관이 고개를 숙이며 눈가를 문질렀다.

백만 년 만에 가르침을 받겠다며 스스로 찾아온 신자가 이런 시꺼먼 속을 가지고 있었다니!

모르긴 몰라도 그로서는 몹시 가슴 아픈 반전일 것이다. 하지만 대신관의 여린 마음씨까지 신경 써줄 정신은 없다. 나한테는 목숨이 달려 있는 일이다.

"영애의 입에서 나왔다고 믿기 힘든 말씀이군요."

잠시 침묵하던 남자가 다시 입을 열었다. 내가 곧장 대답했다.

"무게 없이 한 말은 아닙니다."

신전은 금녀의 구역이다. 귀의나 신부 수업을 핑계 대지 않았다면 대신관과 만날 수도 없었을 것이다. 내 방문은 처음부터 다분히 계획적이었다.

"부군 되실 분이 조르제 소공작이라 하셨지요."

"이건 그와는 상관없는 독단적인 결정이었어요."

나는 고개를 저었다. 베인 조르제가 알았더라면 이러한 내 계획을 결단코 만류했을 것이다.

"2왕자는 결코 성군이 되지 못할 거예요. 무엄한 발언이지만, 오히려 폭군이라는 말이 꼭 맞겠지요."

여기까지는 대다수가 동의하는 사실이다. 눈이나 귀에 극심한 이상이 없는 이상 아무도 아니라 대답할 수 없을 것이다. 이해관계에 얽혀 2왕자를 지지하는 이들도 속으로는 제핀 왕자만 한 망나니가 없다고 생각했다.

"위험한 발언을 하시는군요."

"네, 저는 이제 발을 뺄 수 없게 되었네요."

"못 들은 걸로 해드릴 수도 있습니다."

"그거야말로 가장 끔찍한 결말이에요."

내가 물러설 기색이 없는 듯하자 대신관이 이마에 맺힌 땀을 소매로 닦았다. 몹시 곤란해 보였지만, 나는 화제를 돌리거나 하여 그를 편하게 해주지는 않았다.

결국 대신관이 전에 없이 침울한 기색으로 대답했다. 아직 충격에서 벗어나지 못한 기색이었다.

"일단 제 의사와는 별개로, 아시다시피 신전에는 왕을 바꿀 만한 힘이 없습니다."

나도 알고 있는 사실이다. 그런 계산도 해보지 않고 무작정 방문한 것이 아니다.

"저는 직접적인 힘을 빌리려는 것이 아닙니다. 왕께 칙서를 보내거나, 귀족들을 끌어들여 힘을 모으거나 하는 무리한 부탁을 드리려는 게 아니에요."

"그럼 무얼 바라십니까?"

"신탁을 내려주세요."

잠시 정적이 찾아왔다. 내 발언을 곱씹듯이 대신관은 입안으로 가볍게 그 단어를 한 번 굴려보았다.

"신탁이라."

"2왕자가 왕이 되면 일어날 끔찍한 일들을 나열하는 것으로 충분하겠지요."

"거짓된 예언을 퍼트리란 말씀이십니까? 존재한 적 없는 신탁을? 헤이론 님을 모욕되게 하는 행동입니다."

"그 신탁, 제가 받았습니다."

내 당당한 발언에 대신관이 멈칫했다.

반은 구라였지만 반은 사실이었다. 세 번의 회귀와 두 번의 죽음. 보통 사람들은 겪지도 못할 일이었다. 이 정도면 충분한 신의 뜻 아닌가? 정확히 따지자면 신의 뜻이 아니라 베인 조르제와 피오니의 뜻이겠지만. 이만큼 불행해봤으니 한 번쯤은 신의 이름을 팔아도 봐줘야 한다.

또한 예언이라는 것은 미래의 예지이다. 나는 지나온 미래에서 2왕자가 왕이 됨으로써 발생했던 많은 폐해를 보았다. 내 말은 결코 거짓이 아니었다.

"제가 그 미래를 보았습니다. 2왕자는 왕이 되면 안 됩니다. 아마 그 피해를 가장 먼저 입는 건 대신관님이 될 거예요."

"그게 무슨 말씀이십니까?"

"2왕자가 왕이 돼서 가장 먼저 하는 일은 헤이론 신전을 제 손아귀에 두는 것일 테니까요."

내가 아무리 정치에 관심 없이 지내왔다 해도 나라 전체를 시끄럽게 했던 사안까지 모를 리는 없다. 그리고 나는 다행히도 그 원인까지 알고 있었다.

"성황께서는 2왕자에게 세례를 내리지 않을 계획이시겠지요?"

내 물음에 대신관이 당황한 표정을 지었다. 헤이론 신전에서는 아직까지 어떠한 입장 표명도 한 적 없으니 당연한 일이었다. 내가 굳이 1왕자의 편에 서달라 애걸할 필요 없이 신전은 이미 적자의 편이었다. 정통성이 없는 2왕자를 성황은 왕으로 인정하지 않았다.

국교인 헤이론의 성황은 반드시 왕의 즉위식에 참여한다. 왕의 머리에 성수를 뿌려 세례를 베푸는 것으로 그의 적임성을 인정하는 절차를 밟아야 하기 때문이다.

그러나 제핀 왕자가 즉위할 때 사제들의 자리는 텅텅 비어 있었다. 아무도 참석하지 않았던 탓이다. 상징적인 절차이기에 즉위 자체에는 문제가 없었으나, 2왕자로서는 몹시 체면을 구기는 일이었다.

"신사적인 사제분들은 2왕자가 명분 없이 신전을 탄압할 수 없다고 생각해 일을 벌이시겠지만 안타깝게도 제핀 왕자님은 뇌가 없…… 아니, 뇌에 주름이 없…… 아니, 생각이 몹시 단순하신 분이랍니다."

자꾸 사심이 섞여 교양 없는 표현이 튀어나오는군. 주의해야겠다. 나는 헛기침을 하며 말을 이었다.

"헤이론 신전이 중립을 지키려 노력하는 것을 압니다. 하지만 많은 희생이 따를 것을 알면서도 행하는 침묵은 그 폭력에 동조하는 것이나 마찬가지예요. 그렇게 지켜줄 수 있었던 이들을 하나씩 버렸다간, 정작 칼날이 신전을 향할 때에는 나설 수 있는 이가 아무도 없게 되겠지요."

신전은 왕위 싸움에 침묵하는 편을 택했고, 후에야 2왕자에게 왕으로서의 증표를 전하지 않는 것으로 불편한 심기를 드러냈으나 제핀 왕자는 그를 참아낼 인내심이 없었다.

뒷받침하는 세력이 적다고는 하나 왕은 왕이다. 속으로는 다른 생각을 하고 있다고는 해도 귀족들도 제핀 왕자 앞에서는 입안의 혀처럼 굴었고 말이다. 눈치를 보며 하나씩 허락한 권위는 첫째로 저를 모욕 주었던 헤이론 신전에게로 향했다.

왕위 싸움에 끼어들지 않을 것이었으면 승자가 된 2왕자에게도 순응했어야지, 일이 다 끝나고서 '어? 이거 내가 생각하던 결과가 아닌데?' 하고 삐딱선을 타봐야 무슨 소용이 있단 말인가? 위험을 피하고자 행한 방관이 결국은 제 목을 죄는 꼴이 된 것이다.

행동하는 것과 행동하지 않는 것에는 무수히 많은 차이가 있다. 나는 그 발화점이 되기 위해 방문한 것이었다.

쉽사리 대답을 내놓지 못하는 대신관에게 나는 쐐기를 박았다.

"그리고 제가 근거 하나 없이 이런 제안을 드리는 것은 아닙니다. 제가 미래를 보았다고 했지요? 쉽게 믿지 못하실 테니 그 증거를 하나 더 내놓겠어요. 성황의 뜻 정도야 반반의 확률이니, 제가 도박을 했다 여기실 수도 있으니까요. 저는 확실한 것을 아주 좋아한답니다."

"증거라 하시면."

"고위 사제 중 하나인 제이론 사제님과 성기사 멜튼 경의 남다른 관계를 한번 알아보시기를 바라요. 내일 자시에 빈 예배당에서 무척 은밀한 회동이 벌어질 거예요."

은밀한 회동이라, 이는 무엇을 말하는 걸까? 뜻이 맞는 신자끼리 모여 신전 내에서의 세력 싸움이라도 도모하려는 걸까?

애석하게도 예의 성기사는 내가 어릴 적 본 책에 나왔던 소설 주인공 같은 인물이었다. 제 칼 같은 꼬챙이를 아주 알차게도 써먹는 인물이었다는 뜻이다. 멜튼 경이 제 꼬챙이를 제이론 사제에게 언제 어떤 식으로 사용했는지는 19세 미만의 이용자를 배려하여 자체 생략하도록 하겠다.

내가 사제와 성기사의 내밀한 색사까지 알게 된 데에는 대단한 공작(工作)이 존재하지 않는다. 나는 미래를 경험한 이점을 이제야 아주 알차게 써먹고 있었다.

정확히 나흘 후, 신문 1면에 실려 무수한 화제를 불러일으켰던 기사가 난다. 그 스캔들이 몹시 충격적이었기 때문에 나는 날짜까지 기억할 수 있었다.

제이론과 멜튼, 두 신자가 예배당에서 신 대신 서로의 이름을 부르짖으며 헉헉대다가 순찰을 돌던 동료에게 발각당한 사건이 바로 그것이었다.

두 사람은 '우리 사랑하게 해주세요.'를 외쳤지만 당연히도 통할 리가 없었다. 둘은 징계위원회에 회부되었고 각각 다른 지방으로 발령 나는 것으로 아릿한 사랑의 끝을 맺었다.

내가 신전 방문을 서두른 것도 이 때문이다. 신전 관련으로 아는 큰 사건이라고는 이런 것밖에 없다. 하나뿐인 떡밥이 날아가기 전에 서둘러야 했다.

나는 자신만만한 투로 자리에서 일어났다. 비록 속으론 더없이 떨고 있을지라도 말이다.

"일단 확인해보시고, 남은 이야기는 그 후 마저 나누도록 해요."

"자, 잠깐……!"

충격받은 낯으로 대신관이 나를 붙잡았다.

어찌나 급했던지 그는 내 치맛자락을 잡아당기고 있었다. 큰 무례였지만 나는 인자하게도 추궁하지 않고 넘어가기로 했다. 상대방이 예의를 차리지 않게 되었다는 것은 내 페이스에 말려들었다는 좋은 신호였다.

대신관이 속사포같이 내뱉었다.

"어…… 어떤 근거로 하시는 말씀입니까? 제이론 사제는 땀 냄새 나는 기사를 경멸하는 인물입니다. 절대 그럴 리가 없어요! 이런 모욕적인 이간질을 들었다간 제이론 사제가 가만있지 않을 겁니다!"

글쎄, 얻어듣기로는 바로 그 기사들에 대한 극심한 경멸이 사건의 시초가 되었다고 하던데 말이다.

전말인즉슨 이렇다.

여느 때와 같이 제이론은 성기사들의 훈련장을 지나치며 눈살을 찌푸렸다.

「흥! 지저분하고 땀 냄새 나는 기사들이란, 정말 교양이 없군.」

마침 멜튼은 복도 쪽에 가까이 있었기에 그 중얼거림을 들었고, 몹시 분노했다. 더없는 노력 끝에 성기사가 된 인물이었기 때문이다. 그는 잔뜩 화가 나서는 제이론을 쫓아갔다.

마침 제이론은 기도실로 향하던 참이었다. 혼자 기도에 빠져들던 제이론은 뒤에서 들려온 문소리에 눈을 떴다. 문을 열고 들어온 것은 다름 아닌 훈련장을 지나며 마주쳤던 기사 중 하나였다.

당황한 제이론은 버럭 성을 내었다.

「여기가 어딘 줄 알고……! 기사면 기사답게 땡볕에서 훈련이나 할 것이지 왜 내실에 들어왔단 말이냐!」

「힘주면 부러질 것 같은 손목을 하고서는, 지금 여기 당신과 나 단

둘밖에 없다는 건 알고 지껄이는 거겠지?」

「지…… 지금 나를 협박하는 것이냐?!」

「협박이라니, 나는 우리 건방진 사제님께 조심성을 가르쳐드리러 왔을 뿐이야.」

「이익, 그런 것 따윈 필요 없어!」

「내가 보기엔 필요할 것 같은데. 이것 봐, 허리가 낭창하군. 고작 이런 비쩍 마른 몸으로 싸움을 거는 거냐?」

「으읏, 만지지 마, 떨어지란 말이다!」

「가만있어. 훗, 사이즈도 귀엽군. 이걸로 계집 위에서 힘이나 쓰겠어? 하기야 고귀한 사제님들은 여자 구경은 하지도 못한다지. 사내라 말할 수도 없겠어.」

「이거 놔라, 놓으란 말이다! 앗, 어딜 만지는 거냐? 으, 으……!」

제이론의 비쩍 마른 몸을 비웃을 작정이었던 멜튼은 잠시 멈칫했다. 속에서 무언가가 동했기 때문이었다.

대체 무엇이 동했기에 멜튼의 손짓은 더욱 은밀한 곳으로 향했을까? 왜 제이론의 신음은 그렇게도 달떴을까?

기도실에선 대체 왜 주먹다짐이 아닌 젖은 소리가 흘러나왔던 것인가?

으음, 정말 알 수 없는 일이다.

「……왜 느끼는 거지?」

「느끼다니! 그딴 망발을 시…… 싫어, 무식하게 큰 검이나 휘두르는 기사 따위……!」

「말로는 싫다고 하면서 몸은 무척 솔직한걸?」

「아, 아니야! 나…… 나에겐 헤이론 님이……! 아아!」

그렇게 두 인영은 뒤로 넘어갔다.

자세한 묘사는 앞에서와 마찬가지로 19세 미만의 이용자를 위해 생략하도록 하겠다.

왜 이러한 상세한 정황까지 퍼졌느냐면 제이론과 술자리 친구를 하며 푸념을 얻어들었던 인물의 입이 몹시 가벼웠기 때문이다. 그의 친구의 사촌의 불륜 상대의 친구의 아내의 동생의 친구였던 레이는 잔뜩 신이 난 얼굴로 나에게 이 이야기를 물어다 주었다.

나는 요령 없어 보이는 대신관을 위해 친절하게도 주의 사항까지 일러주었다.

"제이론이나 멜튼 씨를 불러 추궁을 하는 바보 같은 짓을 하시진 않을 거라 믿어요. 그 상황에서 변명을 하지 않을 사람은 없을 테니까요. 속는 셈 치고 현장을 덮쳐 확실한 증거를 잡으시길 바라요."

내 표정이 꽤나 당당했나 보다. 대신관의 눈이 거세게 흔들렸다. 그가 떨리는 목소리로 물었다.

"영애는 어떻게, 어떻게 그런 걸 알고……."

"아까도 말했지 않나요? 미래를 보았다고."

나는 몹시 인자한 미소를 지으며 말을 맺었다.

"저는 뭐든지 알고 있답니다."

정확히 말하자면 심심풀이 땅콩 가십 한정이지만, 어떻게 보면 쉽게 발설할 수 없는 무거운 정보보다 실용성이 있다. 바로바로 입에 담아 써먹을 수 있으니까.

"그럼 저는 이만."

소설 같은 데 보면 주인공들은 이렇게 멋있는 대사를 치고는 곧장 자리를 비우더라. 나는 그 공식을 따라 그대로 복도로 나섰다.

오늘 하루 허세왕이 되기로 마음먹었었지만 영 안 해봤던 짓이라 힘들었다. 그래도 썩 자연스럽게 대화를 마친 것 같아 다행이었다. 내가 생각해도 좀 멋있었던 것 같다. 신시르 대신관은 나를 붙잡지 않았지만, 사실을 확인하고 나서는 그도 내 말을 따르지 않을 수 없을 것이다.

그런데 혹시 멜튼 경과 제이론 사제가 마음이 바뀌어 풀벌레 우는 야외에서 운우지락을 나누고 싶어 하게 되면 어떡하지?

"……."

벌 떼라도 풀어놔야 하나?

다행인지 불행인지 이튿날 신자들에게 있어 비보이자 내겐 승전보인 소식이 들려왔다.

나는 적성에 안 맞는 이른 기상으로 식당 근처 창가에 기대 반쯤 졸고 있었다. 평소보다 세 시간은 이른 때에 빵을 입안에 밀어 넣자니 소화가 안 된다. 게다가 완벽히 내 취향대로 내온 맞춤형 식사 대신 아무것이나 대충 때려 박은 단체 급식을 먹으려니 영 입에 맞지 않았다.

어디든 음식이 맛있어야 적응이 쉽다던데, 그런 면에서 헤이론 신전은 내게 있어 최악의 이사지였다. 그나마 후식으로 나온 오렌지 주스 덕분에 살았다.

나는 빨대를 쪽쪽 빨며 열심히 아침 훈련을 하고 있는 기사들을 응시했다. 바로 아래 연무장엔 너덧 정도가 모여 있었는데, 가만히 있자니 그들의 대화가 꽤나 선명하게 들렸다.

"어머어머, 너 그 소식 들었니?"

뭐지, 저 리플렉츠가 하녀애들이 하는 것과 꼭 닮은 추임새는? 그러나 놀랍게도 그 목소리의 주인공은 기사가 맞았다.

"무슨 소식 말이야?"

건너편에 서 있던 다른 기사 하나가 속닥거리며 물었다. 처음 이야기를 시작했던 사내가 주먹을 치켜들고는 잔뜩 흥분한 얼굴로 외쳤다.

"글쎄, 멜튼 그놈이 제이론 사제를 따먹었대!"

하마터면 물고 있던 주스를 공중에 뱉어낼 뻔했다. 다행히도 여러 번의 경험으로 단련된 입술은 제자리를 지켰다.

헉, 결국 멜튼과 제이론이 예정대로 일을 벌였단 말인가.

딱히 일이 틀어질 거라고 생각하진 않았지만 그래도 확정되고 나니 안심이 되었다. 다행히도 둘은 야외 플레이에는 별로 관심이 없었나 보다.

"뭐?! 어머어머, 웬일이야!"

"대박 사건, 대박 사건!"

이보다 재미있는 건 없다는 듯 기사들은 신이 나서 떠들었다.

하긴 이미 알고 있던 나도 새삼스레 재밌는데 처음 소식을 들은 저들은 어련하겠는가. 그때 추억 어린 눈으로 밖을 내다보던 나를 누군가가 불러 세웠다.

"자매님, 아침 기도를 하러 갈 시간입니다."

내 담당 사제인 조셉 씨였다. 거참, 칼같이 챙기는군. 나 같은 건 그냥 잊어버려도 되는데. 감동의 눈물이 다 났다.

"예…… 가야지요……."

나는 다 죽어가는 음성을 내며 그를 따라갔다. 기도실에는 많은 사람들이 모여 있어 제법 번잡했다. 처음 온 날은 늦은 밤이기에 우선

잠을 청했고, 어제는 신전에서 지켜야 할 규율을 교육받느라 공식 일정에는 참석치 않았다. 말하자면 아침 기도는 오늘 처음으로 경험하는 것이었다.

그러고 보니 아버지에게 끌려와 신전에 처박혔다는 가엾은 세일도 여기 있겠지?

한 번 주위를 슥 둘러보았다. 곧 어렵지 않게 그녀를 찾을 수 있었는데, 같은 여자끼리라 적응에 도움이 되리라 여겼는지 조셉 씨가 나를 세일 옆으로 안내했기 때문이다. 신전에서 보낸 지 몇 달의 시간이 지났는데도 아직 마음의 울화를 버리지 못한 듯 세일의 얼굴은 제대로 썩어 있었다.

마치 '양기가 부족해…….'라고 외치고 있는 것 같다고나 할까? 나도 곧 저렇게 되는 건 아니겠지?

"헉…… 너, 너는……!"

세일이 귀신이라도 본 듯한 눈으로 외쳤다. 굳이 재회의 첫 순간부터 싸울 필요는 없었기에 나는 악의 없이 인사했다.

"안녕, 세일. 오랜만이구나."

"네…… 네가 어쩌다 여길……?"

"너랑 같은 이유지 뭐겠니."

"뭐? 네가 왜?"

세일이 이해할 수 없다는 표정을 지었다. 그러나 곧 그녀의 눈은 측은한 빛으로 물들었는데, 그것은 마치 불쌍한 동지를 보는 듯한 표정이었다.

"저런…… 어떡해. 적응이 힘들 텐데 궁금한 거 있으면 물어봐. 내가 도와줄게."

전혀 비꼬는 게 아니라 진심 그 자체였다. 세일에게서 이렇게 친절한 반응을 돌려받은 것이 언제 적인지 셈해보다가, 시시해서 관두었다. 너무 당연하게도 레이첼 파의 난으로 시작해 알테의 실각으로 마무리됐던 역사적인 그날 전일 것이기 때문이다.

레이첼의 부재에 용기가 났는지 세일은 내게 더 친한 척하기로 마음먹은 듯했다. 여기엔 세일과 놀아줄 또래 친구랄 게 전무했으니까.

그녀가 조금 신난 기색으로 내게 물었다.

"너는 여기 얼마나 있어야 해?"

"글쎄다……."

나도 여기서 내가 얼마나 버티고 있어야 하는지 모르겠다. 일단 신시르 대신관님과 얘기를 해봐야 감이 올 텐데.

사건은 이미 벌어졌고, 후처리도 대충 끝났을 무렵이니 대신관님도 곧 나를 부르지 않을까?

깊이 고민했겠지만, 대신관은 결국 내 손을 들어줄 수밖에 없을 것이다.

지난번 어머니에게서 들었던 대로 현재 왕의 건강이 좋지 않다. 후계자를 정할 때가 머지않았다는 뜻이다. 지금이야말로 판도를 돌릴 마지막 기회다.

일단 2왕자가 폭군이 된다는 소문이 번지면 여론은 자연히 술렁일 것이다. 아무리 왕이 몰테 자작부인에게 눈이 멀었다고는 해도 민심까지 무시하지는 못할 터. 모름지기 한 나라의 대표란 인기 있는 편이 좋다.

물론 베인 조르제도 충분히 힘을 쓰고는 있고, 어쩌면 내 행동이 쓸데없는 참견이었을지도 모른다. 하지만 나를 살리려는 베인 조르제를 가만히 두고 볼 수만은 없었다.

나를 살려야 하는 건 결국 나다.

"주신 헤이론께서는 말씀하십니다. 욕심내지 말라. 우리는 과연 이 뜻을 그대로 받아들이고 있습니까. 정녕 마음의 모든 정욕을 내려놓고 있습니까. 헤이론 님의 사자 이그파는 말하였습니다. 이 세상……."

간만에 건설적인 결심을 했는데, 눈을 똑바로 뜨고 집중하기엔 너무 졸렸다.

새벽녘에 기상해 식사를 하게 만들고서는 바로 예배를 시키다니! 이건 고문이 틀림없다. 헤이론의 사자 이그파가 무슨 말을 했든지 그게 나랑 대체 무슨 상관이란 말인가? 참고로 나는 무교다.

"자매님, 자매님."

"카타리나, 사제님이 널 부르시는데?"

세일이 안 어울리게 몹시 친절한 목소리로 나를 깨웠다. 나는 재빨리 입가에 흐른 침을 닦아냈다. 얼마나 봤다고 벌써 익숙해진 조셉 씨가 나를 부르고 있었다.

"부르셨나요?"

"예. 예배 중 방해를 드린 것 같아 죄송하지만 대신관님께서 자매님을 부르십니다."

죄송하다니, 나로서는 오히려 감사한 일이었다. 나는 신난 티를 내지 않으려 노력하며 자리에서 벌떡 일어났다. 내 표정이 밝아진 것과는 반대로 옆에 앉아 있던 세일의 얼굴빛은 안 좋아졌다. 본인도 이 거지같은 신의 말씀에서 벗어나고 싶은 모양이다. 물론 나와는 쥐뿔도 상관없는 일이다.

"얼른 가요."

나는 조셉 씨를 재촉했다. 다행히 대신관은 내게 오랜 기다림을 선물하지는 않았다.

하기야 그가 애단 것도 이상한 일은 아니다. 그도 그럴 것이 어젯밤 발각당하기 전까지 멜튼과 제이론의 통정은 그 누구도 몰랐던 스캔들 아닌가?

같은 신전에서 생활하는 사제들도 알아채지 못했던 것을 일개 영애가 알고 있다니. 상식적으로 말이 안 되는 일이다. 인간이 범접할 수 없는 다른 고차원적인 존재가 끼어든 게 아니라면 말이다.

"대신관님, 카타리나 자매님이 도착하셨습니다."

"들어오세요."

조셉 씨는 나를 위해 친절하게 문을 열어주었다. 나는 감사 인사를 남기고는 대신관에게로 다가갔다.

그가 나를 부른 곳은 빈 기도실이었다. 창이 크게 나 있는 탓에 방을 밝히는 불이 없었는데도 실내가 밝았다.

으음, 혹시 여기가 멜튼과 제이론이 첫정을 나눈 바로 그곳은 아니겠지?

"오셨습니까."

"예, 부르셨다고요."

"일단 앉으십시오."

나는 조신하게 치맛자락을 모으며 앉았다. 평소 입던 화려한 드레스가 아닌 신전에서 제공받은 수수한 의복이었다. 레이가 없어서 조금 걱정했는데 생각보다 신전 생활은 할 만했다. 물론 절대로 이른 기상이나 거지같은 식단이 마음에 찼다는 뜻은 아니다. 그냥 혼자서도 어찌저찌 해낼 수는 있다는 뜻이다.

평생을 시중받으며 살았던 나이기에 뭐든지 혼자 해내는 생활은 몹시 낯설었다. 세일이 쉽게 적응하지 못했던 이유도 거기에 있을 것이다.

"신전 생활엔 적응이 되셨습니까?"

"네. 나름대로 즐거웠어요."

하지만 나는 진실의 문을 봉인하고 입에 발린 대답을 내놓았다.

"그렇군요. 제가 영애를 부른 건 다름이 아니라……."

"압니다."

"예?"

"제 말이 맞았지요?"

내 단도직입적인 질문에 대신관이 헛기침을 터트렸다. 사납게 터져 나온 당황을 가다듬은 남자가 낮게 가라앉은 음성으로 말했다.

"예지 능력이 있으시다고요."

"아마도 주신 헤이론 님의 안배이겠지요."

이전에 언급한 대로 나는 무교였지만, 필요할 때에는 신의 이름을 빌리는 실리적인 성격의 소유자이기도 했다. 내가 열심히 깐 호박씨를 대신관은 마찬가지로 열심히 받아먹었다.

"헤이론 님께서 무어라 말씀하시던가요? 왕가의 후계자를 점지해 주신 겁니까? 그렇다면 왜 저희 사제들을 통해서가 아니라……."

어쩐지 그는 심기가 불편한 듯했다. 마치 싸움이 일어났는데 엄마가 제가 아닌 사촌 동생의 편을 들어줄 때, 그런 어미를 바라보는 아이의 눈빛이랄까? 어쨌든 대신관이 주신 헤이론에게 삐지든 말든 나로서는 상관이 없었다.

"헤이론 님께서는 아무 말씀도 하지 않으셨습니다. 대신 보여주셨지요. 저는 빈민가가 온통 불바다가 된 광경을 보았답니다."

앞선 주신의 이야기를 제외한 나머지는 사실이었다. 2왕자는 즉위 후 단순히 보기 싫다는 이유로 빈민촌에 불을 질렀다.

이미 먹혀든 이야기, 나는 더더욱 실감 나는 연기를 더했다.

"아이는 울고, 어미는 제 자식을 찾아 불길 속을 뛰어다녔지요. 아아……. 그 끔찍한 참상은 이루 말할 수 없었습니다."

나는 현기증이 온다는 듯 이마에 손을 대며 고개를 젖혔다.

그러고 있자니 예전에 루센을 얻기 위해 왕을 팔았던 기억이 새록새록 떠오른다. 지금은 그에서 더 발전해 신을 팔고 있다. 전자 때에는 그래도 혹시 일이 잘못되면 어떡하나 걱정이 되었는데, 지금은 그냥 아무 생각도 안 들었다. 왜냐하면 나는 지금 밑져야 본전인 상황이었고, 그 본전이란 게 내 죽음이기 때문이다.

죽을 땐 죽더라도 무슨 수라도 써봐야 하지 않겠는가?

"대신관님, 제 말은 단언컨대 진실입니다. 따라 해보시겠어요? 두 번째 아들이 거슬러 올라간 하늘이 번개를 뿌린다. 붉게 물든 대지가 갈라진다. 통곡 섞인 비통한 울음이 들녘을 떠나질 않는다. 본래의 어버이는 자식의 아픔을 그저 슬퍼하노라."

"두 번째 아들이 거슬러 올라간 하늘이 번개를 뿌린다? 붉게 물든, 물든 대지가, 잠깐, 잠깐. 뭐요?"

"기억하기 힘드실까 봐 안 그래도 여기 적어 왔어요."

나는 기다렸다는 듯 쪽지 하나를 대신관 앞에 내밀었다. 신전에 들어온 첫날밤 잠자리에 들기 전 급조해낸 문장이다.

왕위에 오른 2왕자가 비정한 통치를 한다.

땅은 피로 물든다.

친지 잃은 백성의 울음이 나라를 채운다.

본래 왕이 되어야 했던 1왕자는 그저 슬퍼한다.

이를 신탁에 맞게 형이상학적인 문장으로 바꿔본 것이다. 그냥 '2왕자 왕 시키면 니네 다 큰일 난다.'처럼 간단하게 정리하면 될 것을, 신들은 꼭 꼬아서 말하기를 좋아하더라. 덕분에 나는 간만에 머리를 굴려야 했다. 그나마 그럭저럭 쓸 만한 결과물이 나와서 다행이다.

"본래의 어버이는 자식의 아픔을 그저 슬퍼하노라……."

대신관이 쪽지의 내용을 곱씹듯 중얼거렸다. 나는 명쾌하게 고개를 끄덕여 보였다.

"예, 잘 외우고 계시다가 그대로 신탁이라 전하시면 됩니다."

망설이는 기색의 대신관이 회의적인 표정으로 중얼거렸다.

"이게 잘하는 일인지……."

"예? 대신관님, 지금 뭘 망설이고 계시는 거예요?"

나는 파렴치한을 보는 눈으로 대신관을 노려보았다. 여기까지 와서 발을 빼려고 하다니! 용납할 수 없다. 나는 곧장 레이에게서 전수받은 거짓울음을 터트렸다.

"아아…… 죽어가는 빈민가의 아이들이……! 흐흑! 어서 막지 않으면 현실이 될지도 모르는데!"

"아, 아니. 영애, 진정하십시오."

"제가 지금 진정하게 생겼나요! 죽어나갈 사람들을 생각하면 저는 빵도 잘 안 넘어가는데! 흐흑! 비정하십니다. 잔혹하세요! 학살이 벌어질 것을 미리 알고도 막지 않으니 이 어찌 신의 사제라 말할 수 있겠습니까!"

"아……. 아니, 합니다. 해야지요, 당연히!"

승낙의 대답이 들려왔지만 나는 여전히 표독한 눈빛을 지우지 않았다.

"말로만 해서는 믿을 수가 없네요. 이렇게 우유부단한 분을 제가 어찌 믿고 신의 뜻을 전하겠습니까."

“예? 그…… 그럼 어찌하면…….”

“별건 아니고, 각서 하나만 써주세요.”

“예?”

나는 품에서 고이 접힌 종이 한 장을 더 꺼내 들었다. 그러고는 구겨지지 않게 펴서 그에게로 내밀었다.

요약하자면 나를 도와 2왕자를 타도하는 데 힘을 더하겠다는 내용이다. 참고로 위약금은 레이와 썼던 각서와 마찬가지로 10,000골드였다. 대신관의 지위를 가진 자라 해도 쉽게 융통할 수 없는 금액이다.

“제일 밑에다 서명하시면 돼요.”

“예? 아…… 아니, 무슨 각서까지…….”

“아이고오! 죽어가는 아이들이……! 오열하는 부모가아……!”

“쓰, 쓰겠습니다!”

대신관이 허겁지겁 종이에 서명을 했다. 이쯤 되면 판은 내게 넘어온 거나 다름없었다. 내 몫의 사인은 이미 마친 후였기에 대신관의 것만 적히면 완성이었다. 나는 각서를 잡아채 다시 고이 품 안에 넣었다.

“그럼 저는 그렇게 알고 나가보겠습니다. 성황님께는 말씀 좀 잘 전해주세요.”

“예? 영애, 그, 저.”

“그럼 이만.”

나는 대신관이 나를 붙잡건 말건 그대로 기도실을 나왔다. 이제 신전에 온 목적은 다 이루었다. 얼마 지나지 않아 수도에는 신탁에 대한 이야기가 파다하게 퍼질 것이다. 1왕자 측이 이 기회를 잘 잡아 상황을 역전시키길 바랄 뿐이다. 생각보다 일이 수월하게 풀렸기에 기분이 좋아졌다. 게다가 대신관의 부름으로 끔찍한 아침 예배에서도 벗어났다.

나는 간만에 생긴 이 자유 시간을 어떻게 해야 알차게 쓸 수 있을지 고민하다가, 정원으로 발을 돌렸다. 농땡이를 피울 생각을 하니 갑자기 신이 난다.

사실 정원이라고 해봤자 신전 밖과 안을 가르는 외곽 벽면을 따라 식물을 심어놓은 정도였는데, 그래도 국교 헤이론의 신전이니만큼 나름대로 수준 높은 조경을 자랑했다. 꽃과 나무를 보며 심신을 수양하는 성격은 아니지만 간만의 산책은 나를 설레게 했다.

그런데 정원이나 후원이 무슨 만남의 장소라도 되는 건가. 정체 모를 꽃의 밑동을 매만지는데 누군가가 나를 돌려세웠다.

혹시 나의 밀고를 알아챈 멜튼 제이론 커플이 수를 쓴 건가? 아무리 자유가 고팠어도 혼자 나오지 말걸!

찰나의 후회 끝에 나는 상대의 얼굴을 마주했다. 그러고는 생각을 정정했다. 나오길 잘했다. 나는 타이밍의 귀재였다. 경악으로 커졌던 내 눈엔 이내 반가움이 자리 잡았다.

"베인!"

아뿔싸, 과거의 기억 때문에 그만 친근하게 불러버렸다. 그도 그럴 것이 그와 한 연애만 몇 년이고 결혼 생활만 얼마인가? 호칭의 변화를 알아챈 남자의 미간이 가볍게 좁혀졌다. 과거에 이미 칭한 적 있기에 오히려 어색한 부름이었다.

그러나 그가 적응하기를 기다릴 짬 따위는 없었다. 반가움에 눈물을 보이지 않은 것만도 다행이다. 나는 그대로 그의 품에 뛰어들었다. 베인은 당황한 듯했으나, 이내 그런 나를 보듬어 안았다. 나는 그의 가슴팍에 안겨 잠시 체취를 들이켰다.

그런데 불쑥 사레가 들린다. 목구멍으로 넘어온 가벼운 구역질 탓이었다. 이놈의 살상 무기 같은 사랑의 묘약……. 부작용은 이제 다 끝난 줄 알았더니 그건 아니었나 보다. 다행히도 정도가 약했기에 나는 금방 속을 진정시켰다.

"여긴 어떻게 들어왔어요? 나는 어떻게 찾았어요?"

내가 반짝 고개를 들고 물었다. 그가 나를 안은 팔에 힘을 주며 대답했다.

"신전엔 헌금을 핑계로 방문했습니다. 따라붙은 사제를 따돌리고 겨우 안으로 들어왔지요."

"내가 정원에 있는 건 어떻게 알았어요?"

"눈을 피하려고 숨어든 겁니다. 이쪽을 통해 중앙 건물로 빠질 요량으로. 그런데 운이 좋았군요."

이런 걸 바로 운명이라고 하는 걸까?

오랜만에 본 얼굴이 애틋했다. 지난번 그와 함께 참석했던 파티 이후로는 처음 보는 것이었다. 나는 그와 만나 작별 인사를 하는 대신 편지를 남기는 편을 택했었다. 막상 베인을 마주하고 나면 모든 결심을 버리고 그에게 기대고 싶어질까 봐서였다. 이렇게 일을 잘 마무리하고 만나니 사무치는 감정이 더했다.

"여길 나오기 전까진 절대 못 만날 줄 알았어요."

"그걸 알면서 신전에 가기를 자원하셨습니까?"

그리 말하는 베인의 목소리는 다소 딱딱했다. 나를 밀어낸 남자가 품속에서 편지지 하나를 꺼냈다. 내가 신전으로 들어오기 전 베인에게 썼던 바로 그 편지였다. 베인은 입술을 깨물며 몇 번 그 종이를 흔들다가, 이내 이마를 쓸어 올리며 한숨을 내쉬었다.

"이 편지를 받고 제 심정이 어땠을 것 같습니까?"

그는 접혀 있던 편지를 펴 들었다. 감수성이 극에 달했을 때 쓴 것이라 다소 민망하였지만, 나는 그가 내용을 읽어 내리는 것을 가만히 두었다.

[안녕하세요, 경. 이렇게 편지를 쓰려니 다소 어색하네요.

그간 무척 고민이 많았어요. 덕분에 스스로가 생각보다 용기 없는 사람이라는 걸 깨닫기도 했고요. 그대를 직접 보지 않고 이렇게 편지를 쓰는 나를 용서해줘요.

그날, 그대의 말을 듣고 저는 무척 혼란스러웠어요.

당연한 일이죠. 하지만 받아들이기 위해 노력했어요. 그대의 말을 믿지 않을 수가 없었어요. 믿고 싶기도 했고요. 그리고, 오, 못 믿으실지도 모르지만, 저는 기억해냈어요. 이전에 말씀드렸었죠? 루센이 사랑의 묘약을 먹고 저를 기억해냈었다고. 이번에도 같은 방법을 사용했어요. 당신이 말했던 피오니, 그 여자가 지금 리플렉츠가에 있거든요. 그대는 이미 알고 있었겠죠? 마주친 적이 있으니까요.

피오니의 말로는 사랑의 묘약에 상대를 각인시키는 약효가 있는데, 그게 기억을 일깨워줄 수도 있다나 봐요. 이전에 입었던 은혜만도 감사한데 이번에도 그녀의 도움이 컸어요.

루센을 되찾기 위해 벌였던 일이 이런 식으로 도움이 될 줄은 몰랐네요. 인생이란 참 모를 일투성이인 것 같아요. 원하는 대로 흘러가지 않고, 항상 예상치 못한, 비틀리고 알 수 없는 곳으로 내닫지요.

처음 시간을 돌아온 걸 깨달았을 때, 저는 당신과 이렇게 얽힐 줄은 정말 상상도 못했어요. 받아들이기가 막막한 지경이라 차라리 포기하고 싶어지기도 했었죠. 하지만 견뎌 여기까지 왔고, 결국 저는 결론을 내렸어요.

베인, 저는 헤이론 신전으로 갈 거예요.

신부 수업을 핑계로 들겠지만, 사실 대신관을 회유하기 위함이지요. 2왕자가 왕이 되었을 때의 온갖 안 좋은 결과를 신탁으로 퍼트릴 생각이에요. 도통 파티 같은 데 관심이 없는 당신은 잘 모르겠지만, 사교계에선 의외로 이런 심리 싸움에서 많은 것이 결정되곤 해요. 그대에게, 아니, 우리에게 도움이 된다면 무척 기쁘겠어요.

그대가 허락하지 않을 걸 알아요. 하지만 해야 하는 일이에요.]

길게도 썼다. 두서없이 한 번에 써 내리고, 이후로는 다시 읽어보지 않은 편지였다. 더 쓰고 싶은 말이 자꾸만 생각날까 봐, 반복해 고치다가 본래의 생각과는 영 다른 내용이 되어버릴까 봐 그리했다.

"'제가 못 미더울지도 모르겠지만. 제 운명을 바꾸기 위해서는 스스로가 움직여야 한다고 생각해요. 사랑해요, 베인. 진실로 그대를 원해요.'"

"……."

"마지막 두 문장 빼고는 도무지 마음에 들지 않는군요."

베인이 중얼거리듯 말을 맺었다. 나는 어깨를 움츠렸다. 지금만큼은 내가 죄인이었다.

"제멋대로 결정해서 미안해요."

"제가 당신을 강제할 권리는 없습니다. 하지만 화가 난 건……."

잠시 침묵하던 베인이 이내 조용히 입을 열었다.

"제가 못 미더우셨습니까?"

"그런 문제가 아니에요."

"그런 문제가 아니면 어떤 문제입니까, 이게?"

나는 팔을 뻗어 그의 손을 꼭 잡았다.

"선을 그으려고 하는 게 아니니 유념하고 들어요. 베인, 굳이 말하자면 이건 내 문제예요. 저는 저를 위해 움직인 거예요. 당연한 일이죠."

"하지만."

나는 그의 말을 자르고 마저 이야기했다.

"죽었던 건 나인데도 당신은 그 오랜 시간을 희생하며 저를 구하려 했어요. 제가 아무것도 모르고 그저 행복하게 웃는 동안요. 당신의 지난 세월을 보상할 수는 없지만, 대신 함께 노력하고 싶어요. 둘이 같이요."

베인은 잠시 나를 빤히 응시했다. 나를 내려다보는 눈빛엔 애정과 걱정이 담겨 있었다. 어리광을 피우고 싶을 만치 깊은 사랑이다. 더는 갈무리하지 않아도 되는 감정이기에 그간의 인내를 보상이라도 받으려는 듯, 그는 그야말로 사랑에 빠진 얼간이 같은 얼굴을 하고 있었다.

이 세상에 그만큼 멋진 얼간이는 또 없을 것이다.

"카렌, 그대는 항상 그대를 사랑할 수밖에 없게끔 만드는군요."

베인이 맥 빠진 듯한 음성으로 말했다. 나는 손을 뻗어 그런 남자의 뺨을 쓸었다. 생소한 감촉이다. 하지만 어딘지 익숙한 듯도 했다. 나는 그와 시선을 맞추며 물었다.

"저를 잊고자 한 적이 없나요?"

"어찌 감히 그럴 수 있겠습니까?"

"사람들은 지치면 현실에 안주하곤 해요. 아무도 그대를 탓하지 않았을 거고요."

베인이 지쳐 나를 포기했어도, 정말 누구도, 그 누구도 그를 비난할 수 없었을 것이다.

나의 첫 죽음으로부터 그가 홀로 견뎌온 세월은 자그마치 6년이었다. 햇수로 6년일 뿐 실제로는 거의 7년에 가까웠다.

세 번의 되돌림이자 두 번의 죽음이었고 한 번의 짝사랑이었다.

애절하여 감히 상상조차 할 수 없는 마음으로 보냈을 그날들이, 온통 사랑이었다.

"카렌."

그가 내 이름을 불렀다. 더없이 절절한 음성으로.

"그대 없는 삶을 견딜 수나 있었겠습니까? 그게 가능이나 했을까요?"

그렇다고 해서 베인이 행한 일이 결코 가벼운 건 아니다. 나라면 그를 위해 그리할 수 있었을까. 죄스럽지만 막상 그만한 용기는 쉽게 나지 않았다.

베인은 내가 잡고 있던 손을 푸는 듯하더니, 아예 단단히 깍지를 꼈다.

"흔히들 말하지요. 연인의 죽음에 차라리 내가 죽었으면 한다고. 진실로 그러했습니다. 제가 죽고 그대를 살릴 수 있다면 저는 몇 번이고 그리했을 겁니다."

"끔찍한 소리 마요. 그건 제가 허락하지 않을 거예요."

내가 쌀쌀맞게 대꾸했다. 상상하고 싶지도 않은 일이다.

"당연한 일이지만 저는 죽고 싶지 않아요. 하지만 당신이 저를 위해 대신 죽는다면 그건 더 견딜 수 없을 거예요. 당신의 희생이 쓸모없도록 곧장 저승으로 따라갈 테니, 그런 말도 안 되는 상상은 하지도 마요."

"무서운 말씀을 하십니다."

말에 뼈가 있다. 나는 그런 그를 물끄러미 올려다보았다.

"내가 없어 무서웠나요?"

"무서웠습니다."

의외로 순순한 인정이 돌아왔다. 그를 뒤따른 것은 미묘하게 젖은 듯한 음성이었다.

"그대의 공백이 너무나 무서워, 차마 견딜 수가 없었습니다."

그를 보는 내 눈에 언뜻 측은한 빛이 번졌다.

이 남자를 어떡할까. 나만 바라본 이 사랑스러운 남자를 어떻게 보듬어야 좋을까.

나는 망설이다 입을 열었다.

"……저는 여기 있어요."

"현실감이 없습니다."

베인이 눈을 감으며 대답했다. 눈을 뜨면 꿈에서 깨듯 내가 사라지기라도 할 것 같았는지, 그는 그대로 눈꺼풀을 열지 않았다.

"그대 눈앞에서 살아 숨 쉬고 있어요. 이렇게 손도 잡고 있잖아요."

"저는 꿈에서도 그대를 많이, 아주 많이 보았습니다."

그 말에 그와 빗속에서 싸움을 벌였던 날이 기억났다. 햇살 가득한 거리를 걷고, 내 머리에 꽃을 꽂아주던, 그 별것 아닌 일들이 꿈이 아니라 너무나 행복했다던 그를.

깍지 낀 손에 힘이 들어갔다. 그에게 미안하고 고마웠다. 온갖 감정들이 고여 도무지 무엇이라 정의해야 할지 알 수 없었다.

"그럼 어떻게 할까요?"

"……."

"제게 키스해줄래요?"

남자의 눈이 조용히 뜨였다. 가볍게 고개를 기울이더니, 원래 그 자리에 붙어 있었던 것처럼 자연스럽게 내 입술을 찾았다. 베인은 내 입술을 가볍게 삼켰다가, 아랫입술을 조심스레 핥았다. 가만히 입을 벌리자 그 사이로 혀가 파고들었다. 젖은 소리가 외설적이었다.

혀끝으로 맛본 남자의 사랑은 뜨거웠다. 그가 참아왔던 세월을 비추기라도 하는 듯이 말이었다.

어느새 그의 손은 내 허리를 감싸고 있었다. 가볍게 등허리를 쓰는 손이 단단했다. 나는 그런 그의 팔을 붙잡았다. 팔뚝 언저리를 쥐고는 놓지 않았다.

길다면 길고, 짧다면 짧은 입맞춤이었다. 그는 다가왔을 때처럼 느리게 입술을 떼어냈다. 내 얼굴은 아마 붉게 상기된 채이리라. 뺨이 더웠다. 그리고 목 언저리도 뜨거워졌다.

문득 차오르는 감정을 주체할 수 없어, 나는 베인의 목에 매달리듯 해 안겼다. 옷깃에 얼굴을 묻은 채로 내가 말했다.

"나는 잘 지내고 있어요. 그대도 잘 지냈으면 좋겠어요. 나 없이도 식사 잘하고, 잠도 잘 자고, 상황 보다가 2왕자한테 한 방 먹이는 것도 잊지 말고요. 그렇다고 너무 내 생각을 안 하진 마요. 가끔…… 가끔, 아주 보고 싶어서 못 견디는 날엔 이렇게 찾아와줘요."

"……."

"그리고……, 그리고 마음껏 사랑해요."

어쩐지 울먹이고 싶어졌다.

베인은 내 말에 대답하는 대신 눈두덩에 쪼듯이 키스를 남겼다. 그 속에 담긴, 왜인지 모를 눈물은 그래서 흐르지 않았다.

소문이 번지는 건 빠르다. 그게 남의 욕이라면 더더욱 그렇다.

내 반쪽짜리 예언은 공식적으로 발표된 뒤 만 하루도 되기 전에 온 수도로 번졌다. 10,000골드의 배상을 걱정할 필요가 없게 되었으니 대신관으로서는 잘된 일이다. 일부 음유 시인들은 그 문장이 마음에 들었는지 가사말로도 사용했다. 그것을 아이들이 따라 불렀고, 후크송처럼 번진 노래는 곧 모르는 사람이 없게 되었다.

으음, 저작권료는 어떻게 받아야 하지?

이 노래로 공연하는 사람들만 고소해도 돈방석에 앉을 것 같은데, 한탕 해볼 때라고 대신관이라도 꼬셔봐?

왜 대신관을 꼬셔야 하냐면 공식적으로 이 예언을 한 것은 내가 아닌 그였기 때문이다. 정신병자에서 양다리 여우까지 되어봤다. 나락으로 떨어진 내 평판을 생각하면 당연한 일이다. 그리고 당연하게도, 일개 영애가 받은 신탁보다는 대신관이 받았다는 신탁이 더 공신력이 높다.

신탁이 발표되었던 그날을 한번 회상해보자.

대신관은 생각보다 대단한 연기력의 소유자였는데, 극적인 효과를 위해서인지 그는 외부인까지 참석하는 예배 중에 허겁지겁 문을 열어젖히고 뛰어들었다. 그는 단상 앞으로 올라가 무릎을 꿇기까지 했다. 그에게로 시선이 집중된 것은 당연한 일이다. 예배를 보던 사제는 금붕어 같은 눈을 깜빡이며 '얘 지금 뭐 하는 거니?'라는 듯한 표정을 했다.

모두가 숨을 죽이고 조용해졌을 때 대신관은 이렇게 부르짖었다.

「신의 사자께서 가르침을 내리셨습니다.」

대신관은 감격에 겨운 흉내를 내며 손끝으로 눈물을 훔치었지만, 그의 바로 앞에 앉아 있던 나는 그 손바닥에 적힌 까만 글자를 똑똑히 보았다.
커닝페이퍼였다.

「아아아아아아! 아버지, 하느님!」

하고 크게 부르짖던 대신관은 풀린 눈으로 내가 가르쳐준 내용을 착실하게 읊었다.

「두 번째 아들이 거슬러 올라간 하늘이 번개를 뿌린다.
붉게 물든 대지가 갈라지니, 통곡 섞인 비통한 울음이 들녘을 떠나질 않는구나.
본래의 어버이는 자식의 아픔을 그저 슬퍼하노라!」

좌중이 술렁였다.
어렵지 않은 내용이었다. 눈치가 있는 사람들은 당연히 그 뜻이 무엇인지 다 알아들었다.
물질만으로는 도통 뜻대로 움직이지 않던 신전이었다. 몇몇 사람들은 1왕자 측 세력의 사주를 예상했지만 입 밖으로 내어놓지는 않았다.
이래서 평소 쌓아두는 평판이 중요한 것이다. 헤이론 신전은 권력이나 물질 따위로 휘두를 수 있는 이미지가 아니다. 헤이론을 믿지 않는 이들도 이러할진대 독실한 신자들의 반응은 어땠을까. 안 봐도 대충 예상이 가는 수준이었다.
2왕자 파는 극심한 타격을 입었고, 민심은 완전히 돌아섰다. 아니, 정확히 완전히는 아니더라도 약 51.6퍼센트 정도? 왕이 국민 투표로

정해지는 것은 아니지만 그래도 좋은 반환점이었다.

왕이 아무리 2왕자에게 왕위를 물려주고 싶어도 주변 눈치를 보지 않을 수는 없을 것이다. 일이 해결되고 난 후 내 마음은 급속히 편해졌다. 그리고 신부 수업 짝꿍인 세일과는 제법 친해졌다.

내 옆자리에서 대신관의 쇼를 목격했던 세일은 극심한 충격을 받은 모양이었는데, 그녀는 예배가 끝나자마자 알고 있는 모든 영애에게 편지를 보내 소문을 퍼트리는 데 일조했다. 갸륵한지고.

게다가 그녀는 친구가 로제밖에 없는 나를 위해 사교계의 좋은 소식통이 되어주었다.

"너도 넬리 켄싱턴 양 알지? 아틀르 양 옆에 그림자처럼 붙어 다니던 그 영애. 아무리 그 집안 권세가 무서워도 그렇게 입안의 혀처럼 굴 수 있나 했는데, 신탁 후엔 엄청 거리를 두더래. 끈 떨어진 뒤웅박 신세 될까 불안했나 봐."

"너무 변절이 빠른데."

"뭐?"

"그러다가 2왕자가 왕이 되면 어떡해? 내가 아틀르 양이라면 넬리 양부터 부숴버릴걸."

나는 회의적인 태도를 고수했다. 최악의 경우를 상정하는 건 근래 생긴 나의 나쁜 버릇이다.

아니, 나쁜 버릇이 맞기는 한가? 기대했다가 결과가 안 좋으면 실망이 클 텐데 기대를 아예 안 하면 본전 아닌가. 만약 결과가 좋으면 예기치 못한 기쁨을 누릴 수 있을 테고 말이다.

얼른 1왕자가 왕이 됐으면 한다. 나도 승리의 기쁨을 아는 몸이 되고 싶으니까.

"지금 여론을 알고 하는 소리야? 그러긴 힘들걸."

세일의 반론에도 나는 한발 물러선 시각을 유지했다.

"후계자를 결정하는 건 결국 왕의 뜻이 8할이잖아. 아니, 요즘 건강이 많이 안 좋아지셨으니 6할 정도로 쳐줘야겠지만."

"글쎄, 2왕자가 아직 기세등등하다면 몰테 자작부인이 대신관님을 찾아오지도 않았겠지."

복도를 걷다 말고 자리에 멈춰 섰다. 그냥 들어 넘길 수 없는 이름이 그 사이에 있었다. 나는 눈을 동그랗게 뜨며 물었다.

"몰테 자작부인이 찾아왔다고? 언제?"

"아까 점심시간에. 엄청 떠들썩하던데 못 들었어?"

못 들었다. 간만에 나온 고기반찬에 정신이 팔려 있었기 때문이다. 평소 먹던 것에 비하면 훨씬 질기고 차가웠는데도 어찌나 맛있던지, 나는 스테이크를 통째로 해치워버렸다. 그리고 내 귀와 눈도 주변의 모든 정보를 통째로 해치워버린 모양이었다. 아무것도 기억이 나질 않으니 말이다.

"사제분 하나가 몰테 자작부인을 안내하는 걸 본 눈이 꽤 있어. 대신관님한테 독대를 청했다고 하더라."

"발 빠르기도 하지."

내가 감탄하여 중얼거렸다.

점심시간은 애저녁에 끝났고 신학 교육을 받으러 가던 참이었다. 이제 와 대신관과 몰테 자작부인이 만나지 못하도록 막을 수는 없을 것이다. 하지만 그렇다고 그냥 가만히 있기는 찜찜했다. 대신관을 찾아가 무슨 이야기를 나눴는지라도 들어봐야겠다. 혹시 그가 몰테 자작부인의 표독스러운 눈빛을 못 이기고 사실을 다 털어놨다간 끝장이다. 그리 유약하게 보이지는 않았지만 사람 일은 모르는 거다.

나는 들고 있던 교재를 아무렇게나 세일에게 던져주었다. 엉겁결에 그것을 받아 든 세일이 나를 멍청한 얼굴로 쳐다보았다. 내가 곧장 복도를 가로질러 뛰며 외쳤다.

"그거 잠시만 맡아줘. 사제님한텐 배 아파서 방으로 돌아갔다고 그래!"

"너 식사 잘만 했잖아!"

세일이 절규처럼 소리쳤지만 무시하고 계속 뛰었다.

지금 헤이론이 어쩌고 이그파가 어쩌고 따위가 중요한 게 아니다. 당장 내 명줄이 간당간당한데 신앙이고 뭐고 눈에 들어오기나 하겠는가?

대신관의 방에 다다르는 것은 금방이었다. 나는 노크를 하려다가 잠시 망설였다. 혹시 몰테 자작부인이 아직 이 안에 있으면 어떡하지? 나는 조심스럽게 문가에 귀를 가져갔다. 문이 거의 그와 동시에 벌컥 열렸다.

나는 화들짝 놀라 뒤로 물러섰다. 방에서 나온 인물은 다름 아닌 내가 그리도 염려하던 몰테 자작부인이었다. 나를 발견한 여자의 눈이 가늘게 휘어졌다.

"어머, 리플렉츠가의 영애시군요. 음…… 이름이 어떻게 되었더라, 카레?"

내 이름을 모를 리가 없다. 순전히 도발하려고 저러는 것이다.

몰테 자작부인에겐 아쉬운 일이겠지만 나는 이미 카레라는 호칭에 내공이 쌓인 상태였다. 나는 그녀의 갑작스러운 등장으로 놀란 마음을 가다듬은 후, 상냥한 미소를 지으며 대답했다.

"아니요. 카타리나 리플렉츠라고 합니다, 부인."

"어머, 저런. 미안해요. 실례를 저질렀네요."

"괜찮아요, 나이 드신 분들은 종종 깜빡하시곤 하니까요."

몰테 자작부인의 미간이 미세하게 경련했다. 불편한 심사가 그대로 드러났지만, 나는 별로 겁을 먹지는 않았다.

어차피 베인 조르제와 결혼을 약속하며 2왕자와는 완전히 척을 졌다. 여기서 눈치를 부며 설설 기어봤자 얀부이는 꼴밖에는 되지 않을 것이다. 몰테 자작부인이 애써 아무렇지 않은 척 물었다.

"흠…… 그나저나 여기까진 어쩐 일이시죠? 대신관님께 무슨 볼일이라도?"

"우연히 지나는 길이었습니다."

"그게 아닌 것 같은데요? 신전에 귀의한 귀족 여성들 중 사제와의 은밀한…… 아주 은밀한 만남을 즐기는 이들이 있다고 들은 기억이 있네요. 영애께선 제 짓궂은 상상력을 자극하는군요."

나는 낯빛 하나 바꾸지 않고 곧장 대답했다.

"아뇨, 짓궂은 게 아니라 아주 파렴치한 상상을 하고 계시네요. 제게 혼인을 약속한 상대가 있다는 걸 잊지 않고 말을 하셨으면 좋겠어요, 자작부인."

몰테 자작부인의 미간이 더욱 좁혀졌다. 열이 올랐는지 그녀는 들고 있던 부채를 펴고는 가볍게 바람을 일으켰다. 몰테 자작부인이 부채로 입을 가리며 말했다.

"내 말이 영애를 불쾌하게 했다면 사과할게요. 하지만 이상한 일이지 않아요? 영애가 신부 수업을 듣겠다며 신전에 들어간 게 불과 얼마 전인데, 채 일주일도 되지 않아 수도 전체에 불미스러운 거짓 소문이 번진 게요."

"불미스러운 소문이라면 어떤 걸 말씀하시는지요, 부인?"

"……모를 리가 없을 텐데요. 2왕자가 가진 왕의 자질에 대한 허황된 소문 말이에요."

"어머, 그걸 거짓이라고 생각한 적이 없어 부인이 무얼 말씀하시는지 미처 못 알아들었네요. 죄송해요."

나는 손으로 입을 가리며 가볍게 웃음을 터트렸다.

결국 몰테 자작부인이 겨우 지키고 있던 가면이 깨졌다. 애초에 그녀는 2왕자만큼이나 다혈질이다. 이만큼 참은 것도 용했다.

몰테 자작부인이 뻘겋게 달아오른 얼굴로 씩씩거렸다.

"건방진 계집, 주제 모르고 입을 놀리는 꼴이 절명할 상이로구나."

나를 절명시켰던 상대한테서 저런 말을 들으니 기분이 묘했다. 어쩐지 좀 화가 나는 듯도 하고 말이다. 나는 이런 천박한 인종들 때문에 두 번이나 죽임을 당했었다.

벌에 쏘였을 때에는 폐가 조여들었다. 입안이 바싹 말랐고 손끝이 저렸다. 숨이 쉬어지지 않았다. 가쁜 호흡에 끝까지 고통스러워하다가 죽었다.

말에서 떨어져 목뼈가 부러졌을 때의 감각도 눈을 감으면 떠오를 듯 선했다. 척추가 완전히 나갔는데도 말이 달리던 속도 때문에 몇 번이고 바닥을 굴렀다. 온몸이 비명을 지르고, 그 끝에 찾아든 건 암흑이었다. 꿈이었던 것처럼 3년 전으로 돌아와 번쩍 눈을 뜨긴 했지만.

나는 조소하며 대답했다.

"걱정 마세요. 제 나이가 올해로 열여덟이랍니다. 아직 남은 날이 창창하다는 뜻이지요. 부인의 경우는 또 모르겠지만 말이에요."

"이……! 네가 거짓 신탁을 내리라 대신관에게 속살거렸니? 그 젊은 몸뚱이라도 내주었어? 천박한 것!"

"남자에게 몸을 팔아 작위까지 얻은 분다운 언행이시네요. 본인이 그랬으니 다른 사람도 그리할 것 같던가요?"

몰테 자작부인의 낯이 이제는 시퍼런 빛을 띠었다.

왕의 총애하는 정부가 된 이후로 그녀는 이러한 모욕적인 말을 듣는 일이 없었을 것이다. 모두가 뒤에선 그녀를 욕하더라도, 왕의 권위를 의식하여 앞에서만은 꼬리를 내렸으니까.

"건방진 계집, 뚫린 입이라고 잘도! 후환이 두렵지 않은가 보구나."

몰테 자작부인이 속사포같이 말했다. 잔뜩 흥분한 기색이었다.

"후환이라니요. 잠시 수준에 맞는 말상대가 되어드렸을 뿐인데 무서운 말씀을 하시네요."

내가 입꼬리를 끌어 올리며 대답했다. 실제로 나는 딱 얻어맞은 만큼만 되갚아주었을 뿐이다. 그나저나 신관에게 몸을 팔아 득을 취하지 않았냐고 묻다니, 태연하게 받아넘기기는 했으나 조금 충격적이었다.

나를 모욕한 건 그렇다 치더라도 신의 종까지 더럽혔다. 다른 신자들이 들었다면 게거품을 물고 뒤로 넘어갈 말이었다. 나도 썩 교양이 넘치는 편은 아니지만 적어도 다른 사람 앞에서는 말을 조심할 줄 안다.

누구나 목 근처에 심어둔 거름망이라는 게 있다. 그 그물이 좀 넓게 짜여 있느냐, 아니면 좁냐의 차이는 있겠지만 사회생활이라는 걸 하려면 누구든 하나쯤 가지고 있어야 한다. 그런데 몰테 자작부인에겐 아예 그 거름망이라는 게 존재하지 않는 것 같았다.

본래부터 없이 자랐는지, 아니면 왕의 총애라는 권력을 삼키며 함께 항문 저편으로 밀어버렸는지 모를 일이었다.

"어디 그 건방진 입으로 얼마나 더 지껄일 수 있을지, 한번 두고 보자꾸나."

몰테 자작부인이 도끼눈을 뜨며 말했다. 나는 입가에 띤 미소를 지우지 않았다.

“어머, 두고 보자니요. 그런 건 보통 상대에게 되갚아줄 여력이 있을 때 하는 말 아닌가요?”

“제핀, 제핀이 되면……! 내 오늘의 일을 결코 그냥 넘기지 않을 것이야!”

“원하는 걸 다 가질 수는 없는 법이랍니다, 부인. 부인께서 인상적인 말씀을 해주셨으니 저도 답례로 조언 하나 들려드리죠. 포도밭의 입구는 너무나 좁아 과육을 배불리 먹은 여우는 통과할 수 없었다고 하지요? 결국 여우는 들어왔을 때처럼 쫄쫄 굶은 배로 밖으로 나와야 했답니다. 두 모자분께 꼭 필요한 교훈이니 새겨듣도록 하세요.”

자비로운 마음으로 해준 조언인데 몰테 자작부인은 별로 달갑지 않았던 모양이었다. 그녀가 더듬더듬 되물었다.

“뭐…… 뭐야?”

“이해를 못하셨다면 유감이에요. 과연 부인은 2왕자 저하의 어머님이 맞군요.”

나는 순수하게 감탄했다. 2왕자의 주름 없는 뇌가 어디서 나왔나 했더니 그 출처가 여기 있었다.

“지금 나와 내 아들을 함께 모욕한 게냐?!”

몰테 자작부인이 벌컥 성을 내었다. 나는 고개를 갸웃거렸다.

“어미와 자식이 서로를 닮은 건 칭찬 아닌가요? 왜 그리 부정적으로 받아들이시는지 의문이네요.”

“이 무례한 계집이 나를 놀리려 드는구나!”

“정작 무례를 저지르고 계신 건 본인이십니다, 자작부인. 저는 유서 깊은 리플렉츠 후작가의 하나뿐인 여식이자 곧 조르제 공작가의 안주인이 될 몸입니다. 예의를 갖춰주시겠어요? 대뜸 반말을 하시다니, 교양이 없으시군요.”

나는 그녀를 위아래로 훑어보며 조소했다. 그녀의 몸은 모욕감으로 부들부들 떨리고 있었다.

그러게 피차 불편한 사이에 그냥 지나쳐 갈 것이지 왜 시비를 걸었담?

그간 왕을 의식한 이들이 싸움에서 먼저 꼬리를 내렸을 뿐, 몰테 자작부인 본인의 전투력은 영 형편없는 수준이었다. 레이첼 무리의 시기와 견제를 다년간 상대해온 나의 적수는 되지 못했다.

으음, 살다 보니 오줌싸개 레이첼이 고마워지는 일이 다 있군.

"내 이 일을 결코 잊지 않을 것입니다!"

몰테 자작부인이 한껏 씨근거리며, 그러나 동시에 몹시도 초라하게 퇴장했다. 나름대로의 협박인 듯싶은데 그다지 무섭게 들리지는 않았다. 악당은 늘 '오늘의 치욕을 잊지 않겠다!'고 외치지만 결국 최후엔 그보다 더한 치욕과 함께 사망하곤 하지 않던가?

나는 몰테 자작부인이 복도 너머로 사라지는 걸 지켜보다가, 문에 노크를 남겼다. 이제 방해꾼이 사라졌으니 대신관과 이야기를 나눠봐야겠다. 다행히 그가 우리의 거래를 털어놓은 것 같지는 않았지만, 몰테 자작부인이 무슨 말을 했는지는 알아두는 편이 좋을 것 같았다.

들어오란 허락의 말을 기다리는데 대뜸 문고리가 돌아가며 문이 열렸다. 모습을 드러낸 대신관이 제 가슴팍을 부여잡으며 깊은 한숨을 내쉬었다.

"여인의 싸움이란 무섭군요……."

노크하자마자 문이 열린 걸로 봐서 문가에 가까이 붙어 있었던 모양이었다. 몰테 자작부인은 딱히 목소리를 죽이려 들지도 않았으니 대화 내용을 어렵지 않게 훔쳐들었겠지.

"들으셨나요?"

"예. 밖에서 말소리가 나기에……. 그런데 여긴 어쩐 일이십니까?"

"몰테 자작부인이 방문했다기에, 어떤 이야기를 나누셨을지 궁금해서 왔어요. 이쯤이면 돌아갔을 줄 알고 달려왔는데 이리 마주칠 줄은 몰랐네요."

"고집이 강하신 분이라 돌려보내기가 쉽지 않더군요. 일단 안으로 들어오시죠."

대신관이 내가 들어올 수 있도록 문을 활짝 열어주었다. 나는 방 안으로 들어가 자리를 잡고 앉았다.

테이블엔 몰테 자작부인에게 내주었을 듯한, 허나 전혀 비지 않은 찻잔이 놓여 있었다. 대신관은 그것을 옆으로 밀어내고는 새 잔을 꺼내 내게 차를 따라주었다.

나는 찻잔을 들어 향을 들이마셨다. 간만의 말싸움으로 생겨났던 긴장이 점점 풀어진다. 차를 가볍게 한 모금 들이켠 후, 내가 먼저 말문을 열었다.

"무슨 용건으로 오셨다던가요?"

대신관이 어깨를 으쓱였다.

"예상하셨을 목적입니다. 신탁을 철회해달라 부탁하더군요."

"신탁을 철회해달라고 했다고요?"

나는 짐짓 놀란 기색으로 물었다.

사람들은 사건을 씹고 뜯고 맛보는 걸 즐거워하나 기본적으로 해명에는 관심이 없다. 이제 와 대신관이 예언을 철회해봤자 돌아선 민심을 되찾기는 힘들 것이다. 갑작스레 말을 바꾸어봤자 의심만 살 테고 말이다.

몰테 자작부인이 정말 그렇게 멍청했단 말인가?

그러나 다행인지 불행인지 몰테 자작부인의 뇌가 그 정도까지 청순

하지는 않은 모양이었다. 대신관이 고개를 저으며 정정했다.
"정확히는 장안에 퍼진 해석이 틀리다 말해달라며 정정을 요구하셨지요."
"그 대가로 무얼 제안하던가요?"
"여러 가지가 목록에 있었지만, 축약하자면 받아먹었다간 탈이 날 것 같은 대단한 금전과 올랐다간 삐끗하여 넘어질 듯한 높은 자리입니다."
"정말 예상과 한 치도 다른 점이 없네요."
나는 피식 웃으며 말했다. 그러면서도 신의 이름을 빌리길 잘했다는 생각도 든다. 대신관에게 어설픈 대가를 내밀었다간 나도 몰테 자작부인처럼 쫓겨나는 신세가 됐을 것이다.
"그런데 그렇게 보내도 되겠습니까?"
"무슨 말씀이세요?"
"몰테 자작부인 말씀입니다. 보아하니 화가 머리끝까지 난 것 같던데, 그리 보내도 괜찮으시겠습니까? 혹……."
대신관은 말을 잇기를 망설였지만 나는 그가 무슨 말을 하려는지 어렵지 않게 알아들었다. 나는 부러 밝은 대답을 남겼다.
"위협이 없기를 바라지만, 그에 대한 대비가 없는 건 아니에요."
그리 말하며 나는 무의식적으로 내 손가락을 내려다보았다. 이전에 마주쳤던 건달들에게 쓰려 했으나, 베인 조르제의 등장으로 무용지물이 되었던 반지가 약지에 끼워져 있었다.
뭐, 완벽히 안전한 건 아니니 당연히 일이 나지 않는 편이 더 좋겠지만 말이다.
그러나 만약 저 멍청한 모자가 그럼에도 불구하고 일을 치려 한다면…….

"다른 대응이 필요하지는 않겠습니까?"

대신관의 목소리에 상념에서 깨어났다. 나는 멈칫하여 고개를 들고는 대답했다.

"아, 물론 필요하죠. 말씀 잘 꺼내셨어요. 2왕자 측에서 저를 살해하려 할 때를 대비한 계획도 있답니다. 일명 플랜 B라고 하지요."

"플랜 B요? 그럼 플랜 A는 무엇입니까?"

대신관이 궁금하다는 듯 물었다. 나는 명쾌한 대답을 들려주었다.

"그거야 당연히 신전에서 먹고 자면서 1왕자가 자연스럽게 왕위를 물려받길 기다리는 거랍니다."

신전의 열성적인 빈대가 되겠다는 선언에 대신관의 낯이 떨떠름해졌다. 그 별것 없는 내용에 안심해야 할지 실망해야 할지 본인도 분간이 안 되는 모양이었다.

"말처럼 된다면야 더 바랄 바가 없겠습니다만……."

대신관이 말꼬리를 늘였다.

그가 왜 그러는지 이해가 안 가는 건 아니다. 신전은 폐쇄적이나 그렇다고 손을 쓸 구석이 없는 건 아니었다. 내가 위험에서 완전히 자유롭다고는 할 수 없다. 지난번 파티장에서 2왕자가 빠르게 손을 썼던 것을 생각하면 더더욱 안심이 되지 않았다.

나는 회의적인 얼굴로 대답했다.

"웬만하면 이 신전이 바깥 세력을 막을 안전한 방파제가 돼주길 바라지만, 확실히 돈에 눈이 멀어 일을 칠 사람들은 어디나 있죠."

"저는 걱정이 됩니다. 아까 보니 몰테 자작부인이 그냥 물러설 것 같지는 않던데 혹여 일이 터지면, 그리고 그걸 막지 못하면 어떻게 되겠습니까. 화가 나셨어도 좀 참으시는 편이 낫지 않으셨겠어요."

"인생을 모험 없이 살 수 있나요."

만약 방금 전으로 돌아가 행동을 번복할 기회를 준다 해도 나는 이전과 같이 말할 것이다.

쓸데없는 자존심이라고 해도 좋고 아집이라고 해도 좋다. 그러나 나를 죽이려 한 원수에게까지 아첨하고 싶지는 않았다.

나는 책상 위를 손으로 짚어 주의를 집중시켰다. 그러고는 전보다 진지한 목소리를 내어 말했다.

"대신관님께 부탁드리고 싶은 게 있어요. 플랜 B에는 대신관님의 대대적인 협조가 필요하거든요."

"제 협조가 필요하다니요?"

"만약 암살자랄 것이 찾아든다면 저는 더 이상 신전에 있을 필요가 없게 되겠지요."

내가 신전에 몸을 의탁하며 계획했던 목적은 두 가지다. 하나는 대신관의 협조를 얻어내는 것이고 다른 하나는 내 신변의 안전이었다. 전자의 경우는 이미 달성하였으니, 만약 후자가 지켜지기 어려워진다면 더는 여기 머무를 이유가 없게 된다.

"옛적부터 내려오는 교훈으로, 나무를 숨기려면 숲에 감추라고들 하지요. 만약 대단한 경비도 소용없을 상황이 된다면, 저는 사람들의 관심 속에 숨어야 할 거예요. 제 죽음이 대단한 기점이 될 것을 걱정해 함부로 손댈 수 없도록요."

회귀 전 2왕자가 루센이니 베인 조르제기 아닌 나를 노렸던 데는 대단한 이유가 없다. 한 가문의 대표 격을 살해하는 것보다는, 그나마 그 부인이 더 처리하기 간단하기 때문이다. 나는 내 죽음이 2왕자에게 훨씬 더 골치 아픈 일로 바뀌기를 바랐다.

"첫째로, 만약 제가 신전을 나와야 하는 상황이 되면……."

대신관과 의논을 마치고는 본래 참여했었어야 할 수업으로 되돌아 갔다. 그리 긴 이야기를 나눈 것은 아니었지만, 당연히도 단순한 배탈을 핑계 댈 수 없을 만치 엄청난 지각이었다. 나는 대신관의 이름을 팔고 나서야 담당 사제의 잔소리에서 겨우 벗어날 수 있었다. 그뿐만 아니라 세일은 수업이 진행되는 내내 나와 눈을 맞추지 않았다. 저만 두고 가서 많이 화가 난 모양이었다.

냉랭한 침묵을 유지하던 그녀는 저녁 시간이 되고 나서야 툭 말을 던졌다.

"그럴 줄 알았어."

나는 수프를 떠먹다 말고 고개를 들었다. 귀찮은 이야기가 될 것 같은 예감이 든다. 문득 이런 시시껄렁한 일로 삐지지 않는 로제가 그리워졌다.

헉, 안 돼. 로제가 그리워지다니! 절대로 있을 수 없는 일이었다. 나는 재빨리 고개를 저어 생각을 털어냈다. 그러고는 세일에게 대답을 돌려주었다.

"뭐가 그럴 줄 알았는데?"

"혼날 줄 알았다고."

세일이 새침하게 말하며 왼편으로 휙 고개를 돌렸다. 뭐지, 저 삐진 듯한 추임새는…….

난 아이 달래는 데는 별로 재능이 없다. 하지만 아무 반응 없이 '아…… 웅넴.' 하고 넘어갔다간 수습이 불가능한 수준이 되겠지.

내가 성의 없이 변명했다.

"급한 일이 있었어."

"그게 뭔데?"

"음……."

뭐라고 대답해야 하지?

요 근래 조금 말을 텄다고는 하지만 얼마 전까지 우리는 시비를 걸고 걸리던 사이였다. 그런 그녀에게 미주알고주알 모든 이야기를 털어놓을 수는 없는 법 아닌가? 게다가 이건 로제한테도 못한 이야기다.

결국 나는 머리를 굴리다가 적당한 변명을 늘어놓았다.

"신전에서 나가는 일로 상의를 좀 했어."

"뭐? 신전에서 나간다고?"

세일은 더더욱 배신감 어린 표정을 떠올렸다. 으음, 화제를 잘못 잡았나?

나는 황급히 변명했다.

"아, 아니. 만약에 나간다면 말이야. 식 준비도 하고 그래야 할 것 아니니?"

"그건 그렇지만……."

한숨을 내쉬던 세일이 "넌 좋겠다." 하고 중얼거렸다. 내가 부럽다니, 만약 세일이 내 입장이 된다면 그런 말은 하지 못할 것이다. 나는 지금 말 그대로 생존을 위한 전투를 벌이고 있지 않던가? 하지만 내 속내를 그대로 드러낼 수는 없었다.

나는 그녀에게 무척 의아하다는 듯 되물었다.

"왜 그러는데?"

"난 이 결혼 하기 싫어."

그러고 보니 난 얘 결혼 상대도 모르고 있었다. 회귀를 안 했다면 앞으로도 평생 몰랐을 테고 말이다. 그리고 지금처럼 세일과 말을 섞는 일도 없었겠지. 그리 생각하니 기분이 좀 묘했다.

"네 약혼자가 누군데?"

"보톰 자작. 나보다 여덟 살이 많은 데다 배는 남산만 해. 그 느끼한 얼굴은 또 어떻고."

"근데 왜……."

말을 하다 말고 입을 다물었다. 그 이유가 너무나 당연했기 때문이다. 아니나 다를까, 세일은 진저리를 치며 예상에서 크게 벗어나지 않는 대답을 했다.

"근데 돈이 엄청 많아. 구리 캐던 영지의 광산에서 갑자기 금맥이 발견됐다나 봐. 덕분에 수도에 발도 못 붙이던 인간이 사교계의 왕자 행세를 다 하고 있어. 구역질나."

꼬질꼬질했던 구리 소년이 돈벼락을 맞아 황금 왕자로 탈바꿈했다 이 말이군.

보톰……. 보톰이라. 어디서 들어본 가문 이름이기는 한데.

"아!"

나는 무의식적으로 소리쳤다.

생각났다. 보톰 자작.

금전을 얻고 나니 이제는 권력까지 욕심났는지 2왕자의 편에서 돈줄 겸 앞잡이 노릇을 했던 인물이었다. 하지만 그것도 반짝 장사였는지 3년 후 급격히 줄어든 채굴량으로 휘청거리더니, 결국 2왕자에게서도 버림받고 내리막길을 탄 인물이었다.

이걸 왜 기억하고 있냐면 덕분에 금 수급에 어려움이 생겨 패물 값도 함께 천정부지로 치솟았었기 때문이다. 덕분에 혼수 마련하느라 고생을 좀 했었지.

"왜 그래?"

세일의 질문에 나는 황급히 고개를 저었다.

“어? 아니, 봤던 사람 같아서. 그 왜, 송곳니 길쭉한 놈 맞지? 쓸데없이 치명적인 척하는.”

“그래, 그 개구리같이 생긴 놈. 넌 왕국 최고 미남 베인 경과 결혼하는데 나는…….”

세일이 우울한 낯으로 고개를 푹 숙였다. 그러고는 간절한 얼굴로 두 손 모아 기도했다.

“제발 망해라…… 망해라…….”

어쩐지 대신관의 예언에 대해 지나치게 반색한다 싶었는데 이런 이유가 숨어 있었다. 그녀는 2왕자가 실각하며 보톰 자작도 함께 망하길 바랐나 보다.

이렇게나 2왕자가 망하기를 바라는 인물이 많다니! 어찌나 간절한 바람인지 우주가 나서서 도와줘야 수지가 맞을 정도다.

“너무 걱정 마.”

나는 딱한 얼굴로 위로했다. 썩 효과가 있진 않았던 듯 세일이 맥 빠진 낯으로 대답했다.

“어떻게 걱정을 안 해. 솔직히 나 여기 있는 거 진짜 싫거든? 식사는 맛없고 옷은 칙칙하고, 새벽마다 일어나라고 시끄럽게 성화고. 근데 나가서 그놈이랑 결혼한다고 생각하면 그게 더 끔찍해. 내 인생은 암흑이야. 구렁텅이에 빠져버렸다고.”

“내가 도와줄게.”

“뭐?”

“그놈이랑 결혼하지 않아도 되게 도와준다고.”

2왕자가 고꾸라지고 나면 세일의 부모도 무리하게 딸을 결혼시키진 않겠지. 제핀을 끝장내야 하는 그럴듯한 이유가 하나 더 늘어난 셈이다.

나에게는 나름대로 본격적인 다짐이었는데 세일은 단순한 위로라고 생각한 모양이었다. 그녀가 고개를 들며 나와 눈을 맞추더니 피식 웃었다.

"너 안 본 사이에 의젓해졌다? 왜, 예전에 레이첼이랑 다 같이, 음, 그렇게 되기 전에는 우리 사이좋았잖아."

"……."

그랬던가?

사실 별로 잘 기억이 안 난다. 새로 업데이트된 6년치 기억으로 어렸을 때 추억은 비중이 더더욱 작아졌기 때문이다. 하지만 나는 열성적으로 고개를 끄덕였다.

"그래. 우리 참 좋았지."

"맞아. 그때에는 싸울 일도 없이 참 좋았는데……."

세일이 우수 어린 눈으로 천장을 올려다보았다. 열심히 추억을 떠올리고 있는 모양이었다. 부디 저 감상이 신전을 나가고 나서도 지속되길 바랄 뿐이다. 이제 더는 레이첼 무리에게서 미움받고 싶지 않았다. 안 그래도 살아남겠답시고 고달픈 일상을 보내고 있는데 쓸데없는 시비까지 걸리면 진짜 힘이 빠질 것 같다.

"다 먹었으면 가자."

"응!"

세일이 초롱초롱한 눈으로 내게 팔짱을 꼈다.

후후, 정말이지, 내 인간적 매력에 정신을 못 차리는군…….

역시 레이첼의 훼방에 시야가 가려져 있었을 뿐 진정 훌륭한 친구의 상(像)은 나였다. 세일 외의 추종자도 부디 이른 시일 내에 개안하여 내 품에 안기기를 바랄 뿐이다.

세일이 내게서 떨어지려 하지 않았기에 나는 그녀를 바래다주고 나서야 내 방으로 돌아왔다. 몰랐는데 그녀가 묵고 있는 방은 나와 같은 2층이었다. 그래도 귀족가의 여식, 다른 이들의 숙소보다는 부대시설이 잘 갖춰져 있고 크기도 크다. 복도를 걷는 시간이 그리 짧지는 않았다.

나는 이윽고 내 방에 다다라, 문 앞에 가만히 섰다.

'설마?'

그러고는 고개를 갸웃거렸다. 안에서 자그마한 인기척이 느껴진 탓이었다. 복도가 조용하지 않았더라면 듣지 못했을 미세한 소음이.

나를 노리자면 아무래도 혼자 있을 때가 수월할 것이고, 그렇다면 홀로 숙소로 돌아가는 지금이 가장 노리기 좋은 타이밍이었다. 나는 조심스럽게 문을 열었다. 이상하게 실내는 적막했다.

아침에 이곳을 나서기 전처럼 방 안은 잘 정돈된 모습 그대로였다. 여기저기 물건이 널브러져 있으면 무엇이 어디에 있었는지 까먹을 것 같아 일부러 어지럽히지 않았었다. 나는 자연스럽게 안으로 들어서며 주위를 살폈다.

아니나 다를까, 역시.

'커튼.'

분명 햇빛이 들지 않도록 다 쳐두었었는데 반쯤 열려 있다. 급히 숨느라 미처 수습을 하지 못한 것일까. 들어온 지 얼마 되지 않은 거라면 내가 방으로 돌아오는 시간을 알고 있는 인물이라는 소리가 된다. 그럼 외부에서 침입한 살수라기보다는 아무래도 내부인일 확률이 높겠지.

예상하지 못한 건 아니었지만 그래도 실제로 일이 벌어졌다 생각하니 숨이 가빠진다. 분을 삭이지 못하는 기색이었던 몰테 자작부인의 얼굴이 떠올랐다. 아니면 어미가 받은 모욕을 참지 못한 2왕자의 행동일 수도 있겠고.

나는 졸린 듯한 음색을 지어내 중얼거렸다.

"바람 좀 쐴까."

숨을 한 번 들이켜고는 창가로 걸어갔다. 테라스는 외벽 밖으로 툭 튀어나와 있어 위에서 내려다보면 건물 밑이 잘 시야에 들지 않는 구조였다.

시간을 끌다가는 선수를 뺏기겠지. 나는 눈을 질끈 감고 그대로 뛰어내렸다.

"젠장!"

곧바로 위편에서 험상궂은 욕설이 들려왔다. 발목이 시큰해서 움직이기 힘들었지만, 다리 좀 아프다고 목을 내줄 수는 없는 법이다. 나는 움직이지 않는 다리 대신 몸 전체를 써서 밤손님의 시야에 닿지 않을 뒤편으로 굴렀다.

발목을 만지작거리고 있으려니 위에서 곧장 누군가가 떨어져 내렸다. 내가 사람이 있는 쪽으로 도망갔으리라 여겼는지 남자는 본관을 향해 달리려 했다. 나는 때를 놓치지 않고 뒤편에서 남자를 덮쳤다.

"꾸에엑!"

"……."

뭐지, 이 돼지 멱따는 듯한 소리는?

암객은 전기 충격에 오줌을 지리며 정신을 잃었다. 반지의 힘이 실린 덕분이었다. 맨손이었다면 내 주먹질 따위 당연히 간지럽지도 않았을 것이다. 혹시나 해 반지를 뽀려 오길 잘했군.

나는 코를 막으며 한 발 뒤편으로 물러섰다.

"휴, 이 몰상식한 모자들이 첩보 연극을 다 찍게 만드네."

이렇게 예쁘고 착한 내가 첩보 액션을 하고 있다니!

차라리 인기 감독이 무명 배우 스폰서를 해준답시고 쌍방 삽질하는 연극 같은 데 나오면 얼마나 좋겠는가. '날 사랑해줘요, 너무 비참해요.' 같은 우울한 대사는 질리도록 치겠지만 적어도 거기에 암살의 위협 같은 건 없을 것이다.

"아무튼 그건 그렇고."

나는 바닥에 떨어진 칼을 집어 들었다. 암객이 품에 안고 있다가 넘어지며 놓친 것이었다. 검집이 있었기에 나는 그걸 막대 삼아 남자의 몸을 뒤집었다.

예상했던 대로 내부의 인물인 듯 그는 사제복을 입고 있었다. 일반 사제를 섭외한 데는 신전의 보안 문제도 있었겠지만, 연약한 여자 하나 처리하는 것뿐이라 여겨 얕보기도 했기 때문일 것이다. 그게 아니라면 내가 이리 수월하게 해치울 수 있었을 리 없다.

상대가 살인의 전문가였다면 방으로 들어가자마자 목이 달아났겠지. 그리 생각하니 조금 오싹하기도 하였다. 나는 오줌에 젖은 아래춤에 손을 대지 않으려 애쓰며 남자의 겉옷을 벗겨냈다.

품을 뒤져봐도 별다른 무기는 보이지 않았다. 챙겨 온 건 장검 한 자루뿐인 모양이다. 그것도 기사들을 위한 무기 창고에서 훔쳐낸 듯 모양이 낯이 익었다. 아무래도 생김새를 보아 성기사들이 연습용으로 쓰는 검인 듯했다. 날붙이기 어긋난 것이 어딘지 엉성하고 조악했다. 어쨌든 칼인 이상 찌르면 사람이 죽는 건 변하지 않겠지만.

나는 검집을 벗겨내고는 손잡이를 고쳐 잡았다. 그러고는 기절한 남자의 얼굴을 가만히 내려다보았다. 단순히 기절을 시킨 것이라 시간이 지나면 자연히 깨어날 것이다. 뒤를 밟을 기회를 내어줄 것인가, 아니면 한 번에 처리를 할 것인가.

이번은 상대의 방심에서 나온 요행이었다. 두 번이나 운을 바랄 수는 없을 것이다.

"아, 진짜……."

그러나 나는 한숨을 쉬며 고개를 푹 숙였다. 검을 쥔 손에서 힘이 빠졌다. 나는 나를 죽이려 했던 사람을 용서할 정도로 자비로운 인물은 아니었다. 하지만 스스로의 손에 피를 묻히는 것은 그와 다른 문제였다.

"2왕자는 왜 그렇게 심보가 못돼먹어서 내가 평생 안 했던 고민을 하게 만드느냐고."

나는 착잡한 눈으로 바닥에 널브러진 사제를 내려다보았다. 그러고는 욕설을 구시렁대며 무릎을 굽히고 바닥에 앉았다. 살수에게서 벗겨냈던 겉옷을 칼로 대충 찢어낸 나는 남자의 손목과 발목을 단단히 포박했다. 후에 뒤처리를 하더라도 일단은 배후 추궁이 먼저였다.

"어이."

나는 검집으로 사제의 뺨을 가볍게 후려갈겼다.

아니, 퍽 하는 소리가 제법 크게 울린 것을 보아 그리 가볍지는 않았을지도 모르겠다.

열 번째 따귀를 때렸을 즈음 남자가 신음하며 눈을 떴다. 몇 번 눈을 깜빡이던 남자는 이내 번뜩 정신을 차리고는 몸을 펄떡였다.

"헉. 어, 어떻게!"

"내가 지금 시간이 없으니까 빨리 해치우자. 누가 사주했어?"

내 껄렁껄렁한 물음에 남자가 눈알을 굴렸다. 아직 상황 파악이 덜 된 듯했지만, 몇 대 얻어맞고 나면 없던 정신도 생겨나겠지.

"누가 사주했냐고 묻잖아."

"이…… 이익! 그, 그걸 말할 것 같냐!"

"이걸로 맞으면 1부터 10까지 중 얼마나 아플 것 같냐?"

언젠가 로제가 들려주었던 명언을 벤치마킹한 물음이었다. 나는 곧장 검집으로 남자의 흉부를 꾹꾹 눌렀다. 그리 세게 누르지도 않았는데 그는 "뼈…… 뼈!" 하고 크게 신음했다.

이 양아치 같음이란! 누가 암살자고 누가 가련한 피해자였는지 도통 분간이 안 갈 지경이다. 남자는 벌벌 떨며 두려움 가득한 눈으로 나를 보았다. 그러나 입에서 나오는 외침만큼은 단호했다.

"말할 수 없다!"

"사제님, 우리 좋게좋게 가요. 댁도 돈 몇 푼으로 인생 종치긴 싫을 거 아닙니까? 카악, 퉤."

나는 최대한 험악하게 가래침을 뱉어냈다. 한평생 신전에서 헤이론만 외치며 살아왔을 사제의 눈이 점점 더 혼란스러운 빛을 띠어갔다.

"아니, 이렇게 나오시면 곤란하죠, 제가. 예? 나 하마터면 죽을 뻔했잖아. 응? 아이고, 이 칼 좀 봐. 너무 험악하지 않습니까? 이걸로 나 찌르려고 했죠?"

"그, 그렇지……?"

"그러니까 내가, 어? 이 칼 맞아 죽었으면 당신은 살인자가 되는 거야. 알아? 뭐 그것도 뒷맛은 별로 안 좋았겠지. 그래도 약속받은 돈 받고 나름대로 살 만은 했을 거야. 근데 어떡해, 실패해버렸네? 잡혀버렸네? 그럼 내가 나 죽이려고 했던 사람을 어떻게 해야 할까? 응?"

"그…… 그……!"

"그러니까 딱 털어놔봐요. 얼마 받았어?"

남자의 눈가에 물기가 맺혔다. 그는 그만 눈물을 터트렸다.

"병에 걸린…… 동생이 치료받을 수 있게 도와준다고……. 흐흑……."

"……."

생각보다 인간적인 이유가 있었군. 그러나 나는 양아치 흉내를 멈추지 않고 다시금 남자의 가슴팍을 꾹꾹 눌렀다.

"동생을 살리려면 나는 죽어도 돼요? 나는 무슨 죄냐고, 어? 칼 맞고 죽었을 나는 무슨 죄야?"

"흐흑, 한 번만 봐주세요. 제가 아니면 동생 병원비를 댈 사람이 없어요. 흑! 술 마시고 제정신이 아니었다고요."

으음, 어쩐지 진한 향수가 느껴지는 변명이군. 언제 한번 비슷한 말을 들어봤던 것도 같은데…….

그나저나 계획 범죄에 웬 술 타령인지 모르겠다. 음주 상태를 이유로 감형을 해주는 사례가 많다더니 정말인가 보다. 판결이 얼마나 거지같으면 개나 소나 술을 핑계로 대겠는가? 참고로 술 먹고 저지른 실수는 배로 엄하게 다스려야 한다는 게 내 지론이다.

"다시 묻는다. 누가 사주했어?"

"그, 그건……."

"두 번 다시 안 물어. 쓸 만한 대답을 돌려주지 않으면 진짜 칼을 쓸 거야. 내가 못할 것 같아? 당신이 날 죽이려고 시도하다 잡혔다는 걸 자각해."

내 공갈 협박이 제법 그럴듯했는지 남자는 눈을 질끈 감았다.

그가 힘겹게 입을 열어 말했다.

"몰……, 몰테 자작부인이……."

아니나 다를까였다.

나는 반지를 낀 손으로 남자의 머리를 후려갈겼다. 이번에도 그는 맥없이 기절했다. 이대로 대신관에게 신병을 인도하는 게 좋겠지만, 성인 남성을 끌고 그 멀리까지 가는 건 무리였다. 그렇다면 적어도 도망치지 못하게는 처치를 해야 할 것이다.

사람이 안 지나다니는 외진 곳은 아니었으므로 곧 이 사제는 다른 사람에게 발견될 터였다. 수습은 대신관이 마저 해주겠지.

“으아, 징그러…….”

나는 눈을 반쯤 감고는 베인이 그리했던 것처럼 발목 아래에 칼을 댔다. 뼈가 보일 정도로 벤 것은 아니었지만, 날이 무뎌 그런지 생각보다 몹시 힘들었다. 보는 것만으로도 아픈데, 실제로 이 칼을 맞았더라면 훨씬 더 고통스러웠겠지.

자연히 눈살이 찡그려졌다. 방금의 일격이 제대로 먹힌 것인지 남자는 아직 깨어나지 않고 있었다. 비명을 듣지 않게 되어 그나마 다행인지도 모르겠다.

나는 칼을 검집에 여미고는 그대로 큰길로 뛰기 시작했다. 내가 너무 안이하게 생각했다. 완전히 다른 세력 안에 있으면 그동안은 안전하리라고 여겼다. 대비를 해두기는 했지만 그래도 ‘설마’ 일이 날까 싶었던 게 사실이었다. 하지만 2왕자는 앞뒤를 가리지 않는 인물이었고, 그 충동적인 결심을 실행할 만한 힘과 돈이 있었다.

호랑이를 잡으려면 호랑이 굴에 들어가야 한다는 말이 있다. 솔직히 별로 그러고 싶은 심정은 아니었으나, 그 외에는 방법이 없는 것도 사실이었다.

플랜 A대로 신전에서 얌전히 놀고먹으며 기다릴 수 있기를 바랐건만. 성격 급한 몰테 자작부인은 내게서 그 바람마저 앗아 갔다. 그 놈팡이들을 더 성가시게 만들지 않고서는 분이 풀리지 않을 것 같다.

더 미루지 않고 대신관과 미리 이야기를 나눠두기를 잘했다. 언질을 준 것이 있으니 상황은 내가 원하는 대로 풀려갈 것이다.

「첫째로, 만약 제가 신전을 나와야 하는 상황이 되면…….」

「되면?」

「소문을 내주세요. 사실 먼젓번의 신탁은 대신관님이 아니라 카타리나 리플렉츠가 받은 것이라고.」

「예?」

「만약 암살 시도가 있다면 저는 그대로 도망쳐 저택으로 돌아갈게요. 대신관님은 그게 '진짜 신탁을 받은 저'의 존재를 눈치챈 누군가가 벌인 소행인 것처럼 상황을 꾸며주세요. 카타리나 리플렉츠가 예언하였고, 대단한 힘이 불러올 파장을 두려워해 신의 곁에 숨었으나 결국 피할 수 없어 밖에 모습을 드러낸 것이라고. 최대한 영웅처럼 보이는 게 좋겠지요. 이 경우엔 성녀쯤 되려나? 아무튼 가급적 대단해 보여야 해요.」

「그걸 사람들이 믿겠습니까?」

「믿게 해야지요. 대신관님도 저를 의심하셨지만 결국 제 뜻을 따라주셨잖아요. 아직도 저에겐 저를 증명할 거리들이 많아요.」

「그래서요?」

「네?」

「그래서 영애께서 최종적으로 얻고자 하는 것이 무엇입니까?」

생각보다 나는 파트너를 잘 골랐던 모양이었다. 대신관은 머리 굴러가는 속도가 제법 빨랐다. 내가 이제까지 말한 것은 방법이었다. 목적은 그다음에 있다.

나는 입가에 검지를 대고는 최대한 소리를 죽여 속삭였다.

「왕국의 미래라는 미끼를 꺼냈으니, 왕을 낚아야지요.」

궁정 연극

신부 수업 선언으로 한 번 난리통을 겪었던 리플렉츠가는 내 귀환 소식에 다시 또 한바탕 뒤집어졌다.

배운 게 도둑질이라고, 나는 베인 조르제에게서 배웠던 마차 탈취 솜씨를 십분 발휘해 신전을 탈출했다. 정문을 지키던 경비의 협조를 얻는 것은 생각보다 쉬웠다. 뒷돈을 찔러주자 곧장 입꼬리가 귀까지 닿았으니까. 답답한 신전 생활을 견디지 못한 영애의 은밀한 밤나들이라 여겨 가볍게 생각한 듯도 싶었다. 돌아오지 않는 나를 기다리며 아침까지 애를 태울 경비에겐 미안하지만, 내가 거기로 돌아갈 일은 없을 것이다.

승마는 취미로 오래 익혀왔으나 먼 거리를 쉬지 않고 달릴 정도로 숙달되지는 않았다. 나는 얼얼한 엉덩이를 쓰다듬으며 겨우 집으로 돌아왔다. 늦은 밤 밀려오는 잠에 꾸벅꾸벅 졸던 리플렉츠가의 문지기는 나를 발견하자마자 제 뺨을 꼬집었다. 이어서는 입이 떡 벌어졌고, 결국 그는 짧은 비명을 내지르고 나서야 상황을 받아들였다. 황급히 먼저 달려 들어가 소식을 전한 그 덕분에 내가 저택으로 들어갔을 때에는 이미 온 가족이 나와 있었다.

로비에 모인 식솔들이며 사용인들의 표정은 하나같이 똑같았다.

'재가 왜 여기 있어?'

나는 그들을 위해 친절하게 상황을 설명해주었다.

"탈출했어요."
"헉!"
"다시 안 돌아가요."
"허억!"
아버지가 뒷목을 붙잡았다. 어머니도 똑같았기에 이번엔 뒤로 넘어가는 아버지를 잡아줄 사람이 없었다. 잠시 휘청거리던 아버지는 겨우 중심을 유지했다. 아버지의 눈이 '네가 그럼 그렇지!'라고 말하는 듯한 빛을 띠어갔다. 애초부터 내가 신전 생활을 오래 견딜 거라 생각지 않았다는 듯 말이다.
으음, 이렇게 신뢰받지 못하고 있다니, 기분이 썩 좋진 않군.
"어, 어떻게. 신전 사람들은 알고? 어떻게 밖으로 나온 게야?"
나는 그때까지 품에 안고 있던 칼을 레이에게 건네주었다. 엉겁결에 물건을 받아 든 레이가 당황한 얼굴로 나를 올려다보았다. 내 갑작스러운 등장에 왜 칼을 들고 있는지까지는 미처 생각이 닿지 않았던 모양이었다. 검집에 묻어 있는 피를 발견한 레이의 안색이 희게 질렸다.
"아가씨, 이거……!"
"말했잖아, 도망쳤다고."
내가 어깨를 으쓱이며 말했다.
"암살자가 찾아왔어. 신전에 있는 게 더 이상 안전하지 않을 것 같아서 달아난 거야."
예상치 못하게 등장한 험악한 단어에 알테는 잠이 완전히 달아난 듯했다. 그가 황급히 내 어깨를 쥐었다.
"몸은, 몸은 괜찮아?"
나는 양손을 들어 무사하다는 시늉을 했다. 매의 눈으로 내 행색을 살피던 알테가 추궁하듯 물었다.

"암살자는?"

"발목을 썰어주고 왔어요."

"잘했다, 내 동생! 발목만 썰었어? 목도 같이 잘랐어야지!"

"……."

아니, 그건 좀…….

"암살자라니, 그게 무슨 얘기냐? 설마……."

핏기 가신 낯의 아버지가 말끝을 흐렸다. 머리가 어지러운 듯 한 손으로 얼굴을 가린 채였다. 나는 눈짓으로 레이에게 이만 물러나란 시늉을 했다. 평생 눈칫밥을 얻어먹은 사용인들은 재빠르게 침소로 돌아갔다.

내가 신전으로 가고 채 일주일이 지나지 않아 2왕자에 대한 비방이 번졌다. 몰테 자작부인이 그러했듯 아버지도 같은 의심을 했을 것이다. 상황이 정리되지 않는지 그가 더듬거렸다.

"설마, 설마 했는데, 혹시. 그럴 리는 없겠지만, 네가 혹……."

아버지는 그 말을 꺼내고 싶지 않다는 듯 요점을 피하고 있었다. 그러나 그가 생각하고 있는 정황은 사실이 맞았다. 나를 걱정하는 가족들이라면 당연히 내 계획을 말리려 들 것이므로 비밀을 지켜왔지만, 이미 벌어진 일인 이상 더는 숨길 필요가 없었다.

나는 아버지에게 마음의 준비를 할 시간도 주지 않고 곧바로 명쾌한 결론을 내려주었다.

"아버지가 생각하시는 게 아마 맞을 거예요. 장안에 떠도는 그 예언은 제가 꾸민 일이 맞아요."

"무엇하러 그런 위험한 짓을……!"

"아버지, 피하기만 하면 아무것도 해결되지 않아요. 2왕자가 저를 노린 건 이번이 처음이 아니었어요. 죽을 땐 죽더라도 한 방은 먹이고 죽어야 덜 억울하지 않겠어요?"

내 말에 아버지의 얼굴이 완전히 하얘졌다. 흰 종이로 착각해 그 위에 글씨를 써도 이상하지 않을 정도다. 그 모습을 보니 말을 좀 걸러서 할 걸 그랬나 뒤늦은 후회가 들었다.

몸이 피곤해서인지 말투가 날카롭게 나왔다. 이 상황이 충격적인 것은 다른 누구도 아닌 가족들일 텐데 말이다. 직접 살해 위협을 당한 것은 내 쪽이었지만, 적어도 나는 그 상황을 미리 인지하고는 있었다.

"처음이 아니었다고?"

"지난번에 시내에서 2왕자와 마주쳤던 적이 있었어요. 반응이야 뭐, 지금 보시는 것과 대충 비슷했고요."

그때 내가 벨저 말을 모르는 척하지 않았더라면 정말 죽었겠지. 죽음을 넘고 넘었건만 살해 위협은 여전히 끊이지 않는다.

"왜 말하지 않았어!"

알테가 내 몸을 흔들며 추궁했다. 내가 알테였어도 이 상황이 화가 나기는 마찬가지였을 터다.

"걱정하실까 봐요."

내가 조그만 목소리로 말했다.

부모님이나 알테에겐 밝힐 수 없는 것이 많아 대부분의 일을 비밀로 남기었었다. 하지만 친지들에게 말할 수 없는 것이 많아졌다는 건 조금 슬픈 일이었다. 뒤늦게라도 걱정 어린 목소리를 들으니 감정이 동하는 듯했다.

마음 편히 살 날이 얼른 돌아왔으면 좋겠다. 그러기 위해선 2왕자가 얼른 바닥으로 고꾸라져야겠지.

"저 피곤해요. 자세한 얘기는 날 밝으면 해요. 전할 중요한 이야기가 있어요."

2층에서 뛰어내린 데다가 한참을 뛰었고 말을 타고 달리기까지 했다. 기초 체력이 없어서인지 몸이 굉장히 지쳐 있었다.

부모님은 그런 내 기색을 알아채고 그대로 들여보내주려는 듯했으나, 알테는 계단을 오르려는 내 팔을 급하게 잡아챘다.

"잠깐, 카타리나. 네가 모든 걸 다 해야 할 필요는 없어. 헤이론 신전의 협조를 얻어낸 건 누구도 쉽게 할 수 없는 일이다. 넌 충분히 네 몫을 했어. 뒷일 정도는 다른 사람에게 맡겨도 돼."

"걱정해줘서 고마워요, 알테. 하지만 저는 제가 보호받기만 했을 때의 결과를 알아요."

베인은 내게도 도움을 요청하는 대신 나를 지켜주려고만 했다. 베인의 노력을 폄하하려는 것은 아니지만, 그것은 쭉 실패로 이어져왔다. 내가 직접 나서서 조금이라도 상황이 나아질 수 있다면 나는 몇 번이고 그렇게 할 것이다.

"잘 자요, 알테. 너무 염려는 말고요."

알테에게 인사를 남기고는 2층으로 올라왔다. 저택을 떠난 지 얼마 되지 않았음에도 웅장한 실내가 다소 낯설게 느껴졌다. 벌써 신전에 익숙해지기라도 한 걸까. 나는 내색하지 않고 내 방으로 돌아왔다.

레이가 미리 불을 밝혀놓은 듯 방 안은 밝았다. 덕분에 나는 나를 기다리고 있던 누군가를 어렵지 않게 알아보았다.

"피오니?"

생각지 못한 인물이라 조금 놀랐다. 암살자는 아니라 그나마 다행인가. 거기까지 생각하고는 속으로 웃었다.

"오셨어요, 아가씨?"

나는 피오니 쪽으로 다가가 그 건너편에 앉았다.

"응. 왜 여기 있어?"
"레이 양이 아가씨 귀가 소식을 알려주더라고요."
"아니, 그러니까 용건 말이야."
그리 말하긴 했지만 피오니가 마침 찾아와주어서 다행이었다. 안 그래도 그녀에게 협조를 구할 일이 있었으니까. 내 계획상 피오니는 아주 중대한 역할을 맡고 있었다.
피오니가 나를 빤히 쳐다보며 말했다.
"아가씨가 저한테 하실 말이 있을 것 같아서요."
딸꾹질을 터트릴 뻔했다. 처음에 가졌던 불신 때문인가, 피오니가 이렇게 용한 점쟁이처럼 나올 때면 놀라게 된다.
"어떻게 알았어?"
"감이죠. 그리고 저도 드릴 말씀이 있었고요."
"먼저 말해봐."
설마 저택을 떠나겠다는 건 아니겠지? 그럼 내 계획에 중대한 차질이 생긴다. 그러나 그녀가 꺼낸 말은 영 생뚱맞았다.
"몇 번이었어요?"
"뭐?"
내가 당황한 얼굴로 대꾸했다. 몇 번이냐니? 머릿속으로 '설마' 하는 생각이 스쳐 지나갔다. 그녀가 나를 앞에 두고 횟수를 논할 일은 하나밖에 없었다.
"아가씨 표정 보면 다 알아요. 연인 잃고 힘든 시간 보낸 건 아가씨면서, 요즘 절 되게 안쓰러운 눈으로 보셨잖아요. 저번에 사랑의 묘약 새로 달라고 할 때부터 알았는데, 너무 정신없이 신전으로 떠나셔서 물어볼 짬을 못 냈네요. 몇 번이었어요?"
"그러니까, 그게……."

말이 빨라서 생각이 그 속도를 따라가기가 힘들다. 멍청하게 눈만 깜빡이는 내게 피오니는 요점을 정리해주었다.

"제 수명이 얼마나 줄어들었을지 묻는 거예요. 그 정도는 저도 알아야 하잖아요."

나는 그만 눈을 감았다. 그녀에게 결코 밝히고 싶지 않은 주제였는데, 나는 생각보다 거짓말에 소질이 없는 모양이었다. 아니면 피오니가 너무 눈치가 빨랐든지.

"……3년씩 세 번."

"많이도 하셨네……."

피오니가 제 손바닥에 뺨을 괴었다. 저 손으로 내 뺨을 날려도 감내해야 할 수준인데 반응이 비교적 조용하다.

"화 안 내?"

주술을 행한 건 내가 아니라 베인 쪽이지만, 나를 위해 그리했던 것이므로 내게 책임이 없다고 볼 순 없었다.

"네. 뭐, 생각 못한 일은 아니라서요. 어차피 전 기억을 못하니까. 아가씨 외에도 제 수명 깎아먹은 인물이 또 없겠어요?"

잠시 생각에 잠긴 듯하던 그녀가 이내 고개를 들어 물었다.

"조건은 뭐였어요? 받기로 한 게 있으면 그거라도 얻어야 될 거 아니에요. 나 모르는 사람한테서 큰돈 받은 적 없는데, 제가 기억 못한다고 그냥 넘어간 거 아니죠?"

분위기를 풀어보겠다고 농처럼 말한 듯한데, 가해자의 입장인 나로서는 도통 웃어줄 수 없었다.

나는 조그만 목소리로 대답했다.

"돈이 아니었어."

"그럼 뭔데요?"

"1왕자를 왕으로 만드는 것."

"그게 왜 저한테……."

"몰테 자작부인한테 그보다 비참한 일은 없을 테니까."

피오니는 입을 다물었다. 그녀는 잠시 천장을 올려다보거나 하며 시선을 옮기더니, 이내 수긍한 듯 고개를 끄덕였다.

"그렇군요. 그렇네요……."

피오니가 입꼬리를 올려 웃었다. 그러고는 "생각보다 수지맞는 장사였네요." 하고 마저 중얼거렸다. 나는 그런 피오니를 보며 마주 미소 지었다. 웃음 같은 게 나올 기분은 아니었지만 왠지 그래야 할 것 같았다.

그녀에게 할 이야기가 있는데 입이 잘 떨어지지 않는다. 그녀에게 이미 많은 폐를 끼쳤는데 또 도움을 구하려 하다니, 자신이 아무리 염치없어도 그 부탁이 쉽게 나올 리 없었다.

일단 한숨 자고 마음의 정리를 마친 뒤 이야기를 꺼내볼까. 마음이 자꾸 도망치는 쪽으로 기울었다. 하지만 피오니는 그런 나를 내버려두지 않았다.

"아가씨가 하시려던 말은 뭐였어요?"

짧게 숨을 들이켰다. 하기야 피하려고 해봤자 결국 해야 할 말임은 변하지 않았다.

"……2왕자가 나를 죽이려고 했어. 첫 번째, 두 번째 생에선 정말 죽었고, 시간을 돌아온 후에도 위협은 가시질 않았어. 그래서 나는 2왕자를 먼저 치려고 했어. 안 그러면 죽는 건 내가 될 테니까."

두서없이 시작된 이야기였지만, 피오니는 잠자코 내 말을 들어주었다.

"그래서 신전으로 갔어. 그리고 2왕자가 왕이 되면 이 나라가 망한다는 신탁을 퍼트리게 했지. 하지만 한 번으론 약해. 실체 없는 소문은 흥미 위주로 쉽게 떠도는 만큼 흥미가 떨어지면 쉽게 사라지니까."

"신전에 계신 동안 재밌는 일을 하셨네요."

피오니가 삼삼한 어조로 동조했다. 나는 계속해서 말을 이었다.

"만약 내가 신전을 떠나게 되면, 신탁을 내린 진짜 주체가 나라는 걸 대신관에게 밝히라고 했어. 실체가 없어 흐려질 일이라면, 내가 직접 그 실체가 되면 된다고 생각했거든."

다음에 나올 말을 예상한 듯 피오니의 눈빛이 언뜻 진지해졌다. 나는 그녀의 눈을 마주 응시하며 말을 맺었다.

"피오니, 나는 예언자 행세를 하려고 해. 내가 어느 정도 미래를 알고 있긴 해도, 말하자면 범국민적 사기극이지. 내가 그럴듯한 사기꾼이 될 수 있도록 당신이 도와줬으면 좋겠어."

피곤했는지, 아니면 신전에서 이어졌던 이른 기상에 반발 심리가 작용했는지, 나는 점심때가 지나서야 잠자리에서 일어났다.

그리고 나는 유명 인사가 되어 있었다. 하룻밤 사이에 급변한 상황에 어안이 벙벙해질 정도로 말이다.

혹시나 했던 염려가 민망할 정도로 대신관은 일을 잘 처리해주었다. 내가 버리고 왔던 암살자는 성기사들에게 붙잡혀 이미 모든 범행을 실토한 후였다.

대신관은 계획대로 내가 진짜 예언자였다느니, 그걸 견제하려 몰테 자작부인이 살해를 의뢰했다느니 하는 등의 발언을 했다. 그건 생각보다 몹시 효과가 컸다. 내가 미래를 볼 수 있다고만 했다면 많은 이

들이 의심했겠지만, 몰테 자작부인이 수를 쓴 것으로 인해 그 주장이 어느 정도 신빙성이 있다고 여겨졌기 때문이다. 말하자면 몰테 자작부인은 오히려 내게 도움을 준 꼴이었다.

의도했던 건 아니지만 내가 광인처럼 지냈던 시간들이 신내림의 일환이었다는 소문 역시 번졌다. 안 되는 사람은 뒤로 자빠져도 코가 깨지고 잘되면 소가 뒷걸음질 쳐도 쥐를 잡는다더니, 전자로 흘러가는 듯했던 내 인생은 어느새 후자로 변모했다.

상황은 척척 잘 흘러가고 있는 듯했으나, 그건 어디까지나 내 기준이었다. 지난밤 대충 정황을 듣긴 했어도 내가 예언자 행세를 하려는 줄은 몰랐던 가족들은 당황한 기색이 짙었다. 기다릴 수 없다며 내 식사 자리에 몰려든 그들 때문에, 나는 부지런히 빵을 뜯어 먹으며 설명을 마쳤다.

"…… 그렇게 된 거예요."

대국민적 사기극을 벌이려는 걸 알면 모두 뒷목을 잡고 쓰러질 게 분명하기에 내가 구라를 치고 있다는 구절은 쏙 뺐다.

"그럼 그때 미래에서 왔느니 뭐니 한 게……."

알테가 그제야 이해가 된다는 듯 진지한 눈빛으로 중얼거렸다. 나를 미친 사람 취급했던 어머니는 딴청을 피웠다.

"갑자기 생긴 예지 능력 때문에 착각을 했던 것 같아요."

그나저나 3년 후엔 나도 속 빈 강정 신세인데 그땐 어떻게 하지? 일이 끝나 신께서 다시 능력을 앗아 가셨다고 말하면 되려나.

내가 그런 생각을 하는 걸 아는지 모르는지 가족들의 분위기는 숙연했다. 신의 명이라고는 하나 그 일이 위험하지 않은 건 아니었으니까.

"괜찮겠니, 카타리나?"

어머니가 걱정스러운 낯으로 물었다. 그 눈을 들여다보고 있으니 왠지 거짓말만 하게 되는 나 자신이 죄스럽게 느껴졌다. 살아남기 위해서라고는 하지만 가족을 속이는 게 기분 좋을 리 없다.

"뭘 걱정하시는지 알지만, 괜찮아요. 별일 없을 거예요."

그것은 곧 나 스스로에게 하는 다짐이었다.

괜찮을 것이다. 아무 일 없을 것이다. 나는 무사할 거다.

"그럼 됐다. 큰일을 하겠다는데 누가 말리겠느냐?"

아버지가 자리에서 일어서며 말했다. 그래놓고는 정작 눈시울을 붉히고 있어 썩 든든하게 느껴지지는 않았다. 나는 그 모습을 보고 배시시 웃음을 지었다.

"그리고 너를 찾는 사람들이 있더구나."

"그게 누군데요?"

내가 눈을 동그랗게 뜨며 물었다. 나를 검증하려는 이들이 찾아올 것이라고 예상은 했지만 그게 이렇게 이를 줄은 몰랐다. 그리고 아버지의 입에서 나온 건 영 의외의 이름이었다.

"일단 레이첼 양과…… 그 애도 어렸을 때 자주 놀러 오지 않았니? 친구들끼리 제법 여럿이 몰려온 모양이더구나."

레이첼이? 나를 왜?

머릿속에 물음표가 떠다녔다. 내게 곤란한 질문을 하고 비웃기라도 하려는 걸까. 만약 항간에 퍼진 소문을 믿고 있다 해도 그녀가 정말 내게 도움을 청하러 오진 않을 것 같았다. 그만큼 불신의 역사는 깊고도 길었다.

"……단장 마치고 내려갈게요. 응접실에 있나요?"

"아직 몸이 덜 회복되었으면 만나지 않아도 좋다."

"아니에요. 손님이 왔다는데 나가봐야죠."

레이첼을 손님의 범주에 넣어도 되는지는 잘 모르겠지만 말이다.

급하게 식사를 마치고 몸을 씻었다. 레이가 건네주는 옷을 입고 머리도 단정히 빗어 내렸다. 가벼운 화장까지 마치고 나자 그럭저럭 남에게 내보일 수 있는 몰골이 되었다.

잠시 레이첼의 용건이 무엇일까 고민했지만, 그간 멀리해온 역사가 길어 마땅한 것이 떠오르진 않았다.

"제가 같이 갈까요?"

피오니가 염려 섞인 얼굴로 물었다. 나는 고개를 저었다.

"아니, 됐어."

레이첼의 미래에 대해선 그럭저럭 알고 있다. 만약 그녀가 나를 점쟁이 삼아 조언을 구하러 온 것이라면 적절한 대답을 돌려줄 수는 있겠지. 내가 혼자 할 수 있는 일에까지 피오니를 부려먹고 싶지는 않았다.

그대로 계단을 내려가 응접실로 향했다. 여기를 마지막으로 찾았던 때가 언제였더라. 생각해보니 루센과 베인이 동시에 찾아왔던 그날이었다. 그때 나는 분명 베인을 보내고 루센과의 미래를 꿈꿨었는데, 사람 미래라는 게 아무리 예측할 수 없는 것이라 해도 이건 좀 극적인 변화가 아닌가 싶다.

나는 응접실 문을 열어젖히고는, 문간에 몸을 기대었다.

"다들 여긴 어쩐 일이야?"

말소리에 세 쌍의 눈이 나를 돌아보았다. 가운데에는 레이첼이, 그리고 양옆에는 두 명의 떨거지들이 자리하고 있었다. 레이첼이 헛기침을 하며 물었다.

"……몸은 괜찮니? 듣자 하니 자객이 찾아들었다던데. 어디 다친 건 아니지?"

"……."

온몸에 소름이 돋았다. 왜 재가 저런 걱정의 말을 하는 거지?

"으응……. 걱정 마. 매우 무사하니까."

내가 떨떠름한 낯으로 대꾸했다. 양팔엔 소름이 올라 있었다. 나는 티 나지 않게 팔뚝을 쓰다듬으며 건너편으로 가 앉았다.

"그나저나 무슨 일이야?"

"어머, 친구 사이에 문병 정도는 올 수 있는 것 아니니?"

친…… 구?

혹시 레이첼은 내가 생명의 위협으로 머리가 크게 상한 거라고 생각하는 게 아닐까? 아니면 뻔뻔하게 친구라는 말을 입에 담을 리가 있나…….

내 불신 어린 시선에 레이첼은 부드러운 미소를 지어 보였다.

"아침에 소식을 듣자마자 네가 다치지는 않았나 무척 걱정되더라고. 듣자 하니, 네 예언 능력을 두려워한 몰테 자작부인이 힘을 썼다지?"

"으응……. 그런 것 같긴 한데 네가 왜……."

"친구 사이엔 뭐든 돕고 사는 법이잖아. 사실 말이야, 내가 좋아하는 영식이 한 분 계시는데, 우리가 이루어질 수 있는 사이일지 아닐지 좀 궁금하거든. 넌 어떻게 생각하니, 카렌?"

"……."

그러니까 내 특기를 살려 연애 상담을 해달라는 소리다. 살해 위협을 받고 도망쳐 온 사람한테 가지고 온 용건이 고작 좋아하는 남자 이야기란 말인가? 염치가 없어도 정도가 있지!

하지만 있는 성질 없는 성질 다 내어 내쫓았다간 레이첼이 악의적인 소문을 퍼트릴 거다. 나는 한숨을 내쉬었다.

"그 영식의 이름이 어떻게 되는데?"

그러나 레이첼은 대답을 들려주는 대신 한참 머뭇거렸다.

"……꼭 알아야 해?"

"이름을 알아야 운세를 보든지 말든지 할 것 아니니?"

진짜 점술사도 이름을 요구하는지는 잘 모르겠지만, 나는 뻔뻔하게 응대했다. 왜냐하면 이름을 들어야 그 사람이 레이첼이랑 사귀었던 놈인지 아닌지 분간할 수 있기 때문이다.

"……폴, 폴 게링턴 씨야."

나는 어렵지 않게 그 사내의 외양을 떠올릴 수 있었다. 레이첼과 폴은 사교계에서 한 쌍의 바퀴벌레 커플로 유명했다. 모태솔로였던 레이첼은 처음으로 사귀었던 폴 게링턴을 끔찍이 사랑해 결국 결혼에까지 골인했었다.

레이첼이 보기보다 순진해서 다행이다. 그녀가 사귄 남성이 한 다스가 넘었더라면 결코 이름을 외우지 못했을 테니까.

그런데 시기가 조금 애매하다. 폴과 레이첼이 연애를 시작한 것은 1년쯤 뒤로 알고 있다. 아무리 둘 다 숫기가 없다고는 해도 썸을 1년이나 타는 것은 좀 이상하지 않은가?

어떻게 대답해야 하나 고민하는데, 다행히도 레이첼이 내게 단서를 하나 주었다.

"내, 내가 이런 걸 물어보러 왔다는 건 다른 사람에게 알리지 않았으면 좋겠어. 폴 씨는 아무것도 모르니까."

둘이 아직 눈이 맞기 전이라는 거군. 그렇다면 이야기가 쉽다.

"폴 게링턴 씨, 애인 있지?"

"뭐?"

"있을 거야, 분명."

레이첼은 입이 무거운 편이 아니었고, 덕분에 실연의 상처에 슬퍼하던 폴 씨가 레이첼의 접근에 그대로 넘어갔다는 비하인드 스토리는 사교계에 소문이 자자했다. 아마 지금이 폴 씨가 다른 여성과 교제하던 때인가 보다.

"없, 없을 거야. 그럴 리가 없어!"

레이첼이 현실을 부정했다. 나는 딱하다는 낯으로 대꾸했다.

"못 믿겠으면 폴 씨에게 물어보든지. 그리고 걱정 마. 그 여자랑은 결국 헤어지게 될 테니까."

"헤, 헤어진다고?"

"그래, 결국 너랑 이어질 테니 여유를 가지고 기다리렴."

나는 그대로 자리를 털고 일어났다.

"그럼 나 이제 들어가봐도 되지?"

"나…… 나도 물어볼 거 있는데."

레이첼의 옆에 붙어 있던 떨거지 1이 조심스럽게 말했다. 나는 그녀의 얼굴을 잠시 쳐다보았다. 애석하게도 내가 잘 기억하지 못하는 애였다. 레이첼에 대해선 알고 있는 게 있으니 입을 털었지만 얘까지는 좀 무리다.

"내가 지금 좀 피곤해서 그런데, 다음에 다시 찾아와줄래?"

그러나 그녀는 간절하게 나를 붙잡고 늘어졌다.

"간단한 거야. 조셉 통스 경이랑 내가 결혼할 수 있을까? 응?"

조셉 통스……?

모르는 이름이었으면 그냥 자리를 벗어났을 텐데 다행히 아는 이름이다. 나는 잠시 곰곰이 생각하다가 이내 명쾌히 대답했다.

"아니. 그 사람은 곧 하녀랑 사랑의 도피를 할 테니 꿈 깨."

떨거지 1은 빈혈이 온 듯 이마에 손을 올리고 뒤로 쓰러졌다. 시름에 잠긴 모습이 몹시 안돼 보였다.

조셉 통스가 어릴 적부터 저를 돌봐주던 유모와 정을 통해 해외로 도피한 것은 희대의 사건이었다. 그가 사교계에서 나름대로 인기가 많은 인물이었기에 더더욱 그러했다. 뭇 여성들이 설레어했던 잘생긴 남자가 본인보다 열여덟이나 많은 여자랑 사랑에 빠지다니! 아무리 사랑엔 나이도 국경도 없다지만 이건 좀 너무한 수준이다.

아예 모르고 살았던 사람들이면 몰라, 성장 과정을 다 지켜본 사이 아니던가? 조셉 통스는 그렇다 치더라도 유모는 어떻게 아기 때부터 씻기고 먹이고 재웠을 사람과 그 짓을 할 마음이 생겼는지 모르겠다.

뭐 나랑은 별로 상관없는 일이지만.

"그럼 이만."

나는 새침하게 자리에서 일어섰다. 레이첼과 떨거지 2는 떨거지 1을 위로하느라 정신이 없어 내게 인사도 하지 않았다. 괘씸한지고!

그대로 문밖으로 나서 복도를 걷는데, 모퉁이에서 한 하녀 아이와 마주쳤다.

"아가씨!"

얼굴에 반가움이 떠오르는 걸 보아 나를 찾고 있었던 모양이다. 용건을 물으려 했으나, 이마 위로 진 그림자에 나는 그녀가 대답도 하기도 전 그 내용을 알아버렸다.

"조르제 소공작님이 찾아오셨어요."

"오랜만입니다."

신전에서 나왔으니 금방 만날 수 있을 것이라고는 생각했지만, 이렇게 금방일 줄은 몰랐다.

"베인!"

나는 그대로 그의 허리를 끌어안았다. 연인끼리의 시간을 내어줄 요량인지 하녀가 총총걸음으로 떠나갔다. 베인이 곤란한 얼굴로 나를 내려다보며 말했다.

"나 없는 사이 대형 사고를 쳤더군요."

"걱정 마요. 몸은 무사하니까요."

"그걸 얘기하는 게 아니잖습니까."

나는 회포를 풀고 싶은 마음인데 그는 다른 용건에 마음이 가 있는 모양이었다. 하지만 그와 만나는 것이 너무나 오랜만이기에 나는 속으로 잔뜩 좁혀진 그의 미간이 관능적이라는 생각이나 했다.

베인이 반쯤 나간 내 정신을 깨우듯 물었다.

"신탁을 내린 게 본인이라고 밝힌 건 당신의 뜻입니까?"

당연히 유추할 수 있는 사실을 왜 새삼 물어왔을까. 나는 고개를 갸웃거리며 말했다.

"그렇지요."

내 대답을 들은 베인 조르제가 길게 한숨을 내쉬었다. 본인이 말릴 수 없는 일이라 여겨 화는 내지 않고 있는 모양이지만, 심히 불편하단 태도였다.

"그럼 이것도 당신의 뜻이겠지요. 왕께서 당신을 부르십니다."

마차 안이 조용했다. 나는 고개를 까딱이다가, 한참 창 밖을 내다보다가, 결국 긴 한숨을 내쉬었다.

"화났어요?"

"아니요."

아니라고 말하면서 표정은 또 그게 아니다.

"맞는 것 같은데요."
"제가 무슨 자격이 있다고 당신께 화를 내겠습니까."
"말은 그렇게 하면서……."
나는 가는 눈으로 베인의 주먹 쥔 손을 응시했다. 잔뜩 힘이 들어간 손등이 어느새 하얗게 질려 있었다. 나는 고개를 절레절레 내저으며 다시 창 밖으로 시선을 주었다.
마차가 도로를 가로지르며 각양각색들의 가게들이 시야를 스친다. 출발한 지 얼마 된 것 같지 않은데 리플렉츠저에서 꽤나 멀리 떨어져 있었다.
나는 속으로 가만히 자문해보았다.
'지금 왕궁으로 가고 있다고?'
하지만 별로 실감이 나지는 않았다. 아무리 대단한 떡밥을 날렸다지만 반응 속도가 너무 남다르지 않나.
암살 시도라는 사건이 터진 지 하루 만에 피해 당사자를 궁으로 불러들이다니, 게다가 내 몸 상태 같은 것에는 신경도 쓰지 않고 말이다. 왕궁에 도착했을 때 내가 받을 취급을 단편적으로나마 경험하게 된 듯해 썩 기분이 좋지는 않았다.
아니, 냉대 수준에 그친다면 오히려 감사의 절을 해야 할 판이다. 2왕자에게 왕관을 씌워주고 싶었던 왕은 나를 마녀 매도하듯 할지도 모른다. 미친 여자가 감히 왕족의 이름을 더럽혔다고 말이다.
베인이 긴장하고 있는 것도 어쩌면 그 때문이겠지. 나를 제 뒤로 숨기고자 했던 베인의 의도와 반대로, 나는 한없이 앞으로만 나서고 있었으니까. 그리고 그만큼 죽음의 위험에 가까워지고 있었으니까. 같은 과거가 반복될까 봐 베인은 두려워하고 있을 터다.
그는 내가 죽는 모습을 너무 많이 보았다. 그 비통함을 상상하는 것만으로도 가슴이 죄어올 만큼 말이다.

나는 말없이 손을 뻗었다. 그러고는 그의 주먹을 가만히 그러쥐었다. 혹여 손톱이 파고들어 상처가 날까 손가락까지 펴주고 싶었지만 그러기엔 힘이 모자랐다. 내 의도를 어렵지 않게 깨달았는지 베인이 고개를 들어 나를 보았다.

그가 굳게 다물려 있던 입술을 열었다.

"그대의 말이 틀리지 않습니다. 저는 화가 나 있군요."

베인은 쓸데없는 고집을 부리는 대신 제 마음을 인정했다. 그가 제 아집에 갇히지 않은 사람이라 좋다. 나는 입꼬리를 끌어 올리며 핀잔했다.

"그것 봐요. 다 보이는데 무엇 하러 거짓말을 해요?"

"다만 방향이 틀렸습니다."

"……그럼 뭐에 화가 났는데요?"

"당신께 의지가 되지 않는 나 자신에게요."

그가 가라앉은 눈으로 나를 응시했다.

"당신께 화가 난 게 아닙니다. 당신이 가만히 있을 수 없는 이유를 이해합니다. 제가 그렇게 만들었지요. 그대를 지키지 못했습니다. 제가 충분히 미덥지 못하여 그대를 더 위험하게 만들었습니다."

"베인."

"부끄러운 일이지 않습니까? 얼간이 같은 연인이라 그 옛적 동화에 나오는 기사처럼은 되지 못했군요. 오히려 기다리다 지친 공주가 마왕을 속이고 성에서 도망 나오려 하고 있어요. 그런데 기사는 그녀가 있는 곳에 도착조차 하지 못했군요."

"베인, 내 말 들어요."

자조하듯 웃는 그의 얼굴에 손을 뻗었다. 힘이 부칠까 봐 걱정했는데 의외로 그는 순순히 끌려왔다. 나는 그의 양뺨을 감싸고는 두 눈을 마주 보았다.

"제가 당신이 없었으면 이렇게 나설 수 있었겠어요? 예전처럼 2왕자의 승세가 대단했으면 제 이런 시시한 공작이 먹히기나 했을까요? 당신이 1왕자의 곁으로 가 섬으로써 상황을 바꿀 힘을 만들었어요. 그러니 부끄럽다는 둥의 한심한 생각은 얼른 저 멀리 가져다 버려요. 그건 하등 가치가 없어요. 2왕자의 이마에 난 여드름보다도요."

으음, 이건 너무 심한 욕인가?

2왕자의 이마에 듬성듬성 돋아난 여드름을 생각하자 갑자기 속이 메스꺼워졌다. 베인에게 하기엔 너무 모욕적인 비유가 아니었나 싶다. 아닌 게 아니라 2왕자의 피부 트러블은 좀 심각한 수준이었으니까. 사람이 괜찮으면 외양이 못났어도 좋게 보이는데, 심보를 못되게 먹고 있으니 평균보단 나은 얼굴도 더없이 비열하고 못생기게 느껴졌다.

나는 고개를 휘휘 저어 생각을 털어내고는 쐐기를 박듯이 말했다.

"나는 당신이 충분히 자랑스러워요."

나를 지그시 바라보던 베인 조르제가 제 뺨을 감싼 내 손을 가볍게 쥐었다. 그에게 붙잡힌 손에 언뜻 열이 올랐다. 단순히 그를 안정시키려 취한 행동이었는데, 생각보다 분홍빛 분위기가 잡혀버렸다. 훈훈한 노란빛 정도로 예상했었는데 더운 불이 지펴진 것이다.

하지만 마다할 이유는 없지.

나는 그에게로 고개를 기울였다. 베인의 얼굴을 계속 들여다보느라 눈은 감지 않았다. 나는 그의 눈꺼풀이 조용히 내려앉는 것을 가만히 주시했다.

이윽고 입술이 포개졌다. 건조했던 남자의 표정과는 반대로 혀는 젖어 있었다. 나는 그의 치열을 가볍게 핥고는 아랫입술을 삼켰다. 몸이 달았는지 베인의 미간이 좁혀졌다. 그가 왼손으로 내 허리를 감싸더니 제 쪽으로 휙 당겼다. 엉겁결에 그의 앞으로 끌려갔지만, 입을 맞추는 것은 멈추지 않았다.

내 허리를 타고 오른 베인의 손이 어느새 목덜미로 가 닿았다. 그가 나를 제게로 끌어간 통에 상체가 밀착되었다. 그는 갈증이 난 사람처럼 나를 삼켰다.

마침내 그가 입술을 떼어내, 내 목덜미를 물려 했을 때…….

"소공작님, 도착했습니다!"

누가 먼저라 할 것 없이 우리는 움직임을 멈췄다. 어찌나 몰입했던지 둘 다 헐떡이고 있었다.

세상에, 미친 게 틀림없었다. 다른 곳도 아니고 움직이는 마차 안에서, 그것도 적진으로 뛰어들기 바로 직전에!

나는 재빨리 뒤로 물러나 옷매무새를 점검했다. 다행히 정말 중요한 장면으로 넘어가기 직전 멈춰서 그다지 헝클어지진 않았다. 옷 정돈이 끝나자 재빨리 거울을 꺼내 루주를 덧발랐다. 베인이 다 먹어버린 통에 원래의 색이 남아 있지 않았다.

나는 부산스럽게 다른 흐트러짐의 흔적은 없는지 살피다가, 베인의 입술 끝에 내 흔적이 남아 있는 것을 발견했다. 입가에 미소를 머금은 채 그에게로 손을 뻗자 베인이 당황하여 주춤거렸다. 2차전이라도 벌이자는 뜻인 줄 알았을까. 내가 말없이 엄지로 문질러 루주 자국을 지워주자 뒤늦게 의도를 알아챈 베인이 가볍게 웃음을 터트렸다.

"나 어때요?"

"아름답습니다."

"아름답기만 하면 안 되죠. 성스럽고, 대단하고, 품위 있어 보여야 해요.”

“성스럽고, 대단하고, 품위 있어 보입니다.”

“말은 잘해요.”

나는 입술을 삐죽이며 고갯짓으로 그에게 문을 열라는 시늉을 해 보였다. 베인이 먼저 내려서서 손을 잡고 나를 이끌었다.

오랜만에 찾은 왕궁은 낯설었다. 무도회 같은 일로 온 적은 있었지만, 왕이 집무를 보는 중앙 건물에 발을 들인 건 이번이 고작 두 번째였다.

첫 번째 방문은 어렸을 적 아버지와 함께였다. 알테가 왕궁을 구경하고 싶다고 하여 나까지 끌려왔던 것이다. 정작 그땐 ‘여기가 왕께서 집무를 보시는 곳이란다.’라는 아버지의 설명에 ‘오늘 점심은 어디서 먹어요?’라는 심심한 물음이나 돌려주었었지. 방문의 목적이 달라지니 요동치는 것은 위에서 심장으로 바뀌었다. 나는 두근거리는 가슴을 진정시키려 애쓰며 물었다.

“이대로 들어가면 되나요?”

“예, 시종장이 당신을 안내해줄 겁니다.”

“베인 당신도 함께요?”

“정식으로 초대받은 건 당신뿐이기 때문에 제가 안까지 같이 들어가드리지는 못합니다.”

하기야 다른 가족들이 오겠다는 것도 다 막았으니, 당연히 왕을 알현하는 건 나 혼자겠지.

“그렇군요.”

선선히 대답하기는 했지만, 막상 적진에 홀로 걸어 들어갈 것을 생각하니 긴장이 가시질 않았다.

잘해낼 수 있을까?

스스로에게 질문해보아도 대답은 하나다. 잘해야지 아니면 어떡할 것인가. 당장 말 한번 잘못하면 목이 날아갈 판에.

내 불안이 눈에 보였는지 베인이 내 손을 감싸 쥐었다. 그의 온기가 내게 전해지는 것만으로도 적잖은 위안이 되었다.

"보는 눈이 많으니 당장은 어찌하지 못할 겁니다. 얕보여서는 안 됩니다. 당당해지세요. 그대가 하려던 일을 해요."

"제가 나약한 걸까요? 다 예상했던 일인데, 막상 그 상황이 벌어지니 조금 두렵네요."

"누구도 태연할 수는 없을 겁니다. 자연스러운 일이죠."

"사랑한다고 한 번만 말해줄래요?"

내 편이 있다는 확인이 필요했다. 나는 고개를 돌려 베인을 응시했다. 그도 마찬가지로 나를 돌아보더니, 이내 진심을 눌러 담은 말을 건넸다.

"사랑합니다."

내가 싱긋 웃었다.

"좋아요."

심호흡을 하고는 걸음을 떼었다. 멀리서 나를 기다리고 있던 시종장이 점점 가까워졌다. 이윽고 내가 다다르자, 그가 품위 있게 나를 안내했다.

"저는 시종장 필립이라고 합니다. 카타리나 양, 이쪽으로 오시죠. 안으로 모시겠습니다."

나는 고개를 끄덕이고는 그의 뒤를 따랐다.

이전에 와본 적이 있다고는 하지만 잘 기억도 나지 않는 옛날 일이다. 복도를 걷는 내내 이 공간이 영 생소하게 느껴졌다. 미리 사람을 물려둔 것인지 따로 마주치는 이도 없이 실내는 그저 적막하다. 시종장인 필립조차 조용히 목적지를 향해 걷고만 있었다. 항상 시끄럽게만 살아왔던 나로서는 썩 마음에 차지 않는 안내역이었다.

그 시간이 그리 길지 않았음이 다행이었다. 시종장과 나는 곧 커다란 문 앞에 멈춰 섰고, 그것은 그 외양답게 과연 황제를 알현하러 가는 길목이었다.

시종장이 문 앞을 지키던 기사들과 몇 마디 주고받더니 문을 열고서 비켜섰다. 나는 한 번 숨을 들이켜고는 안으로 들어섰다.

왕과 독대를 하게 될 거라고 생각하지는 않았지만, 그렇다고 구경꾼이 이렇게 많을 것이라 예상했던 것도 아니었다. 그러나 알현실에는 왕과 1, 2왕자도 모자라 대신들까지 빼곡히 들어차 있었다.

모두의 시선이 내게로 향했던 통에 나는 불쾌함을 여과 없이 표출했다. 동물원 코끼리가 된 것 같은 기분은 질색이다. 눈을 가늘게 뜨고 대신들 쪽을 찬찬히 살피자 대부분이 헛기침을 하며 고개를 돌렸다. 금방 꼬리를 내릴 거면서 왜 그리 무례하게 굴었는지 모르겠다. 나는 적당히 고상해 보일 만치 턱을 치켜들고는 왕에게로 걸음 했다.

"리플렉츠가의 일원인 카타리나입니다. 지고하신 왕을 뵙습니다."

"고개를 들어도 좋다."

왕의 허락에 나는 시키는 대로 고개를 들었다.

우선 왕부터가 그리 나를 반가워하는 기색은 아니었고, 그의 옆에서서 오만한 낯으로 모든 것을 내려다보는 제핀 왕자는 배로 구역질이 났다. 사실 나름대로 아군이라고 칠 수 있는 1왕자조차 그리 믿음직스럽지는 않았다. 오랜 기간 그에게 충성해왔던 베인이라면 몰라도, 왕자는 나를 그저 장기말쯤으로 여길 것이 분명했다. 쓸모없어 보였다간 그대로 밟혀 판 밖으로 밀려나겠지.

그렇다면 결코 얕보여서는 안 될 것이다.

지금까지 스스로의 지성 수준에 딱히 불만을 가져본 적은 없었는데, 이제 와 '공부 좀 열심히 할걸.' 따위의 후회를 하게 될 줄은 몰랐다. 배워서 남 주는 것도 아닌데 시키는 대로 그냥 얌전히 달달 암기나 할 것을. 정원과 상점가를 쏘다니는 동안 머릿속에서 달아난 지식의 행방을 찾고 싶어지는 순간이다. 이제 와 후회해봐야 무슨 소용이 있겠느냐마는.

"리플렉츠…… 우리 카르스 왕가에 오래도록 충성해온 가문이지. 그렇지 않나?"

"그렇습니다, 전하."

나는 얌전히 수긍했다. 실제로 그것은 사실이 맞았다.

"짐이 어떤 이유로 이 자리에 영애를 불러들였는지 아는가?"

그러나 이번 질문에는 잠시 망설이고 말았다. 솔직한 대답을 돌려주어도 될까. 왕이 내게 바라는 것은 분명했으나, 내 목적은 분명히 그 반대에 위치하고 있었다.

그리고 모름지기, 모든 싸움에서의 필승법은 선빵이다.

"저를 살해하려 했던 배후를 밝혀내기 위함이신가요?"

뒤편에서 거센 기침이 터져 나왔다. 대신들 중 하나임이 틀림없다.

내가 기절시켰던 사제는 대신관이 훌륭한 바통 터치로 수거해 간 상태였다. 생전 처음으로 산만 한 기사들에게 위협당했을 심지 여린 사제는 내기 오늘 깨어나기도 전 완전히 진상을 털어놓았다. 몰테 자작부인이 담대히 내놓은 수가 제 살을 깎아먹은 셈이었다.

그녀는 빨리 처리하겠다는 생각에만 사로잡혀 나에 대해 제대로 알아보지도 않고 일을 벌였다. 조금 더 정성을 들여 신전에 잠입할 만한 실력 있는 살수를 불러왔거나, 적어도 예의 사제보다 입이 무거운 사람을 골랐다면 패배는 내 몫이었을 것이다.

다행히도 몰테 자작부인은 딱 내 예상만큼 멍청했다.

"물론 그것도 중요한 사안이지. 허나 누군가가 음해를 목적으로 벌였을지도 모르는 일이라, 그 문제는 조심스럽게 접근해야 할 것이야."

왕에게서 전보다 불편한 기색이 드러났다. 내가 '오 마이 뮤즈' 몰테 자작부인을 걸고넘어진 게 썩 마음에 들지 않는 모양이었다.

저와 제 사람들밖에 모르는 아둔한 인간. 나는 당신의 그 형편없는 여자 보는 눈 때문에 세상과 영원히 안녕할 뻔했다.

"전하의 깊은 안배에 감사드립니다."

그러나 불만스러운 티를 낼 수는 없었다. 첫술부터 대단한 걸 얻을 수 있으리라고는 생각지 않았기에 나는 그저 깊이 허리를 숙였다.

"내 영애를 부른 건 다른 뜻이 아닐세. 짐은 그대 가문의 오랜 충정을 의심하지 않아. 허나…… 근거 없는 소문이 번지는 건 막아야 하지 않겠나? 그게 그대에게나, 짐에게나 좋은 방향이겠지. 아니, 그런가?"

왕이 헛기침을 하며 말을 이었다. 본론에 근접해 가는 진행이었다.

"저 역시 그렇게 생각합니다, 전하."

또박또박 돌려준 대답에 왕이 눈썹을 지그시 들어 올렸다. 일개 귀족 영애치고는 지나치게 당차 보였을까. 확실히 많은 이들의 이목이 집중되는 것은 부담스러운 상황이었으나, 그렇다고 꼬리를 내릴 수는 없었다. 내 뒤편은 그 깊이조차 셈할 수 없는 낭떠러지다. 자칫 잘못하는 순간 머리부터 고꾸라질 거다.

"요즘 이상한 소문이 도는 것을 영애도 알고 있을 게야. 이건 리플렉츠가에도 해가 되는 일이지. 근거 없는 추문에 휘말리게 되었으니 말이야. 안 그런가?"

은근슬쩍 나와 대신관이 내린 신탁을 추문으로 매도하려는 그 속이

빤하다. 누가 연인 아니랄까 봐 몰테 자작부인과 말하는 수준이 똑같다. 나는 뻔뻔하게 눈을 깜빡였다.

"추문이라니, 어떤 일을 말씀하시는지 모르겠습니다, 전하."

"……항간에 나도는 예언을 말하는 것일세. 대신관의 말로는 그것이 영애가 내린 신탁이라지?"

"맞습니다."

"그래, 짐은 영애가 나쁜 뜻으로 일을 저질렀으리라고 생각지 않아. 여인은 충동적이고…… 이따금 사리에 맞지 않는 일을 저지르곤 하니까 말일세. 내 그것은 이해할 수 있다네. 다만 짐은 영애가 돌이킬 수 없는 실수를 저지르기 전에 바른길로 이끌어주고자 해."

언뜻 상냥한 척 늘어놓는 말 이면에 있는 뜻에 코웃음을 칠 뻔했다.

'거짓말이라고 해. 그럼 아량을 베풀도록 하지.'

왕은 대신관이 일이 커질 것을 두려워해 나라는 꼬리를 자른 것이라고 생각했을까. 그러니 저리 당당하게 내게 물러서라 말하고 있는 것일 터다.

"전하, 송구하오나 저는 그 신탁을 무를 수 없습니다. 주신 헤이론 님의 전언을 어찌 한낱 인간이 부정할 수 있다는 말씀이십니까."

내가 옅은 미소를 띤 채 말했다. 팔 받침대를 가볍게 그러쥐고 있던 왕의 손에 힘이 들어갔다. 나를 비웃듯 올라가 있던 2왕자의 입매 역시 바닥으로 고꾸라졌다.

"……영애의 말에 정녕 거짓이 없다 이 말인가?"

나는 목소리에 힘을 주었다.

"저를 시험하십시오, 전하."

대신들 사이에 술렁임이 심해졌다. 지금껏 1왕자와 2왕자로 갈라져 있던 뻔한 싸움판에 예기치 못한 새 인물이 등장했다. 어느 편에 섰든 긴장을 풀 수 없을 터다. 내가 내민 패는 2왕자에게 한없이 불리했지만 1왕자 쪽에 선 이들로서도 방심할 수는 없다. 만약 내가 이 대담한 사기극을 제대로 끝마치지 못하고 고꾸라진다면 그들이 더한 풍파를 맞을 수도 있기 때문이다. 그것을 예감한 듯 1왕자의 낯이 굳어졌다.

예상했던 반응이기에 냉대와 수군거림에도 상처받지 않았다. 대신 나는 보다 분명한 어조로 말을 마치었다.

"믿지 못할 얘기임을 압니다. 믿을 수 있게 만들어드리겠습니다. 제 능력을 시험하십시오."

왕이 입술을 깨물며 나를 가는 눈으로 응시했다.

"……영애가 무엇을 할 수 있지?"

"저는 주신 헤이론 님의 눈으로 시간을 봅니다. 그것은 현재와 미래를 가리지 않습니다."

나는 그리 말하고는 시선을 옮겨 2왕자를 보았다. 흠칫 놀란 그가 한 발자국 뒤로 물러섰다. 방금 한 말을 듣고 내게 투시 능력이 있다고 오해라도 했나? 2왕자의 거시기는 구경하면 돈을 준다고 해도 별로 눈에 담고 싶지 않거늘…….

그리 생각하니 자연히 조소가 번졌다.

"많은 분들이 이 예언을 들으셨을 것입니다."

나는 한 번 숨을 참고는 이곳을 온통 메울 만치 큰 소리를 내었다.

"두 번째 아들이 거슬러 올라간 하늘이 번개를 뿌린다.

붉게 물든 대지가 갈라지니, 통곡 섞인 비통한 울음이 들녘을 떠나질 않는구나.

본래의 어버이는 자식의 아픔을 그저 슬퍼하노라!"

"……."

"이것이 제가 본 미래입니다. 하늘을 거스르지 마십시오, 전하."

좌중이 조용했다.

분위기는 사람을 속인다. 이곳에 배어 있던 쓸데없이 엄중한 공기는 내 말에도 권위를 실어주었다. 이대로 나를 끌어낼 수도 있을 것이나, 그렇다면 2왕자의 행보에 내내 불신의 눈이 따라붙을 것이다.

“내 왕실을 모독한 죄로 영애를 처벌할 수도 있네.”

왕이 심각한 음성으로 말했다. 그도 둘째 아들 하나 왕좌에 앉혀주자고 나라를 말아먹긴 두려웠던 모양이다.

“나라를 위한 참언이 어찌 죄가 된다는 말씀이십니까?”

“그것이 진정 참언인지는 영애의 뜻대로 시험해보면 알 수 있겠지. 좋다. 영애의 제안을 받아들이겠어. 그대는 이 왕궁에 머물며 내가 내리는 세 가지 시험을 치르도록 하게. 그대가 진정 신의 대변인인지는 그 후에 판단하겠다.”

안도의 한숨을 내쉴 뻔했으나, 사람들의 시선에서 벗어난 상태가 아니었으므로 눌러 참았다.

“내 외궁에 따로 방을 내어주지. 그곳에 머물며 전언을 기다리도록 하게. 이만 물러가도록.”

“전하의 아량이 하해와 같습니다.”

성의 없이 고개를 까딱인 왕이 옆에 있던 시종에게 명령했다.

“시종장에게 안내를 맡으라 전해.”

허리를 깊이 숙인 남자가 부리나케 내 쪽으로 다가왔다. 나는 그의 안내대로 다시 왔던 길을 돌아 나갔다.

완전히 뒤로 돌아서기 전, 나는 2왕자 쪽에 잠시 시선을 주었다. 과연 그가 어떤 표정을 짓고 있을지 문득 궁금해졌던 탓이다. 그는 잔뜩 빨갛게 달아오른 얼굴로 분을 삭이고 있었다. 한껏 인상을 쓴 채 나를 죽일 듯이 노려보면서 말이다. 스스로가 재미없는 사람이라는 걸 저렇게 대놓고 광고할 줄은 몰랐다.

몰테 자작부인이나 그 아들이나 저렇게 예상 가능한 짓만 벌여서야, 상대하는 재미가 없지 않나.

나는 가볍게 입꼬리를 끌어 올렸다. 문이 닫히는 소리와 동시에 뒤편에서 험악한 욕설이 터져 나왔다.

"멍청한 놈."

내가 나에게만 들릴 만한 크기로 중얼거렸다.

멍청한 티를 내지 않도록 조심해야 하는 건 내가 아니라 2왕자 쪽이었다. 모두가 모여 있는 앞에서 저렇게 바닥을 드러내서야, 마치 제가 왕이 될 재목이 아님을 광고하려는 작정인 듯싶지 않은가.

"외궁으로 안내해드리겠습니다."

자연스럽게 앞서 나오던 시종과 자리를 바꾼 시종장이 절도 있게 고개를 숙였다. 나는 시종장의 뒤를 따라 걸으며 느리게 기지개를 켰다. 긴장이 풀리고 나니 안에서는 언감생심 떠올리지도 못했던 불만이 차오른다.

'세 번이라니……. 인생은 한 방 모르나.'

왕의 시험은 내가 꾀를 낸 바였으나, 그걸 치사하게 세 번씩이나 물고 늘어질 줄은 몰랐다. 소심하기도 하지.

"카타리나 양께서 머무실 곳은 여기입니다. 사절 같은 중요 외부인들이 방문했을 때 내어드리는 숙소인지라 지내시기에 불편함은 없으실 겁니다. 리플렉츠가의 영애시니 주의 사항은 당연히 숙지하고 계시겠지만, 직계 왕족이 머물고 계시는 본궁 출입은 자제하셔야 합니다."

시종장이 벽과 통일되게 맞춘 하얀 문을 열며 설명했다. 나는 천천히 그 안으로 들어갔다. 사기꾼에게 내어주는 것치고는 지나치게 훌륭한 숙소였던지라 속으로 조금 웃었다.

“바깥출입은 이곳의 시녀장인 앨리스 씨에게 문의하시면 됩니다. 시중을 들어줄 시녀 역시 그녀가 붙여줄 겁니다.”

“아.”

“질문이라도 있으십니까?”

“어릴 적부터 가까이한 담당 하녀가 있어서요. 웬만하면 치장이나 목욕 같은 사적인 부분은 그녀에게 맡기고 싶은데, 불러들일 수 있을까요?”

“하녀의 이름이 혹 어떻게 되죠?”

“레이예요. 레이 아담첼.”

“그럼 그렇게 전해두도록 하겠습니다.”

“예, 고마워요.”

“별말씀을요.”

노년의 신사가 부드러운 미소를 지으며 문을 닫았다. 나는 무너지듯 침대 위로 쓰러졌다.

“드디어 혼자가 됐네.”

평생 안 하던 고상한 척을 하려니 힘들군.

나는 천장을 올려다보며 배를 문질렀다. 긴장이 심했던 탓인지 저녁때가 되었는데도 별로 배가 고프지 않았다. 요 근래 벌어진 일들이 내내 소시민적으로 살아왔던 내 일상과는 통 맞지 않는지라 몸이 적응을 거부하는 듯도 싶다. 답답한 실내에서 압박 신문 비슷한 것을 당했더니 무언가 탁 트인 걸 시야에 담고 싶었다. 나는 곰곰이 시종장이 남긴 말을 되짚어보았다.

‘왕가 일원들의 처소로는 걸음 하지 말라고 했지만…….’

“그 말은 그 외의 다른 곳은 가도 괜찮다는 거지?”

제멋대로의 해석이었지만 나가보아도 별 상관은 없을 것이다. 내가 걸음 하려는 곳은 경비가 삼엄한 안이 아니라 외곽 쪽이었으니까.

그대로 벌떡 몸을 일으켜 밖으로 나왔다. 마차를 타고 들어왔던 중앙로를 따라 베인을 찾을 예정이었다. 알현을 마친 지 얼마 되지 않았으니 아마 그는 아직 돌아가지 않았을 것이다.

이제 곧 카타리나 리플렉츠가 왕으로부터 세 번의 시험을 받게 된다는 소문이 물결처럼 번져나갈 테니 그도 상황 파악은 하고 있겠지만, 그래도 우리는 더 상세한 대화를 나눌 필요가 있다.

다행히 길치는 아닌 편이라 시종장과 함께 걸어왔던 길을 무사히 돌아 나왔다. 본궁으로 향하는 길로 갈라질 즈음 반대쪽으로 걸음을 돌리자 금방 큰길이 나왔다. 빠르게 걸었더니 벌써 숨이 차다.

"단련이라도 좀 해야 하나."

한숨을 쉬며 자리에 멈춰 섰다. 시험대에 든 탓일까, 스스로의 부족한 점만 눈에 차고 있었다. 하기야 본 능력에 비해 배짱 좋게 일을 벌이기는 했지. 나는 이제까지 벌어진 일들을 한번 손가락으로 꼽아보았다.

"신탁에, 탈출에, 왕과의 내기라니……."

점점 작아지는 음성에 회한이 섞였다. 여주인공의 행보에 좀 가까워지고 있는 것 같긴 한데, 과연 해피 엔딩으로 끝날 수 있을까? 만약 오픈 엔딩이나 특히 새드 엔딩 따위로 끝난다면 억울해서 죽어도 눈을 못 감을 거다. 그따위 결말을 내려고 내가 죽을 똥 살 똥 2왕자에게 똥을 던져온 게 아니다.

나는 피식 웃으며 중얼거렸다.

"파란만장하구먼."

"그보다 위험을 경각하셔야지요."

뒤에서 들려온 음성에 깜짝 놀라 뒤로 돌았다. 방금 내가 한 말을 다른 이가 들었다는 것 자체로 문제이지만, 상대는 개중 가장 의외인 인물이었다. 나는 당황해 말했다.

"루센 경, 여긴 어쩐 일로……."

"일단 자리를 옮기죠."

루센이 굳은 얼굴로 내 팔을 끌어당겼다. 얼이 빠진 상태였던지라 나는 그대로 그의 뒤를 따랐다. 인적이 드문 곳으로 향하고 나서야 루센은 나를 놓아주었다.

나는 말없이 그를 올려다보았다. 불만의 표시라기보다는, 어떤 말을 꺼내야 할지 감이 잡히지 않았다는 편이 옳았다.

"왜……."

"왜 그러셨습니까?"

"예?"

알 수 없는 물음에 나는 인상을 찡그렸다. 루센은 참지 못하고 그만 성을 내었다.

"왜 그런 위험한 짓을 하셨습니까?"

"들었나요?"

그가 이렇게 물고 늘어질 일은 하나밖에 없다.

얼마나 지났다고 벌써부터 이야기가 번졌는지. 뭐, 예상한 바이기는 하다만.

내 태평한 태도에 루센은 열이 오른 모양이었다.

"들었느냐고요? 예, 들었습니다. 당신이 무슨 미친 짓을 하고 나왔는지 말입니다. 얼마나 신나는 화젯거리인지 입 무겁다는 기사까지 벌써부터 말을 옮기더군요. 당신이 목숨이 아홉 개라는 고양이라도 됩니까?"

벌써부터 이야기가 돌고 있다고 하니, 왕실 제1기사단 소속인 루센은 어렵지 않게 말을 전해 들었을 것이다. 그가 내게 고함치고 있음에도 나는 별로 화가 나지는 않았다. 나를 걱정해 이러는 것임을 알고 있기 때문이다. 그다지 주춤하는 기색도 없고, 그렇다고 반론도 않는 나를 보며 루센은 더 언성을 높였다.

"3년 뒤 미래를 안다고 이런 일을 벌이시는 겁니까? 위험합니다. 변수가 너무 많아요. 베인 조르제, 그 잘난 인간은 당신을 이렇게 위험한 곳에 밀어 넣고 잠이 온답니까? 저는 이런 꼴을 보려고 물러난 게 아닙니다. 저는……!"

"제가 행복하기를 바랐겠죠."

"……."

"이게 다 제가 행복해지기 위해서 하는 일이라고 하면, 믿을 건가요?"

"……혹 그 남자가 혼인을 빌미로 협박이라도."

"세상에, 루센. 그럴 리 없다는 걸 알지 않나요?"

내가 가당치도 않다는 듯 웃었다.

그에게 무어라고 설명을 해야 할까? 쉽게 감이 잡히지 않아 나는 가만히 오른손으로 왼팔을 쓸었다.

"몰테 자작부인이 나를 죽이려고 했어요. 다른 이유가 필요한가요?"

"그것은 그대가 베인 경의 편을 들었기 때문일 겁니다. 만약 베인 경이 2왕자를 지지한다면 이 기 싸움도 모두 끝나겠죠. 카타리나, 그대도 알지 않습니까. 2왕자가 왕이 되었던 미래를요. 베인 경을 설득해요. 그는 파멸의 길로 향하고 있어요. 제가 그대를 베인 경에게 보내주었던 건 그대를 믿었기 때문입니다. 베인 경이 1왕자에 대한 지지를 철회하게끔 당신이 인도하리라 여겼죠. 그런데 일은 더 위험하게만 흘러가고 있군요."

"이제 와 제가 항복한다고 2왕자가 봐주리라 생각하시나요?"

형태는 질문이었지만, 대답은 필요 없다는 듯 나는 고개를 저었다.

"그건 절대 아닐 거예요. 상투적인 표현이지만 돌이킬 수 없는 강이 있다면, 저는 그걸 건넌 셈이죠."

"……왜……, 왜 그리했습니까? 대체 왜……."

루센의 음성엔 더없는 안타까움이 스며 있었다.

나는 문득 궁금해졌다. 루센은 정해진 미래는 바꿀 수 없다고 여기는 걸까?

2왕자가 왕이 되면 많은 이들이 죽어나간다는 걸 그도 인지하고 있었다. 제핀 왕자가 오르는 왕좌는 피로 얼룩질 것이다. 그는 그걸 알면서도 침묵을 택하고 있다. 과거에도 그레미오가는 중립에 섰고, 루센이 기억을 되찾은 지금도 다르지 않았다.

하기야 나 역시도 스스로의 미래가 걸렸단 걸 몰랐을 때에는 바꿀 생각도 하지 않았었지. 그를 탓할 일은 아니다.

"2왕자가 왕이 되면, 저를 죽일 거예요."

"그런 일은 벌어지지 않을 수도 있습니다."

"아니요, 반드시요."

내 말을 들은 루센의 표정이 이상하게 일그러졌다.

"……무언가를 알고 계십니까?"

"그대가 알고 있는 것보다 더한 과거와 미래를요."

"그게 무슨……."

"그대는 단 한 번의 회귀도 믿지 않았었죠. 그것이 반복되었었다고 하면, 당신은 이번에도 부정할 건가요?"

루센의 얼굴이 하얗게 질렸다.

"그게 무슨 말씀이십니까?"

나는 잠시 망설였다.

그에게 이 말을 해도 좋을까?

나와의 사랑을 기억하는 그가, 이제 와 내 적으로 변하리라고 생각하지는 않았다. 하지만 그래서 더더욱 모든 걸 털어놓기가 버거웠다. 그가 기억하지 못하는 그의 악행을 밝히는 것이 어딘지 비겁하게 느껴졌다. 그는 분명히 충격받을 것이다.

하지만 나는 그대로 입술을 떼었다.

"한 여자가 있었어요. 시간을 돌아와, 모든 걸 잊은 약혼자를 다시 얻기 위해 무던히도 노력한, 하지만 결국 달아난 마음을 어쩌지 못해 다른 남자에게 향했던 멍청한 여자가요. 그녀는 광인 취급을 받을 걸 각오하고 새로운 연인에게 모든 걸 털어놓았어요. 하지만 그는 그다지 놀라지 않았어요. 대신 아주 재미있는 이야기를 들었다는 듯, 이렇게 바꿔 말했죠."

루센이 이 왕위 싸움에서 스스로를 엑스트라라고 생각해 결단을 미루었다면, 그를 주연으로 끌어들이는 수밖에는 없다. 다른 무엇도 아닌, 연인을 구하려는 두 번째 남주인공의 역할로 말이다. 이용할 수 있는 건 다 이용해야 하는 내 신세가 처량맞게 느껴졌지만, 나는 말을 멈추지 않았다.

"'그녀가 시간을 돌아온 것은 총 세 번.'"

루센이 짧게 숨을 들이켰다.

"잠깐, 당신이, 당신이 지금 말하려는 게 설마……."

나는 미미한 미소를 지어 보였다. 그리고 털어놓았다.

연인을 잃고 비통함에 날뛰었던 공작과, 그가 돌려낸 시간과, 그럼에도 계속된 죽음과, 결국 드러난 그 배후를.

그리고 본래는 여자를 죽인 살인자였으되 모든 걸 잊고 그녀를 사랑하게 된 어리석은 남자를.

"루센, 저를 죽인 건 당신이었어요."

그의 낯은 백지장처럼 질려 있었다. 나를 보고 있지만 그 시선이 내 눈을 향한 것 같지 같았다. 한참의 침묵 후에 그는 결국 불신의 말을 내어놓았다.

"그럴 리 없습니다."

"믿기지 않는다면 믿지 않아도 좋아요. 저는 전처럼 그대를 쫓아다니며 사실을 증명할 여유가 없어요. 제 살길 챙기기도 벅차거든요. 그대는 어떻게 생각하는지 모르겠지만, 제 목숨 줄이 정말 고양이 같지는 않아서요."

"……."

"하지만 제가 적어도 이 일에 있어서만은 거짓을 말한 적이 없음을, 그대도 알 거예요."

말을 마치고 나는 루센을 가만히 올려다보았다. 묻어두었던 우리 사이의 오랜 질문을 꺼냈다.

"여주인공을 죽였던 남자와 지금 그녀에게 고백하는 남자는, 다른 사람일까요?"

"……."

"저는 모르겠어요. 결론을 내리려고 하면 저와 그대 사이가 너무 슬퍼져요. 같은 사람이어서는 안 될 말이고, 다른 사람이라고 하면 그건 그것대로 비참하잖아요. 하지만 만약 둘을 따로 볼 수 있다고 하면, 그렇다면."

"……."

"……당신은 그녀에게 고백하는 남자인가요?"

루센은 입을 열지 않았다. 나는 처연한 웃음을 지었다. 애정이 남지 않았어도 인정까지 버린 건 아니기에 그의 이런 모습이 슬펐다. 그를 괴롭게 하는 것이 미안했다.

"저는 살 거예요. 살아남아야 해요. 그러니 제 불운을 걱정하지는 마요."

그에게 더 해줄 말이 있을까?

나는 잠시 고민했지만, 결국 그대로 걸음을 돌렸다. 방으로 돌아가야겠다. 베인을 만날 요량으로 나온 것이었으나 지금 그의 얼굴을 마주할 용기가 없었다. 그것은 베인에게도, 루센에게도 예의가 아니었다.

한번 찍힌 발자국 위로 다시 신을 겹치는 길, 그 위에서 나는 많은 것을 떠올렸다.

이 앙큼한 반란에 루센이 손을 더해주길 바라 이야기를 꺼냈다. 하지만 막상 입 밖으로 내고 나니 그의 도움을 받고 싶지 않아졌다. 그가 여주인공을 죽였던 남자든 그녀에게 고백하는 남자든, 여자는 여전히 그를 알 수 없을 것임이 분명했으므로.

방으로 돌아오자마자 쓰러지듯 잠들었다. 오후까지 긴 잠을 자다 나온 것이었음에도 나는 무리 없이 꿈나라로 향했다. 아무것도 생각하고 싶지 않다고 시위하는 머리 때문에 몸도 항복한 듯싶다. 머리와 베개가 합체한 시간이 일러서인지 다행히도 입궁 첫날부터 늦잠을 자지는 않았다.

나는 주위를 둘러보며 머리를 벅벅 긁었다. 침실이 왠지 낯설게 느껴졌는데, 생각해보니 낯선 게 당연했다. 순간 궁으로 들어온 걸 까먹고 내 방이라고 착각했다. 잡념을 치울 생각으로 잠을 청한 것인데, 말 잘 듣는 머리는 모든 고뇌를 완전히 비워낸 모양이었다. 잠을 너무 자서인지 어떤 생각도 길게 이어지지 않았다. 다행이라 여겨야 할지, 아니면 스스로의 단순함을 욕해야 할지 모르겠다.

"안에 계신가요?"

높은 톤의 목소리와 함께 노크 소리가 들려왔다. 나는 목을 가다듬고는 허락의 말을 전했다. 이윽고 문이 열리고 단정한 얼굴의 여자가 걸어 들어왔다. 스스로에게 엄격한 인물인 듯 잘 정리된 금발이 반짝였다. 빈틈없이 틀어 올린 상태지만 언뜻 보아도 결이 좋았다.

방으로 들어온 인물은 그녀뿐만이 아니었다. 주근깨가 매력적인 소녀 아이와, 다른 한 사람은…….

'피오니?'

조금 놀랐지만 티를 내지는 않았다. 나는 피오니에게서 자연스럽게 시선을 떼어내며 물었다.

"무슨 일인가요?"

"안녕하세요, 저는 이 궁의 관리를 맡고 있는 시녀장 앨리스 헤밀턴이라고 합니다. 간밤엔 잘 주무셨나요?"

"네, 더분에요."

나는 부드러운 미소를 지어 보였다. 왕과 2왕자가 싫다고 아랫사람들까지 미워할쏘냐.

"어제 간단한 설명을 드리려고 찾아왔었는데, 주무시는 모양인지 답이 없으셔서 인사가 조금 늦어졌습니다. 페니, 이리 오렴."

페니라 불린 소녀가 앞으로 걸어 나왔다. 앨리스가 페니의 어깨를 손으로 가볍게 쥐었다 떼어내며 말했다.

"앞으로 궁 생활을 도와드릴 아이입니다. 어릴 때부터 궁에서 일하며 교육받아 이곳 지리와 예법에 밝답니다. 인사드리렴, 페니."

"잘 부탁드려요, 아가씨."

페니가 깊숙이 고개를 숙여 인사했다. 열여섯 남짓쯤 될까? 어쨌든 성인 같지는 않았다.

"그리고 본가에서 부리던 하녀를 요청하셨다고 들어 리플렉츠가에 따로 연락을 해두었었습니다. 오늘 아침 궐문이 열리자마자 입궁했더군요. 레이 아담첼 양? 이쪽으로 오세요."

레이 아담첼? 어찌 된 영문일까.

몹시 당황스러웠지만, 사실 이 상황이 무얼 의미하고 있는지는 분명했다. 앞으로 나선 피오니가 입꼬리를 끌어 올렸다. 그 미소의 뜻이 무엇인지 나는 어렵지 않게 깨달았다. 당연히도 우리 사이의 묘한 기류를 깨달았을 리 없는 앨리스가 설명을 마쳤다.

"각자 생활시간이 다른 것을 고려해 외빈의 식사 시간은 따로 정해져 있지 않습니다. 페니를 통해 일과 시간을 간단히 알려주시면 따로 주방에 전달하도록 하겠습니다. 의류나 기타 물품이 필요할 때에도 페니에게 심부름을 시키시면 됩니다."

"전하의 전언은 따로 없나요?"

"네, 아직까지는요. 더 궁금하신 것이라도?"

"없어요."

"그럼 저는 이만 나가보겠습니다. 불편한 점이 있으시면 언제라도 편히 말씀 주세요."

교관처럼 차려입고 있어 딱딱한 성격일 줄 알았는데 태도는 레몬색 머리칼마냥 상큼했다. 나는 앨리스가 문밖으로 나서자마자 페니를 불렀다.
“페니, 배가 고픈데 주방에서 식사를 가져다줄래?”
“네, 금방 다녀오겠습니다!”
자연스럽게 페니를 방 안에서 치워낸 나는 내 침대 옆을 툭툭 쳤다. 앉으라는 손짓에 피오니가 금방 내 옆으로 다가왔다.
“뭐야?”
“뭐가요?”
“왜 네가 왔냐고.”
“그럴듯한 사기꾼이 되도록 도와달라고 하셨잖아요?”
피오니가 다소 짓궂게 느껴지는 미소를 띠었다. 레이를 통해 왕궁과 리플렉츠가를 오가게 하며 조언을 얻을 생각이었는데, 귀찮은 일이 줄었다. 위험 부담은 좀 커졌지만.
“그럼 이제부터 레이라고 불러야겠네?”
“그렇죠?”
“실수 안 하게 조심해야겠네.”
“전 연습하고 왔어요. 피오니라고 부르는데 뒤돌아보지 않을 때까지.”
“준비성이 대단한데?”
나는 눈썹을 치켜 올리며 감탄했다.
아니다, 이런 이야기나 하고 있을 때가 아니다. 페니가 따끈따끈한 내 식사를 들고 오기 전에 쓸 만한 정보를 뜯어내야 한다. 나는 곧장 본론으로 들어갔다.
“그래서 왕이 첫 번째 시험으로 뭘 낼까? 얼른 알아내봐.”
“그걸 어떻게 알아요?”
“그럼 당신이 있는 보람이 없잖아.”

그러고 보니 좀 걱정이다. 근 3년 안의 미래라고 하면 어렵지 않게 대답할 자신이 있는데 만약 다른 방식으로 검증하려 든다면?

예지 능력을 시험한다고는 하나 적당한 시일 안에 끝을 맺어야 할 것이다. 10년 후 미래를 예언하라 해놓고 그때까지 기다려 답을 확인할 수는 없을 테니까. 근시일 내에 일어날 일들에 대해 물을 것이라 여겨 일을 벌였는데, 그게 아니라면 좀 많이 암담해진다.

"일단 문제 나온 다음에 생각해봐요. 아가씨도 아실 만큼은 알고, 그 외의 건 제가 보조해드리면 되니까. 만사를 부정적으로만 생각하면 될 일도 안 돼요."

"으음……. 전혀 위로가 안 되는데……."

고개를 절레절레 내젓는데 바깥에서 명랑한 목소리가 들려왔다.

"아가씨, 식사 들이겠습니다!"

헉, 이 친밀한 장면을 내보여서는 안 돼!

나는 재빨리 피오니를 침대 밖으로 밀쳐냈다. 바닥으로 철퍼덕 쓰러진 피오니가 황급히 몸을 일으켰다. 그녀가 헛기침을 하며 숨을 가다듬을 즈음 페니가 트레이를 들고 들어왔다.

"간단한 스튜와 빵을 준비했어요. 아참, 그리고 1왕자님께서 뵙기를 청하셨어요. 식사 중이라 일러드렸으니, 아마 단장을 마치시면 찾아오실 거예요."

"1왕자님?"

"네."

다소 의외다 싶은 방문자다. 2왕자라면 칼부림을 하러 뛰쳐 들어올 성싶지만 1왕자라. 그 의중이 도통 짐작되지 않았다.

하기야 그로서도 나와 이야기는 해보아야 할 것이다. 일단 말을 나눠봐야 한편으로 들이든 경계를 하든지 할 테니 말이다.

생각을 마친 나는 부지런히 페니가 가져온 음식을 먹었다. 왕실 요리사 솜씨는 어떨까 기대했는데 실제로는 그냥 그랬다. 리플렉츠가의 주방장도 경력으로는 어디 가도 모자라지 않지.

내가 식사를 마치자 페니는 부지런히 상을 치웠고, 약간의 단장을 거쳐 나는 1왕자의 앞에 나섰다.

"오랜만에 다시 뵈어요, 저하."

너무 조용해서 뭐라도 말해야 할 것 같아 입을 열었는데, 1왕자는 그런 나를 빤히 쳐다보기만 했다.

"할 말이 있으셔서 오신 게 아니었던가요?"

내 말에 1왕자가 미간을 좁혔다. 탐색이라도 하듯 잠시 방 안을 왔다 갔다 하던 그가 뚝 걸음을 멈췄다. 불쑥 내 앞으로 다가선 그가 추궁하듯 물었다.

"신의 대리인이라고 했나?"

"제 입으로 그런 말을 한 기억은 없는 것 같지만, 네, 뭐…… 말하자면, 맞습니다."

대답을 회피하다가 매서운 기색에 그대로 고개를 끄덕였다.

세상에, 신의 대리인이라니…… 쪽팔려…….

이러려고 1왕자 편을 들었나 자괴감이 들고 괴로웠다.

그런 내 마음을 아는지 모르는지, 물론 당연히 모를 것이고 알아도 신경 안 쓸 테지만 어쨌든 1왕자가 다시 질문을 던졌다.

"2왕자가 왕이 되면 이 나라가 망한다?"

지금 내 앞에 선 초조한 안색의 남자는 파티장에서 보았던 것과 다소 다른 모습이었다. 그전의 여유롭던 태도는 어딘가로 자취를 감춘 후였다.

"네, 뭐 그것도 다소 비약적인 말씀입니다만…… 네, 뭐…… 말하자면 맞습니다."

전보다 내 태도가 불량해졌음에도 1왕자는 그리 신경 쓰는 기색이 아니었다. 그는 제 생각에 골몰하고 있었다.

"왜 나를 찾아오지 않았지? 그대에겐 기회가 있었어. 제핀 녀석이 왕이 되지 않기를 바랐다면 나를 찾아와 힘을 보탤 기회가 몇 번이고 있었지."

"제가 헤이론 님을 접한 것은 비교적 최근의 일입니다."

나는 뻔뻔하게 대답했다. 하도 거짓말을 하다 보니 이젠 입에 침을 안 발라도 혀가 매끄럽게 움직인다. 물론 1왕자의 말대로 따로 그를 찾아가 참모 역할을 하는 방법도 있었을 것이다. 하지만 나는 사기를 치러 온 것뿐이다. 1왕자에게 그럴듯한 조언을 해줄 재간은 없다. 쓸 만한 말은 나와 같은 기억을 가진 베인이 벌써 내놓았을 테고 말이다.

그게 아니더라도 이런 큰 사건이 없는 이상 1왕자가 나를 믿어줄 가능성은 미약했다. 내겐 1왕자를 왕으로 세우는 것만이 문제가 아니었다. 나는 내 목숨도 같이 챙겨야 한다. 1왕자 측에 몰래 접촉했다면 나는 변변찮은 보호도 얻지 못한 채 2왕자가 보낸 살수에 목이 슥삭 잘렸을 것이다.

지금 와서는 보는 눈이 많을 테니 그나마 화려하게 죽을 걱정은 덜었다.

"아니, 그래도 그대에겐 기회가 있었어. 적어도 몰테 자작부인이 살수를 쓴 직후 나를 찾아올 수 있었다. 베인을 통해서라면 어렵지 않게 접촉할 수 있었겠지. 이렇게 만천하에 존재를 드러내는 대신 말이야."

"무슨 말씀을 하시는 건지 모르겠습니다."

"따로 원하는 것이 있나? 이렇게 나서야만 얻을 수 있는 것이 있었겠지. 안 그래?"
"왕자 저하, 저는 나라를 위한 충정으로 나섰을 뿐입니다."
나는 당당하게 1왕자의 눈을 마주 보았다. 무례를 꾸짖을지 모른다는 생각이 들기는 했으나, 그전에 그의 의심을 삭히는 것이 더 중요했다. 의외의 변수에 1왕자는 제 몸을 발끝까지 긴장시키고 있었다.
이윽고 숨을 진정시킨 남자가 물었다.
"……베인은 알고 있었나?"
"예."
"베인은 내게 그런 말을 한 적이 없네만."
"세상의 뭇매를 맞을 것이 두려워 제가 숨겨달라 청하였답니다."
이렇게까지 말했음에도 1왕자는 무언가 꺼림칙한 기색이었다. 그가 제 이마를 문지르더니 긴 숨을 토해냈다.
"베인은…… 나를 속이지 않아."
……뭐지? 이 쓸데없이 의미 부여되는 대사는…….
내 남편과 브로맨스를 찍으려 들었다간 가만히 두지 않겠다. 나는 1왕자의 영역 침범을 단칼에 잘라냈다.
"사랑하는 여자의 안전을 위해 비밀을 지킨 신하의 기사다움을 부디 갸륵히 여겨주시어요."
그만 좀 넘어갔으면 좋으련만, 1왕자는 쓸데없이 의심이 많았다. 그와 내 목적은 조금 달랐지만 그 행선은 겹쳐져 있다. 1왕자가 나를 믿어 손해를 볼 일은 없다.
하지만 1왕자에게 이러한 행운은 익숙지 않은 것이었다. 그는 날 때부터 2왕자에게 많은 것을 빼앗겨왔다. 대가 없이 다가온 나라는 원군을 의심하는 것도 어찌 보면 당연한 일이다.
나는 먼저 그를 안심시키기로 했다.

"무얼 의심하시는 건가요?"
"뭐?"
"저를 의심하고 계시지 않습니까? 이상한 일이네요. 방금 베인 경에 대한 신뢰를 말씀하시지 않았나요? 저는 그의 부인 될 사람이랍니다."
"하지만."
"보다 분명히 말씀드릴까요? 저는 1왕자님께 도움을 드리면 드렸지 해가 되지는 않을 겁니다."
1왕자가 지그시 입술을 깨물었다. 잠깐의 침묵 끝에 그가 입을 열었다.
"……그래, 그렇다고 치지. 하지만 짚고 넘어가야 할 게 있어."
"말씀하세요."
"그대는 결코 실패해서는 안 될 것이야. 그 점을 기억해."
미안하지만 그 사실은 내가 가장 잘 알고 있었다. 1왕자의 각오보다 내 각오가 더 크다. 그에게 나는 쓰고 버릴 장기말일 것이나 나는 이 판에 내 목숨을 걸었다.
걱정하지 말라는 대답을 돌려주려 했으나, 문득 떠오른 생각이 있어 나는 이렇게 되물었다.
"제가 실패한다면, 어찌하실 작정이시지요?"
"내가 직접 나서서 영애를 쳐야겠지. 꼬리를 자르는 것으로 끝날 수 있도록, 감히 부왕을 현혹한 악녀를 처단할 것이다."
"무섭군요."
내가 피식 웃으며 대꾸했다.
하도 여러 번 죽다 보니 상대가 내 목숨을 논하는데도 별로 겁이 나지 않았다. 진짜 목에 칼날이 들어오면 몰라도 말뿐이라면야.

나는 삼삼하게 '실패하더라도 2왕자의 칼에 죽지는 않게 생겼군.' 같은 팔자 좋은 생각이나 했다.

"……지난번 보았을 때에는 그저 당찬 아가씨라고 생각했는데, 지금 보니 간이 배 밖으로 나온 듯싶군. 그대는 죽음이 두렵지 않나?"

1왕자의 발언에 대개는 동의하는 바였지만 마지막 건 아니었다. 몇 번이고 경험했어도 죽음은 두렵다. 시야가 까맣게 물들며 아무것도 느껴지지 않는 무형의 끝. 그걸 다시 겪지 않기 위해 나는 살아남을 것이다.

"왕자님, 저는 결코 죽지 않을 겁니다."

내 결연한 발언에 이 살얼음판 같은 기 싸움에서 1왕자가 한 발짝 물러섰다.

"그대의 바람대로 되었으면 좋겠군. 그대가 성공하기를 나 역시 무던히 바라."

"하실 말씀은 그게 끝인가요?"

"……아닐세, 본론은 지금부터야. 왕께서 첫 번째 시험에 대해 전하라 하셨어. 아랫것을 시키려는 걸 영애와 이야기를 나누기 위해 내가 대신 오겠다고 한 거야."

생각보다 진행 속도가 빨랐다. 하긴 왕으로서는 눈에 거슬리는 걸 빨리 치워버리고 싶은 심정이겠지. 상대가 눈에 불을 켜고 달려들 것을 생각하니 조금 긴장이 된다.

내가 미간을 좁히며 물었다.

"저는 어떤 시험을 보게 되나요?"

"그건 나 역시 알지 못하네. 첫 번째 시험은 오로지 왕께서만 주관하고 계시니까. 문제는 이것일세. 영애는 지금부터 일주일에 하나씩 총 세 가지 시험을 치르게 될 거야. 첫 번째 문제는 부왕께서, 두 번째 문제는 제핀 왕자가, 마지막 문제는 내가 내기로 정해졌어."

곰곰이 이야기를 듣는데 무언가 의문이 생긴다. 보통 마지막 단계가 가장 어렵지 않던가? 내 아군일 수도 있는 1왕자를 그 순서로 밀어 넣은 것이 잘 이해가 가지 않았다.

나는 의아해 되물었다.

"1왕자님께서 마지막이신가요?"

"그래, 그게 무얼 의미하는지 아나?"

나는 고개를 저었다.

"적어도 첫 번째와 두 번째에선, 내가 영애를 도와줄 수가 없다는 뜻이지. 참으로 비열한 수야. 부왕은 중간 과정을 거치는 것만으로도 백성들에겐 충분한 검증이 될 것이라는 걸 알아. 그대는 사람들의 기억에 남을 테고 말이야. 부왕께서는 첫 번째, 그게 아니더라도 두 번째 판에서 그대를 완전히 잘라낼 생각이시네. 아마 내가 문제를 낼 기회는 오지 않겠지."

1왕자가 나와 눈을 맞추며 말을 맺었다.

"그대가 가짜 대리인이라면 말이야."

"저희는 느긋이 극적인 판을 꾸릴 수 있겠네요."

나는 내가 가짜 대리인이라는 전제 자체를 무시하며 말했다. 내 여유로운 태도에 1왕자가 눈을 가늘게 떴다. 나는 어깨만 가볍게 으쓱였다. 이미 벌어진 판에 겁먹은 티를 내봤자 내 손해다. 더 책잡을 것을 찾지 못한 1왕자의 시선이 느리게 떨어져 나갔다.

"첫 번째 시험은 내일 있을 거야. 자네의 무운을 비네."

"네, 감사합니다."

나는 고개를 꾸벅 숙이며 인사했다. 그런 내가 마땅찮은 듯 1왕자는 표정을 풀지 않은 채 돌아섰다. 나는 남자의 등에 대고 잽싸게 혀를 내밀었다. 당연히도 1왕자는 알아채지 못한 채 방을 나섰다.

지금은 나를 불신의 눈으로 보고 있지만, 제 전력이 될 거라는 판단이 서면 이 의심도 수그러들 것이다. 다만 그 과정은 조금 불쾌했다.

대놓고 편을 들어줬는데도 찬 빵 신세라니!

“궁 사람들은 너무 의심이 많아.”

형체 없는 악의가 시종일관 사람을 찌르는 곳이다. 내가 두 왕자 중 하나였다면 진즉 정신병에 걸렸을지도 모르겠다.

으음, 그러고 보니 2왕자가 좀 미친 사람 같기는 하다.

그놈의 또라이력은 후천성이었던가? 그렇다면 왕자가 아닌 제핀은 지금보단 멀쩡한 사람이었으려나?

나는 한번 상상해보았다. 어미가 몰테 자작부인이 아니었다면, 혹은 아버지가 왕이 아니었다면 2왕자는 어떤 사람이 되었을까?

동네의 양아치 자리를 꿰찼을지는 몰라도 폭군과는 거리가 멀었을 것이다. 조물주의 끔찍한 제비뽑기가 나라를 말아먹고 있었다. 골목대장도 못할 인간을 데려다 왕 자리로 밀어주다니 한심한 일이다.

“얼른 끝났으면 좋겠다.”

힘없이 중얼거리며 양손으로 눈가를 가렸다.

베인이 보고 싶었다. 그것도 몹시.

닭의 목을 비틀어도 새벽은 온다.

정말 닭의 목을 비틀지는 않았어도 날이 밝지 않기를 그리도 바랐건만, 내 마음을 알아줄 리 없는 해는 벌써 중천에 떴다.

“나 좀 떨리는 것 같아.”

"눈 깜빡이지 마세요."

"내가 특별히 까다로운 사람이라서 이러는 게 아니라, 당신 실력이 모자란 거야."

내가 눈동자만 굴려 피오니를 째려보며 말했다.

어쨌든 '레이 아담첼'이라는 시녀를 불러들인 명목이 편한 시중을 위해서였던지라, 페니를 내보내고 피오니에게 화장을 맡긴 참이었다. 하지만 본인 얼굴에 분칠은 많이 해봤어도 남을 꾸며준 경험은 없는 그녀가 대단한 실력을 보여줄 리 만무했다. 손이 떨리거나 각도를 잘못 뻗는 등의 이유로 아이라인만 벌써 세 번째 그리고 있었다. 곧 세상에서 가장 부담스러운 시험을 치르러 갈 상황인데 조력자가 이래서야 영 힘이 안 난다.

"다 됐어요."

피오니가 한숨을 쉬며 이마에 밴 땀을 닦았다. 얼굴에 이상한 그림이 그려져 있으면 어쩌나 걱정했는데 생각보다 완성도는 괜찮았다. 자신감을 회복한 피오니가 밝은 얼굴로 물었다.

"그럼 저는 어디 있을까요?"

"음, 적당히 시야에 닿을 만한 거리에?"

"뭐 수신호라도 정해야 되지 않나요?"

"글쎄, 답이 숫자일지 글자일지 모르니까 썩 도움이 될 것 같지는 않은데……."

"답을 모르면 어쩌시려고요?"

"신이 잠깐 화장실이라도 간 것 같다고 약이나 팔아야지 뭐."

그리고 방으로 돌아와 피오니에게 질문 찬스를 쓰는 거다.

"완벽한 계획이지?"

내가 눈을 반짝이며 묻자 피오니가 한심하다는 얼굴로 한숨을 쉬었다.
"목숨을 건 사람답지 않은 태평함이네요."
"아가씨, 준비 끝나셨나요?"
문 너머에서 페니의 목소리가 들려왔다. 피오니와 남모르게 할 이야기가 있다 보니 의도치 않게 페니를 왕따시키고 있었다. 내가 피오니와 대화할 짬을 내려 할 때마다 페니는 이유 없는 심부름을 다녀와야 했다. 불쌍한 녀석.
"준비 끝났으니 들어와도 돼."
페니가 문을 열고 들어왔다. 그런데 내 쪽으로 다가오는 대신 무언가 할 말이 남은 얼굴로 문가에서 서성인다.
"왜 그래?"
내 질문에 페니가 소리를 죽여 질문했다.
"방금 약혼자분이 찾아오셨는데, 준비에 방해가 되실까 봐요. 들일까요?"
"베인이? 들어오라고 해."
내가 반가운 기색으로 의자에서 일어섰다. 나는 가슴께로 넘어온 머리칼을 가볍게 뒤로 쓸어내고는 페니에게 상냥한 미소를 지어 보였다.
"페니, 다시 부를 때까지 쉬고 있어도 좋아."
"저, 저는 여기 있어도 되는데요……!"
페니가 주먹을 불끈 쥐고 항변했다. 분량에 대한 위기감이 들었는지 할 일이 없다며 내쳐도 그녀는 계속 내 옆에 남아 있으려 했다. 안됐지만 내 계획의 성공적인 마무리를 위해서 페니는 잠시 왕따가 되어야 한다.
"으음, 아니야. 할 일도 없는데 세워두기 미안해서 그래. 뭐하니?

얼른 나가보지 않고. 레이 너도 가서 쉬고 있어."

피오니까지 내치는데 더 버티지는 못하겠지. 내 축객령에 페니는 결국 시무룩한 기색으로 떠나갔다.

상반되게도 피오니는 간만에 얻은 자유에 신난 듯했다. 그녀까지 총총거리는 걸음으로 사라지고, 이어 베인이 등장했다. 잠시 페니가 떠나간 방향을 물끄러미 쳐다보던 베인이 이윽고 내게로 다가왔다.

"왔어요?"

"어제 찾아오려 했는데 경비가 삼엄해 방문이 어렵겠더군요. 지금도 약혼 관계를 들어 겨우 허락을 받은 참입니다."

"몰랐어요, 나는 당신의 화가 아직 풀리지 않았나 했죠."

내가 가볍게 웃으며 대답했다. 베인은 애매한 표정을 지었다.

"일이 커진 듯싶습니다."

"그러게요. 이렇게 대국적인 내기가 될 줄은 몰랐네요."

"어떤 문제가 나올지 내용은 알고 있습니까?"

나는 고개를 저었다.

"문제를 내는 게 왕이에요, 힌트를 줄 리가 없죠. 두 번째 출제는 2왕자, 세 번째는 1왕자가 맡았고요."

"국민들의 관심을 끌기 전에 서둘러 해치우겠다는 뜻이군요."

"정확해요."

내 눈을 응시하던 베인이 진중하게 물어왔다.

"괜찮겠습니까."

"전 질 싸움에 달려들지 않아요. 우리에겐 몇 번이고 반복된 미래잖아요? 저희 저택 앞마당만큼이나 눈에 훤해요."

내 대답을 듣고서도 썩 안심이 되지는 않았는지 그가 불쑥 나를 끌어안았다. 진정이라도 시키려는 듯 베인은 가만히 내 등을 쓸어주었다.

“실패하더라도 그대의 뒤에 제가 서 있을 겁니다. 스스로를 너무 몰아세우지 마요.”

당황한 내 손이 허공을 방황했다. 가슴에 따듯한 온기가 배어드는 것 같았다.

나는 몇 번 눈을 깜빡이다가, 이내 지그시 감고는 그의 목을 끌어안았다.

“명심할게요.”

베인은 그제야 마음이 풀린 모양이었다. 등허리에 단단히 감겼던 팔이 떨어져 나갔다. 나를 지그시 쳐다보며 그가 화제를 바꾸었다.

“들어오는 길에 낯익은 얼굴이 보이던데요.”

그의 말에 내가 미간을 좁혔다. 낯익은 얼굴? 누굴…….

“아, 레이.”

“레이?”

베인이 내가 꺼낸 이름을 제 입속으로 굴렸다. 감이 안 잡힌다는 얼굴이다. 혹여 바깥에 들릴까 목소리를 완전히 죽인 채 나는 상황 설명을 해주었다.

“앞으로 레이라고 불러야 해요, 그 이름으로 입궁한 거니까.”

“대역입니까?”

“연락책으로 쓸 생각으로 레이를 불렀는데 사람이 바뀌어 왔네요.”

피오니란 이름이 점술가로서 소문났다 보니 대놓고 그녀를 부를 수 없었는데, 고맙게도 둘이 묘안을 내주었다.

“그녀에게서 따로 조언이라도 들었습니까?”

“글쎄요, 레이가 아무리 유능해도 사람 마음속까지 읽을 수는 없잖아요?”

"그렇다면 누가 알아볼 위험을 감수하고 옆에 둘 이유가."

"아뇨, 레이는 따로 해줄 일이 있어요."

"따로 해줄 일?"

알 수 없다는 듯 그의 미간이 더욱 깊게 파인다. 나는 그런 그의 뺨에 짧은 키스를 남겼다.

"그건 일단 돌아와서 알려줄게요. 늦었어요."

내가 방에 놓인 벽걸이 시계를 가리키며 말했다. 베인이 "저런." 하고 짧게 혀를 찼다. 그를 두고 갈 생각을 하니 아쉬웠지만 더 늦장을 부렸다간 부전패를 당할 판이다.

그대로 방을 나서려는데, 베인의 목소리가 나를 붙잡았다.

"카렌, 먼저 나간 시녀는 누가 붙여준 아이입니까?"

먼저 나간 시녀라면 페니를 말하는 건가. 내가 고개를 갸웃거리며 대답했다.

"시녀장 앨리스 씨요. 왜요?"

"아닙니다. 그만 가봐요."

나는 별생각 없이 다시 복도로 나왔다. 못 보던 아이가 내 시중을 드니 궁금해서 물어본 듯했다.

"지금 그런 사소한 일이나 신경 쓰고 있을 때가 아니지."

가볍게 양뺨을 내리치고는 씩씩한 걸음을 더욱 빠르게 했다.

왕이 나를 불러들인 곳은 예의 알현실이었다. 혼자만 오라고 친히 강조까지 하셔서 피오니도 떼어놓고 와야 했다.

그나저나 정말 내가 맞힐 수 없는 문제가 나오면 어떡하지?

되도록 불안은 가슴 깊숙한 곳에 숨겨두려 했는데, 삼켜도 삼켜도 두방망이질 치는 심장이 계속 식도를 거슬러 오르려 했다.

'안 돼, 불안한 티를 내면 얕보일 거야. 잘할 수 있어.'

나는 목적지에 다다를 때까지 스스로를 세뇌시켰다. 이왕이면 지금 걷고 있는 복도가 영원히 끝나지 않았으면 했지만 당연히도 그 바람은 이루어지지는 않았다.

결국 도착해버렸다.

나는 문을 열어주는 두 기사의 얼굴을 번갈아 보았다. 지난번에 봤던 인물과 똑같았다.

이 둘은 1왕자의 편일까, 2왕자의 편일까? 그러나 내가 그들의 표정에서 답을 유추해내기도 전에 문이 열렸고, 나는 얌전히 그 안으로 걸어 들어갔다. 지난번 어디쯤에서 멈춰 섰더라?

나는 겨우 기억을 더듬어 맞는 위치에 섰다. 예법에 맞게 인사까지 마쳤다.

그제야 고개를 들어 주변을 둘러볼 수 있었다. 이전과는 다르게 실내는 적막했다. 시끄럽게 수군거리던 대신들은 모두 사라지고 없다. 이 자리에 참석한 것은 나와 1왕자, 그리고 2왕자, 왕과 그의 시종, 한 명의 기사와 다섯 여인이었다.

왕의 시종까지는 그러려니 하겠는데 그 뒤의 인물들은 무엇일까. 나는 미간을 좁혔다. 게다가 남자 쪽은 몰라도 여자들은 몹시 낯이 익었다. 사교계 생활을 하며 익히 보아왔던 영애들이었으니까.

나는 저 중 넷이 누구랑 결혼하는지, 혹은 약혼자가 누구였는지까지도 알고 있었다.

"카타리나 리플렉츠."

나를 부르는 목소리에 그만 정신을 차렸다.

나는 다시 공손하게 고개를 숙였다.

"예. 말씀하십시오, 전하."

“오늘 이 자리는 그대가 한 말의 진위를 밝혀내기 위한 첫 번째 시험일세. 준비됐는가?”

여기서 ‘준비 안 됐는데요.’라고 대답하면 돌려보내주려나? 아마 그럼 높은 확률로 저승으로 갈 준비를 마치게 되겠지?

농담 잘못했다가 목이 달아나는 건 사양이었으므로 나는 모범적인 대답을 내어놓았다.

“부족하지만 차비를 마쳤습니다.”

“좋네, 그럼 시작하도록 하지. 프란첼, 문제를 설명해주게.”

프란첼이라고 불린 남자가 큼큼 헛기침을 했다. 그가 목청을 높여 말했다.

“여기 아래에 서 있는 한 남자가 보이실 겁니다. 그는 보푸레 가문의 삼남인 레이튼입니다. 왕실 소속으로 제2기사단에 근무하고 있는 평기사이지요.”

설마 레이튼의 일대기를 맞히라거나 하는 시험은 아니겠지?

불안이 엄습했다. 나는 맹세코 저 사람을 지금 여기서 처음 봤다. 알고 있는 게 없으니 뭐가 문제로 나오든 맞힐 수 있을 리 없다. 등으로 식은땀이 흘렀다.

아니, 도대체 보푸레 가문의 장남도 아니고 삼남을 어떻게 기억하라는 말인가. 질문을 한다손 치면 타국과의 외교, 아니면 귀족들과의 실랑이 등등 충분히 중요한 것들이 많이 있지 않은가? 왕에게 다가가 ‘각하, 문제를 좀 더 대국적으로 내십시오!’라고 외치고 싶은 심정이었다.

나는 번쩍 손을 들었다. 말이 다 끝나지도 않았는데 답을 맞히겠다는 듯 구는 나를 왕이 놀란 듯이 쳐다보았다.

옛말에 이런 말이 있다. 지피지기면 백전불패! 지혜로운 선조들의 조언은 내가 한 가지 결론에 다다르게 만들어주었다.

"정답은……."

"정답은?"

"내일 맞히겠습니다."

작전상 후퇴다.

"뭐?"

"신께서 제가 부를 때마다 오시는 게 아닙니다. 지금 답이 없으신 걸 보니 여유를 두고 지혜를 청해야 할 것 같습니다."

내가 뻔뻔한 얼굴로 대답했다. 왕은 의심의 눈을 거두지 않았다.

"시간을 벌어보려는 수작이 아니고?"

으음……, 쓸데없이 예리하군.

하지만 나는 표정에 당황을 드러내지 않고 매끈한 혀를 부지런히 휘둘렀다.

"시간을 벌어보았자 답을 얻을 수 없는 문제가 아닌가요? 답을 알고 계신 건 전하와 프란첼 씨, 그리고 레이튼 경 본인뿐인 듯한데요."

나는 기대를 담은 반짝이는 눈으로 왕을 쳐다보았다. 그러나 그는 완강하게 고개를 저었다.

"그래도 안 되네. 찜찜하니까."

안 먹히는군…….

그야말로 철벽의 끝판왕이었다.

2왕자가 꼴좋다는 듯 비웃는 게 그렇게 재수 없을 수가 없다. 나는 남들에게 보이지 않도록 고개를 숙이고는 쳇 하고 불만스러운 소리를 내었다. 그러거나 말거나 왕은 진행을 재촉했다.

"그리고 아직 문제 안 끝났네. 프란첼, 마저 읊도록 하게."

"예, 아무튼 이 레이튼 경은 망측하게도 모두에게 숨기고 비밀 연애를 해오고 있었습니다. 어젯밤 실실거리며 연애편지를 쓰다가 저에게 들키기 전까지는요. 마침 저는 전하께 미래를 보는 능력을 시험할 만한 문제를 내 오라는 명을 받고 골몰하던 참이었죠."

왕이란 사람이 문제 하나 생각하기도 귀찮아 하청을 맡겼다 이 말이다. 하긴 생각이란 걸 하는 인물이었으면 2왕자를 왕으로 세우겠다고 저러고 있지도 않았을 것이다.

"그럼 여기서 문제, 이중 이 레이튼 경의 배우자가 될 여인을 고르시오."

프란첼이 국어 듣기평가 톤으로 말을 마쳤다. 나는 잘못 들은 줄 알고 다시 되물었다.

"예? 배우자요?"

"네, 레이튼 경의 비밀스러운 약혼자를 골라주시면 됩니다."

프란첼이 분명한 대답을 돌려주었음에도 나는 좀처럼 받아들일 수가 없었다.

이건, 이…… 이건…….

'너무 수준 떨어진다.'

예언자 국가 검증 시험이 레이첼의 연애 상담과 똑같은 수준이라니 믿을 수 없다. 어깨에 잔뜩 들어갔던 힘이 풀리고 맥이 빠졌다.

나는 레이튼 경의 약혼자가 누구인지 몰랐다. 하지만 앞서 말했듯, 다섯 여자 중 넷이 누구의 짝이 되는지는 알고 있다.

내가 표정을 이상하게 일그러뜨리자 1왕자는 고개를 절레절레 저으며 손으로 눈을 덮었고, 2왕자는 쾌재를 불렀다. 왕도 말려 올라가는 입꼬리를 숨기지 못하고 있다.

나는 그런 그들을 찬찬히 살펴보다가, 손가락을 들어 가운데 선 여자를 가리켰다.

"가운데 분이요."

프란첼과 레이튼이 입을 틀어막았다. 그걸 본 왕도 따라 입을 틀어막았다. 왕이 제 옆에 선 프란첼을 곁눈질하며 눈빛으로 물었다.

'뭐야, 맞혔어?'

'예, 맞혔는데요?'

'진짜 맞혔어?'

'네, 진짜 맞혔습니다.'

왕이 자리에서 벌떡 일어났다. 그는 대뜸 프란첼의 멱살을 잡았다.

"뭐야, 내가 너무 사소해서 절대 맞힐 수 없는 걸로 하라고 했잖아! 어쩔 거야, 이걸!"

"전, 전하. 그, 그것이……!"

"다 들립니다만……."

내가 나에게만 들릴 법한 목소리로 중얼거렸다. 왕은 프란첼의 턱주가리에 어퍼컷을 먹여주고 나서야 화를 가라앉혔다. 가련한 자세로 바닥에 쓰러진 프란첼이 흐흑, 흐흐흑! 하고 울음을 터트렸다.

불쌍한 저 남자는 분명 왕의 명령을 따랐다. 왕이 시키는 대로 정말 사소한 문제를 가져왔는데, 하필 내가 그 사소한 연애사의 달인이었다. 아마 나 대신 베인이 여기 있었으면 결코 맞히지 못했을 거다.

왕이 거친 숨을 내쉬며 도로 자리에 앉았다. 그가 침통한 어조로 패배를 인정했다.

"……맞았네. 하지만, 하지만 시험은 두 가지나 더 남았지. 다음 시험 때까지 자중하며 기다리도록 하게."

목소리에서 내 승리를 받아들이고 싶지 않다는 미련이 뚝뚝 떨어졌다.

왕이라는 사람이 이렇게 소인배여도 되는 건가? 한 나라의 대빵으로 나설 인물쯤 되면 필수적으로 인성 검증이라도 마쳐야 되는 게 아닌가 싶다.

"알았나? 이게! 끝이! 아니라고!"

흥분을 감추지 못한 왕이 리듬을 타며 소리쳤다.

몇 해 전 중독성 있는 후렴으로 선풍적인 인기를 끌었던 너와 나의 연결 고리가 오버랩 되는 순간이다. 그 음유 시인 이름이 비비였던가 바바였던가…….

"예, 전하."

내가 애매한 표정으로 인사하는데 2왕자가 분통을 터트리며 걸어 나왔다. 2왕자가 옆을 지나치며 매서운 눈으로 나를 쏘아보았다.

"이번은 운이 좋았지. 다음엔 네 세 치 혀를 저주하게 될 거다."

그러고는 휙 하니 알현실에서 나가버렸다.

확실히 이번엔 쉽게 끝났지만 다음 시험이 난관이다. 왕이 어이없는 KO패를 당했으니, 2왕자는 만반의 준비를 한 뒤 도전해 올 터였다. 세 번째 문제는 아군인 1왕자가 낼 예정이니 사실상 이게 마지막 시험이 되는 셈이다.

이렇게 허무하게 끝에 가까워지고 있다니, 이걸 좋아해야 되는지 말아야 되는지 모르겠다. 마치 이를 악물고 수련을 마쳐 부모의 원수를 갚으러 왔는데, 정작 복수 상대가 선빵 한 대 맞고 뻗어버린 기분이랄까?

"그런데 전하, 한 가지 청이 있는데 들어주실 수 있으신가요?"

"그게 무엇이지?"

왕이 심기가 불편하다는 티를 숨기지 않으며 되물었다.

"아시다시피 제가 거의 죽을 뻔했다가 바로 입궁한 거라서요. 걱정하는 분들께 제가 무사하단 걸 알리고 싶은데, 혹시 방문객을 받을 수 있도록 허락해주실 수 있으신가요?"

로제가 과연 나를 걱정하고 있을지 의문이지만 어쨌든 멀쩡한 모습은 한번 보여줘야 할 것 같았다. 소문상 나는 그 이름도 험상궂은 암살 사건에 휘말리지 않았던가?

암살자 역할을 맡기엔 몹시 심약했던 사제를 해치우는 건 그리 어렵지 않았지만, 사람들은 그러한 내막을 알지 못한다. 게다가 로제에게 나중에 상황을 설명해주겠다고 해놓고 여직 만나지 못했다. 시험까지 끝마치고 난 후면 너무 늦다. 무엇보다 사람을 들여 해야 할 일도 있고 말이다.

나는 긴장한 얼굴로 단상을 올려다보았다. 별것 아닌 요구라 생각했는지 왕은 귀찮다는 듯 손만 휘휘 내저었다.

"뭐 부르든 말든 마음대로 하게……. 난 피곤해서 이만……."

"……."

진짜 이 나라 이렇게 굴러가도 되나?

"세상에, 이게 얼마 만이야?"

화사한 노란색 드레스를 입은 여자가 대뜸 나를 끌어안았다.

시간 될 때 천천히 들르라고 했더니 답지 않게 다음 날 바로 입궁한 로제였다. 만나기 전까지는 별생각이 없었는데, 막상 얼굴을 보니 하고 싶은 말이 줄줄이 샘솟기 시작한다.

오래 안 봤다고는 하나, 로제가 새삼 반가울 줄이야! '얼마나 힘든 일이 많았으면…….' 하고 거울 속 나를 측은한 눈으로 들여다보고 싶은 심정이다.

내가 얼떨떨한 음성으로 말했다.
"이렇게 보니 너도 반갑긴 하구나."
내 껄쩍지근한 반응에 밝은 얼굴로 나를 끌어안던 로제 역시 급속히 표정이 썩었다.
"정말 1초라도 다정할 틈을 안 주는구나."
"우리 사이에 그런 거 안 어울려."
"5초만 더 다정한 척할게. 몸은 괜찮아?"
"응, 멀쩡해."
나는 그렇게 말하며 한 바퀴 슥 돌아 보였다. 이상이 없다는 뜻이었는데 로제는 나를 살피는 대신 퍼지는 치맛단만 유심히 들여다보았다. 그러더니 궁금증이 가시지 않은 얼굴로 이렇게 묻는다.
"이거 언제 주문한 거야?"
"나 드레스 보여준 거 아닌데."
"넌 딱 봐도 되게 멀쩡해 보이니까 그건 됐고."
"으응……. 참 고맙구나."
5초는 지났다 이건가? 그것 참 눈물 나게 매정한 친구다.
내 떨떠름한 기색엔 아랑곳 않은 로제가 "아!" 하고 짧은 탄성을 터트렸다.
"왜 그래?"
"잊고 있었어. 레이가 이거 전해달래."
"그게 뭔데?"
로제가 주머니에서 편지를 꺼내 내밀었다.
"혹시 누가 볼까 봐 부치진 못하겠다고, 나한테 직접 전해달라더라."
나는 편지를 받아 들어 그대로 펴보았다. 항상 붙어 지냈기 때문에 이렇게 글로 소식을 전하는 것은 굉장히 오랜만의 일이다. 2왕자 덕분에 주변 사람들 모두가 괜히 애틋하게 느껴지는 것 같다.

"근데 포장이 없네?"

내가 무의식적으로 중얼거리자 로제가 눈썹을 삐딱하게 치켜세웠다.

"원래 없었다."

자기가 뜯어봤다고 의심하고 있는 줄 알았나 보다. 그런 거 아니라고 변명할까 하다, 귀찮아서 그냥 관뒀다.

대신 나는 부지런히 편지를 읽어 내렸다. 대충 정리하자면 나는 잘 지내고 있는지, 피오니는 들키지 않고 있는지를 묻는 내용이었다. 레이가 왜 이걸 로제에게 맡겼는지 알 것 같았다. 혹시라도 밖으로 새어 나갔다간 큰일 날 내용이다. 레이와 피오니의 교체 건은 누구도 알아서는 안 될 극비였다.

"답장은 너한테 주면 되나?"

"응. 근데 답장이 꼭 필요해?"

알테 만나러 가는 길에 한번 불러서 건네주면 될 것을, 정도 이상으로 귀찮아한다. 나는 단호하게 고개를 끄덕이고는 로제가 보는 앞에서 짧은 답장을 써 내렸다. 이것도 딱히 중요한 내용은 아니었고, 그냥 잘 지내고 있다는 확언이었다.

로제가 얌전히 쪽지를 받아 제 품에 넣으며 말했다.

"알테가 걱정이 많더라."

"그럴 법도 하지."

"암살자 건은 대체 뭐야. 정확히 어떻게 된 거야?"

"음……. 뭐 소문대로? 몰테 자작부인이 사제 하나를 돈으로 꼬여내 내 살인을 사주했더라고."

"용케 무사했다."

"그 정도 긴장감은 가지고 살았거든. 2층에서 1층으로 뛰어내렸는데도 따라오기에, 그림자 진 곳에 숨어 있다 뒤통수를 때려 기절시켰지."

로제가 입을 떡 벌렸다.

"순찰 돌던 경비가 구해준 거 아니었어?"

"거기가 그렇게 사람이 자주 다니는 동네가 아니야."

"운이 좋았네. 근데 그렇게 위험한 일이 있었으면 숨어 지내야지, 입궁은 또 무슨 일이야? 너 예언자 시험 친다며?"

예언자 시험이라니……, 틀린 말은 아닌데 듣기가 무척이나 괴롭다.

아카데미 중등반 2학년생들이 앓는다는 특이 질병을 이 나이에 겪고 있는 기분이랄까? 내 안의 흑염룡이 날뛸 나이는 이미 지났기에 이러한 타인의 시선이 몹시 부담스럽다.

"그러게, 내가 어쩌다 이렇게 됐지."

내가 심심한 어조로 중얼거렸다.

첫 번째 시험이 영 심심하게 끝나서인지 비장함이랄 만한 게 느껴지지 않는다. 2왕자가 억지를 쓸지도 모른다는 점이 걱정되기는 한데, 베인은 왕이 결과를 수긍하지 않을 경우를 대비해 벌써부터 이것저것 준비를 하고 있었다. 즉, 나는 그 이후의 일을 걱정할 필요가 딱히 없다는 뜻이다.

"근데 이게 다 뭐야?"

로제가 문득 눈길을 내 뒤의 화장대로 옮기며 물었다.

그녀의 시선 끝에는 편지 뭉치가 한가득 자리해 있었다. 나는 "아." 하고 삼삼한 어조로 말하고는 고개를 오른편으로 기울였다.

"접견 신청서?"

"이걸 왜 너한테 보내는데?"

"당연히 자기 운명을 점치기 위해서지."

영문을 모르겠다는 듯한 표정을 짓던 로제가 잠시 후 미간을 좁혔다.

내가 뭘 하려는지 대충 감이 왔나 보다.

"너 설마……."

나는 편지 뭉치를 고정하고 있던 실을 천천히 풀어 내렸다. 리본을 풀자 종이가 아래로 흘러내리려 했다. 나는 그중에서 대충 몇 장을 골라 로제에게 건네주었다. 발신인을 살피던 로제의 입이 갈수록 크게 벌어졌다.

"세상에, 온갖 유명 인사들이 여기 다 모였네."

"알음알음 소문을 들은 귀부인들이 대부분이지. 아직까지는 검증되지 않았다 쉬쉬하는 모양이지만, 일단 좋은 기회는 잡고 봐야 하잖아?"

아무래도 내가 했던 조언의 진위를 확인한 레이첼과 떨거지 1이 좋은 방향으로 소문을 내주고 있는 모양이다. 사람들이 찾아올 것은 예상했지만 차차 늘어갈 것이라 생각했지, 처음부터 이렇게 들이닥칠 줄은 몰랐다.

만약 단순히 '왕의 시험을 받고 있다.' 이것 하나였으면 대다수는 나를 사기꾼으로 여겼을 것이다. 설마 통과하겠어 하는 비웃음을 속으로 삼키며 말이다.

하지만 주변에 그럴듯한 결과물을 얻어낸 증인이 있다면 이야기는 조금 달라진다. 내가 점괘에 대단한 금전을 요구하는 것도 아니었으므로 대부분은 '밑져야 본전'이라 여겼을 것이다.

그 결과, 왕이 접견 허락을 공언한 이후 내겐 대단한 양의 안부 서신들이 날아들기 시작했다. 정확히 말하자면 안부를 빙자한 접견 요청 말이다.

"일이 너무 커지지 않아?"

로제가 염려스러운 눈으로 물었다. 나는 어깨를 으쓱였다.

"몰테 자작부인 쪽에서 날 죽이는 것쯤 별로 대단치 않게 생각하는 것 같기에, 그 사람들한테도 리스크를 주려고 호랑이 굴까지 들어왔어. 글쎄, 전국에 소문날 만한 관심 종자가 되려면 더 요란하게 굴어야 하지 않겠어?"

나는 그리 말하며 "후후……." 비열한 웃음을 지어 보였다. 내 안의 다크 사이드가 생겨나는 순간이다.

패배할 땐 패배하더라도 두 연놈들이 꽃길 걷는 건 절대 못 본다. 만약 내가 실패한다 해도 이왕 죽을 목숨, 어떻게든 적의 침실에 잠입해 그 숨통을 먼저 끊어놓겠다. 내 반드시 그 꼴 보기 싫은 인간들을 끌어내려주리.

"근데 너 점은 볼 줄 아니? 네가 미래를 좀 알긴 하지만 그거 가지고는 좀 무리가……."

로제가 여전히 걱정이 가시지 않은 얼굴로 말했다. 나는 과장스럽게 그녀의 코 바로 앞에 대고 검지를 흔들었다.

"어머, 물론 점은 피오니가 봐주지. 복채는 내가 대신 내주고."

만남을 요청하는 이들은 본인의 고민도 같이 조심스럽게 적어 내렸다. 그걸 참고해 피오니와 함께 미리 준비해두면 못 맞힐 게 없다.

"정말 본격적인 사기단이구먼."

로제가 피곤하다는 듯 관자놀이를 문질렀다.

칭찬인 것 같다. 구멍가게 티가 날까 봐 걱정했는데 본격적이라는 소리를 들으니 괜히 기분이 좋아졌다. 뭐가 됐든 전문적인 냄새가 난다는데 기분 나빠할 이유가 있나. 실제로 나는 사기꾼이 맞기도 하고 말이다. 그냥 사기꾼도 아니고 무려 왕족과 국민 전부를 대대적으로 속이는 중이다.

우아한 귀족 영애에서 사기단으로 전직이라니!

조금 양심이 찔리지만 생존을 위해서라면 뭔들 못하리 싶다. 게다가 이렇게 치자면 2왕자도 왕족 주제에 살인자로 애초에 과를 바꾸지 않았던가. 내 변절은 그보다는 양심적인 편이다.

내 자부심 넘치는 표정을 본 로제가 고개를 절레절레 저으며 자리에서 일어났다.

"아무튼 알았어. 난 이만 간다. 답장도 잘 전해줄게."

"벌써 가? 차라도 마시고 가."

내가 눈을 동그랗게 뜨자 로제가 쌀쌀맞게 대꾸했다.

"알테 만나기로 했어."

몇 주 만에 만나는 친구를 버려두고 매일 만나는 애인을 보러 가겠다니!

그러나 내가 뭐라 한들 결코 그녀가 알테를 버리고 내게 오지 않을 걸 안다.

로제가 문을 열다 말고 흘끔 나를 돌아보았다. 그러고는 이 말을 남기고 쌩 나가버렸다.

"다시 올 때까지 죽지 마."

"……."

저거 진짜 친구 맞나?

사람에 대한 불신이 생겨난다. 이 세상은 완전히 잘못됐다. 이럴 수는 없다. 왕의 자질 부족으로 깊이 실망한 게 엊그제인데, 친구까지

이 모양이라니. 그러나 로제는 이미 사라지고 난 뒤였으므로 따질 수도 없다.

"로제 아가씨는 가셨어요?"

문밖에서 대기 중이던 피오니가 빼꼼 고개를 들이밀고는 물었다.

"그래. 다음 손님 들일 준비나 해야겠다."

"안 그래도 로인 백작부인께서 좀 이르게 도착하신 모양이던데, 안으로 안내할까요?"

"그래? 기다리시게 하면 안 되지. 들어오시라고 해."

로인 백작부인의 신상 명세는 이미 다 훑은 후였다. 페니의 눈을 피해 피오니와 작전 회의를 하는 게 좀 힘들긴 했지만 한번 성질 나쁜 주인으로 노선을 잡자 그나마 수월해졌다. 아마 지금쯤 페니는 눈에 띄지 않는 곳에서 외로움을 곱씹고 있으리라.

정작 궁 생리를 모르는 피오니에게 맡길 수 없는, 힘든 일에는 요긴하게 부려먹으면서 이렇게밖에 대접을 못해주니 나도 좀 가슴이 아프다. 나중에 퇴궁할 즈음에 뭐라도 하나 선물해야겠다.

"오랜만이에요, 카타리나 영애. 너무 격조해서 저를 기억 못하시는 건 아니겠죠?"

"그럴 리가요, 로인 백작부인. 이리 와 앉으세요."

"몸은 좀 괜찮으세요? 서신으로 괜찮다 답하긴 하셨지만, 그래도 영 걱정이 되어서요."

"원체 건강한 편이어서요. 염려의 말씀 감사해요."

서로 인사치레를 어느 정도 주고받았을 즈음이었다. 로인 백작부인이 머쓱한 듯 머리칼을 쓸어 넘기더니, 짧게 헛기침을 했다.

"그……. 저, 사실 여쭐 일이 있어서요. 지난번 편지에도 썼듯 저희 남편의 사업이 조금 휘청거리고 있는지라, 혹 조언을 얻을 수 있을까

하고…….”

생각보다 그녀는 성격이 급한 것 같았다. 이전에 찾아왔던 귀부인들과 비교했을 때 본론으로 진입하는 속도가 퍽 빨랐다.

혹자는 예의 없다며 그녀를 꾸짖을지 모르겠으나 나로선 이편이 더 반가웠다. 들은 건 듣고 알려줄 건 알려준 뒤 빨리 방문객을 내쫓는 편이 더 편했기 때문이다. 다 목적한 바가 있어서 하는 것이라곤 하나, 모든 것을 다 알고 있는 현자를 흉내 내기란 쉬운 일이 아니었다.

“오, 그랬지요. 물론 잊지 않았어요. 제 하잘것없는 능력으로라도 부인을 도울 수 있다면 저도 무척 기쁘겠어요.”

“하잘것없다니요, 신께서 주신 능력이 아니던가요? 그보다 더한 축복이 어디 있겠어요?”

한참 나를 치켜세워주던 로인 백작부인이 수심 어린 낯으로 제 뺨을 감쌌다.

“얼마 전 남편이 교역을 위해 보냈던 배들 중 두 척이 난파돼서요. 큰 사고였던지라 물론 알고 계시겠지만……. 덕분에 갑자기 생긴 손실을 메울 방도가 없어 저희 친정에서 지참금으로 주신 오랜 땅을 팔고자 하는데, 그 땅이 자꾸 눈에 밟혀요. 이래도 될지…… 이렇게 하는 게 맞는지. 영 마음이 싱숭생숭해서 혹 카타리나 양께서 조언을 주실 수 있을까 하고 찾아왔어요.”

“부모님께 받은 유서 깊은 땅을 잃게 생겼으니 상심이 크시겠어요.”

내 위로에 로인 백작부인이 씁쓸한 미소를 지었다. 나는 그녀와 눈을 맞추며 입을 열었다.

“제 생각엔…….”

그녀가 나를 완전히 신뢰하고 있는 건지, 아니면 지푸라기라도 잡는 심정으로 찾아온 건지는 나도 잘 모르겠다.

하지만 분명한 건 지금 이 시간 이후로 그녀는 나의 살아 있는 홍보 전단이 되리란 거다.

"파시는 게 좋을 것 같아요."

"그래야…… 맞는 거겠죠?"

"네, 그럼 손해는 금방 메우실 수 있을 거예요. 사업은 금방 정상 궤도를 찾으실 거고요. 부인의 안타까운 심정은 이해하지만, 사실 부동산적 관점에서 봐도…… 지금이 아마 그 땅을 제값 받고 팔 수 있는 마지막 기회일 거예요. 적어도 향후 3년간은요."

사실 뒤에 덧붙인 말 빼고 이건 내가 내린 결정이 아니다. 가까운 미래에 로인 백작부부 내외가 내렸던 결정이다. 둘은 고심 끝에 아내의 친정에서 받았던 땅을 팔았고, 그걸 기점으로 사업은 탄력을 받아 쭉 상승세를 탔다. 나는 어차피 내려졌을 결정에 약간의 확신을 실어주었을 뿐이다.

"그렇게 말해줘서 고마워요, 카타리나 양. 사실 팔아야 한다고는 생각하고 있었어요. 그런데 쭉 왠지 모를 망설임이 남아서……. 카타리나 양이 그렇게 말해주니 훨씬 마음이 놓여요."

"너무 염려 마세요. 제가 말한 대로 될 테니까요."

내가 자신 있게 웃으며 대답했다.

로인 백작부인은 몇 번이나 고맙다는 말을 하고는 떠나갔다. 나는 그녀가 문 너머로 사라지자마자 미소를 지우고 입가를 삭 굳혔다.

"고마우면 돈으로 주지."

"성녀 이미지에 심취하신 거 아니었어요?"

백작부인의 뒤편에서 우리의 대화를 쭉 듣고 있던 피오니가 삐딱선을 탔다. 혹 예기치 못한 질문이 나왔을 때 힌트를 얻을 수 있게끔 한 위치 선정이었다.

내가 소파에 완전히 몸을 파묻으며 대꾸했다.

"그것도 하루 이틀이지, 피곤해 죽겠어. 두 번째 시험 이후부턴 이런 거 안 할 거야. 한 탕 빡빡하게 뛰었으니 이 정도면 됐겠지."

"번호표 안에 들지 못한 사람들이 땅을 치겠네요."

사람들이 아쉬워하건 말건 대중 앞에서의 점쟁이 행세는 이번으로 끝이다. 신력을 잃고 슬퍼하는 모습이나 잘 연기할 수 있도록 미리 연습해둬야겠다.

"오늘은 더 올 사람 없지?"

"네, 완전히 자유세요."

"그럼 나 좀 나갔다 올게."

나는 자리에서 일어섰다. 손님이 찾아올 걸 알아 방 안에서도 쭉 외출복 차림으로 있었기에 별다른 치장이 필요하지는 않았다.

궁에 들어와서 딱 하나 좋은 점은 레이의 눈길이 따라붙지 않는다는 거다. 아직도 레이의 방 어딘가에는 내 각서가 숨겨져 있을 것이 분명했다. 그걸 생각하니 문득 소름이 돋아 두 팔을 감쌌다.

"저녁 먹기 전에 들어오세요."

피오니가 설렁설렁 말하며 자리에 앉았다. 굳이 안 해도 될 말을 해 체력을 낭비하다니, 통탄을 금할 길이 없다.

내가 저녁 식사 시간에 늦을 리가 없지 않은가? 신전에서 먹었던 음식들과 비교하면 여기서 내주는 식사는 거의 수라상에 가까웠다.

"……."

궁정 요리니까 수라상이 맞긴 한가?

나는 종종걸음으로 복도를 벗어나 외궁의 화원으로 향했다.

사절들이 머무는 곳이라서인지 본궁과는 거리가 있음에도 조경이 대단했다. 단정히 정리된 꽃들의 장관은 여유 시간이 날 때마다 내 발걸음이 이곳을 찾게 하는 이유다. 그리고 무엇보다 다른 잡생각이 안 나게 해줘서 좋았다.

두 번째 시험이 다가올수록 영 마음이 싱숭생숭했다. 하루하루가 바쁜 데다 그나마 쉴 짬에는 걱정이 찾아드니 영 컨디션이 별로다. 나는 자주 찾는 벤치에 앉아 기지개를 켰다. 뻐근했던 허리가 풀리는 듯도 했다. 시원한 공기가 눈가를 스쳐 피곤을 식혀주는 것 같다.

아주 평화로운 한때였을 것이다. 불쑥 나타나 내 옆자리를 차지한 루센만 아니었다면.

'너무 자연스러운데.'

그리 생각하며 나는 루센을 돌아보았다.

그는 더없이 평소 같았다.

내가 처음으로 회귀에 관한 것을 밝혔을 때 비쳤던 혼란의 기색 따위는 찾아볼 수 없었다. 잘 정리된 옷매무새나 머리칼, 눈가가 약간 그늘지긴 했어도 피곤 탓은 아닌 듯했다.

'반복된 회귀에 관한 건 안 믿기로 결정한 건가?'

그럴 수도 있다. 루센이 받아들이기엔 너무나 충격적인 진실이었으므로 회피를 택했을 수도 있다.

만약 그가 그런 결정을 내렸다고 해도 나는 비난하지 않을 작정이다. 애초의 그의 속죄를 바라서 말한 것이 아니었으므로. 게다가 아직 그가 저지르지도 않은 일에 대해 사과를 바라는 건 조금 웃기는 일이지 않은가. 루센은 나를 어떤 이유로 죽였었는지조차 기억하지 못하고 있을 텐데 말이다.

그가 나의 편이 되길 바라 부러 부채감을 심어줄 작정이었으나, 막상 이리되고 보니 아무래도 상관없다는 생각이 들었다. 그래서 나는 자리를 피하거나 루센을 내쫓거나 하는 대신 화원을 구경했다. 마치 그가 옆에 없는 것처럼.

내가 발끝으로 바닥에 작게 핀 풀꽃을 툭툭 칠 무렵 루센이 입을 열었다.

"날이 차군요."

확실히 저녁 무렵이 되니 좀 선선하기는 했다. 나는 고개를 끄덕이는 대신 그를 빤히 보며 이렇게 물었다.

"할 말이 있어요?"

마음을 정비할 시간을 주지 못한 건 미안하지만 그와 오래 대화하고 싶은 마음은 없다. 루센과의 밀회를 베인에게 밝힐 수는 없는지라, 그렇다면 되도록 그 비밀을 작은 크기로 두고 싶었다.

두 남자에게 동시에 예의를 차리기란 몹시 힘든 일이었다. 베인의 신의를 저버리지 않으면서 루센을 더 아프지 않게 할 방법은 뭐가 있을까.

"제가……."

잠시 망설이던 루센이 곧 입을 열었다.

"제가 그대를 죽이려 한 남자인지 아니면 그대에게 고백하려 한 남자인지, 그에 따라 그대의 결정에 차이가 생깁니까?"

나는 그런 그를 물끄러미 쳐다보았다.

차이가 있을까?

나는 이미 베인에게 가버렸는데, 그리고 루센에게 돌아갈 수는 없는데 말이다. 이제 와 바뀔 점이 없다면, 나는 그에게 사실을 말해주지 않는 편이 나았을까?

"아니요."

내가 고개를 저으며 대답했다. 그것을 들은 루센이 설핏 웃었다.

"끔찍하네요."

"뭐가요?"

"운명의 장난이, 아니면 다른 사람을 사랑하는 당신이? 둘 다 틀리지는 않군요."

말을 마친 루센이 입술을 깨물었다. 그가 아까부터 나와 눈을 맞추지 않고 있단 걸, 나는 그제야 깨달았다.

"내게 운명이 그리 쉽게 바뀌지는 않는다고 하지 않았습니까."

"……."

"우리가 운명이라고 말씀하신 게 아닙니까."

"……."

"그건…… 거짓입니까?"

루센의 손에 힘이 들어갔다. 베인과 함께 있을 때에는 선뜻 손을 뺐었었지만 지금은 그리할 수 없었다. 대신 나는 죄인마냥 고개를 숙여 아래를 보았다. 그에게 해줄 말이 없다. 루센이 나를 밀어냈던 그 시간들은, 어쩌면 나쁜 여자가 된 지금의 내게 면죄부를 주기 위해서였는지도 모르겠다.

내가 대답이 없자 루센이 언성을 높였다.

"이럴 거면 차라리…… 모르는 편이 나았지 않습니까. 처음부터 몰랐다면, 그랬으면……!"

"미안해요."

내 짤막한 사과에 루센이 숨을 들이켰다.

공기가 멈춘 것 같았다. 차라리 정말 그랬으면 좋았으련만.

이윽고 그가 목이 졸린 듯한 음성으로 말했다.

"이리 힘들지는 않았을 것 아닙니까……."

루센은 정말 모르는 편이 나았을 것이다. 나는 한껏 그를 헤집고서는 도망쳐버렸다. 그를 책임지지 못할 거면 그래서는 안 됐다.

그리고 이렇게 그에게 미련을 품도록 해서는 더더욱 안 되는 거다.

"이만 가볼게요. 앞으로는 만나지 않는 게 좋겠어요."

들고 온 짐이 없기에 주변을 살피거나 하며 부산스럽게 굴진 않아도 되었다. 하지만 나는 단번에 자리를 떠나지 못하고, 몇 걸음 가지 못한 발을 멈춰 세웠다.

제 앞에서 멈춰 선 인기척에 루센이 고개를 들었다. 나는 그런 그를 내려다보았다.

"잔인하게 느껴질지도 모르지만, 그대가 나를 잊으려면 이 말을 들어야 할 것 같아요."

"……어떤 말 말씀입니까?"

"저는 더 이상 당신을 사랑하지 않아요."

그에게 잔인해지고 싶지는 않았다. 그를 아프게 하려는 게 아니었다.

하지만 어떻게 하든 그가 고통스러워할 거라면, 미련이라도 끊어주어야 했다.

나와 눈을 맞추던 루센이 몸을 일으켰다. 제 겉옷을 벗더니, 가볍게 팔에 걸치고서 내게 내밀었다.

"날이 추워요."

"제 거처까지는 금방이에요."

그리 말했지만 루센은 내게 뻗은 팔을 거두지 않았다.

"입어요, 카렌. 당신이 아니라 다른 여자였더라도 이렇게 했을 겁니다."

나는 그런 그를 물끄러미 올려다보았다.

"저는 이 옷을 든 사내가 당신이기 때문에 안 돼요."

"……."

"갈게요."

그대로 뒤로 돌아 걸음을 떼기 시작했다. 현실감이 없었다.

양발이 바로 걷고 있는 게 맞을까.

넘어지지 않는 걸 보니 제대로 땅을 디디고는 있는 것 같긴 하다.

"카타리나!"

나를 부르는 루센의 목소리에도 뒤를 돌아보지 않았다. 부지런히 발을 놀리는데 그가 소리쳤다.

"두 번째 시험장에 관한 이야기를 들었습니다! 내기 싸움판이 매주 벌어지는 젤로 스타디움입니다. 다음 주 기사단 내에서 종자들을 가려내고자 장소를 대여할까 하였는데, 2왕자가 미리 시합을 주선했다는 이야기가 있더군요. 부단장이 한 말이니 아마 사실일 겁니다!"

내가 이렇다 할 반응이 없는데도 그는 말을 멈추지 않았다.

"그대는 거짓말을 하지 않는다고 했지요! 그리고 죽지 않겠다 했지요! 카렌, 당신은 내게 약속을 한 겁니다!"

드디어 말소리가 멎었다. 나는 보폭을 크게 하여 걷다가, 그대로 화원 밖을 향해 뛰어갔다.

마침내 정원 초입의 구조물 앞에 멈춰 섰을 때, 나는 숨을 몰아쉬며 그대로 주저앉았다. 굽힌 다리가 저릴 법도 한데 심장이 너무 뛰어서 별다른 감각이 없었다.

그 와중에도 이 박동이 그저 서두른 뜀박질 탓이어서, 전혀 루센을 향한 것이 아니어서, 나는 슬퍼하면서도 안심했다.

그런데 왜 눈물이 났는지 모를 일이다.

처음 루센에게 결별을 말했을 때조차도 울지 않았는데 어째서 울컥하는지, 회한 따위가 뒤섞인 마음이 어찌나 울렁거리는지, 그 이유를 정말로 알 수가 없었다.

"아……."

무릎을 감싼 드레스가 번지듯이 젖었다.

나는 오늘 과거의 연인을 드디어 완전히 떠나보냈다.

작전 개시

"엄청 크네요."

피오니가 휘파람을 불며 감탄했다. 채신머리없다 탓할 만한 일이었지만, 나는 그녀에게 조용히 하라고 하는 대신 고개를 끄덕여 동조했다.

확실히 나로서도 처음 보는 광경이다. 건축물 중앙에는 원형의 경기장이 있고, 그를 둘러싼 관중석이 끝없이 늘어졌다. 좌석수가 꽤 될 텐데도 자리는 거의 꽉 차 있었다. 선수가 입장하는 문 위로 볼록 솟아나온 구조물 위엔 사회를 보는 이들과 소수의 귀빈을 위한 자리가 있다. 햇빛을 피하기 위해서인지 귀빈석은 경기장을 향한 큰 창 빼고는 사방이 막혀 있었다. 그리고 나와 일행들은 그리로 향하는 중이었다.

일행의 구성원은 간단하다. 나, 왕, 1왕자, 2왕자, 각자의 시종 몇 몇.

이전에 루센이 말했던 대로 두 번째 시험장은 젤로 스타디움이었다. 몰랐으면 의외의 장소에 퍽 당황했을 텐데, 마음의 준비가 되어 있었기에 그리 놀라지는 않았다. 루센에게 온통 나쁜 짓만 저질렀는데 염치없게도 도움을 받아버렸다.

어쨌든 장소를 미리 안 이상 2왕자가 내려는 시험은 명확했다. 아마 이 결투에서 누가 승리할 것인지를 물으려는 거겠지. 세심한 공작으로 나는 이번 경기에 임할 둘이 누군지도 알아둔 참이었다.

일단 힘이 장사라는 용병 출신 오보이, 그리고 상대는 놀랍게도 내가 아는 인물이다. 바로 얼마 전 강제적인 실연을 겪은 멜튼 경이었다. 얻어듣기로 그는 성기사를 때려치우고 용병 생활을 시작했다고 한다. 제이론 사제도 요즘 이 근처 술집에서 두문불출한다는 소식이 있던데, 어쩌다 한번 안 마주치려나?

어쨌든 피오니의 점괘로는 오보이가 이길 거라고 한다. 나는 마음속으로 멜튼 경의 어두운 미래를 애도했다. 사랑을 잃은 지도 얼마 안 됐는데 이제는 자존심까지 날리게 생겼다.

"여기 한 번도 안 와봤어?"

내가 피오니를 향해 자그마한 목소리로 물었다. 그녀가 정말 주변을 쉴 새 없이 두리번거려 정신이 다 없었기 때문이다.

"네, 이런 거 재미없잖아요. 누가 누굴 때리고, 그걸 점수 매기고……. 돈 거는 게 좀 취향이긴 하네요."

"그게 제일 질이 나빠……."

사대주의에 젖어 자식들 외국어 교육에 무진히 힘쓰던 피오니는 결국 물질만능주의 사상에까지 완전히 찌들어버렸다.

나는 고개를 절레절레 저으며 계단을 올랐다. 야외를 벗어나 실내로 들어서자 함성이 점점 작아졌다. 사람이 몰린 공간에서 번지는 번잡한 소음이 나쁘지 않았기에 조금 아쉬웠다. 외궁은 너무 조용해 사람 사는 곳 같지가 않다.

계단을 다 오르자 제법 널찍한 공간이 바로 눈에 들어왔다. 원래 귀빈석이 이러한지, 아니면 왕이 온다는 소리에 급히 신경 쓴 건지 구조물 안은 굉장히 깔끔했다. 일정한 간격으로 놓인 커다랗고 화려한 의자는 좀 무섭기까지 할 정도다.

나는 모두가 자리 잡기를 기다렸다가 눈치껏 말석에 앉았다. 나와 눈이 마주친 2왕자가 비열한 낯으로 픽 웃더니 앞으로 나섰다.

"……."

쟤는 왜 나만 보면 시비일까?

자기 얼굴만 봐도 짜증 나는 건 바로 난데 말이다. 내가 이글거리는 눈으로 저를 노려보건 말건 2왕자는 참 혼자 잘 떠들었다.

"오늘의 시험 장소는 보시는 것처럼 바로 여기 이 스타디움입니다. 이곳이야말로 가장 성스러운 전장이죠. 완전한 힘, 값진 승리, 처절한 패배."

성스러운 전장은 무슨, 그냥 자기가 사이코라서 피 튀기는 걸 좋아하는 거면서 포장이 수준급이었다.

"저는 자칭 신의 사자라는 카타리나 양의 진위를 파악하기엔 이곳이 가장 적격이라고 생각했습니다. 이보다 순수한 승부의 세계도 또 없으니까요."

자칭 아니라 타칭이라고 좀 강조해줬으면 한다. 난 그런 오글거리는 말 한 적 없다.

나는 졸린 눈으로 2왕자를 응시했다. 얼른 발언권이나 좀 줬으면 한다. '누가 이길까요?'라는 질문에 '오보이 선수요!'라는 대답을 돌려주고 좀 자고 싶으니까.

그런데 상황이 조금 이상하게 돌아가기 시작했다.

"그런데…… 이건 명색이 신의 사자를 가려내기에는 조금 쉬운 문제 아니겠습니까? 많은 노름꾼들이 누가 승자일지를 걸고 내기하지만, 전혀 대단하지 못한 이들도 이따금 맞는 답을 내놓곤 하니까요. 50대 50의 확률이다 보니 찍어서 맞힐 수도 있겠죠. 그래서 저는 다른 검증 방법을 고안했습니다. 승리하는 그 방식까지 맞히는 겁니다."

나는 멍청하게 눈만 깜빡였다. 2왕자가 무슨 말을 하려는 건지 알 듯도 한데, 전혀 이해하고 싶지가 않았다. 넋 나간 내 표정을 보며 2왕자가 비릿하게 입꼬리를 끌어 올렸다.

"승자는 누구일지, 그 사람이 어떤 기술로 승리할지를 이 종이에 적으십시오. 이 종이는 경기가 끝날 때까지 누구도 손댈 수 없습니다. 심판이 밀봉된 답안을 보관하고 있다가, 승부가 나면 답을 공개할 겁니다. 재미있지 않습니까?"

"……."

미친 거 아닌가?

어떤 호구 같은 신이 미래를 프레임 단위로 보여준단 말인가?

내가 만약 '진짜 신의 사자'라고 해도 저 질문엔 답을 못할 것이다. 저런 시답잖은 문답이나 하라고 신력을 받은 게 아닐 테니까. 애초에 그건 예의 신력에 가까운 능력을 가지고 있는 무당 피오니조차도 맞힐 수 없는 문제 아니던가.

무식한 티를 그대로 내고 있으면서 뭐가 그리 즐거운지 2왕자는 계속 웃고 있었다. 그가 안쓰럽다는 듯 나를 쳐다보며 미간을 좁혔다. 어떻게 봐도 조롱의 의도였다.

"못한다는 소리는 하지 않겠지? 그렇게 당당하게 본인을 시험해달라 했으면서 말이야."

2왕자가 비뚜름하게 웃으며 내게 말했다. 이의를 제기한다고 해도 2왕자가 '아, 그렇군요. 그럼 종목을 바꿔볼까요?'라고 말하는 미친 짓을 해줄 리는 없다. 내가 불응의 뜻을 내비치는 순간 그는 나를 사기꾼으로 몰아갈 것이다.

나는 잠시 그를 빤히 쳐다보다가 눈을 감았다. 상황에 변수를 만들어야 했다. 문제의 정답을 알아낼 수는 없다. 하지만 내 의도대로 정답을 '바꿀 수'는 있을지도 모른다.

오보이와 멜튼. 오보이라는 사람에 대해서 아는 것은 없지만 멜튼에 대해서는 나름대로 세세히 알고 있다 자부한다.

들키지 않은 사기꾼은, 사기꾼이 아니다.

내가 천천히 눈을 뜨며 말했다.

"기도를 해야 하는데, 잠시 나가주시겠어요?"

내가 생각 외로 동요한 기색이 없자 2왕자의 얼굴이 구겨졌다. 그가 어림도 없다는 듯 언성을 높였다.

"네년이 무슨 수를 쓰려는 줄 알고 자리를 비워준단 말이냐?"

나는 가당치도 않다는 듯 눈을 동그랗게 떴다.

"이 아무도 없는 방 안에서 제가 무슨 수를 쓸 수 있다는 말씀이세요? 신의 힘을 빌리려면 진심이 담긴 기도가 필요하답니다. 이렇게 주변이 부산스러워서야 어떻게 헤이론 님을 영접할 수 있겠어요? 잠시 조용히 있게 해달라는 제 부탁이 그리 큰일이라고는 생각되지 않습니다."

"그래도 불허한다!"

2왕자가 눈을 부리부리하게 뜨고 소리쳤다. 어떻게 사람이 저렇게 한결같이 비호감일 수가 있는지 궁금해지는 순간이다. 뒤로 물러날 수가 없는 상황이었으므로 나는 배 째라 불만을 표시했다.

"이상하군요. 제 능력을 발휘할 합당한 환경도 만들어주지 않으시면서, 어떻게 이 시험을 정당하다 할 수 있겠어요?"

그러자 쭉 대화를 듣고만 있던 1왕자가 끼어들었다.

"영애의 말이 맞습니다. 전 찬성입니다."

2왕자가 홱 고개를 돌려 1왕자를 쏘아보았다. 1왕자가 그 시선을 태연하게 받아넘기며 말했다.

"카타리나 양은 첫 번째 시험을 통과함으로써 제 주장이 마냥 허언이 아니었음을 이미 증명했습니다. 잠깐의 기도라면, 그 이유도 합당한 데다 들어주기 어려운 사안도 아니지 않습니까? 진위를 가려내기 위한 시험입니다. 어느 한쪽에게도 불리하거나 유리해서는 안 될 것입니다."

기대도 안 했던 1왕자에게서 이렇게 든든한 지원이 돌아올 줄이야. 지켜보는 이들만 없었다면 나는 그만 감격에 젖은 눈으로 그를 끌어안았을 것이다.

나는 헛기침을 하며 거보라는 듯 삐딱한 자세로 2왕자를 올려다보았다. 미간을 잔뜩 구긴 모습을 보니 제법 속 시원했다. 2왕자는 거의 죽일 듯한 눈빛으로 1왕자를 노려보고 있었는데, 1왕자는 초연한 태도로 그 열렬함을 무시했다. 1왕자는 그에 그치지 않고 결정타까지 날리는 치밀함을 보였다.

"전하, 영애의 청을 들어주지 않는다면 이번 시험 결과에 불신의 시선이 달라붙을 것입니다."

1왕자와 2왕자를 번갈아 살피던 왕이 으음 하고 깊게 신음했다. 나는 긴장을 숨기려 애쓰며 왕의 대답을 기다렸다.

1왕자의 청은 타당했으나, 그럼에도 왕이 억지를 쓰려고 든다면 이겨낼 재간이 없다. 그러나 다행히 왕은 주변의 눈치라는 걸 볼 줄 아는 인물이었다. 깊은 고민에 빠져 제 수염을 쓰다듬던 왕이, 이윽고 고개를 끄덕였다.

"좋아. 허락하지."

"아바마마……!"

2왕자가 분을 못 이기고 성을 내었다. 왕은 손을 들어 진정하라는 시늉을 해 보였다. 확실히 이런 모습을 다른 사람에게 보이는 것은 평판에 해가 되면 되었지 도움이 되지는 않는다.

"얼마나 시간을 주면 되지?"

왕이 나를 돌아보며 질문했다. 썩 내키지 않는 얼굴이었지만, 그의 기분이 어떻든 나에게는 아무런 상관이 없다. 나는 이미 원하는 것을 얻었다.

"긴 시간이 필요하지는 않습니다."

내가 공손하게 고개를 숙이며 대답했다. 왕이 눈썹을 들어 올리며 고지했다.

"준비가 되면 부르게. 다만 지나치게 늦어지면 답안을 낼 기회조차 잃게 될 거야."

점잖게 포장했지만 어디까지나 협박이다. 그러나 나는 지레 겁먹거나 주눅 들지 않았다.

내가 필요한 시간은 십여 분이나 될까? 어쨌든 시간 초과를 핑계로 부전패를 선언하기엔 민망한 길이다.

심판이 내게 깃펜과 종이를 건네고, 이어 사람들이 차례로 방을 나섰다. 잠시 뒤 혼자 남은 나는 먼저 주변을 둘러보았다. 천장부터 바닥까지 샅샅이 살펴보았지만 사람의 흔적은 없었다.

"좋아, 아무도 없군."

먼저 기지개를 켰다. 팔 근육이 늘어나며 뻐근했던 곳이 시원해졌다. 나는 숨을 들이켜고 창 밖을 내다보았다.

두 선수는 아직 결투장으로 나오지 않았다. 아마 내 점괘가 든 종이를 받은 심판이 아래층으로 내려간 후에야 판이 벌어질 것이다. 나는 깃펜을 손 위에서 가볍게 돌려보았다. 손에 감기는 감촉이 나쁘지 않았다.

나는 힘을 주어 펜을 잡고는 종이에 글자를 써 내려갔다.

[멜튼이 경기 도중 뛰쳐나가 오보이가 부전승.]

물론 나는 미래를 모른다.

솔직히 멜튼이 더 강한지 오보이가 더 강한지조차도 짐작이 안 간다. 둘의 필살기는 말할 것도 없고 말이다.

하지만 이 결투에 하필 멜튼이 등장한 데에는 이유가 있지 않을까?

솔직히 신이라는 게 정말 존재하고 내 애잔한 삶을 쭉 보아왔다면, 눈시울을 붉히며 내 손에 상을 쥐여줄 때도 되었다.

나는 소매 안에서 종이를 한 장 더 꺼내 들었다. 혹시 몰라 챙겨둔 것인데 이렇게 또 쓸모가 생겼다. 고민은 앞서 다 해치운 참이기에 두 번째 종이를 채우는 것은 먼젓번보다 빨랐다. 심판에게 건네줄 답안이 두어 번 간단하게 접은 것이 다라면 이번엔 쪽지 모양으로 최대한 부피를 줄여 접었다.

나는 쪽지를 소매 안에 숨기고 큼큼, 작게 헛기침을 했다.

"이만 들어오셔도 좋아요."

이윽고 문이 열리고 밖에서 기다리던 이들이 차례대로 들어왔다. 1왕자는 빠른 해결이 의외라는 듯 얼떨떨한 낯이었고, 왕은 그야말로 실망 짙은 얼굴을 하고 있었다. 아무래도 내가 정말 시간을 끌다가 실패하길 바랐나 보다.

2왕자의 표정은…… 자세히 언급하지 않겠다. 정신 건강에 별로 좋지 않을 것 같다.

"아가씨, 괜찮으세요?"

어느새 내 옆으로 온 피오니가 걱정스러운 얼굴로 물었다. 그녀도 이 문제가 얼마나 암울한 종류의 것인지를 알고 있으리라. 나는 그녀를 진정시키듯 손을 잡아주었다.

"그럼. 고마워, 레이."

손바닥에서 느껴지는 이물감에 피오니가 눈썹을 들어 올렸다.

그러나 그 변화는 가까이에 있던 나조차도 알아채기 힘들 정도로 미약했던지라, 그녀가 제 주머니로 쪽지를 안전히 추스를 때까지 딴지를 걸어오는 사람은 없었다.

나는 자애로운 주인처럼 웃으며 그녀를 독려했다.

"싸움 구경이 힘들다고 했지? 피곤하면 가서 쉬어도 좋아."

"예, 아가씨. 그럼 잠시 쉬다 돌아오겠습니다."

피오니가 공손하게 고개를 숙인 후 밖으로 나섰다. 나는 가까이 다가온 심판에게 답안지를 건네주었다. 남자는 보물이라도 되는 양 그 종이를 제 품 안에 넣었다.

"그럼 저는 이만 내려가보겠습니다. 경기는 곧바로 속행하도록 하지요."

심판까지 자리를 비우고 나자 실내에 정적이 찾아왔다. 이미 판은 내 손을 떠났다. 그리 생각하니 굳었던 어깨에서 힘이 빠졌다. 나는 의자에 등을 기댄 채 단상으로 올라온 오보이와 멜튼을 응시했다.

피오니가 시킨 대로 일을 잘 처리해줄까?

마음이 심란하니 자연히 표정이 굳었다. 생각에 집중하고 싶은데, 도무지 가만히 있을 줄 모르는 2왕자는 그 잠깐의 침묵도 견디지 못하고 나불거렸다.

"어떤 꾀를 썼든, 그 지겨운 행운도 이번에야말로 동이 날 것이다."

"……."

제발 그냥 좀 조용히 있으면 안 되나?

"어머, 경기가 시작되려나 보네요. 왕자님도 집중해주시겠어요? 관람 중 잡담을 하는 것은 예의가 아니랍니다."

나는 우아하게 호호, 웃어 보이고는 곧바로 시선을 돌렸다.

2왕자가 욱하여 성질을 내려는 것을, 옆에 있던 시종이 머리를 조아려 겨우겨우 막았다. 한낱 사용인조차 흠이 될 행동을 지양하는데 정작 본인은 아무 생각이 없다.

역시 할 말만 하고 무시하길 잘했다. 머릿속에 뇌 대신 국수를 채운 2왕자와 오래 이야기하고 싶진 않았다. 수준 떨어지는 대화를 나누다간 내 머리까지 나빠질 거다.

"자, 여러분. 오래 기다리셨습니다! 모두들 진정한 사나이들의 결투를 관람하실 준비가 되셨습니까?"

사회자의 목소리가 쩌렁쩌렁 경기장을 울렸다. 마법을 쓴 건지 기계 장치인지는 모르겠지만 어쨌든 내가 앉은 자리까지 몹시 잘 들렸다.

"오늘 있을 경기는 아주, 그것도 아주 아주 특별합니다."

내 목이 걸려 있는 시험인데 아무렴 특별해야지. 속으로 심심하게 중얼거리며 팔짱을 꼈다.

"장안에 자자한 예언자에 대한 소문을 들으신 적이 있으십니까?"

사회자가 음성을 낮추며 진지한 분위기를 자아냈다.

나는 멈칫하며 미간을 좁혔다. 예언자라?

첫 번째 시험이 그러했듯 두 번째 시험도 아는 사람들끼리 암음알음 진행되리라 여겼는데, 이런 부분도 예정에 있는 일이던가?

나는 고개를 돌려 2왕자를 응시했다. 마침 그도 내 쪽을 보고 있었는지 눈이 마주쳤다. 2왕자가 비열하게 입꼬리를 끌어 올리며 말했다.

"네 세 치 혀를 저주하게 만들어준다 하였지? 그야말로 망신을 당하게 될 것이다."

그러니까 이 관심 종자 같은 인간이 또 일을 벌였다 이거다. 정말 빼도 박도 못하게 생겼다. 그 패배자가 2왕자가 되든, 아니면 내가 되든 말이다.

사회자는 아까 2왕자가 말했던 내기 규칙을 간단하게 늘어놓기 시작했다.

"……그래서! 두 선수 간에 결판이 나면 심판이 카타리나 영애의 답안을 공개합니다. 정답이 들어맞는다면 참으로 신기할 것 같지 않습니까?"

사회자의 장난스러운 물음에 관중들이 "네!" 하고 크게 응대했다. 이젠 실명까지 나왔다. 슬슬 부담스러워지기 시작했다. 심판이 내가 적어준 답안지를 품 안에서 꺼내 흔드는 것을 보니 더더욱 말이다.

으음, 대뜸 평생 꿈꿔본 적 없는 엄청난 유명인이 돼버렸군. 일이 다 끝나고 일상으로 무사 귀환이 가능하려나?

"그럼 선수들은 모두 제자리에 서주시고, 경기 시작합니다!"

사회자의 말이 끝나기가 무섭게 오보이가 멜튼에게 달려들었다.

나는 초조하게 벽에 걸린 시계를 살폈다. 피오니가 제때 도착할지 모르겠다. 솔직히 이 외에 다른 방법이 없어 택한 도박이긴 하지만, 상황이 내가 원하는 대로 흘러가줄지는 미지수였다. 오보이와 멜튼이 급하게 검을 부딪는 걸 보고 있자니 왠지 가슴 한쪽이 불안해진다.

그냥 차라리 확률이 큰 기술에 거는 게 나았을까? 상대의 검을 날려 보낸다든지, 아니면 목에 칼을 겨눈다든지.

생각이 깊어질수록 2왕자에 대한 증오도 함께 깊어진다. 그는 왜 이런 거지같은 문제를 내서 나를 괴롭게 하는가. 이번 건수만 넘기면 자유로워질 게 분명한데도 당장 눈앞을 가로막은 벽이 너무나 높다.

내가 시름에 겨워 한숨을 내쉴 때였다. 경기장 한쪽이 소란스러워졌다. 눈을 가늘게 뜨고 무슨 일인지를 살피는데 뒤편에서 조용한 인기척이 느껴졌다.

"다녀왔어요."

피오니였다.

나는 황급히 주변을 살폈다. 다행히 다들 경기장 상황에 집중하느라 이곳에 관심을 두지 않고 있었다. 피오니의 표정을 보아하니 일이 잘 풀린 것 같기는 한데, 당장 상세히 캐물을 수가 없으니 답답했다.

내가 속삭이듯 "잘됐어?"라고 묻자 피오니가 턱짓으로 경기장을 가리켰다. 작은 소란이 이제는 크게 번져 선수들의 주의까지 잡아끌고 있었다.

그리고 그 소란의 주인공은…… 주인공은?

"멜튼, 이 멍청아! 거기서 뭐 하는 짓이야. 죽고 싶어?!"

낯익은 얼굴이 펜스에 달라붙어 악을 쓰고 있었다. 제이론이었다. 잊지 못한 연인의 등장에 멜튼의 얼굴에 당황이 불거졌다.

"여…… 여길 어떻게?"

"너 당장 안 나와? 지금 무슨 미친 짓을 하는 거야! 네 목숨이 여럿이라도 돼?"

"제이론! 수도에, 수도에 있었던 거야……?!"

"이 친치야! 일단 나와! 나와서 얘기하라고! 흐흑!"

펜스를 붙잡고 흔들던 제이론이 제풀에 지쳐 바닥에 주저앉았다. 쓰러지는 제이론을 본 멜튼이 희게 질린 얼굴로 달려 나갔다.

"아, 이게 무슨 일인가요! 멜튼 선수가 경기장을 이탈합니다. 경기장을 이탈했어요! 이렇게 되면 오보이 선수가 부전승으로 이기게 되는데요!"

갑작스러운 상황에 사회자가 경악을 금치 못한 듯 머리를 부여잡았다. 나 역시도 이런 소란까지 바랐던 건 아닌지라 반쯤 얼어서 피오니를 툭툭 쳤다.

"뭐야, 왜 신파를 찍고 있는 거야?"

"그냥 부르면 안 올 것 같기에, 멜튼 경이 '당신이 없는 세상은 살 필요가 없다.'는 등의 유언을 남기고 경기장에 들어갔다고 했어요."

"……."

피오니는 생각보다 무서운 사람이었다. 제이론은 멜튼이 죽을까 봐 저렇게 이가 빠져라 달려온 듯한데, 정작 이 경기는 생사가 달린 종류의 것이 아니었다.

나는 그냥 둘이 감격의 재회를 하며 오순도순 경기장을 나오길 바랐을 뿐인데…….

"어떻게 날 두고 이런 위험한 경기에 참여할 수 있어? 너 없으면, 너 없으면 나는 어떡하라고?"

"제이론, 아니, 그게……. 나는 단지."

"흐흑, 됐어. 날, 날 그만큼 사랑하지는 않았던 거지?"

"그게 무슨 말도 안 되는 소리야!"

멜튼이 순식간에 정색하며 제이론을 끌어안았다.

"나한텐 너뿐이야."

"흐흑…… 정말이야……?"

"그래, 너 외엔 아무것도 필요 없어."

"멜튼!"

"제이론!"

분위기를 탄 두 사람은 서로를 아련한 눈으로 응시하더니 이내 깊은 키스를 나누었다. 건너 자리에 앉은 2왕자가 앓는 소리를 내며 제 눈을 가렸다. 사회자도 안타깝다는 듯 짧게 탄식했다.

"아아, 돌아오지 않는 멜튼 선수! 장외로 나간 지 5초가 경과하였으므로 오늘의 승자는 오보이 선수입니다. 일이 상당히 예기치 못하게 되었어요. 그럼 오늘 경기는 여기서 마무리짓."

상황을 정리하려던 사회자가 말을 멈추었다. 진행을 주관하는 스태프가 그의 앞에서 두 팔을 교차시키며 엑스자를 그리고 있었다. 사회자는 그제야 떠올랐다는 듯 덧붙였다.

"……기 전에! 어디 한번 카타리나 영애가 이 말도 안 되는 경기 결과를 맞혔을지 봅시다. 심판, 답안을 공개해주세요!"

그다음은 보나마나다.

나는 여유로운 태도로 자리에서 일어났다. 그런 내 모습이 모든 걸 포기한 듯 비쳐졌는지 2왕자가 시비를 걸어왔다.

"이제 예언자 놀이는 끝났군. 상당히 상황이 우스워지기는 했지만 저것까진 예상 못했겠지? 어디 무릎 꿇고 잘못했다고 빌어보지그래. 그럼 내가 인자한 마음으로 봐줄 수도 있잖아?"

나는 그런 2왕자를 내려다보며 옅은 미소를 지었다. 저런 건방진 태도쯤이야 승자의 관용으로 넘어가줄 수 있다. 점점 일그러져가는 2왕자의 얼굴은 굉장한 구경거리였다. 경악에 젖은 사회자의 목소리도 몹시 감미로웠다.

"아니, 이럴 수가! 세상에, 정답입니다. 이 말도 안 되는 결과를 맞혔어요!"

나는 입을 떡 벌린 2왕자에게 조곤조곤한 투로 이렇게 말해주었다.

"글쎄요, 놀이라 말하기엔 제 능력이 꽤나 대단했던 듯싶군요. 2왕자님은 상대에게 무릎 굽히는 걸 상당히 좋아하시는 듯하지만, 저는 취미가 없으니 거절할게요."

1왕자도, 2왕자도, 왕도, 아니, 이 안의 모든 사람들이 나를 놀란 눈으로 응시했다. 함께 일을 꾸민 피오니만 고개를 숙인 채 말려 올라가려는 입술을 가리고 있었다.

2왕자가 받아들일 수 없다는 듯 이를 맞부딪쳤다.

"무슨 수를 쓴 게 틀림없다."

무슨 수를 쓴 건 맞지만 당신은 그게 '무슨 수'인지 평생 모를 예정이다. 나는 짐짓 고개를 갸웃거렸다.

"제가 어떤 수를 썼다는 말씀이지요?"

"미리 짠 게 분명해! 그게 아니고서야 이럴 수는 없어!"

2왕자가 벌컥 소리를 지르며 자리에서 일어섰다. 나는 온화한 미소를 지우지 않은 채 마저 응대했다.

"이 시험을 설계한 건 2왕자님이 아니셨던가요? 극비로 일을 진행하셨음을 저도 알고 왕자님도 아실 텐데, 제가 어찌 미리 입을 맞출 수 있다는 말씀이세요?"

2왕자의 얼굴이 빨갛게 달아올랐다. 머리가 나쁘니 말싸움도 상대가 안 된다. 그때 왕이 주먹 쥔 손에 힘을 주며 침통한 어조로 말했다.

"이번 시험도 영애의 승리일세. 세 번째 시험은 일주일 후 있을 예정이니 1왕자는 문제를 준비하고, 영애는 궁내에서 대기하고 있게나."

무효라며 물고 늘어지면 어쩌나 걱정했는데, 생각보다 깔끔한 승복이었다. 하긴, 그 정도 억지를 쓰기엔 본인도 창피했을 것이다.

나는 예법에 맞게 공손한 인사를 남기고는 밖으로 나섰다. 2왕자와 한시라도 더 같은 공간에 있다간 멍청함이 옮을 거다.

복도로 나옴과 동시에 뒤편에서 2왕자가 크게 악을 쓰는 소리가 들렸다. 똑같은 레퍼토리라 이젠 좀 지겨울 지경이다. 나는 여상한 표정으로 귀를 팠다.

"저렇게 목청이 커서야, 시장판에서 장사를 했으면 대성했겠어. 안 그래?"

"그랬다간 손님이랑 드잡이질 하다가 하루 만에 문 닫았겠죠."

피오니가 피식 웃으며 고개를 내저었다. 통찰력이 대단했다. 하긴 2왕자가 옷감이나 생선 따위를 팔고 있는 모습은 상상이 가질 않는다. 이제 장래희망란에서 왕이란 글자는 지워야 할 판인데, 유일한 목표를 잃은 2왕자는 과연 뭘 해서 먹고살려나?

뭐, 아무래도 나랑은 상관없는 일이지만.

나는 느릿한 걸음으로 왔던 길을 돌아 나왔다. 경기장으로 처음 들어설 때의 긴장이 무색하게도 마음이 편안했다. '고생 끝, 행복 시작'이라는 말이 지금 내 상황에 꼭 들어맞지 싶다. 만약 오보이의 상대로 나온 게 멜튼이 아니었다면 나는 보기 좋게 고꾸라졌을 것이다. 그야말로 십년감수했다.

가볍게 써먹었던 카드가 이렇게 필살기가 되어 돌아올 줄이야. 이 커플은 내 목숨을 두 번이나 구한 셈이다. 나중에 따로 답례라도 해주고 싶은 심정이다.

뻐근한 목을 가볍게 두드리는데, 불쑥 들이닥친 누군가가 눈앞을 가로막았다. 나는 멈춰 서 상대를 응시했다.

아들이 당하니 이제는 어머니가 온 걸까. 몰테 자작부인이 희번덕거리는 눈으로 나를 노려보며 서 있었다. 무슨 말을 하려나 궁금해하는데, 그녀는 말보다 손이 빠른 인종이었다.

짜악!

"세상에!"

주변에 있던 사용인들이 입을 틀어막았다. 엉겁결에 큰 소리를 냈던 시녀는 몰테 자작부인의 사나운 눈초리를 받고는 딸꾹질을 터트렸다.

뺨이 얼얼했다. 나는 고개 숙인 자세 그대로 손을 들어 열이 오른 살갗을 매만져보았다.

지금, 맞은 건가?

워낙 눈 깜짝할 새 벌어진 일이다 보니 현실감이 없다. 입안에 짭짤하니 비릿한 맛이 느껴지는 걸 보아 입술이 터진 것 같았다.

나는 고개를 들고는 싸늘한 눈으로 여자를 노려보았다.

"이게 무슨 무례죠?"

"무례? 무례라 하였느냐! 건방진 것, 천지분간 못하는 애송이 같으니라고!"

나를 천지분간 못하는 애송이라 칭하면서 정작 본인은 이성을 잃은 모습이다. 아들이 패배했단 소식을 듣고는 분노를 삭이지 못해 쫓아온 것이 분명했다.

몰테 자작부인은 눈을 까뒤집으며 달려들려 했지만, 주변에 있던 사용인들이 막아선 덕에 내게 다시 손을 대진 못했다. 화를 풀지 못한 여자는 붉은 눈으로 나를 쏘아보았다.

"거짓 예언으로 내 아들 앞길에 재를 뿌리더니, 감히 내겐 무엄한 누명을 씌우고! 그도 모자라 이런 사기극까지 벌여?"

나는 차분한 음성으로 그녀에게 되물었다.

"누명이라뇨? 혹시, 헤이론 신전에서 한 사제에게 저를 죽이라 사주한 일을 말씀하시는 건가요? 그게 어떻게 누명이 될 수 있는지요?"

"뭐?"

내가 대놓고 그 일을 언급할 줄은 몰랐는지 몰테 자작부인의 눈동자가 흔들렸다.

"말씀 잘하셨습니다. 그 사제의 증언에 정황 증거까지, 모든 게 부인을 가리키고 있는데 눈 가리고 아웅 하는 식으로 넘어갔었지 않습니까? 내 언제고 이를 따져 물으려 했는데 마침 이리 나서주시는군요. 왕의 총애 덕에 조용히 넘어갔으면 감사하며 쥐 죽은 듯 계셨어야지요. 제가 증좌가 없어 침묵하고 있었던 줄 아십니까?"

"네, 네년이. 네년이 감히……!"

"말수가 적어지셨네요, 부인. 부인 같은 분도 죄의 무거움을 아시나요? 재밌는 일이군요."

"터진 입이라고 나불나불……! 아주 당당한가 보구나."

"지은 죄가 없으니 당당하지요. 잘못한 게 없으니 당당하지요! 자작부인께서는 벌인 일이 많아 꽤나 불안하신가 봅니다."

"이익!"

몰테 자작부인이 새빨갛게 달아오른 얼굴로 다시 팔을 휘둘렀다. 그러나 너무나 엉성한 폼이었던지라, 나는 사용인들이 내 앞을 막아서기도 전에 그녀를 제지할 수 있었다.

손목을 붙잡힌 몰테 자작부인이 입술을 깨물며 팔에 힘을 주었다. 나이가 나이인지라 나보다 완력이 세지는 않았다. 나는 던지듯이 그녀의 팔을 내려놓았다. 그녀가 빨갛게 달아오른 손목을 매만지며 신음했다.

"아직도 목이 뻣뻣하시군요. 제가 다 이긴 싸움이라는 걸 모르십니까? 하긴, 그렇게 깊이 사유할 수 없는 분이시니 이런 일까지 벌였겠지요. 내 오늘의 무례는 그냥 넘어가지 않을 겁니다. 그 오랜 기간 동안 궁에서 생활하셨으면 궁의 생리를 알 법도 하지 않습니까? 누울 자리를 봐가며 다리를 뻗으셔야지요."

2왕자의 문제마저 통과한 지금 내게 남은 건, 형식상의 세 번째 시험뿐이다. 1왕자는 문제를 고안하자마자 내게 답을 알려줄 것이고, 그 과정엔 어떠한 막힘도 없을 예정이었다. 몰테 자작부인과 2왕자는 그야말로 죽을 날을 받아놓은 셈이다.

2왕자가 나를 망신주려 크게 벌인 판은 반대로 그의 목을 죄었다. 내 승리가 진실된 능력 덕분인지 아니면 수를 쓴 탓인지, 사람들은 알지 못한다. 이곳에 모였던 대중들은 다만 나의 영검함만을 기억할 것이다. 그런 내가 2왕자가 왕의 재목이 아니라 말하면 민심뿐 아니라 왕의 결정도 1왕자 쪽으로 기울 터였다. 모든 것이 순리대로 흘러가고 있다.

나는 싸늘한 눈으로 몰테 자작부인을 흘겨보며 그녀를 지나쳤다.

"아들을 청맹과니같이 키우신 대가는 톡톡히 치르게 되실 겁니다, 부인."

"네…… 네년이……!"

몰테 자작부인이 다시 내게 달려들려 했다. 살짝 비켜서면 제풀에 고꾸라질 듯한데 피하는 게 나을까, 아니면 그냥 맞아주는 편이 나을까. 후자가 여론에 도움이 될 것 같기는 했다. 몰테 자작부인의 평판은 더 이상 떨어질 데도 없는 수준이지만, 지금처럼 위세가 바닥을 길 때 벌인 잘못은 더 여파가 클 터였다. 나는 눈을 감고 곧 닥쳐올 아픔을 기다렸다.

그러나 타격음은 들리지 않았다. 누군가가 내 앞을 가로막은 듯 눈앞에 그림자가 드리워졌다. 나는 천천히 눈을 떴다. 베인이 몰테 자작부인을 저지하고 있었다.

"이 이런 고얀……!"

몰테 자작부인은 거의 눈을 까뒤집고 있었다. 몇 번의 공격이 수포로 돌아간 게 분했는지 그녀는 앓는 소리를 내며 제 목을 부여잡았다.

제대로 서지도 못하고 쓰러진 여자를 시종들이 수습했다. 손쉽게 그녀를 떨쳐낸 베인이 장갑을 벗으며 내게 다가왔다.

"다친 곳은 없으십니까?"

나는 애매하게 미간을 좁혔다.

몰테 자작부인에게 맞았던 뺨을 가릴까 했지만, 너무 티가 날 듯해 관두었다. 붉은 손자국을 보았는지 베인이 조심스럽게 내게 손을 뻗었다.

"놔두었어도 괜찮았을 거예요. 그녀는 완전히 제 살을 깎아먹고 있었으니까."

"그럼 그대가 더 아팠겠죠."

나는 옅은 미소를 지으며 그의 팔을 끌어안았다. 베인 역시 자연스럽게 팔을 뻗어 내 허리를 감쌌다.

"걱정했나요?"

"당연한 말을 하는군요. 경기장에서 해설을 듣는 순간, 그 뱀 같은 놈이 당신을 곤란하게 하려고 아주 극악한 수를 썼다 싶었습니다."

"하지만 그도 다 무용지물이 되었잖아요?"

"어떻게 된 겁니까?"

나는 대답을 하려다 말고 잠시 주위를 살폈다. 시종들이 전부 몰테 자작부인을 끌고 사라졌기에 이곳에는 피오니와 베인, 그리고 나밖에 없다. 누가 엿들을 염려는 하지 않아도 될 것 같았다.

"……멜튼이라는 사람을 알고 있었어요. 연인을 이용해 경기장 밖으로 불러내는 수도 있겠다 싶었죠."

"그걸 누가……."

베인의 시선이 피오니에게서 멈췄다. 피오니의 어색한 미소를 본 베인이 알았다는 듯 고개를 끄덕였다.

"2왕자가 장내의 인물에게만 신경을 쓴 게 요행이었군요."

"그리고 행운이었죠."

그러나 베인의 표정은 어딘지 애매했다. 적어도 승리를 기뻐하는 이의 낯은 아니었다. 입술을 깨물던 그가 이윽고 입을 열었다.

"그 행운이 따르지 못했다면요?"

"그건……."

"이래서 그대를 이런 곳으로 내몰지 않으려 했습니다. 내가 얼마나 가슴 졸였는지, 그대는 모를 겁니다."

걱정하는 베인의 얼굴을 보니 가슴이 뜨끔거렸다. 베인이나 나나 몹시 바쁜 나날을 보냈기에 지난번 루센과 마주친 후로는 처음으로 보는 것이었다. 딱히 그의 신의를 저버리거나 한 것은 아니지만, 이번 시험에선 루센에게서 받은 도움에 집중하느라 정작 베인에게 마음을 쓰지 못하고 있었다.

나는 달래듯이 그의 팔을 쓰다듬었다.

"이제 힘든 일이라고는 남지 않았는걸요."

걱정시키지 않으려는 내 마음을 알았는지 그가 설핏 미소 지었다.

"일이 너무 잘 풀리니 불안하기까지 하군요. 그가 순순히 물러날 거라고는 생각지 않습니다."

"그럴 수밖에 없도록 하기 위해 우리가 노력하고 있는 거잖아요?"

나는 부러 발랄한 척을 하며 뛰듯이 걸었다. 그와 보폭을 맞추며 걷다 보니 어느새 마차 앞에 다다라 있었다.

내가 그를 향해 문을 열어주며 말했다.

"돌아가서 같이 차라도 한잔해요. 이제야말로 단둘이 느긋한 시간을 보낼 수 있겠어요."

"그전에 할 얘기가 있습니다."

베인이 내 허리를 들어 마차 안에 올려주었다. 나는 당황하여 다리를 버둥거리다가, 이내 그의 뜻대로 얌전히 몸에서 힘을 뺐다. 뒤따라 마차에 올라탄 베인이 문을 닫았다. 피오니는 마부 옆에 자리를 잡은 듯했다. 마부석으로 뚫려 있는 작은 창을 응시하는데 엉덩이 아래의 쿠션이 출렁였다. 출발이었다.

"무슨 일인데 그래요?"

"지난번, 제가 시중을 드는 시녀 아이를 언급했던 걸 기억합니까?"

"페니요?"

내가 눈을 동그랗게 뜨며 되물었다.

"그 애가 왜요?"

"어쩐지 낯이 익다 했더니, 2왕자의 궁을 오갈 때 종종 마주쳤던 아이였습니다. 따로 조사를 해보니 얼마 전 외궁 쪽으로 차출된 모양이더군요."

"그 말은……."

"2왕자의 사람일 가능성이 높다는 겁니다. 몰테 자작부인이 실패한 전적이 있으니, 이번에도 무능한 사람을 들이진 않았을 겁니다. 아마 무술을 쓸 줄 아는 인물일 가능성이 높습니다."

"하지만 그러기엔, 음, 그 애는 너무 작고, 어리고……."

나는 당황하여 횡설수설했다.

말하자면 궁은 2왕자의 본거지로, 당연히 2왕자의 사람이 산재해 있으리라고는 여겼지만 정작 페니를 의심해본 적은 없었다. 그도 그럴 것이 페니는 어린 소녀인 데다 딱히 위협이 될 만한 인물로 보이지 않았기 때문이다.

게다가 그녀는 지금까지 나를 해칠 기회가 몇 번이고 있었다. 의심받지 않는 때라면 그야말로 손쉽게 나를 죽일 수 있었을 터인데. 내가 자는 동안 무력한 상태를 노릴 수도 있었고, 아니면 항상 내오는 식사에 독을 타는 수도 있었다. 하지만 보다시피 아직까지 나는 아주 멀쩡하다. 그러나 베인은 꼭 그렇지만도 않다는 듯 고개를 저었다.

"그동안은 합법적으로 그대를 해치울 수 있는 기회가 있었으니 손을 쓰지 않았을 겁니다. 이를테면 혹시 모를 상황을 대비한 수였겠죠. 그런데 지금 그 혹시 모를 상황이 왔습니다. 그대는 두 시험을 모두 통과했고, 이제는 허울뿐인 마지막 시험만 남았죠."

"그래서 이맘때쯤 행동을 개시할 거라는 뜻인가요?"

"맞습니다."

나는 어두운 낯으로 드레스 자락을 내려다보았다. 그동안 나를 위해 성심성의껏 일해주었던 페니를 의심하고 싶진 않지만, 만약의 상황을 대비하지 못했을 때 손해는 내 몫이다. 2주는 신뢰라는 걸 쌓기엔 너무 짧은 시간이었다.

나는 입술을 깨물며 고개를 들었다.

"그럼 어떻게 하죠?"

"심증이 있기는 하나, 본격적으로 해치우기엔 결정적인 증거가 없습니다. 돌아가는 대로 아무것이나 책을 잡아 내쫓는 편이 좋을 것 같습니다. 가까이에 있을 수 있는 기회를 없애면 자연히 위험도 사라지겠죠."

"으음, 나쁜 주인 흉내를 내야겠네요."

내가 왼뺨을 감싼 채 침중한 어조로 중얼거렸다.

말은 그렇게 했지만 사람을 성질대로 부려본 적이 없어 어떻게 해야 할지 감이 잘 안 온다. 그도 그럴 것이 나는 리플렉츠가에서 친절한 아가씨의 표본으로 살아오지 않았던가?

내가 얼마나 사용인들에게 잘해주었는지는 레이에게 써준 각서만 봐도 알 수 있다. 짧은 순간에 호구 같은 주인에서 악독한 여인으로 변모하기란 무리가 있었다.

내 고민하는 얼굴이 재미있다는 듯 베인이 웃음 지었다.

"즐겨 보던 책의 악녀들처럼만 굴면 되지 않겠습니까?"

"그 여자들은 꼭 뒤에서 엄청난 욕을 얻어먹는단 말이에요."

만약 페니가 정말 순진한 소녀일 뿐이라면 마음에 큰 상처를 입을 터였다.

식사시간, 삼삼오오 모인 식당에 그녀가 잔뜩 풀 죽은 얼굴로 들어서면 친한 시녀들이 무슨 일이냐 묻겠지. 그럼 페니는 왈칵 울음을 터트리며 내 험담을 늘어놓을 것이다. 초장에 유행했던 '또라이 아씨'설을 겨우 없앤 지 얼마 되지도 않았는데, 궁내에서 재발할지도 모른다. 2왕자 때문에 내 인격까지 포기해야 한다니 침통한 일이 아닐 수 없다.

"아무튼 알았어요. 어떻게든 해볼게요."

베인이 내 머리를 끌어당겨 이마에 짧은 키스를 남겼다.

"밤에 다시 찾아가겠습니다. 그때까지 무사하시길."

마차는 어느새 멈춰 있었다. 벌써 궁에 다다른 모양이다. 나는 창밖을 잠시 살피다가, 베인의 뺨에 답례의 입맞춤을 남겼다.

"당신도요."

베인의 배웅을 뒤로하고 마차에서 내렸다.

밤에 찾아온다니, 저녁이라도 함께하자는 걸까? 느릿하게 하품을 하며 외궁을 향해 걸음을 옮겼다. 선선히 부는 바람이 기분 좋다 느끼는데, 뒤에 따라붙은 피오니가 눈을 가늘게 뜨며 물었다.

"두 분이서 뭐 하셨어요?"

"단둘이 오붓한 시간을 즐겼지."

내가 이리 뻔뻔히 나올 줄은 몰랐던 듯 피오니가 당황한 기색을 드러냈다. 나는 그런 그녀의 어깨를 가볍게 두드려주었다.

"장난이고, 방으로 돌아가서 내가 좀 정신 나간 여자처럼 굴더라도 모른 척 넘어가줘."

"그게 무슨 말씀이세요?"

"페니를 내보내야 할 것 같아."

"그 애가 왜요?"

피오니도 페니를 의심을 안 하긴 매한가지였던 모양이다. 베인에게서 들은 이야기를 해주려다, 문득 떠오른 생각에 질문을 던졌다.

"혹시 그 애를 두고 점 같은 거 쳐본 적 있어?"

만약 페니에게 흑심이 있다면 피오니의 능력으로 미리 알아챌 수도 있겠다 싶었다. 페니의 안전성이 검증된다면 나도 적성에 안 맞는 나쁜 여자 흉내를 내지 않아도 될 것이고.

그런데 피오니에게서 돌아온 건 정색이었다.

"아뇨. 저 요새 힘들어요."

"그, 그래……? 좀 힘…… 힘든가……?"

피오니는 단호하게 고개를 끄덕였다.

"매일같이 밀려오는 귀부인들 상대하는데 아무렴 안 지치겠어요? 아무리 돈이 궁했어도 저 이렇게는 손님 안 받았어요. 당분간은 휴가예요. 힘쓰고 싶어도 더는 안 돼요."

"으음……."

그러고 보니 요즘 피오니를 좀 심하게 부리기는 했다. 입소문을 내려 무진히 애썼던 탓에 방문객을 한계까지 받았었다. 노동법을 보장해주는 게 고용주의 도리거늘, 상황이 상황이다 보니 무리를 시켰다. 추가 수당이라도 지급해야겠군.

나는 불리한 주제에서 벗어나기 위해 재빨리 화제를 돌렸다.

"아무튼 혹시 모를 위험은 경계하는 게 좋으니까, 다음 시험까지는 우리끼리만 생활하는 게 나을 것 같아."

"이해했어요. 그러니까 억지를 써서 그 애를 실직자로 만드시겠다 이거죠?"

"……."

그렇게 말하니 굉장히 나쁘게 들린다. 나는 재빠르게 정정했다.

"실직자라니, 단순히 원래 하던 업무로 돌려보내는 것뿐이야."

"그런 걸 보통 좌천이라고 하죠."

"……."

내 편 맞나?

나는 불편한 심기로 방문을 열었다. 경기장까지 따라오지 못했던 페니는 방에서 청소를 하고 있었다. 인기척을 느낀 페니가 뒤를 돌아보더니 반색했다.

"아가씨! 돌아오셨어요? 이번 시험도 멋지게 통과하셨다고 들었어요. 대단하세요!"

본능적으로 본인의 어두운 미래를 느낀 것인지 페니의 아첨이 남달랐다. 그러나 나는 평소처럼 다정한 미소를 짓는 대신 심드렁하니 굴었다.

"음, 뭐, 그럭저럭."

"어……, 혹시 무슨 일 있으셨어요?"

평소 같지 않은 내 태도에 페니가 당황한 얼굴을 했다. 가슴이 몹시 찔렸지만 나는 우아하게 손끝만 튕겼다.

"아니, 피곤하니 차를 좀 내와줄래?"

"예, 아씨."

얼마 지나지 않아 페니가 티팟이 담긴 트레이를 밀고 들어왔다. 그녀는 평소답지 않게 긴장한 기색으로 차를 우려냈다. 곧 테이블에 찻잔이 놓였다. 풍겨오는 차향이 향긋했지만, 나는 성에 차지 않은 척 흥 하고 한 번 콧바람을 내었다. 그러고는 차를 한 모금 머금었다.

흠잡을 데 없이 훌륭한 맛이다. 솔직한 심정으론 칭찬을 해주어야겠지만, 대신 나는 인상을 팍 썼다.

"너무 뜨겁잖아."

"예?"

페니가 허둥지둥 고개를 숙였다.

"죄송해요. 다시 우릴게요."

페니가 바들바들 떨리는 손끝으로 두 번째 차를 내왔다. 이번에도 썩 나쁘지 않은 맛이었지만 나는 더더욱 미간을 좁혔다.

"너무 차가워!"

뒤편에서 모든 걸 지켜보는 피오니의 얼굴에 애잔한 빛이 떠올랐다. 억지를 쓰는 나나 그걸 받아주는 페니나, 아니면 멀리서 지켜보는 피오니나…….

회의감이 물밀듯 밀려들지만 이제 와 멈출 수도 없는 노릇이다.

"페니, 너 대체 일을 어떻게 하는 거니?"

내가 용납할 수 없다는 표정으로 말했다. 던지듯 찻잔을 놓자 테이블로 얼마간이 쏟아졌다.

"됐고, 와서 이거 닦아."

페니는 그야말로 영문을 모르겠다는 얼굴을 하고 있었다. 갑자기 변한 내 태도에 혼란스럽다는 듯 말이다. 솔직히 나도 똑같은 심정이지만 티를 낼 수는 없었다. 페니와 보냈던 짧지만 편안했던 시간이 눈앞을 스친다.

피오니가 정말 궁정 출신의 페니만큼 나를 잘 보좌할 수 있을까?

"……."

주방이 어디 있는지는 아나?

"죄, 죄송해요, 아가씨. 금방 치울게요."

페니가 더듬거리며 트레이에서 적신 행주를 가져왔다. 먼저 다기를 치우려 팔을 뻗는데, 손이 하도 떨리고 있었던지라 페니는 그만 찻잔을 놓치고 말았다. 의자에 몸을 깊게 묻고 있었기에 내게로 찻물이 쏟아지지는 않았다. 하지만 몇 방울이 치맛단에 튀어 그만 얼룩을 남겼다. 나는 씰룩거리는 입꼬리를 숨기려 무던히도 노력했다.

남의 실수에 기뻐하는 돼먹지 못한 사람이 돼버리다니, 타의 귀감이 되던 내 뛰어난 인성이 무색해지는 순간이다.

"너…… 너 지금……!"

내가 경악한 얼굴로 소리쳤다. 페니의 낯빛이 희게 질려갔다.

솔직히 손빨래를 하면 금방 지워질 수준으로, 평소엔 이런 정도의 일로 결코 성을 낸 적 없다. 하지만 나는 지금이 그동안 숨겨왔던 지랄을 꺼내야 할 때임을 직감했다.

"이게 얼마짜린 줄 알아?! 너 정신이 있는 애야, 없는 애야. 지금 장난해?"

페니가 들고 있던 다기를 내려놓고 대뜸 무릎을 꿇었다.

왜, 왜 무릎을 꿇고 난리지……. 사람 미안하게…….

"아가씨, 죄송해요. 다신 이런 실수 안 할게요. 제발 자비를!"

즐겨 보던 소설에서 자주 등장하던 악녀들이 떠오른다. 걔들은 페니마냥 불쌍하게 비는 시녀들한테 대체 어떻게 그리 매몰차게 대했을까. 싸가지 없는 것도 재능인가 보다. 도저히 나는 맨 정신으로는 못 해먹겠다. 술로 혀를 적시고 싶은 기분이었지만 지금 병나발을 불었다간 페니가 궁의를 부를지도 모른다.
무슨 일이느냐고 묻는 궁의 앞에서 페니는 이렇게 소리치겠지.
'아가씨가 이상해지셨어요!'
마지막 시험이 일주일 남았는데 정신이상자 판정을 받아서는 안 될 일이다.
나는 근엄한 얼굴로 홱 고개를 돌렸다.
"나, 너 같은 거한테 더는 일 못 맡겨. 나가."
"아, 아가씨. 제가 잘못했어요. 흐흑!"
"나가라는 말 안 들려?"
"한, 한 번만 봐주세요, 아가씨."
페니가 절박한 낯으로 내 치맛자락을 붙잡았다. 시녀 일 그만두라는 것도 아니고 그냥 원래 직무로 돌아가라는 건데, 정말 이렇게까지 해야겠나?
폭력만은 쓰기 싫었거늘…….
나는 에잇! 하고 크게 소리를 내며 페니를 떨쳐냈다. 중심을 잃고 쓰러진 페니가 가련한 자세로 나를 올려다보았다.
"아가씨, 잘못했어요! 제가 더 잘할게요! 잘할 수 있어요!"
"안 나가는 걸 보니 내가 아주 우스운가 보지? 안 그래!"
"헉. 아, 아니에요, 아가씨……. 흐흑!"
"당장 안 나가? 다신 오지 마!"
결국 페니는 닭똥 같은 눈물을 흘리며 방에서 뛰쳐나갔다. 나도 왠지 울고 싶은 기분이 되었다. 아마 페니는 제 친구들에게 이렇게 말을 옮길 것이다.
'카타리나, 그 싸가지 없는 여자가 말이야! 두 번째 시험을 통과하더니 세상이 다 자기 것 같았는지 본색을 드러내더라고!'

'본색? 원래 성격이 어떤데?'

'어떻긴 어때, 인간 말종이지! 평소대로 차를 내갔는데 차갑다 뜨겁다 까탈을 부리다, 나중엔 손찌검까지! 그야말로 쓰레기 같았다니까!'

상상일 뿐 아직까진 벌어지지 않은 일임에도 우울해졌다. 난 쓰레기가 아니다……. 나는 쓰레기가 아니다…….

"근데 있잖아요, 아가씨."

모든 상황을 관전하고 있던 피오니가 운을 떼었다. 나는 하얗게 불태웠다는 표정으로 허탈하게 되물었다.

"왜?"

"아가씨한테 해를 입힐 수 있을 만한 인물이면, 저렇게 쫄아서 차를 엎지르진 않지 않았을까요?"

"……."

사실 나도 그 생각을 하고 있던 참이다. 연기에 열중하느라 당시에는 별생각 없었는데, 막상 일이 끝나고 나니 좀…….

"그러니까 제 말은 어…… 이거 좀…… 뭐랄까…… 허탕?"

"……."

"쓸데없는 짓? 헛다리? 그도 아니면 뭐…… 헛수고?"

피오니는 그치지 않고 몇 번이고 정신 공격을 감행했다. 내 멘탈을 곤죽으로 만들려는 건 아닌지 의심스러울 정도다.

"트레이나 치워줘."

내가 한숨을 삼키며 말했다. 베인이 시키는 대로 하기는 했는데 영 뒷맛이 좋지 않았다.

페니를 좀 믿어줄 걸 그랬나? 알다가도 모르는 게 사람이라지만, 그래도 걔가 일은 참 잘했는데 말이다. 아끼는 하녀랍시고 데려왔는데 남의 인생에 훈수만 뒀지 남한테 부려진 적 없는 피오니의 업무 능력은 영 처참한 수준이었다.

나는 트레이를 가지고 나가는 피오니를 가는 눈으로 살폈다. 의심을 지울 수 없었던지라 결국 내 입에선 질문이 튀어나갔다.

"근데 주방이 어디 있는지는 알아?"

피오니가 자리에 멈춰 섰다. 곰곰이 뭔가를 떠올리는 듯하던 그녀가 어색하게 웃어 보였다.

"그러고 보니 그걸 잘 모르겠네요. 뭐, 대충 식당 주변에 있지 않겠어요?"

나는 한숨을 몰아쉬었다.

"알았어, 그만 나가봐……."

피오니는 군말 없이 밖으로 나섰다. 일하러 가는 사람치고 그 발걸음은 쓸데없이 경쾌했다. 트레이를 제자리에 놓고 난 후에도 방에 돌아오는 대신 한참 혼자만의 시간을 즐길 것이 분명했다. 애초에 내 시중이나 들게 하려고 부른 게 아닌지라 상황이 애매해졌다.

"……."

설마, 내가 직접 빵 타다 먹어야 되는 거 아냐?

다행히 피오니는 나를 굶기지는 않았다. 무사히 저녁 식사를 공수해 온 피오니를 보니 자랑스러워서 눈물이 날 지경이었다.

첫걸음마를 뗀 아이를 보는 부모의 심정이 이러할까?

물론 나는 피오니를 양육한 적은 없지만 내가 그녀의 고용주이니만큼 벌어먹여 살리고 있다는 점에서 비슷했다. 피오니는 페니가 없는 것치고 일을 제법 잘 처리해냈고, 잠자리에 들 시간이 되자 나는 완전히 페니를 기억에서 치워버릴 수 있었다.

미안하지만 잘 살거라, 페니. 인연이 아니었다고 생각하렴.

정작 페니 본인에겐 전하지 못할 인사를 하며 침대에 몸을 뉘었다. 피오니는 그만 들어가보겠다며 제 숙소로 향한 후였고, 방 안에 남은 건 나 혼자였다.

어두운 방에 혼자 있으니 밀어뒀던 상념이 몰려왔다. 그동안은 하도 정신이 없어 이렇게 천천히 혼자 생각할 짬도 갖기 어려웠는데, 갑작스럽게 찾아든 여유에 기분이 묘했다.

"이제 끝인가?"

끝이라는 말을 한 번 입안에서 굴려보았다. 영 어색했다. 모든 일이 급하게 밀려닥치고 또 급하게 쓸려나갔던지라 생각을 정리할 틈이 없었다.

끝이라고 하면 이제 더는 죽을 염려는 하지 않아도 되는 걸까? 나도 이제 정말 행복하게 살 수 있는 건가? 그렇다면 피오니는, 더 이상 생과 사의 경계를 좁히지 않아도 되는 걸까?

이불을 뒤집어썼다가 숨이 막혀 걷어냈다. 눈을 감아도 잠이 오지 않았다. 마음이 간질거리는 게 자꾸 무슨 일이 일어날 것 같은 느낌이 들었다. 확실히, 각오했던 것치곤 왕과 2왕자가 낸 문제가 너무 쉬웠다. 2왕자의 문제는 운이 아니었으면 못 맞혔을 거라고는 해도, 왕이 냈던 문제는 아예 수준부터가 남달랐다. 덕분에 긴장이 풀린 것 같으니 고마워해야 될까.

멍하니 천장을 바라보는데 문밖에서 인기척이 났다. 문고리를 긁는 소리였다. 손끝에 힘이 들어가며 가슴이 철렁했다. 근처에 경비가 있으니 염려를 놓았던 게 문제였을까? 일상의 범주 내에서 한밤중에 내가 묵는 방에 들이닥칠 만한 인물은 없다.

숨을 죽였다. 문을 열고 들어온 인물이 침대에 가까워졌다.

소리를 질러야겠지?

눈을 질끈 감고 배에 힘을 줄 때였다. 입이 틀어막혔다. 여주인공의 트레이드마크인 찢어지는 비명도 허락하지 않다니, 참으로 삭막한 자객이다.

나는 아무렇게나 발버둥을 쳤다. 이렇게 죽을 수는 없었다.

차라리 시험에서 져 처형당하는 게 낫지, 이건, 이건…… 너무 개죽음이지 않은가!

"카렌, 카렌……! 접니다."

저가 대체 누군데?

아랑곳 않고 팔을 휘젓다가 문득 몸에서 힘을 뺐다. 들려온 목소리가 영 익숙했던 탓이다. 내가 얌전해지자 입을 막은 손도 떨어져 나갔다.

나는 숨을 들이마시며 새된 음성으로 물었다.

"베인?"

어두워 상대의 얼굴은 잘 보이지 않았지만, 어슴푸레한 웃음소리가 들려왔다. 완전히 긴장이 풀렸다. 나는 그대로 침대에 늘어졌다.

"이런 식으로 들어오면 어떡해요, 저 정말 놀랐는데, 진짜!"

"아까 찾아오겠다고 말하지 않았습니까."

"그게 무슨……."

인상을 찌푸리다가 멈칫했다. 그러고 보니 그런 말을 들었던 것도 같다.

「밤에 다시 찾아가겠습니다. 그때까지 무사하시길.」

왜 저녁 식사 시간에 오지 않았나 했는데, 그가 말한 그 밤은 내가 생각한 밤이 아니었던 모양이다.

"그렇게 말하면 어떻게 알아요? 설마 이렇게 한밤중에 올 줄은 몰랐죠."

아직까지 떨리는 가슴이 진정되지 않았다.

"놀라게 했다면 미안합니다."

베인이 나를 달래듯 말했다. 나는 한결 누그러진 태도로 물었다.

"여긴 어쩐 일이에요?"

"경비가 따로 있다고는 하나 호위 기사까지 들인 건 아니니, 밤엔 위험할지도 모른다 여겼습니다."

확실히 그가 문을 열고 들어올 때 나도 같은 생각을 했었다. 경계가 삼엄하다고는 해도 2왕자가 외궁의 궁인을 매수해 일을 시킨다면, 잠입에 대한 난이도는 대폭 낮아질 터다. 베인의 말마따나 합법적으로 나를 처리할 수 있는 방도가 사라졌으니 이젠 암기가 등장해도 이상하지 않을 때다. 문득 소름이 돋아 양팔을 감쌌다.

"그래서 어떡하시려고요? 매일 밤 제 침실로 숨어드실 거예요?"

아무리 결혼을 약속한 사이라고 해도 좀…….

아니, 오히려 결혼을 약속한 사이라 더 문제가 될 수 있다. 단둘이 있는 방 안에서 그가 내게 손을 대지 않을 거라 어찌 장담한단 말인가?

뭐, 스킨십이라면 조금쯤 허락할 수 있지만……. 아니, 거기서 조금의 조금쯤은 더…….

나는 말려 올려가는 입꼬리를 안간힘을 다해 붙잡았다.

"내일부터는 장인어른과 상의해 믿을 만한 호위를 하나 붙여드리겠습니다."

장인어른이라니, 그 단어에 담긴 간질거리는 느낌에 내가 볼을 붉힐 때였다. 베인의 얼굴이 가까워졌다. 그가 내 머리칼에 입을 맞췄다.

"그러니 오늘 밤은 저와 함께."

얼굴이 빨갛게 달아올랐다. 분명 상황상 그가 말한 '함께'는 전혀 성적인 의미가 없었지만, 담겨 있는 뉘앙스는 전혀 달랐다.

나는 불퉁한 얼굴로 그를 올려다보았다.

"놀리는 거죠?"

베인이 고개를 기울였다.

"왜 그렇게 생각하십니까?"

"나 떠보려고 한 말은 아니고요?"

베인이 설핏 웃었다. 그 웃음이 몹시 섹시해서 하마터면 코피를 터트릴 뻔했다. 위험한 일이었다. 내 남자가 미남인 데다가 치명적이라는 건.

사실 우리 사이에 경험이 없는 건 아니다. 성인이고, 결혼까지 했던 만큼 몸을 겹친 적은 몇 번이나 있었다. 다만 문제는 그게 회귀 전의 일이고, 지금 내 몸은 열여덟에 머물러 있다는 사실이다.

기억을 되찾았다고는 하나 꿈같은 느낌이 없지 않았다. 어떤 일이 있었는지는 아는데, 막상 현실감이 부족하다고나 할까? 옛 기억을 헤집어 운우지락의 때를 떠올리자면 야한 꿈을 꾸는 듯한 느낌이 들었다. 상황이 이렇다 보니 베인이 급작스럽게 치고 들어온 지금 면역력이라는 게 작용하지 않았다.

모든 기억을 가지고 있는 베인은 상황이 좀 다를까?

흘긋 베인을 살펴보았다. 그는 침대 머리맡에 앉아 나를 내려다보고 있었다.

"무슨 말씀을 하시는지 모르겠습니다."

그가 내 머리칼을 쥔 채 그대로 쓸어내렸다. 자장가라도 듣는 것마냥 기분이 좋았다.

"사람 놀리지 마요. 예전부터 생각했는데, 당신 성격이 그렇게 좋진 않은 것 같아요."

기억을 되찾기 전 베인의 행동들에 나는 몹시 분개했었다. 지금에 와선 그 이유 모를 언행들을 이해할 수 있었지만, 그렇다고 해서 앙금이 전부 쓸려나간 건 아니다. 그는 좀 더 멀쩡한 방식으로 관계를 구축해갈 수도 있었다.

"그래서 싫습니까?"

그가 내게 눈을 맞추며 물어왔다. 목소리가 크진 않아 더욱 은근한 느낌이었다. 조곤조곤한 음성이 나를 눅진히 누르는 기분이 들었다.

"……내가 어떤 대답을 할지 알잖아요?"

"모르겠는데요."

"이런 점이 성격 나쁘다는 거예요."

그의 손을 끌어당겼다.

원래 내 힘으로는 그를 들썩이게 하기도 힘들었을 테지만, 베인은 내가 이끄는 대로 순순히 침대에 몸을 누였다. 나는 그에게 내가 베고 있던 베개를 안겨주었다. 그러고는 그 옆에 무릎을 굽히고 앉았다.

"누워 있으면 경계가 힘듭니다."

"악당은 제가 무찌르면 될까요, 공주님?"

내가 키득거리며 물었다. 베인이 애매한 얼굴로 미간을 좁혔다. '공주님' 소리를 듣기에 그의 가슴팍이 지나치게 단단하긴 했다.

"이제 그만……."

베인이 제 위를 덮은 이불을 치워내고 일어나려 할 때였다. 나는 고개를 기울여 그에게 입을 맞췄다. 쪽 하고 떨어져 나간 입술에 그가 손을 뻗어 제 입가를 더듬었다. 그에게서 바람 빠진 웃음소리가 새어 나왔다.

"이런 걸 보통 뭐라고 하던가요. 당돌함?"

나는 대답하지 않고 한 번 더 입을 맞췄다. 그가 가볍게 내 입술을 물어왔지만, 애초에 깊은 키스가 목적이 아니었으므로 재빨리 몸을 뺐다.

하지만 내가 상대를 너무 쉽게 생각했던 것일까. 뒤로 물러서는데 뒷목에 손가락이 감겼다. 베인이 몸을 일으키며 내게 다시 입을 맞춰 왔다.

어깨가 잘게 떨렸다. 숨이 찼다. 나는 눈을 감은 채 그저 밀려드는 남자를 받아내었다. 질기게 입 안을 헤집는 혀가 야릇했다. 내 허리를 움켜쥔 남자의 손에 점점 더 힘이 들어갔다. 헐렁한 잠옷이 어깨에서 미끄러졌다. 결국 버티지 못하고 나는 뒤로 쓰러졌다. 아까 내가 베인의 위에 있었다면, 지금은 그가 내 위에 있었다. 상황이 역전된 셈이다.

한참 후에야 남자의 입술이 떨어져 나갔다. 나는 한참 헐떡였다. 뺨이 한계까지 빨개져 있었다. 방이 추웠다면, 잔뜩 열이 오른 얼굴에선 아마 김이 피어올랐을 것이다.

베인이 손등으로 가볍게 내 뺨을 쓸어내렸다.

"내가 그대에게 어디까지 할 수 있을 것 같습니까?"

어조가 유혹적이었다. 잠긴 음성이 오싹했다. 무의식적으로 남자의 어깨에 손을 뻗었다. 그에 그치지 않고 잘 짜인 근육을 따라 천천히 쓸어내렸다. 목 언저리에 걸린 머리칼 때문에 간지러웠지만 그에 신경 쓸 짬은 없었다.

“경고하는 거예요?”
“말하자면.”
“하나도 안 무섭다고 하면 어떡할 건데요?”
솔직히 이런 수를 던질 생각은 없었다. 원래는 그를 놀리고는, 적당히 달달한 분위기로 넘어가려 했다. 하지만 방금 저 야릇한 그 느낌이…… 장난 아니게 좋았다.
“나 궁금한 거 있는데.”
“뭐가 말입니까?”
베인이 의아한 얼굴로 물었다.
나는 뭐라 포장할까 고민하다가, 그냥 날것의 궁금증을 그대로 입에 담았다.
“3년 동안, 수절했어요?”
첫 회귀에서는 나와 연인이었고, 두 번째 회귀에서는 내가 루센과 사귀었으니 적어도 3년은 관계를 못한 셈이었다. 말이 3년이지 세 번째 회귀 후 지나온 시간을 생각하면 4년에 가까웠다. 이런 질문은 예상하지 못했다는 듯 그가 인상을 찡그렸다.
“그게 아니면?”
제가 다른 여자들에게 한눈을 팔았겠느냐는 투다. 그의 정조를 의심하고 있지는 않았지만 설마 싶기는 했다. 3년간 누른 정욕이라, 마음이 통했을 때 바로 달려들지 않은 것만도 용하다 싶었다. 내가 도발하지 않았다면 이런 상황도 오지 않았을 테니 더더욱 말이다. 참을성에 일가견이 있다 못해 넘치는 수준이었다.
금욕적인 남자의 얼굴이 더욱 색정적으로 보이는 이유는 무엇일까?
입안이 말라 혀로 입술을 적셨다.

"혼자…… 했어요?"

"못하는 말이 없군요."

그가 다시 내게 입을 맞췄다. 자꾸 곤란한 질문을 던지는 나를 그만 조용히 시키려는 듯이.

다리 사이로 파고든 허벅지가 단단했다. 무릎을 굽혀 그의 허벅지 바깥을 쓸어내리자 남자는 눈에 띄게 움찔했다. 키스를 하다 말고 그가 잇새로 말했다.

"장난은 여기까지 해요."

"당신 여기, 단단해졌는데요?"

하반신에 윤곽이 두드러졌다. 정곡을 찔렸다는 듯 그가 입술을 깨물었다.

"적진에서 알몸인 채 등에 칼을 맞고 싶지는 않습니다."

"동감하는 바예요."

"이거 놔요."

"그건…… 싫은데."

그게 솔직한 기분이었다. 딱히 지금 끝까지 갈 생각은 아니었지만 그를 그냥 놔주기가 조금 아쉬웠다. 조금 더 느끼고, 교감하고 싶었다.

사실 현실을 생각하면 이쯤에서 그만두는 게 맞기는 했다. 지금 내 수발을 들어주고 있는 건 피오니뿐이었으므로 뒤처리도 그녀에게 부탁해야 할 텐데, 피오니가 정사의 흔적이 남은 이불을 끌어안고 나가는 모습은 상상하고 싶지도 않다.

"혼자 하는 거 보여주면 안 돼요?"

베인이 제가 제대로 들은 것이 맞나, 의심하는 표정을 지었다. 말같지도 않단 듯 그가 고개를 저었다.

"말이 되는 소리를."

"이미 섰잖아요, 베인스 베이비가."

내가 볼멘 목소리로 핀잔했다. 골이 지끈거리는지 베인은 제 관자놀이를 문질렀다.

"……알아서 할 겁니다."

"나가서 다른 여자 만나려는 건 아니고요?"

"해도 되는 말이 있고, 해선 안 되는 말이 있는 겁니다."

베인이 정색했다. 그를 믿기 때문에 던진 농담인데 영 잘못 건드렸다 싶다. 나는 전보다 주눅 든 음성으로, 하지만 뜻은 굽히지 않은 채 주장했다.

"아니면 내 앞에서 해요."

"……술 마셨습니까?"

베인의 미심쩍은 물음에 그만 웃음을 터트렸다. 식사를 하며 와인을 몇 잔 마시기는 했다. 페니를 내쫓으며 급작스레 고파졌던 술이 그때까지 눈앞에서 어른거렸던 탓이다.

"나 오늘 페니 내쫓았어요. 악당처럼 차 좀 옷에 튄 거 갖고서 나가라고 소리 질렀어요."

"잘하셨습니다."

"상 줘요."

"그건, 못 보여줍니다."

아쉬운 일이다.

그동안 딱히 이런 욕망을 느껴본 적 없었는데 베인의 흥분한 모습이 보고 싶었다. 선단을 매만지며 더운 숨을 내뱉는 애인이 몹시, 야할 것 같았다. 하지만 그가 싫다면 어쩔 수 없지.

"그럼 키스해줘요."

내가 내놓은 차선책에 베인은 그제야 인상을 풀었다. 다만 나를 질책하듯 내 아랫입술을 짧게 깨물었다.

"아파요."

"아프라고 한 겁니다."

그가 웃음기 띤 입술로 다시 키스했다. 방금 전 나눈 입맞춤이 사람을 달뜨게 했다면, 이번 것은 그저 달달했다. 사랑하고, 사랑받고 있다는 느낌을 충만히 주는 키스였다. 나는 기분 좋게 다리를 바르작거렸다.

베인이 나를 내려다보며 내 머리칼을 쓸어 넘겼다. 엉키지 않도록 조심스럽게 넘기자 곧 맨얼굴이 드러났다. 분명 얼굴을 간질이던 머리칼은 뒤로 넘긴 것이 분명한데, 이상하게도 계속 간지러운 느낌이 들었다.

베인이 나와 눈을 맞추며 웃었다.

"예쁩니다."

"아부를 잘하시네요."

"그대가 한 번도 안 예쁘게 보인 적 없다고, 내가 말하지 않았습니까."

"이것 봐, 재능이 있다니까."

그렇게 말하며 손바닥으로 그의 뺨을 감쌌다. 딱 맞게 감기는 살갗이 기분 좋았다. 잠시 눈을 감고 있던 베인이 곧 내 손을 떼어냈다.

"이만 자요. 저는 저쪽에 앉아 있겠습니다."

"같이 자요."

그의 손을 붙잡았다. 더 이상 들이대본들, 정작 그는 내게 손을 댈 생각이 없다. 정조의 위협을 걱정하지는 않아도 될 것 같았다. 솔직한 심정으론 그 위협 좀 받아보고 싶지만.

내 말에 베인이 애매한 표정으로 웃어 보였다.

"안 됩니다."

"왜요?"

"참기가 힘드니까요."

"안 참아도 되는데."

"또, 또."

타이르는 모습이 꼭 아이를 대하는 모양새였다.

"알았어요. 먼저 잘게요, 그럼."

이불을 끌어 올려 덮었다. 베인은 걸음을 옮겨 근처에 있는 의자로 가 앉았다. 그가 멀어졌는데도 영 두근거림이 가시질 않았다.

만약 여기가 왕궁이 아니었다면? 아쉬움이 맴돌았다. 정말, 여기가 집이었다면 좋았을 텐데.

"근데요."

"왜 그러십니까?"

베인이 책을 펴들다 말고 눈을 들었다.

"진짜 한 번 보여주면 안 돼요?"

"……."

베인은 대답하지 않았다. 싫나 보다.

잠에서 깬 나를 가장 먼저 찾은 것은 시녀장 앨리스 씨였다. 눈을 뜨고 긴 하품을 하는데 곧장 노크 소리가 들려와, 나는 누가 감시역을 숨겨놓은 건 아닌지 잠시 의심해야 했다. 안 될 말이었다. 지난밤 베인과 했던 대화가 밖으로 새어 나가면 해외 도피를 진지하게 고민해야 할 것 같으니까.

다행히도 방 안에 나 외의 인기척은 없었다. 어젯밤 머리맡을 지켰던 베인 역시 홀연히 사라진 후였다. 약혼 관계라고는 하나 혼인 전에 밀회를 들키는 건 부담스러우니, 적당한 때 빠져나간 것 같다.

그나저나 설마 침 흘리고 잔 건 아니겠지?

번뜩 든 생각에 입가를 더듬었다. 피부는 매끈했다. 무언가가 말라붙은 자국은 느껴지지 않았다. 안심의 한숨을 내쉬고는 그제야 들어오라는 말을 했다.

"들어오세요."

곧 문이 열리는 소리가 나더니, 이내 금발의 여인이 모습을 보였다. 전처럼 한 치의 여유도 없이 바싹 틀어 올린 머리가 눈에 띄었다. 단순히 보기만 한 것뿐인데 내 두피가 당기는 기분이 든다. 지나치게 머리를 꽉 묶는 것은 탈모의 지름길이거늘……. 지난번 스트레스로 대머리의 위협이 찾아왔을 때 익혀둔 상식이었다.

한창때 여인에게 탈모를 언급하는 건 무례이기에 나는 평범한 질문을 던졌다.

"무슨 일이세요?"

말은 이렇게 했지만 사실 나는 그녀가 왜 찾아왔는지 알고 있다. 내 전담 시녀로 붙여주었던 페니가 쫓겨난 걸 보고 찾아온 것이겠지.

이를테면 페니의 보호자가 온 것이었음에도 나는 별로 겁을 먹진 않았다. 어제 내가 한 행동은 분명 억지가 맞았지만, 나는 나름대로 왕의 명으로 궁에 머물고 있는 귀인이다. 앨리스는 페니의 일을 언급하는 대신 내 편의를 먼저 물어올 것이 분명했다.

아니나 다를까, 앨리스는 먼저 깊게 고개를 숙였다.

"아가씨를 모시라 명했던 시녀 아이가 어제 큰 실례를 저질렀다고 들었습니다. 교육을 제대로 하지 못한 제 잘못입니다. 넓은 아량으로 이해해주시면 감사하겠습니다."

"네, 뭐, 저도 벌을 내릴 생각은 없어요. 하지만 부족한 아랫사람을 안고 가기엔…… 아시다시피 제가 요즘 좀 민감한 시기여서요. 마지막 시험이 얼마 남지 않았으니까."

내가 왼손의 손톱을 들여다보며 성의 없이 말했다. 참고로 까탈스러운 아가씨 자세 1을 흉내 낸 것이었다. 앨리스가 긴장한 얼굴로 더욱 몸가짐을 바로 했다.

"안 그래도 아가씨의 마음에 찰 만한 숙련된 시녀들을 추려둔 참입니다. 아가씨께서 직접 보고 고르시는 편이 좋을 것 같은데, 들일까요?"

"새…… 시녀요?"

나는 멈칫하며 조용히 되물었다. 앨리스가 급하게 고개를 끄덕이며 대답했다.

"예, 아가씨. 얘들아, 들어오렴."

앨리스가 문가를 향해 말하며 손뼉을 쳤다.

페니를 치운 걸로 끝이라 생각했는데 그게 아니었단 말인가? 그러고 보니 고작 시녀 하나를 갈아치웠다고 당장 지원을 끊지는 않을 것 같다. 이런 중요한 일을 미처 생각지 못하고 있었다니…….

나는 앨리스를 재빨리 저지했다.

"잠깐. 멈춰봐요."

"예?"

"새 시녀는 필요 없습니다."

"네? 하지만……."

앨리스가 당황스럽다는 듯 말끝을 흐렸다. 안으로 들어올 준비를 하던 시녀들도 문 너머에서 눈치를 보고 있었다. 나는 그녀들을 향해 조용히 손을 내저었다. 물러가란 손짓에 잠시 방황하던 시녀들은 곧 허리를 깊게 숙여 보인 후 자리를 피했다.

"말 그대로입니다. 시녀는 필요 없어요. 저는 낯을 가리는 편이라, 이런 민감한 시기에 새 사람과 안면을 익히는 피곤한 짓을 하고 싶진 않네요."

그럴듯한 변명을 쥐어짜 냈음에도 그녀는 쉽게 자리를 비킬 생각이 없는 듯했다. 머리가 지끈거리는지 잠시 관자놀이를 문지르던 앨리스가 조심스럽게 말했다.

"말씀드리기 송구스럽지만……. 지금 레이 양은 어디 있지요?"

"레이요?"

여기서 레이가 왜 나오지? 내가 눈을 동그랗게 뜨자 앨리스가 머뭇거리며 말을 이었다.

"누구보다 먼저 아가씨를 돌보아야 할 시녀가 기상 시간까지 모습을 보이지 않고 있어요. 이건 명백한 귀책입니다. 오래 함께 지내셨으니 편하게 여기시는 건 이해하나, 그녀가 아가씨의 보좌를 잘하고 있다는 생각은 들지 않습니다. 제 말이 건방지게 들릴 수 있다는 건 압니다만, 어디까지나 아가씨의 편의가 걱정돼서 드리는 말씀입니다."

"……."

솔직히 할 말이 없다.

왜냐하면 앨리스의 말대로 피오니는 1등 시녀가 아니기 때문이다. 피오니가 1등 점쟁이인 걸 모르는 앨리스의 눈에는 그저 식충이처럼 보일지도…….

헉, 안 돼. 동조하면 끝이다!

나는 재빨리 정신을 차리고는 까탈스러운 아가씨 자세 2번을 취했다. 허리에 손을 올리고 싸늘하게 눈을 내리깔았다는 뜻이다.

"지금 제 충실한 아랫사람을 욕하는 건가요?"

제 참견이 주제넘었다고 생각했는지 앨리스의 얼굴에서 핏기가 가셨다. 그녀가 깊이 허리를 숙이며 말했다.

"아닙니다, 아가씨! 저는 그저 걱정이 되어……."

"됐어요. 쓸데없는 걱정이니 그만 치우고 나가봐요. 필요한 게 있으면 레이를 통해 따로 전할게요."

결국 앨리스는 성과 없이 자리를 뜨고 말았다. 페니에 이어 보스인 앨리스까지 해치우다니, 스스로가 몹시 자랑스러워졌다. 큰일을 하고 나니 갑자기 배가 고프다. 설마 피오니는 아직까지 자고 있는 건 아니겠지?

정말 직접 식당에 가서 빵을 타 먹어야 하나 진지하게 고민할 즈음이었다. 얼굴에 잠을 덕지덕지 붙인 피오니가 나타났다.

"안녕히 주무셨어요, 아가씨? 하으음."

이것 참……. 변함없이 태평한 캐릭터를 칭찬해야 할지…….

"뭐 잊은 거 없니?"

"네? 무슨……."

금붕어 같은 눈을 깜빡이던 피오니가 번뜩 손뼉을 쳤다.

"아! 머리 안 감았다!"

머리까지 안 감았다는 말인가?

기분이 더욱더 우울해졌다. 나는 고개를 절레절레 저으며 말했다.

"그거 말고. 지금이 무슨 시간이지?"

"음, 식사하실 시간……? 어머, 어머. 내 정신 좀 봐."

피오니가 제 입을 막으며 눈을 크게 떴다.

"페니가 하던 일이라 깜빡 잊고 있었네요. 어떡해. 지금 바로 가져

올게요."

그래도 옆구리를 찌르면 일을 하기는 하니 다행인 걸까?

피오니는 종종걸음으로 방을 나섰다. 그나마 굶지 않게 돼서 정말로 다행이다.

나는 침대에서 몸을 일으켜 엉킨 머리를 쓸어 넘겼다. 어떤 옷으로 갈아입을까 고민하는데 문득 탁상에 시선이 갔다. 어젯밤엔 없었던 쪽지 하나가 그 위에 놓여 있던 탓이다. 뒤집어 확인하자 익숙한 필체가 보였다.

[호위를 도와줄 인물과 함께 방문하겠습니다.
당신의 사랑으로부터.]

마지막 마디를 읽음과 동시에 문 너머에서 노크 소리가 들렸다. 앨리스 씨는 아까 다녀갔으니 아닐 텐데. 고개를 갸웃거리다가 손에 든 쪽지를 다시 내려다보았다.

혹시?

피오니가 없었으므로 나는 직접 방문을 열었다. 그리고 예상했던 인물과 마주쳤다.

"일찍 왔네요."

내 말에 베인이 가볍게 입꼬리를 끌어 올렸다.

"잘 잤습니까."

"덕분에요. 언제 나갔어요?"

"잠든 걸 확인하고 바로요. 자세한 얘기는 일단…… 문을 좀 열고 나서."

나는 그제야 허둥지둥 문을 열었다. 반가운 얼굴을 만나 안으로 들이는 것도 잊고 있었다. 방 안으로 발을 들인 베인이 뒤를 돌아보며 말했다.

"소개시켜드릴 사람이 있습니다."

정신이 없어 몰랐는데, 그의 뒤편엔 웬 낯선 남자가 서 있었다. 갑옷같이 본격적인 걸 입고 있진 않았지만 건장한 몸이 딱 보기에도 무인 같았다.

"울린 체이스 경입니다. 앞으로 그대의 호위를 책임질 겁니다."

"안녕하십니까."

울린 체이스라고 불린 남자가 절도 있게 인사했다. 말 그대로 '각'이 있었다. 나는 엉겁결에 마주 고개를 숙였다.

"잘 부탁해요."

울린 경과 나는 가볍게 통성명을 했다. 사실 내가 한 말은 별로 없었고 울린 경이 제 경력을 설명하는 식이었다. 울린 경은 나에 대한 이야기를 이미 듣고 왔을 테니까.

베인이 붙여준 사람이니 실력은 믿을 만할 것이다. 당연히 안전성도 검증되었을 테고. 반짝이는 눈만 봐도 그가 기사도가 충만한 젊은이란 걸 알 수 있었다. 주인이 저를 믿고 소중한 사람의 호위를 맡긴 데 대한 감격이 돋보였다.

그는 의욕을 불태우며 마지막에 이렇게 소리쳤다.

"이 한 목숨 바쳐 마님을 보필하겠습니다!"

"아니, 별로 남이 나 대신 칼 맞길 바란 건 아닌데……."

내가 들릴 듯 말 듯 하게 중얼거렸다.

아무래도 울린 경은 여자한테 별로 인기가 없을 것 같다. 눈치 없이 단 한 문장으로 내 꿈자리를 뒤숭숭하게 만들었다. 어딘지 구려진 분위기에 베인이 파장을 알렸다.

"그럼 저는 이만 돌아가보겠습니다. 내일은 아마 1왕자님께서 방문하실 겁니다."

1왕자가 들를 때가 되긴 했다. 그래야 설명을 듣고 걸판진 사기극의 초석을 깔 수 있을 테니 말이다. 그리 놀라운 방문은 아니었으므로, 나는 1왕자의 방문 소식에 반응하는 대신 아쉽다는 듯 그의 팔을 쓸어내렸다.

"벌써 가나요?"

"저도 아쉽습니다만, 잠시 핑계를 대어 들른 참이라 금방 나가봐야 합니다."

"어쩔 수 없죠, 그럼."

아쉬운 시선이 베인에게서 떨어져 나가지 않았다. 베인 역시 이대로 떠나고 싶진 않았던 듯 내 손을 잠시 가볍게 쓸었다. 궁에 있다 보니 만나고 싶은 사람을 만나고 싶을 때 만날 수가 없었다. 시험만 끝나면, 몇 번이고 마음속으로 반복한 희망 사항을 다시 곱씹었다. 문이 닫힌 틈을 오래도록 응시했다. 그때까지도 베인을 향해 흔들던 손을 쉽게 내려놓지 못했다. 나는 손끝을 접으며 울린 경에게 물었다.

"제가 제 몸 간수 하나 못해서 사이좋은 주군 사이를 벌려놓은 거 아닌가 모르겠어요."

"당치도 않습니다. 아름다운 레이디를 모시는 건 기사의 영광이니까요."

울린 경이 그렇게 말하며 내게 경례했다. 기사의 아내가 된다는 건 이런 기분인가……. 베인과 결혼했을 적엔 이런 신변의 위험과는 거리가 멀어 울린 경을 만난 적은 없었다.

아니면 회귀 후 베인이 봐두었던 인재를 새로 등용한 걸까? 아무리 관심이 없었다고 해도 안주인으로서 기사단 인물을 모르고 있다는 건 말이 안 된다. 나는 이것저것을 셈하며 울린 경을 찬찬히 살펴보았다. 혼자 회귀를 해도 머리가 아팠는데 인원이 하나 늘어나니 더욱 어지러워졌다.

그런 내 시선을 실력에 대한 의심으로 생각했는지 울린 경이 더욱 열성적인 태도로 제 열정을 어필했다.

"열심히 일하겠습니다!"

"네, 뭐……."

"혹시 모를 위험이 있으니 외출하실 땐 꼭 저와 함께하셔야 합니다. 제가 잠자리도 지켜드릴 거고요."

잠자리는 좀 걱정됐는데 지켜준다니 좀 솔깃하다. 나는 감탄하며 고개를 끄덕였다. 추켜세우자 울린 경은 기분이 꽤 좋아진 듯했다. 그가 쓸데없이 이글이글하는 눈으로 말했다.

"외간남자든 여자든 이 방에 쳐들어왔다간, 모두 살아서 나가지 못할 겁니다."

으음……. 이러다 시체 하나 치우는 거 아닌가 몰라.

결론적으로 말하자면 울린 경은 그 약속을 지키지 못했다. 전말은 이러하다.

다음 날 1왕자는 약속대로 외궁을 방문했다. 나는 침대에 누운 채 눈곱을 떼며 그를 맞았다. 하지만 이건 결코 내가 경우 없는 사람이기 때문이 아니다. 오히려 경우 없음을 가리자면, 모두가 숙면 중인 새벽 4시에 나를 찾아온 저치를 탓해야 할 것이다.

눈을 뜨자마자 무표정한 1왕자의 얼굴이 시야에 담겼을 땐 꿈인 줄 알았다. 처음엔 하품을 했다. 이불에 파묻혀 따끈따끈해져 있던 왼손을 들어 내 뺨도 때렸다. 물론 따듯하고 아팠다.

"아냐, 그래도 꿈일 거야."

나는 그렇게 중얼거리며 반대쪽으로 돌아누웠다.

꿈자리가 사나웠다. 저 정나미 없는 얼굴을 잠들어서까지 봐야 한다니…….

재수 없는 밤이라고 생각하는데 무언가가 내 허리춤을 찔렀다. 딱딱한 느낌이 어딘지 익숙했다. 그러고 보니 잠을 깼을 때부터 저 감각이 함께했던 것도 같다. 나는 다시 반대쪽으로 몸을 돌렸다. 역시나 1왕자의 얼굴이 보였다. 그리고 내 허리를 찌르고 있는 기다란 손가락도 함께.

"꿈이 아니니 그만 일어나지 그러나."

"마…… 마님…… 기침하십시오."

미처 발견하지 못했는데 1왕자 옆에선 울린 경이 벌벌 떨고 있었다.

베인이랑 아직 지장 찍은 것도 아닌데 무슨 마님이야?

신경질적으로 생각하다 말고 몸을 벌떡 일으켰다. 뺨을 다시 한 번 쳤다. 여전히 아팠다.

"꺄아아아아."

"온 궁의 사람들을 다 깨우고 싶은 게 아니면 그만하도록."

"아아아그래서 무슨 일로 방문하셨죠?"

재빨리 비명을 질문으로 전환했다. 1왕자는 잠시 미간을 좁혔지만, 딱히 나를 질책하거나 하지는 않았다. 나는 안도의 한숨을 내쉬며 가슴을 부여잡았다. 심장이 떨어지는 줄 알았다.

그러고 보니 나 방금 왕자님 앞에서 눈곱 뗀 건가?

'이런 여자는 네가 처음이야.' 클리셰를 노리고 왕자에게 접근했을 여자들도 차마 그에게 눈곱까지 보이지는 못했을 것이다.

그러나 자부심을 느끼지는 못했다. 1왕자의 반응이 썩 좋지 않았기 때문이다. 웃음기 없는 딱딱한 눈매로 나를 보며 1왕자가 툭 던지듯 말했다.

"일단 준비 후에 얘기하지."

"준비요?"

"세수라도 좀 하고 오지 그러나?"

그러고는 몸을 홱 돌려 멀찍이 있는 소파로 가서 앉았다.

어……, 어이없어……. 자기는 무슨 예의가 넘쳐서 이 시간에 찾아왔나 봐.

"주인이나 신하나……."

들리지 않게 구시렁거리며 몸을 일으켰다. 베인은 한밤중의 방문으로 나를 놀라게 하더니, 그 주인 되는 사람은 아침이라 부르기도 민망한 첫새벽에 걸음 한다. 대체 시간 감각들이 어떻게 되는 거야?

그러나 권력의 정점…… 은 아니지만 후에 권력의 정점이 될 남자에게 따지고 들 수는 없는 노릇이다. 1왕자를 오래 기다리게 할 순 없었기에 나는 초고속으로 준비를 마쳤다. 세수를 하고 간단히 피부를 정돈한 후 옷을 갈아입었다. 화장까지 할 여유는 없어 맨얼굴로 1왕자의 맞은편에 앉았다. 딱히 예쁘게 보여야 할 남자도 아니니까 상관없겠지 뭐.

"무슨 일로 오셨어요?"

그렇다. 대체 이 남자는 왜 새벽같이 나를 찾아왔는가. 기다리게 한 데 비해 1왕자는 용건을 무척 심심하게 늘어놓았다.

"다른 용건이 있겠나. 시험에 관해 논의를 하러 왔지."

"요즘 다망하신가 봅니다. 많이 부지런하시네요."

"아, 그건 몰래 오느라고."

"몰래요?"

하긴 도둑고양이처럼 숨어드는 게 썩 당당해 보이지는 않는다.

"아무리 짜고 치는 판이라지만 괜한 의혹을 주어 좋을 건 없지 않나."

1왕자는 대수롭지 않게 대꾸했다. 나는 멀뚱히 그를 쳐다보며 재촉의 말을 건넸다.

"마저 말씀하세요."

안 그래도 눈이 말똥말똥해 느지막이 잠자리에 든 참이었다. 단잠을 방해받아 슬슬 다시 졸려왔다. 차라리 베인에게 말을 전하게 시키는 게 서로 편하지 않았을까. 마지막까지 기밀을 유지하겠다는 조심성 때문이라면, 나는 어떻게 믿고 있나 싶다. 하긴, 지금 상황에서 나를 믿지 않을 방도도 없겠지만.

내가 배신이라도 했다간 1왕자는 아마 내 목을 제일 먼저 치려고 들 것이다. 베인과 알콩달콩 신혼 생활을 하는 게 유일한 목표이거늘, 어쩌다 이런 형제 싸움에 휘말려서…….

자연히 한숨이 새어나왔다.

"집중하게."

그런 나를 물끄러미 응시하던 1왕자가 짧은 질책을 남겼다. 어느새 내 앞엔 종이 한 장이 놓여 있었다. 꼼꼼하게 기획서를 써 온 거라면 무심코 웃을 뻔했는데, 그 위엔 글이 아니라 그림이 그려져 있었다.

"이게 뭐죠?"

"재판소의 조감도야."

"재판소요?"

"세 번째 시험이 이루어질 장소지."

1왕자가 느긋이 깍지를 끼며 대답했다.

재판소라. 단어에 담긴 의미 탓인지 왠지 모르게 소름이 돋았다. 만약 내가 제게 불리한 행동을 한다면 그 자리에서 썰어버릴 계획인 걸까? 비약이지만 가능성이 없지도 않았다. 내 의심을 알아챘는지 1왕자는 피식 웃었다.

"안심해. 한마디만 제대로 하면 영애에게 해 될 일은 없을 거라 약속하지."

"……눈물 나게 안심이 되네요, 그거."

"나와 손을 잡기로 한 건 영애의 선택이 아니었나?"

"신의 명을 따랐을 뿐이지요."

나는 뻔뻔하게 말을 돌렸다.

일이 끝날 때까지 나는 어디까지나 신의 대리인일 뿐이다. 다른 의미 있는 감투를 써서는 안 되고, 시험에 종지부를 찍은 후엔 예언자의 후광조차도 이어지지 않게 해야 했다. 아예 발을 안 담갔으면 몰라, 모름지기 도박에선 발을 빨리 뺄수록 이득이었다. 내 목을 위협하는 칼날이 사라진 후에도 1왕자에게 트로피로 이용당하고 싶지는 않았다.

내 말에 1왕자가 미미하게 입꼬리를 들어 올렸다.

"좋아, 못 믿겠지만 나는 영애의 그런 점을 좋아해."

1왕자는 이전과 달리 꽤 여유로운 기색이었다. 나를 견제할 준비는 이미 애초에 마쳤기 때문이겠지. 그의 의심은 새삼스럽지 않다. 국왕 후보로서 그 정도의 조심성도 없으면 되레 큰일이다.

"칭찬으로 듣겠습니다."

"예전에 봤을 땐 이렇게 머리 좋은 아가씨가 아니었던 것 같은데 말이야. 사실 베인이 그대를 데려왔을 때에도 가문 이상의 이점을 생각하진 못했지."

글쎄다. 누구든 목이 걸리면 이렇게 필사적이 되지 않을까?

이번 일이 끝나면 나는 1왕자가 말한 예의 '머리 좋은 아가씨'도 그만둘 예정이다. 권력욕이 있었더라면 또 모르겠지만 애초에 회귀를 했을 때부터, 혹은 지금까지 내가 바라왔던 건 단 한 가지였다.

바로 무사히 결혼식장에 발을 들이는 거다. 돌아온 피앙세와 함께.

"고해 시간인가요?"

내 심심한 물음에 1왕자는 다시 웃음을 비쳤다.

"솔직해져볼까? 그래, 처음 시험을 청하였을 당시 나는 영애를 믿지 못했어. 사실, 웬 미친년이 끼어들어 판을 뒤엎고 있다고 생각했지."

"정말 솔직한 말씀이시군요……."

그렇게까지 솔직할 필요는 없는데 말이다. 내 떨떠름한 반응에도 아랑곳 않고 1왕자는 말을 이었다.

"하지만 그대는 내 도움 없이도 두 시험을 잘 헤쳐 나갔지. 예상치 못한 일이었기에 몹시 놀랐네."

"두 번째 시험 땐 도움을 주셨죠."

내가 짧게 덧붙였다. 그때 혼자 있을 시간을 얻은 건 오롯이 1왕자의 덕이었다. 그러나 그는 진지하게 고개를 저어 보였다.

"고작 그런 것 가지고 도움을 논하면 내 능력이 우네."

"……."

왕자병인가?

명칭상 그리 틀린 말은 아니긴 한데…….

"어쨌든, 난 일련의 일들을 통해서 영애를 꽤나 신뢰하게 되었어. 제 할 몫을 제대로 해내는 신하는 생각보다 많지 않아."

"과찬이십니다."

"알고 있겠지만 일이 틀어지면 나는 가장 먼저 영애를 죽일 거야."

"……."

조용히 1왕자의 정신병력에 왕자병 다음으로 사이코라는 단어를 추가했다. 칭찬을 하다가 대뜸 죽여버리겠다니, 정상인이라면 의식이 저렇게 흘러가지는 않을 것이다. 다행히 방금의 발언은 초석일 뿐이었는지, 1왕자가 드물게 진지한 얼굴로 말을 이었다.

"하지만 일을 제대로 해낸다면, 그대에게 상응하는 답례를 돌려주지. 원한다면 한자리를 할 수도 있어. 그게 아니면 부를 줄 수도 있지. 베인 몰래 잘생긴 첩을 들여줄 수도 있고 말이야."

남편의 주군이 내게 직접 연하의 애인을 붙여주려고 하고 있다. 이거 일러야 돼, 말아야 돼?

하긴. 포상의 개념이 부와 권력, 미모의 처첩으로 통용되는 걸 생각하면 그리 이해가 가지 않는 발언도 아니었다. 그래도 불륜은 안 될 말이지만.

나는 속으로 짧게 한숨을 내쉬고는 입을 열었다.

"제가 원하는 건……."

"원하는 건?"

1왕자가 내게 집중하며 침을 삼켰다. 나는 고개를 까딱이며 말했다.

"결혼 선물 좋은 걸로 주기로 약속하셨던 거, 그거 잊지 말아주세요."

"……그게 다인가?"

"신의 대리인은 지상의 것을 탐하지 않는답니다."

내가 침이 발린 입으로 매끄럽게 대답했다. 1왕자는 고뇌하는 얼굴로 제 턱을 매만졌다.

"그렇다고 치기엔 영애는 옷과 보석을 굉장히 좋아하는 것 같던데…….”

“……사소한 문제는 넘어가죠. 설명, 마저 해주세요.”

내가 조감도가 그려진 종이를 손으로 짚으며 화제를 돌렸다. 그러나 1왕자는 굴하지 않았다. 참으로 대쪽 같은 남자다.

“영애는 참 신기한 여자야.”

일 얘기는 대체 언제 하는 거지?

결국 나는 팔짱을 꼈다. 딴짓 하고 노는 상사에게 이 정도는 건방져도 될 것 같았다.

“뭐가 말씀이세요?”

“나는 영애가 왜 목숨을 걸고 나를 돕고 있는지 모르겠어. 누구보다 확실한 힘이 되고 있는데도 말이야.”

딱히 목숨을 걸고 있는 건 아니다. 왜냐하면 내 의지로 걸어볼 것도 없이 내 목은 이미 이 판에 대롱대롱 매달려 있었으니까. 그러나 1왕자에게 사정을 털어놓을 수는 없다.

어떻게 말을 돌릴지 고민하는데, 1왕자는 대뜸 내 뺨을 쳤다. 진짜 뺨을 친 건 아니었지만 대충 뺨 맞은 것과 비슷한 기분이 들었다.

“혹시 왕비 해볼 생각 없나?”

입에 무언가를 머금고 있었다면 그대로 뿜어버릴 뻔했다. 삼킨 것도 없는데 사레가 들려 한참을 콜록댔다. 눈이 빨갛게 달아오르고 나서야 겨우 고개를 들었다. 1왕자의 표정은 진중했다. 아무래도 농담은 아닌 것 같다.

헉, 설마 ‘이런 여자는 네가 처음이야.’ 클리셰가 이제야 빛을 발한 것인가? 생각해보니 방금 ‘1. 물질에 관심 없는 척 남주인공이 주는 모든 선물을 거부한다.’는 항목을 충실히 이행한 것 같긴 하다. 이럴 줄 알았으면 거대 저택이라도 달라고 할 걸 그랬나?

나는 겨우 숨을 진정시키고는 물었다.

"무슨 의도로 하시는 말씀이세요?"

"말 그대로지. 왕비 해볼 생각은 없느냐고."

"저 베인 경의 부인 될 사람입니다."

"알고 있네. 하지만 베인이 크게 반대할 것 같진 않군. 꽤나 충실한 신하라서 말이지."

콧방귀를 뀌고 싶은 걸 겨우 참았다. 베인이 당신의 충실한 신하가 된 인과를 모르니까 할 수 있는 소리다. 베인이 세 번이나 시간을 돌아와 제 따까리 노릇을 한 게 다 내 덕이거늘…….

2왕자가 왕에게서 물려받은 양아치 기운을 아무렴 1왕자는 안 물려받았을까. 숨기고 있었을 뿐 음험한 성격은 똑같았다. 충정을 다해 왕이 될 수 있도록 보필했더니, 정작 주군은 신하의 여자를 뺏으려 하고 있었다.

"방금 일을 그르치면 저 죽인다고 하셨지 않나요?"

"결혼하면 그 발언도 철회해주지."

1왕자는 이 상황이 재미있다는 듯 웃고 있었다. 덕분에 '저 좋아하세요?'라는 물음은 그대로 혀 밑에 묻었다. 저 감정 없는 눈 앞에서 사랑 같은 걸 논하려 들다니, 영 멍청한 생각을 했다. 베인이랑 함께하느라 나도 너무 낭만적으로 변했나 보다.

대신 나는 질문의 방향을 바꿔보았다.

"저랑 왜 결혼하시려는 건데요?"

그 말에 1왕자가 손가락을 하나씩 꼽기 시작했다.

"우선 눈치가 빨라. 똑똑해. 어디 가서 독약 얻어먹고 죽진 않을 것 같군. 지금 하는 것의 반만 해도 내조는 충분할 것 같고. 신분 적당하지, 외관도 어디 뒤지지 않지. 어차피 할 결혼이라 생각하면 그대는 꽤나 메리트가 있어."

"그리고 성녀와 혼인해 왕권도 키워보고요?"

지금 내 위상이 높아진 만큼 나와의 결혼은 1왕자에게 이점으로 작용하리라. 신하의 여자를 뺏었다고 뒷말은 나오겠지만, 뭐 그건 어디까지나 뒷말에 그치겠지. 1왕자가 어깨를 으쓱였다.

"거봐, 눈치가 빠르지 않나."

그러니까 나보고 계약직 왕비가 돼보라는 건가? 결혼에만 쓸데없이 보수적인 사회 특성상 입사와 동시에 정규직이 될 가능성이 농후하지만 말이다.

내가 야망이 있는 여자였다면 혹했을지도 모르겠다. 한 나라의 왕비쯤 되는 위치면 생을 바쳐서라도 그 자리에 앉고 싶어 하는 사람도 있겠지. 그렇지만 내 마음이 흔들린 건 아니었다. 베인 같은 남자를 두고 딴 놈에게 넘어가면 나는 돌 맞아 죽어도 싸다.

나는 눈을 감으며 설레설레 고개를 저었다.

"제안은 감사하지만 거절하겠습니다."

"고민이 짧군. 더 생각해보지그래? 심도 있게."

"몇 번을 물으셔도 답은 똑같아요. 사양입니다."

"이유가 뭐지?"

"사랑 없는 결혼은 하기 싫거든요."

그 말에 1왕자가 눈썹을 들어 올렸다. 정쟁의 중심에 있는 남자에게 그 말은 좀 한심하게 들렸으려나? '사랑의 멋짐을 모르는 당신이 불쌍해요!'라는 명대사를 읊어주고 싶어진다.

"사랑이라……."

예상 밖으로 1왕자는 염세적인 태도를 보이지 않았다. 곰곰이 생각하는 폼은 어딘지 감성적으로도 보인다. 다 좋은데 가치관에 대한 고민이라면 자기 방 가서 해주면 좋겠다.

나는 개의치 않고 말을 이었다.

"성의를 봐서 방금 일 베인한테 이르진 않을게요."

"말하면 어떻게 되는데?"

"사랑과 전쟁이 펼쳐지겠죠. 왕비 고르기가 어려우시다면, 선 자리 마련해드릴 테니 이제 시험 얘기나 좀 해주세요."

1왕자는 순순히 양손을 들어 올리더니 "좋아, 항복." 하고 짧게 대꾸했다. 방금 청혼을 거절당한 셈인데도 미련은 한 톨도 없어 보였다.

거봐, 딱히 내가 좋아서 한 소리는 아니었다.

"일단 이쪽이 재판석이야. 나와 제핀 녀석, 그리고 부왕이 여기 설 계획이지. 양옆의 방청석은 1층과 2층으로 나뉘어 있어. 흉악한 범죄자를 처리하는 곳이라 구경객들을 꽤 많이 수용할 수 있게 되어 있지."

듣는 중 귀에 걸려 도저히 소화되지 않는 단어가 있다. 나는 팔을 툭툭 두드리던 손가락을 멈추며 되물었다.

"흉악한 범죄자요?"

"……영향이 큰 인물이라고 정정하지. 반역자거나, 국가의 극비 사항을 팔아넘겼거나, 아니면 국민들의 관심이 집중되는 사건의 주인공이거나."

자세히 설명해주는 걸 보니 사람이 좀 유해진 것 같기는 했다. 장기짝으로만 보던 때에서 조금 발전이 있다고 여겨도 될까? 그것도 병졸(兵卒)에서 왕을 비호하는 사(士)쯤으로 변한 정도밖에 차이가 없는 것 같긴 하지만 말이다.

"그리고 이쪽, 중앙에 자네가 서게 될 거야."

"부담스럽네요."

"혼자는 아니니까 염려는 넣어둬. 영애 앞에 세 사람이 더 설 테니까."

"그게 이번 시험 문제인가요?"

"그대는 반역자를 걸러내야 할 거야."

1왕자가 종이 위, 세 사람이 설 위치 즈음을 손끝으로 긁었다. 반역자라. 3년 후라면 반역이 나도 안 이상할 상황이긴 하지만, 그건 2왕자가 왕이 됐을 때 얘기였다. 그때의 위험인물이라면 아마 지금 1왕자의 수족 노릇을 하고 있을 것이다.

그리고 무엇보다 1왕자가 고작 반역자를 처리하기 위해 이 판을 허비할 것이라는 생각은 들지 않았다. 반역을 처벌하는 게 '고작'이라 불릴 일은 아니지만, 증거가 있다면 그건 나중에 따로 처리할 수도 있는 문제니까.

내가 눈을 들어 물었다.

"진짜 반역자인가요?"

"반역자가 되겠지."

1왕자가 단조롭게 대꾸했다. 희생양과 명분을 만들겠다는 소리였다.

"2왕자의 수족을 고르시겠군요."

"뭐든지 처리는 확실한 게 좋지."

"증거는요?"

"내가 지금까지 그대만 믿고 놀고 있었을 거라 생각했나?"

그건 아니다. 내가 이렇게 죽을 똥 살 똥 2왕자가 싼 똥을 치우려고 노력하고 있는데 정작 그 최대 수혜자가 놀고 있어서야 쓰겠나?

"누굴 고를까요?"

"펜덱스 장군. 유일하게 머리가 벗겨진 대머리이니 알아보긴 쉬울 거야. 2왕자의 충직한 따까리일세."

"……."

1왕자의 충직한 따까리를 예비 신랑으로 두고 있는 나는 별로 기분이 안 좋았다. 내 표정을 다르게 해석했는지 1왕자가 덧붙였다.

"너무 악당 보는 것처럼 보지 말도록. 정말 죄 없는 사람을 잡아다 뒤집어씌우려는 건 아니니까 말이야. 이 남자는 충분히 수상해."

"그렇게 본 적 없습니다. 설마 그런 무엄한 행동을 할 리가요."

내가 재빨리 표정을 수습했다. 다행히 1왕자는 말꼬리를 잡고 늘어지지는 않았다.

"이 남자를 선택하면 나는 영애를 치하하며 그동안 모은 증거를 들이밀 걸세. 그쯤 되면 부왕도 수습할 수 없겠지."

"드디어 2왕자 타도네요."

"당분간 휴가는 못 가겠지만 말이야. 원래 이런 건 뒤처리가 중요하거든."

그게 다 자기 일인데 왜 내 휴가를 물고 늘어지는 걸까? 엄밀히 말하면 나는 1왕자에게 정식 고용된 게 아니었다. 베인이 1왕자 산하의 팀장이라면 나는 그 하청이랄까? 뭐, 누구보다 열심히 등골을 빨아먹히고 있다는 점에서 본사에서 자유롭지는 못하지만 말이다.

1왕자가 테이블 위에 두었던 종이를 반듯이 접어 내게 내밀었다.

"외우고, 태워버리도록."

그런 고난도의 작업을 요구하다니……. 고를 인물이 대머리인 것만 기억하면 됐지, 조감도까지 외워야 한단 말인가? 신의 대리인이 무슨 극한 직업도 아니고…….

나는 다소 썩은 표정으로 1왕자가 내민 종이를 받아 들었다. 그런데 정작 그가 손을 놓지 않는다. 나는 이걸 휙 뺏어가야 하나, 아니면 그냥 손에 힘을 빼야 하나 잠시 고민했다.

1왕자가 물었다.

"불만 있나?"

불만이 있어도 상사 앞에서 그걸 말하겠나? 멍청한 놈, 이게 지옥의 뒷담으로 가는 지름길인지도 모르고…….

물론 입 밖으로 낸 말은 내 마음의 소리와는 정반대였다.

"네? 불만이라뇨. 전 한평생 불만이란 걸 품어본 적이 없는 여자랍니다."

"표정이 좋지 않은데."

"사실 제가 구안와사가 좀 있어서요."

1왕자의 입꼬리가 삐뚤어졌다. 심기가 불편해서 그런 줄 알았는데 웃음을 참는 모양이었던 듯 곧 파안했다.

"재미있군."

나는 별로 재미없었다. 가만히 놔두면 또 결혼하자니 뭐니 하는 말을 꺼낼 것 같아 황급히 질문을 던졌다.

"여자 취향이 어떻게 되세요?"

"여자 취향?"

"선 보여드린다니까요."

솔직히 1왕자가 어떤 여자랑 붙어먹든 말든 별로 관심은 없었다. 어차피 내 목숨 보전한 후인데 그가 여자한테 잘못 걸려 뒤통수에 칼을 맞든 말든 무슨 상관이란 말인가. 하지만 기껏 얻은 든든한 뒷배를 그대로 버리기엔 아깝긴 하지. '2왕자 타도'라는 동지애 비슷한 건 있으니 쭉정이 정도는 걸러줄 수 있다. 여자끼리라서 알 수 있는 정보라는 게 있는 법이니까.

잠시 심각하게 고민하던 1왕자가 입을 열었다.

"예뻤으면 좋겠군."
이 말 나올 거라고 예상했다. 나는 설렁설렁 들어 넘기며 종이에 삐뚤빼뚤하게 '1왕자 신부 찾기 대작전'이라고 적었다.
"네, 뭐…… 다른 건요?"
"다른 거?"
"뭐 가문이 어디 이상이었으면 좋겠다든가, 사업을 하는 집안이 좋겠다든가, 아니면 무가가 좋겠다든가. 많잖아요, 정략결혼의 조건이라고 치면."
왕이 될 인물의 부인이라고 하면 그 외에도 많고 많은 부수적인 조건들이 따라붙지 않겠는가. 성격이나 씀씀이 같은 것도 중요한 요소일 것이다. 내 마지막 선물이라고 생각하고 1왕자에게 최고의 신붓감을 선물하리. 참고로 도장 찍고 난 후엔 AS 불가다.
그리 결심하는데 1왕자가 진지한 얼굴로 덧붙였다.
"가슴도 컸으면 좋겠어."
"……."
의욕이 없어진다.

마지막 시험

마지막 시험을 앞두고 바싹 긴장했던 것이 무색하게, 시험 날까지 아무 일도 벌어지지 않았다. 울린 경의 경호 때문인지 아니면 2왕자 측이 몸을 사려야겠다고 판단한 건지는 알 수 없다. 덕분에 몸은 편했으나 마음은 여전히 찜찜했다. 패배를 받아들였다고 낙관적으로 여기기에 2왕자는 지나치게 성질과 머리가 나빴다.

2왕자에게 손톱만 한 뇌라도 있다면 내가 1왕자와 짜고 판을 벌이고 있다는 걸 알 것이다. 저의 실각이 예정된 상황에서 가만히 두고 볼 리는 없을 텐데. 나는 2왕자가 좀 더 신중해지기로 마음먹었다는 쪽으로 추측을 기울였다. 그렇다면 우리 쪽도 조심성 있게 굴 필요가 있다.

나는 1왕자가 주의했던 대로 조감도를 완전히 태워버렸다. 간만에 하는 암기임에도 머리는 썩 나쁘지 않게 돌아갔다. 목숨이 달린 문제라서 그런가? 만에 하나 1왕자가 내 뒤통수를 칠지도 모른다는 생각에 탈출구도 봐뒀다. 가능성은 희박했지만 만반의 준비를 갖출 필요가 있었다. 목숨이 달린 일에 꼼꼼히 굴어서 나쁠 건 없으니까.

꼬리가 밟힐 것을 염려했는지, 1왕자가 다시 나를 찾아오는 일은 없었다. 베인을 통해 전언을 넣는 일도 없었다. 벌인 일의 크기를 생각하면 소통의 부재가 불안하게 여겨질 법도 하지만, 나는 계획에 변화가 없다는 긍정적인 뜻으로 받아들였다.

"긴장되지 않으십니까?"

재판소로 향하는 길, 얌전히 뒤를 따라오던 울린 경이 처음으로 꺼낸 말이다. 나는 발을 멈추고는 고개를 들어 그를 살펴보았다. 울린 경은 평소보다 굳어진 낯을 하고 있었다.

나는 잠시 배 언저리를 쓸어보았다. 속이 부글부글 끓거나 장에 탈이 나거나 하진 않았다. 기분도 생각보다 무덤덤하다. 나는 다시 걸음을 떼며 짧게 대꾸했다.

"글쎄요……. 어제는 좀 떨렸는데 오늘은 그냥 그러네요."

마지막을 앞두었다는 게 딱히 실감이 안 나서인지도 모르겠다. 워낙 많은 시간이 든 일이다 보니 오늘에 도달했다는 것 자체가 꿈같이 느껴졌다.

"오늘로 드디어 왕궁 생활도 끝이군요. 혹 소공작님과 결혼식은 언제쯤……?"

울린 경은 제가 다 설렌다는 듯한 말투다. 생각보다 소녀 감성이 있는 남자였군.

"날짜는 아직 안 정했어요."

그러고 보니 막연히 '일이 다 끝나면'이라 생각했을 뿐 정확한 날짜를 정해두진 않았다. 식에 관련된 상세 사항이야 전에 했던 대로만 반복하면 되겠지만…….

'그건 그것대로 고역이겠네.'

이번을 합하면 결혼식 준비만 네 번째다. 세 번째까지는 기억이 없으니 처음인 것마냥 신나게 진행했는데, 반복된 기억이 여럿이다 보니 지금은 좀 지겹게 느껴졌다. 신분이 신분인지라 귀찮다고 간소하게 할 수도 없다. 지금 기분대로라면 그냥 식은 생략하고 공작가에 짐만 싸 들고 들어가고 싶은 심정이다.

울린 경이 팁을 전수해주겠다는 듯 조용히 속삭였다.

"이르면 이를수록 좋을 것 같긴 합니다. 공작님께서 혼인과 동시에 일선에서 물러나겠다고 공언하셔서요."

내가 가볍게 웃으며 받아쳤다.

"방금 하신 그 말씀, 공작님께 들려드려도 되나요?"

"예, 아, 아뇨. 제가 그, 현 공작님에 대한 충정이 모자라 이러는 건 아니고요."

울린 경이 당황한 얼굴로 자세를 바로 했다. 저보다 더 모범적인 기사도 없다 피력하려는 모양새였다. 나는 "장난이에요."라는 말로 그를 안심시켰다. 산뜻한 어조에 울린 경의 얼굴이 울상으로 변했다. 내가 자기를 놀렸다는 사실을 그제야 깨달은 듯했다.

"마님 농담은 무섭네요."

"그 마님 소리 좀 안 하면 안 돼요? 아직 식도 안 치렀는데. 영 어색해요."

"예? 하지만 그 외에 다른 호칭이……."

"아가씨. 딱 좋잖아요? 마님이라는 호칭 들으면 되게 나이 많은 사람처럼 느껴져요."

"결혼하시면 공작가 모두의 주인마님이 되실 텐데요. 익숙해지기 위해 미리 연습하는 셈 치시는 것도 괜찮지 않을까요?"

울린 경은 마님이라고 부르는 게 썩 마음에 든 모양이었다. 예전 결혼 생활 땐 스물하나 무렵이기라도 했지, 아직 앞자릿수가 2도 안 됐는데 마님이라니…….

단호하게 고개를 저으려 하는데, 문득 후원 저편에서 기사들이 일렬로 걸어가는 게 보였다. 내가 그쪽으로 고갯짓을 하며 물었다.

"오늘 무슨 행사라도 있어요?"

물론 궁에서 생활하며 왕실기사단은 몇 번이고 마주쳤다. 다만 둘씩 짝지어 순찰을 도는 모습만 익숙했지, 이렇게 한데 모여 있는 건 또 처음이었다. 아리송한 얼굴로 나를 보던 울린 경이 곧 무언가 생각났다는 듯 고개를 끄덕였다.

“네? 아. 네. 오늘 군사 훈련이 있다더군요.”

“군사 훈련이요?”

“예. 연례행사인데, 사실 행사라 할 것도 없는 재미없는 절찹니다. 아카데미에서 소방 훈련 같은 거 하잖습니까, 화재 경보가 울리면 건물 밖으로 나와 대충 수다 떨다 들어가는. 그거 비슷한 겁니다.”

“전 아카데미에 안 다녔어요.”

알테와 나는 쭉 홈스쿨링을 해왔다. 아카데미라도 갔으면 친구가 더 있었으려나?

내 시무룩한 표정을 본 울린 경은 당황한 얼굴로 말을 더듬었다.

“아, 그, 혹시 어렸을 적 가세가…….”

“대신 해외에서 이름난 교수들을 가정교사로 초빙했지요. 저는 책에 별로 관심이 없어서 기본적인 것만 배웠지만, 오라버니 알테는 지금도 정치학과 경제학, 세계사를 공부 중이에요.”

“아…… 예…….”

잠깐 재수 없다는 듯한 눈빛이 스친 것 같은데, 내가 잘못 본 거겠지?

울린 경과 재미없는 농담 따먹기를 하다 보니 곧 목적지에 도착했다. 구경객들을 많이 초빙할 계획이라더니, 과연 재판소 앞은 사람들로 북적이고 있었다. 어차피 시간도 남았는데 좀 더 느지막이 올 걸 그랬나. 입구 주변엔 사람이 빼곡해 걸음 하기가 겁날 정도였다.

멍하니 인파를 바라보고만 있는데 뒤에서 누군가 나를 건드렸다.

“조금 있다 들어가는 게 나을 것 같습니다. 일찍 입장해봤자 구경거리가 될 뿐 다른 이점이 없으니까요.”

나는 옆으로 고개를 돌리지도 않고 손을 뻗어 상대의 왼팔을 끌어안았다. 그러고는 남자의 어깨에 머리를 기댔다.

“베인, 당신은 어디 있을 거예요?”

“저는 2층 가장 앞줄에 앉아 있을 겁니다. 그대의 좌측 방향에요.”

떨릴 땐 그쪽을 보면 되겠군. 나는 얌전히 머리를 끄덕였다. 불쑥 베인이 고개를 숙여 내 귀에 속삭였다.

“저 남자입니다.”

고개를 들어 주변을 살폈다.

나는 베인이 가리킨 상대가 누구인지 어렵지 않게 알아볼 수 있었다. 상대가 몹시 눈에 띄는 인물인 덕이었다. 정확히 말하자면 그의 반짝이는 머리가. 1왕자가 말한 펜덱스 장군이 저치인 모양이다. 과연 대머리가 예사롭지 않았다.

펜덱스 장군에게로 시선을 고정하는데 재판소로 들어가는 대신 입구를 지나치는 이가 눈에 잡혔다. 1왕자가 또 다른 후보라 알려준 테스 백작이었다. 정문을 지나친 걸 보면, 예의 반역자 후보들은 다른 문으로 입장하는 걸까?

다소 높게 설치된 재판석 아래쪽으로 사람이 드나들 수 있을 만한 작은 샛구멍이 있긴 했다. 혹시 모를 상황에 도망치려고 꼼꼼히 봐둔 비밀 장소였다. 하지만 문제의 중점이 될 후보자들이 단상 밑에서 기어 나오는 건 아무래도 비주얼이 좀……. 그냥 볼일 보러 간 건가?

“준비, 됐습니까?”

베인이 건넨 말에 상상의 나래를 벗어나 현실로 돌아왔다. 나는 고개를 끄덕이며 대답했다.

“네. 빨리 시작했으면 좋겠네요.”

막상 결전의 장소에 다다르고 나니 슬슬 배가 아픈 것 같기도 했다. 불신자들의 시험을 통과한 신의 수하가 모든 일을 마치고 처음으로 향한 곳이 화장실이라고 치면, 좀 깨려나? 확실히 역사서에 쓰기엔 좀 멋없는 전개 같기는 했다. 만약 이후 내가 평범한 사람으로 돌아온 척 연기한다면 언론에서 내가 신의 힘을 배변했다며 이상한 소문을 날조해낼지도 모른다.

내 지저분한 머릿속을 알 리 없는 베인은 깍지를 껴오더니, 손등에다 짧은 키스를 남겼다.

“일이 끝나면, 결혼부터 합시다.”

“당신 부하도 저를 보채던데, 혹시 둘이 짰어요?”

“이 정도면 많이 기다리지 않았습니까?”

베인이 설핏 웃었다. 아련한 눈매에 그만 코피가 터질 뻔했다. 결혼만 해봐라. 이런 짓 저런 짓 다 해줄 테다. 자연히 입꼬리가 위로 실실 올라갔다. 그것을 본 베인이 멈칫하며 반걸음 정도 뒤로 물러섰다.

“뭡니까?”

“뭐가요?”

“그…… 음흉한 웃음?”

베인이 이런 말을 꺼내도 되는지 모르겠다는 듯 멈칫거렸다. 나는 정색하며 대답했다.

“음흉하다뇨. 차라리 음란하다고 해주세요.”

“뭐가 다른지 모르겠군요…….”

“전자는 처녀아이의 허벅지를 보고 침 흘리는 아저씨 같지만, 후자는 그냥 야하잖아요?”

베인은 이해가 안 간단 표정이다.

다년간 도색 서적을 섭렵해온 나에게 있어 두 단어의 어감 차이는 대단했다. '음란한 년!'이라는 대사에 남주인공이 하반신의 몽둥이를 들어 올리는 장면이 연상된다면, '음흉한 년!'이라는 대사엔 스토커를 주먹으로 때려잡는 모습이 떠올랐다. 스토커 취급은 질색이었다. 영 안 좋은 기억이 있어서.

"이제 들어갑시다."

베인이 내 어깨를 끌어안으며 안내했다. 대부분이 착석한 듯 소란이 어느 정도 잦아들어 있었다. 나를 중앙까지 에스코트해준 베인은 곧 2층으로 걸어 올라갔다. 모름지기 주인공의 등장은 늦는 법이라지만, 실내엔 이미 모두가 제자리에 들어차 있었다.

아니, 그러고 보니 문제지가 될 세 명의 후보는 보이지 않는다. 의문을 갖기가 무섭게 1왕자가 말문을 떼었다.

"모두가 도착한 듯하니 시작하도록 하겠습니다."

천장이 높아서인지 목소리가 크게 울렸다. 장엄한 분위기에 나도 모르게 꿀꺽 침을 삼켰다. 말을 마친 1왕자가 허락을 받듯 왕을 돌아보았다. 왕은 계속하라며 짧은 끄덕임을 돌려줬다.

"우선 이 자리를 찾아주신 분들께 고마움을 전합니다. 다망하신 귀빈들께서 기꺼이 이 성스러운 재판을 찾아주셨습니다."

잠시 말을 멈춘 1왕자가 청중을 둘러보았다.

"신의 대리인이라 공언한 카타리나 리플렉츠의 진정성을 증명하고자, 우리는 그녀에게 세 번의 시험을 내리기로 하였습니다. 그녀는 앞선 두 번을 통과해냈고, 마침내 마지막 문 앞에 다가와 섰습니다."

띄워주기가 제법이다. 코끝을 훔치고 싶었지만, 채신머리없게 보일 것 같아 참았다.

"오늘로 우리는 그녀가 백성들을 현혹한 악녀인지, 아니면 정말 신의 사자인지를 판가름 낼 수 있을 것입니다. 중요한 시험이었기에 저는 문제를 준비하며 많은 고민을 했습니다. 사안이 사안이니 만큼, 그에 걸맞은 경중으로 다루어야 한다고도 여겼습니다."

1왕자가 팔을 뻗어 커다란 두 개의 여닫이문이 달린 입구를 가리켰다.

"시험의 내용을 공개하기에 앞서, 진행에 필요한 세 명의 후보를 들이겠습니다."

모두의 시선이 뒤편에 있는 문을 향했다. 다른 입구를 통할 거라 예상했는데 보기 좋게 빗나갔다. 그렇다면 테스 백작은 아까 어디 갔던 거지?

의문이 가시기도 전 문가에 서 있던 시종이 밖으로 나섰다. 바로 앞에서 대기 중이었던 듯 이내 세 명의 남자들이 들어왔다. 좌중의 이목이 집중되었음에도 그들은 그리 떠는 기색이 아니었다. 하기야 한자리씩 하는 인물을 데려다놨으니 보통 담력들은 아니리라.

안내에 따라 그들이 내 앞쪽에 서고, 소란이 잦아들 즈음 1왕자가 가라앉은 목소리로 하나씩 이름을 읊었다.

"로렐 자작, 펜덱스 장군, 테스 백작."

화답하듯 그들이 짧게 경례를 했다.

"그대들도 자신이 왜 불려나왔는지 무척 궁금할 것이오. 시험에 협조할 것을 요청했지만, 상세한 이야기는 전혀 해주질 않았으니까."

로렐 자작과 펜덱스 장군이 짧게 눈을 마주쳤다. 대충 저 눈빛을 해석하자면 '당신도?' 정도일까. 다른 후보가 누군지는 후보자 본인에게도 비밀에 부친 듯했다. 그들 스스로도 상대를 낯설다는 듯 보고 있었으니까.

"시험에 대해 설명하기 위해서, 먼저 해야 할 말이 있습니다."

1왕자가 대뜸 분위기를 잡았다. 그의 입에서 나올 말을 알고 있는 나는 미리 침을 삼켰다.

"저는 얼마 전 아주…… 아주 불미스러운 움직임을 발견하였습니다. 깊이 똬리를 틀고 이 카르스 왕국을 위협하는 뱀의 아귀를 보았지요."

좌중이 술렁였다.

이번 시험에서 획책한 게 무엇인지 이제야 알겠다는 듯, 2왕자가 입술을 깨물었다. 1왕자의 입매가 부드러운 호선을 그렸다.

"그들은 품고 있는 흉악한 속내만큼이나 음험하게 일을 꾸미고 있었기에, 저는 얼마 전에야 겨우 그 꼬리를 잡을 수 있었습니다."

이것은 비웃음이다. 늘상 2왕자의 거취를 주의 깊게 살펴왔던 그가 이제야 수상함을 발견했을 리가. 새삼 꼬리를 잡은 게 아니라, 이제야 그를 명분 삼아 2왕자를 쫓아낼 기회가 생긴 것이겠지. 2왕자의 위세가 많이 수그러든 지금 1왕자의 공격은 어느 때보다도 매섭게 와 닿을 것이다.

"왕자님, 꼬리라 하시면……."

1층 앞줄에 앉아 있던 남자가 입을 열었다. 꽤나 긴장한 듯 입술이 파리했다. 나는 눈을 돌려 그 남자를 흘긋 살펴보았다. 바람잡이 역할인 걸까? 의도하지 않았다기엔 지나치게 타이밍이 좋았다.

"예. 보다 명확하게 지칭하는 것이 좋겠지요. 저는 반역의 무리를 발견하였습니다."

1왕자가 말을 마침과 동시에 묵직한 침음이 울려 퍼졌다. 따로 언질을 들은 적 없었던 듯, 그의 측근들조차도 놀란 기색을 숨기지 못했다. 반면에 1왕자는 여전히 여유로운 미소를 띠고 있다. 우리 편인데도 저러고 있으니 상당히 비열해 보였다.

“저 세 남자 중 반역의 끄나풀을 골라주시오, 영애.”

바로 대답해야 하나?

나는 잠시 망설였다. 지나치게 쉽게 답을 내놓기보다는 분위기를 잡을 필요가 있을 듯했다. 내가 입을 열기도 전, 혹은 말을 막으려는 듯 펜덱스 장군이 빨건 얼굴로 소리쳤다.

“반역이라니, 모욕이오!”

로렐 자작과 테스 백작 또한 동조의 뜻을 보였다.

“맞소! 나는 결백하오.”

“나라를 위해 몸과 마음을 바쳤거늘, 돌아온 대접이 이렇다니 치욕스럽기 그지없군!”

시험에 협조하기론 했지만 그게 반역에 대한 혐의가 될 줄은 몰랐기에 다들 우왕좌왕하고 있었다. 울분을 참지 못한 테스 백작이 험악하게 발을 굴렀다. 날 선 소리를 내는 구둣발 아래로 모래알이 흘러내렸다.

1왕자는 그런 그들을 관망하며 툭 한마디를 내던졌다.

“공교롭게도, 여기 모인 이들은 모두 2왕자의 측근이군요.”

“어떤 의도로 하는 말이지?”

2왕자가 다소 날카로운 음성으로 받아쳤다.

“저런, 그리 궁지에 몰린 티를 내면 너무 가련하지 않느냐, 아우야.”

1왕자는 굳이 도발을 숨기지도 않았다. 하긴 상대를 구석에 몰아넣은 상황에서 더 점잔을 뺄 이유가 없긴 했다.

상황을 파악한 왕이 핏기 가신 얼굴로 역정을 냈다.

“무엄하다! 허물도 덮어주는 것이 형제거늘, 아우를 보듬어주진 못할망정 어찌 누명까지 씌우려 들어!”

1왕자는 왕의 말에 대답하지 않았다. 그는 대신 고개를 돌려 나를 보았다. 1왕자가 다시 입을 열었다.

"대답하시오, 영애."

"아뢰옵기 황공하오나……."

나는 말을 멈췄다. 목 아래에 얹혀 도저히 소화되지 않는 궁금증이 하나 있었다.

테스 백작은 아까 어디로 갔을까?

"후작 영애, 이 말도 안 되는 짓거리에 동조하는 거요?"

로렐 자작이 위협하듯 한 걸음 떼었다. 근처에 있던 기사가 재빨리 그를 막아섰다. 로렐 자작은 내게 더 가까이 다가오지 못한 채 씩씩거렸다.

"로렐 자작, 자작이야말로 자중하시오! 그대는 카타리나 양의 발언을 막을 권한이 없소!"

예의 바람잡이 역이 기세 좋게 소리쳤다. 나는 드레스 자락을 꾹 쥔 채 그들을 관망하고만 있었다. 1왕자와 눈이 마주쳤다. 그가 계속하라는 듯이 고개를 끄덕였다.

나는 홀린 듯이 입을 열었다. 그러나 1왕자가 원했던 대답과는 전혀 다른 방향으로.

"테스 백작님, 아까 재판소로 들어오기 전 어디에 가셨었죠?"

궁내의 사람이라면 익숙하여 관심을 두질 않을 일들이, 내겐 너무 이상하게 느껴졌다. 나도 내가 예민하게 굴고 있단 걸 알고 있다. 사실, 테스 백작이 입장 전 잠시 자리를 비운 것은 어찌 보면 아무 일도 아니다. 다른 이와 담소를 나누고 왔거나, 아니면 바깥공기를 좀 쐬고 싶었거나. 나의 가당치 않은 의심보다 좀 더 현실적인 이유들은 얼마든지 있었다.

하지만 어떤 의심이 같은 방향으로 중첩되면, 이상한 현실감이 부여되기도 한다.

형식적인 행사라면 미룰 법도 한데 하필 오늘같이 중요한 날에 군사 훈련을 감행한 이유가 뭘까? 호위 인력을 분산시켜서 이득을 볼 이는 누구일까?

테스 백작의 구둣발에선, 왜 훈련장에서나 볼 수 있는 고운 모래가 떨어졌을까?

"질문에 대한 답이 아니군."

1왕자가 짧게 질책했다. 나는 아랑곳 않고 테스 백작에게 다시금 물었다.

"어디에, 가셨었죠?"

2왕자는 궁 안 사람들을 대부분 포섭했었다. 지난번 무도회에서 경비들을 시켜 베인과 나를 공격할 정도로 말이다.

테스 백작이 떨떠름한 표정을 떠올렸다. 그는 잠시 눈알을 굴리더니, 곧 대답을 내어놓았다.

"……아는 이와 나눌 말이 있어 잠시 복도에 있었습니다."

"같이 이야기를 나눈 사람은 누군가요?"

그때 바닥이 사납게 긁히는 소리가 났다. 2왕자가 자리에서 일어나며 신경질적으로 소리쳤다.

"이따위 촌극을 더 보고 있을 이유가 없군! 나는 이만 나가보겠어!"

"자리에 앉거라, 제핀!"

1왕자가 일갈했다. 그러나 2왕자는 발을 구르며 재판석에서 내려왔다. 그 기색이 너무나 사나워 누구도 멈춰 세우지 못할 것 같았지만, 내가 꺼낸 의문에 그의 걸음도 조용히 멎어들었다.

"2왕자님, 저 문밖엔 몇이나 있죠?"

순식간에 실내가 적막해졌다.

베인이 자리에서 몸을 일으켰다. 그가 눈을 부릅뜬 채 크게 소리쳤다.

"근위병, 1왕자님을 보호해!"

그게 기점이라도 된다는 듯 테스 백작이 목에 핏대를 세웠다.

"젠장, 쳐라!"

그의 외침은 이내 푹 꺼져들었다. 베인이 2층에서 뛰어내리며 그의 목을 베었다. 눈앞에 흩뿌려진 피에 입을 틀어막았다. 머리와 몸이 분리된 시신을 보는 건 고역이었지만 동요를 드러낼 수는 없었다. 그보다도 중요한 일이 산적해 있었으니까.

테스 백작의 외침을 들었는지 문이 큰 소리를 내며 열렸다. 얼굴을 가릴 필요도 없다는 듯 대놓고 저를 드러낸 반군이 밀려들었다.

"저 계집을 해치워!"

2왕자가 나를 가리키며 소리쳤다. 갑작스러운 상황에 왕이 눈을 동그랗게 떴다.

"이게 무슨 소란이냐!"

왕은 해명을 요구하는 듯한 시선으로 2왕자를 보았지만, 2왕자는 가볍게 그를 외면했다. 그러고는 다시금 소리쳤다.

"다 엎어버려라!"

정석적인 방법으로 왕좌에 앉을 수 없게 되었다는 사실을 알아채고 반란을 획책했을까. 하기야 다 죽이고 판에서 쓸어낸다면 저를 막을 자가 없겠지. 2왕자는 이제는 걸림돌이 된 아비조차도 내버리기로 한 모양이었다. 그 사실을 깨달은 듯 왕이 뒷목을 붙잡았다.

"내…… 아들이!"

인륜을 버린 자에게 아비 노릇을 할 거였으면 이 정도는 예상했어야지. 멍청한 놈.

이 모든 일의 근원이 된 자인지라 동정심도 들지 않았다. 나는 입안으로 험악한 욕설을 짓씹었다.

"마님, 이리로!"

뒤편에 서 있던 울린 경이 내 허리를 끌어안아 벽면 쪽으로 잡아당겼다. 사방에서 몰려드는 적을 다 상대할 수는 없다는 점을 감안했을 때 퍽 빠른 상황 판단이었다. 밀려든 적의 수는 제법 많았으나, 장내가 좁다 보니 그 파괴력에는 한계가 있었다.

근위병들 사이로 나선 1왕자가 2왕자에게로 달려들었다. 검이 부딪치며 파열음이 번졌다.

"아둔한 녀석, 이렇게 스스로 낭떠러지로 발을 디디는구나!"

"왕좌는 내 것이다! 너야말로 진즉 물러났으면 피는 보지 않았을 것을, 미련이 그렇게 남았더냐?"

2왕자가 팔을 펼쳐 고군분투하고 있는 제 부하들을 가리켰다.

"몇 안 되는 근위병들로 이 전부를 상대할 수 있다고 생각하는 건 아니겠지?"

승리를 확신하는 목소리였다. 그러나 1왕자는 어이가 없다는 듯 헛웃음을 흘렸다.

"설마, 내가 아무런 대책도 없었으려고?"

함성과 전투로 인한 험악한 소음이 문 너머에서 번져들었다. 마지막 시험이었다. 2왕자의 파멸이 예견된 상황에서 그의 발악을 예상하지 못했을 리 없다.

1왕자가 대기시켰던 사병들이 재판소 안으로 밀고 들어왔다. 1왕자는 어울리지 않게도 광소했다. 그가 혐오스럽다는 눈으로 2왕자를 내려다보았다.

"내가 사람을 이렇게나 불러들인 이유가 무어라 생각하느냐? 온 곳에 증인이 있거늘. 네 무덤을 네가 판 거다, 어리석은 놈!"

1왕자는 예상한 상황일지 모르겠으나, 나는 갑작스러운 난투에 도통 정신을 차릴 수가 없었다. 안쪽 깊숙이 들어와 있었던 터라 밀려드는 반군을 헤치고 나가기란 불가능했다.

1왕자의 군사들이 이곳에 다다르면 승패는 바뀌겠지만, 그전에 목이 달아나면 그야말로 개죽음이다. 그리고 약이 바짝 올라 무섭게 달려드는 기사들은 충분히 위협적이었다.

2왕자의 눈에 독기가 올랐다. 비슷한 생각을 해봤던 내가 예상컨대, 절대 혼자는 못 죽는다는 얼굴이다. 2왕자가 악을 쓰며 1왕자에게 달려들었다. 짓쳐들어오는 모습이 퍽 위협적이었지만, 왕이 되기 위해 제왕학은 물론 검술까지 열심히 이수한 1왕자는 쉽게 그 칼을 막아냈다. 교육의 필요성을 여기서 다시 통감하게 될 줄은 몰랐다. 두 번의 합 끝에 나는 안심하여 결론 내렸다. 2왕자의 엉망인 칼솜씨로는 1왕자의 목을 벨 수 없으리라.

"꺄악!"

나는 그만 비명을 지르며 주저앉았다. 머리 위로 커다란 칼이 날아든 탓이다.

2왕자와 1왕자의 싸움이나 구경하고 있을 때가 아니었다. 울린 경이 재빨리 나를 잡아 앉혔기에 망정이지 하마터면 비명횡사할 뻔했다. 개인 호위의 존재가 이리 반가워질 줄이야. 베인의 선견지명에 절을 하고 싶은 심정이었다.

심장이 몹시 뛰었다. 몸도 같이 오들오들 떨렸다. 내가 끼어들고 싶은 분야는 정쟁이지 전쟁이 아니다. 전투엔 젬병이니까. 나는 울린 경의 등에 바짝 붙어 섰다.

"괜히 2왕자를 자극한 걸까요?"

"아뇨, 어차피 일을 벌일 작정이었던 것 같으니, 윽, 차라리 1왕자님을 보호할 시간을 번 게……."

울린 경이 말끝을 흐리며 달려드는 기사의 팔을 베었다. 끔찍한 광경이었지만 이 상황에서 눈을 감을 수도 없다. 나는 눈을 가늘게 뜬 애매한 상태를 유지했다.

울린 경은 1왕자를 보호할 시간을 번 게 다행이라 했지만, 솔직히 1왕자의 목숨은 나한테 별로 안 중요했다. 아니, 안 중요한 건 아니지만 그래도 내 목숨만 못했다. 그냥 혼자 몸을 빼내는 게 나았으려나?

미간을 찡그렸다. 내 몸뚱이 하나의 안위만 생각하면 방법이 영 없진 않지만 그럼 뒷감당이 힘들었을 거다. 마지막 시험을 받기가 무서워 몰래 달아난 모양새가 되었을 것이 분명했다.

왜 하필 지금인가 했는데, 2왕자가 일을 벌이기에는 오늘만큼 제격인 날도 없었을 터다. 중요 인물 중 그 누구도 불참할 수 없었으니까.

"문밖으로 뛰세요!"

울린 경이 길을 만들며 소리쳤다. 끝없이 밀려드는 적들을 언제까지고 상대할 수는 없었다. 울린 경의 체력도 곧 한계에 달할 것이다. 칼 하나 다룰 줄 모르는 내가 전투가 소강할 때까지 버텨낼 가능성은 없다. 안전한 장소로 도망쳐야 했다.

힘이 잘 들어가지 않는 다리가 원망스러웠다. 이를 악물고 울린 경을 따라 달렸다. 귀가 먹먹한 와중, 등 뒤에서 날붙이가 크게 부딪는 소리가 났다. 소스라치듯 놀라 뒤를 돌아보았다.

먼저 시야를 스친 것은 남색 머리칼이었다. 베인이 나를 찌르려는 칼을 막아서고 있었다. 그걸 깨달은 찰나 그가 내 등을 밀쳤다. 베인이 이를 악물고 소리쳤다.

"카렌, 달려요!"

기계적으로 다리를 움직였다. 그러나 밖으로 나온다고 썩 상황이 나아지진 않았다. 바깥도 충분히 난장판이었으니까. 울린 경의 팔에는 벌써 듬성듬성 베인 상처가 있었다. 혼자서 운신하기도 벅찬 상황에 보호할 여자까지 있다. 제 기량을 전부 드러내기가 힘든 상황이었다. 끔찍한 일이었다. 좋아하는 사람들이 다치는 건.

베인과 함께 무사히 밖으로 나갈 수 있을까? 어쩌면 운명은 바꿀 수 없기에 운명인 건 아닐까?

미래를 바꾸기 위해 그리도 힘겹게 달려왔건만, 결국 이렇게 의미없이 스러질 뿐인 건가?

경황이 없는 와중 무력감까지 끼쳐들었다. 달아날 수 없는 굴레가 끝없이 나를 감싸고 있는 기분이었다. 숨이 턱까지 차올랐다. 입이 바싹 말랐다.

그리고 몸이 번쩍 들렸다. 당연히도 스스로 그리한 것은 아니었다. 어느새 뒤편으로 다가온 베인이 나를 제 어깨에 들쳐 멨다. 고개가 푹 꺾이고 시야가 뒤집어졌다.

정신을 차리고 난 후, 바로 눈에 든 것은 붉게 벌어진 상처였다. 깊지는 않았지만 그래도 검상이다. 아프지 않을 리가 없다. 왈칵 눈물을 쏟을 뻔했다. 안도감과 자괴감이 섞인 감정이 명치 아래에서 울렁였다. 힘들게 전투를 벌이고 온 연인에게, 고작 힘이 부족하여 짐 취급을 받게 되다니.

내가 헐떡이며 소리쳤다.

"달릴, 달릴 수 있어요!"

"그렇게 느릿느릿하다간 금방 잡힐 겁니다."

그 이후로는 말을 꺼낼 수도 없었다. 몸이 흔들려 잘못하다간 혀를 깨물 것 같았으니까. 확실히, 내 다리로 직접 뛰는 것보다는 이편이 빨랐다.

은폐물이 없는 공간이 곤란하다 싶었는지 울린 경은 후원으로 향하기 시작했다. 과연 이곳까지 군사를 배치하진 못했는지 비교적 한적했다. 우리를 발견하고 쫓아오는 적들만 빼면.

어느 정도 거리가 벌어졌을 즈음, 베인이 은폐물 뒤에 나를 내려놓았다. 울린 경과 베인은 재빨리 서로의 부상 정도를 확인하기 시작했다.

"소공작님, 등의 상처는 괜찮으십니까?"

"움직이기 불편할 정도는 아니야. 자네는, 깊이 베인 데는 없나?"

"이 정도야 생채기 수준입니다."

울린 경이 결연한 눈으로 대답했다. 참고로 피가 뚝뚝 떨어지는 게, 전혀 생채기 수준이 아니었다. 나는 치맛단을 북북 찢었다. 그러고는 피가 번져드는 상처를 대충 감싸매주었다. 상황이 상황인지라 매듭은 굉장히 엉성했다. 하지만 어느 정도 지혈 효과는 있으리라. 안타깝지만 지금 내가 할 수 있는 건 이런 것밖에 없었다.

"핏방울이 떨어지면 그걸 보고 쫓아오기가 쉬울 거예요."

말을 마친 내가 더욱 소리를 죽이며 물었다.

"왕자는요?"

베인은 뒤편을 잠시 돌아보았다. 그대로 두고 왔나 보다. 그가 변명하듯 말했다.

"그대가 더 중했습니다."

좀 귀엽고 웃긴데 전혀 웃기는 상황은 아니다. 웃어야 하나 울어야 하나 고민하다가 그냥 무표정을 고수하기로 했다.

"2왕자가 1왕자를 죽이면 어떡해요?"

나는 1왕자가 무사하기를 마음속으로 짧게 기도했다. 우두머리이자 후에 공을 치하해줄 사람이 사라지면 곤란하니까.

"명백한 반역입니다. 명분이 있는 이상 이젠 그동안 못 썼던 수까지 사용할 수 있을 겁니다. 오직 죽이는 것만 생각하면, 그리 불가능한 일도 아닙니다."

베인의 눈은 낮게 가라앉아 있었다. 음울한 낯빛을 보자 그와 내가 같은 생각을 하고 있는 게 아닐까 하는 막연한 예감이 들었다. 바꿀 수 없는 운명이란 것에 대해서.

이를테면 내 반복된 죽음 같은.

베인이 대뜸 나를 끌어안았다. 아니, 정정하자면 내 입을 틀어막은 것이었다. 그리고 바로 내 뒤에서 발소리가 희미하게 났다. 풀이 짓밟히는 소리가 멀어지고, 베인이 속삭였다.

"울린 경과 같이 이쪽으로 쭉 뛰어요. 외곽을 따라 달리다 보면 마구간이 있을 겁니다."

말하는 투가 이상했다. 울린 경과 함께 달리라니? 마치 저를…… 두고 가라는 것 같지 않은가.

숨을 들이켰다. 겨우 입을 열어 물었다.

"당신은 어떡하고요?"

"제가 나서서 주의를 끌겠습니다. 달아날 시간은 벌 수 있을 겁니다."

당신을 버리고 혼자 도망치라고?

그러나 이 와중에도 머리는 무척이나 이성적이었다. 내가 그의 곁에 남는다 해도 짐 이상의 의미를 갖지 못한다.

내가 검술의 천재였더라면, 하다못해 괴력의 소유자였다면, 아니, 적어도 내 몸 하나 지킬 수 있는 물리적인 힘이라도 있었더라면.

그러나 현실은 그 어디에도 해당하지 않았다.

짧은 생에 이토록 깊은 후회를 한 적은 처음이었다. 왜 나는 충분히 강하지 못했을까.

"내가 같이 가자고 해도, 듣지 않겠죠?"

고개를 푹 숙였다 들었다. 입술을 깨물었다. 베인은 입을 열지 않았지만, 그의 눈을 마주하는 것만으로도 답을 들은 기분이었다. 나는 그를 형형한 눈으로 노려보며 다짐하듯 말했다.

"죽지 마요. 죽어도 봐주지 않을 거니까요."

"아무 일도 없을 겁니다, 카렌."

베인이 내 손을 다잡으며 말했다. 나를 안심시키려는 모양이었지만, 손이 몹시 차가웠던지라 내 팔에 옅은 소름만 남겼다. 눈앞이 흐렸다. 깍지 낀 손 위로 눈물이 뚝뚝 떨어졌다.

"당신이 기억하지 못해도, 이번엔 내가 시간을 돌릴 거예요. 그래서 당신을 살릴 거예요."

"피오니의 불행이군요."

베인이 쓰게 웃었다. 이기적이라고 해도 좋았다. 피오니에겐 항상 감사한 마음이었지만, 그녀가 베인보다 중요하느냐 묻는다면 그건 아니었다. 은혜를 모르는 여자라 욕을 얻어먹어도 그를 잃는 것보다는 낫다.

"그러니 약속해요. 돌아온다고."

"약속합니다."

베인이 눈을 감았다 떴다. 그러고는 느리게 말을 이었다.

"그럼…… 바깥이 정리된 것 같으면 뛰세요."

그리 말하며 베인이 몸을 일으켰다. 그가 소음이 들리는 방향으로 달리기 시작했다.

사랑하는 사람을 사지로 보내는 기분이 결코 유쾌할 리 없다. 나는 눈가를 적신 눈물을 닦아냈다. 그러나 고작 한두 방울로 그친 게 아닌지라, 몇 번이고 소매로 눈가를 훔쳐야 했다. 멎지 않는 눈물 때문에 숨까지 참았다. 제대로 보이지도 않는 눈을 하고서 넘어지지 않고 달릴 수는 없을 테니까.

젖어든 눈을 겨우 말리고, 코를 들이켜며 울린 경을 응시했다. 달아날 타이밍을 맞추기 위해서였는데, 그는 이상하게도 긴장감 어린 표정을 했다.

이후 입 밖으로 내어놓은 것도 영 이상한 소리였다.

"저도 애인 있습니다."

"……."

안 물어봤는데.

머지않아 수풀 너머에서 "아악!" 하는 작은 단말마가 번졌다. 타인의 비명을 숨죽이며 듣는 것은 이상한 긴장감을 주었다.

피가 잘 통하지 않아 손끝이 찼다. 나는 손가락을 안으로 말아 주먹을 쥐었다. 울려 퍼지는 비명이 잦아들 때쯤, 울린 경이 나를 보며 고개를 끄덕였다. 어느 정도 휴식을 취했던 차라 그럭저럭 잘 달릴 수 있을 것 같았다. 베인이 벌어준 시간을 헛되이 써서는 안 될 것이다. 속도를 맞추지 못할 것이 걱정됐는지 울린 경은 내 손목을 가볍게 쥐었다.

"달리세요."

울린 경의 속삭임과 함께 자리를 박찼다. 근처에 있던 반군을 베인이 붙들어준 덕에 누군가가 뒤쫓아 오진 않았다. 엄폐물이 많은 후원이라 발견이 쉽지 않은 탓도 있으리라.

날붙이의 소음이 멀어지자, 궁전엔 이상한 평안함까지 감돌았다.

마치 2왕자가 벌인 일이 모두 꿈이라는 듯 말이다. 지금 벌어진 일을 받아들이고 싶지 않기에 그런 망상까지 드는 건지도 모르겠다. 하지만 현실을 부정해봐야 얻을 건 없다. 지금은 그저 내 다리가 오래 버티기를 바라며 부지런히 걸음을 놀리는 수밖에는 없다.

"마님, 이 앞으론 시야가 트여 있습니다. 마구간까지 전속력으로 달려야 해요."

울린 경이 긴장감 어린 얼굴로 속삭였다. 나는 주위를 한 번 살펴보았다. 평소라면 번잡했을 궁이 이상하게 을씨년스러웠다.

2왕자의 반란 소식이 사용인들 귀에까지 미친 것일까? 하기야, 알아채지 못하는 것도 힘들 테지만 말이다. 제 숙소나 나름대로의 비밀 장소에 숨어 떨고 있을 시녀들이 떠올랐다. 피오니는 제때 몸을 피했을지 모르겠다.

지금은 2왕자가 1왕자와 맞붙느라 다른 곳에 신경 쓸 짬이 없지만, 만에 하나 반란에 성공한다면 목격자를 모두 해치우려 할 것이다. 그래야 그럴듯한 명분과 정황을 꾸며낼 수 있을 테니까.

내가 힘없이 중얼거렸다.

"2왕자를 찔렀어야 했어."

"예?"

울린 경이 당황스러운 듯 되물었다.

"내가 이렇게 시끄러운 판을 벌이지 않았더라면, 2왕자도 이 정도의 규모로 맞서진 않았겠죠. 어쩌면 나 하나만 희생해, 틈을 노려 그 자식을 죽이는 게 더 효율적이었을지도 몰라요."

2왕자에게 죽임 당했던 전적을 생각하면, 한 번쯤은 직접 그의 가슴에 검을 찔러 넣어야 수지가 맞지 않겠는가.

"마님, 무슨 그런 무서운 말씀을……."

울린 경이 식은땀을 흘리며 대답했다. 내가 패닉 상태라고 생각하는 것도 같았다. 하지만 나는 지금 충분히 이성적이었다. 오히려 일이 벌어지기 전이야말로 모두가 무사할 거라는 무모한 타성에 젖어 있었던 건지도 모른다.

어쩌면 나는 그동안 해야 했던, 할 수 있었던 최선의 선택을 무시해 온 건 아닐까?

내 반복된 죽음 속에서도 베인은 무사했다. 그리고 지금, 위험을 베인에게 전가하고 도망치고 있는 지금, 오히려 목숨이 위태로운 쪽은 베인이 되었다. 그의 사랑에 기생해 몇 번이고 목숨을 구하였는데 지금 그는 그 마지막 숨까지 내게 주려고 한다. 나처럼 이기적인 연인이 또 있을까?

"기다려요, 울린 경. 경비가 지나고 있어요."

나는 손을 뻗어 울린 경의 가슴을 가볍게 눌렀다. 그 말에 울린 경이 앞으로 나섰던 몸을 뒤로 물렸다. 어쩌면 2왕자의 입김이 미치지 않은 이들일지도 모르지만, 굳이 그 앞에 나서 위험을 자처할 필요는 없다.

울린 경과 나는 수풀 뒤에 기대어 숨을 죽였다. 잠시 머뭇거리던 울린 경이 위로의 말을 늘어놓았다.

"마님, 너무 걱정 마세요. 소공작님은 무사하실 겁니다."

부자연스러운 정적 속에 놓이게 되자 아이러니하게도 진정이 되기 시작했다. 나는 울린 경을 물끄러미 응시하다가 피식 웃었다.

"내가 좀 꼴사나웠죠. 알아요."

"아니, 그런 말씀이 아니라……."

"정신 차리라는 소리잖아요. 경 말이 맞아요. 지금 딴생각이나 하고 있으면 안 되겠죠."

나는 입을 다물고 곰곰이 생각에 잠겼다. 이윽고 내가 다시 말문을 떼었다.
“아마 2왕자가 성문까지 접수하진 못했을 거예요. 재판소 앞에 진을 치고 있는 2왕자군을 생각하건대, 재판소 건물 내에서만 일을 벌이려는 것 같았어요. 머릿수가 부족한 것도 있고, 이 반란의 실상을 최대한 작은 범위 내에 가두어야 하는 탓도 있겠죠.”
울린 경의 눈빛이 가라앉았다. 내 이야기에 집중하고 있는 것 같았다.
“굳이 이상하게 보일 필요는 없으니 일단은 마차를 타고 나가요. 시험을 성공리에 통과하고 가족들을 만나러 가는 상황 정도가 적당할 것 같아요.”
나는 바닥에 주저앉아 부러진 나뭇가지를 하나 집어 들었다. 그리고 바닥에 엉성한 그림을 그리기 시작했다. 엉성한 동그라미로 왕궁을 표현하고, 그 바깥으로 이어지는 선을 길게 그었다.
“그리고 궁에서 나와 어느 정도 멀어졌다 싶으면, 마차를 버리고 각각 말을 한 필씩 탈 거예요. 그대는 조르제가에, 나는 리플렉츠가에 가는 거죠. 울린 경은 조르제가의 기사단을 데리고 다시 궁으로 가줘요. 1왕자가 열세라면 좋은 원군이, 2왕자가 열세라면 후처리에 도움이 될 거예요. 저는 이 상황을 아버지께 알리고 먼저 여론을 형성할게요. 2왕자가 반란에 성공해도, 결코 왕이 될 수 없도록.”
농담이라고 생각했는지 울린 경이 웃음을 흘렸다. 애석하게도 나는 진심이다.
“이 정도 뒤끝은 있어줘야죠.”
“하지만 마님, 마님께서 사라지신 걸 알아챈 2왕자군이 뒤쫓아올지도 모릅니다. 옆에 제가 없으면…….”
“내 발로 직접 달리는 거면 몰라, 승마는 자신 있어요. 그리고 이 정도 모험도 안 하면 단신으로 나선 베인이 울어요."

"그래서 드리는 말씀입니다. 소공작님은 마님을 구하려고 그러신 것인데 마님께서 이렇게 위험한 일에 나서시면."

"누가 나를 구한다고요?"

내 날카로운 반응에 울린 경이 말을 멈췄다. 사방이 조용해서인지 그가 침을 삼키는 소리가 크게 울렸다. 나는 그의 눈을 똑바로 응시하며 말했다.

"나는 내가 구해요. 그리고 날 살리겠답시고 사지로 들어간 멍청한 남자도 내가 구할 거예요."

나는 동의를 구하듯 되물었다.

"이해했어요?"

울린 경이 홀린 듯이 황급히 고개를 끄덕였다. 나는 그의 등을 가볍게 내리쳤다.

"그럼 뛰어요."

본관과 성의 정문은 그리 멀지 않았다. 그리고 마구간은 그 경로에서 크게 벗어나지 않은 위치에 있었다. 외곽인 화원을 따라 걸었으니 이쯤에서 말의 울음소리가 들릴 때도 되었다.

본관을 벗어나며 중간에 몇몇 사용인들과 마주치긴 했으나, 다행인지 불행인지 아직 안쪽의 소란은 모르고 있는 것 같았다. 조금의 소란이 번져도 군사 훈련 탓이라 여기겠지.

울린 경이 잡아 끌어준 덕분에 다행히 뒤처지지 않을 수 있었다. 예상대로 머지않아 짚이 잔뜩 쌓여 있는 창고가 눈에 들어왔다. 저 뒤편으로 이어진 구조물에 말을 매어두었을 것이다. 오늘 방문한 귀빈들의 마차도 근처에 보관해두었겠지.

그러나 목적지를 눈앞에 두고 울린 경과 나는 제자리에 멈춰 섰다.

한 남자가 우리를 등지고서 마구간을 지키고 있었던 탓이다. 왕실기사단복을 입은 남자는 칼을 손에 단단히 틀어쥐고 있었다. 나는 눈을 가늘게 떴다.

도망을 막으려는 2왕자 측의 세력일까?

하지만 그렇다고 치기에 남자는 단신이었다. 2왕자가 뇌 없는 얼간이라고는 하나 반드시 숨을 끊어야 하는 나를 처리하는 데 고작 한 명만 보냈을 리는 없다. 반복된 실패로 조금의 신중함쯤은 얻었겠지. 그렇다면 저 남자가 누구의 편인지 분간해내야 할 터다. 상황을 모르는 이들 중 하나라면 대단히 감사한 일이고, 만약 2왕자의 수하라면 어떻게든 해치워야 한다. 나는 조용히 기억을 헤집었다.

언젠가 봤던 이던가?

평균보다 큰 체격과 단정한 자세, 그리고 금발.

무심코 입을 벌렸다. 나는 나를 제지하는 울린 경의 손을 밀어내고, 남자에게로 점점 거리를 좁혔다. 발소리를 들은 남자가 몸을 돌렸다. 그가 조용히 입을 열었다.

"오셨군요."

"당신이 왜 여기 있어요?"

내가 긴장한 목소리로 물었다. 루센은 내 물음에 조용한 미소만 떠올렸다.

손에 힘이 들어갔다. 상대가 루센임을 알아 안심하고 다가선 것은 맞지만, 일말의 불안은 가슴속에 남아 있었다. 2왕자를 위해 나를 죽였던 남자가 아직 기억 속에 있었으니까. 그러나 대답하는 루센의 음성은 평온했다.

"누군가는 퇴로를 확보하고 있어야 할 테니까요."

그가 칼 손잡이를 쥐고 있던 손에 힘을 주었다. 누구의 퇴로를 말하고 있는 걸까.

“2왕자의 휘하에 놓인 건 제2기사단입니다. 제1기사단은 아직 공터에 모여 훈련을 받는 중이고요. 그들은 제2기사단이 성벽 외곽에서 방어 훈련을 하고 있다고 생각하고 있죠.”

“당신은 어떻게 알고 왔는데요?”

“그대가 알려줬으니까요. 2왕자의 전적에 대해서.”

루센이 미간을 좁히며 말했다. 그의 입가에 웃음이 스쳤다.

“그리고 2왕자가 딱히 예상에서 벗어나는 인물은 아니죠.”

군사 훈련을 하고 있던 기사들을 끌어왔다는 말에, 2왕자가 기사들 전부를 제 세력으로 포섭한 줄 알았다. 하지만 그에게 힘을 보탠 것이 고작 반절이라면.

나는 침을 삼키며 물었다.

“제1기사단에게까진, 아직 2왕자가 세력을 뻗치지 않았다는 뜻인가요?”

“그곳엔 가문의 적자가 많죠. 그들은 아무래도 명분을 생각할 수밖에 없으니, 구색이 부족한 2왕자로선 섣불리 건드리기가 힘든 상대였을 겁니다.”

“그럼 그들에게 도움을 요청하면, 구명줄이 될 수도 있겠네요?”

루센은 대답하지 않고 대신 칼을 치켜들었다. 나는 눈을 질끈 감았다. 하지만 그의 칼은 입구를 막아두었던 사슬을 끊어내었다.

순간 자신을 적일지도 모른다고 판별한 나를, 루센은 봤을까?

“도망쳐요, 카렌.”

어지러운 머릿속을 정리하기도 전, 루센이 말했다.

“하지만……!”

나는 희게 질린 얼굴로 외쳤다.

울린 경을 안심시키려 잘난 척 늘어놓기는 했지만, 조르제가까지 갔다가 돌아오기엔 시간이 부족할지도 모른다. 최대한 속도를 낸다 해도 지친 병사들을 데리고 얼마만큼 힘을 발휘할 수 있을까. 하지만 궁내에서 다른 세력의 힘을 빌릴 수 있다면.

루센이 내 눈을 마주하며 말했다.

"그대가 무슨 생각을 하고 있는지 압니다. 그걸 내가 할게요."

"……당신이?"

입이 바싹 말랐다. 마구간 문을 열어젖힌 루센이 말을 끌어 내 앞으로 데려왔다. 참으로 오랜만에 내 앞에 서, 루센은 그 시간의 간격만큼 깊은 눈으로 나를 보았다.

"오래 생각했습니다."

나는 무얼 생각했느냐고 그에게 굳이 묻지 않았다. 알 수 있었으니까.

"저는 아마 그대를 사랑하는 남자였을 때 더 행복했을 겁니다."

지금, 오래 돌아온 옛 질문의 끝에서 루센과 내가 결국 같은 결론을 내렸음을.

"고마워요."

마른 입술을 열어 겨우 감사를 전했다. 그에게서 이렇게 도움을 받게 될 줄은 몰랐다. 그와 나 사이는 어지럽게 얽혀 있었고, 그 때문에 호의도 적의도 내보이기 힘든 상대였다. 급작스러운 실연의 상처로 그가 날 미워해도 이상하지 않다고 생각했다.

나는 루센이 달라졌을 거라 생각했던가? 어쩌면 나를 죽였던 과거처럼, 일면식 없던 차가운 모습으로 돌아갈지도 모른다고. 하지만 지금의 루센은 과거 나의 멋진 연인이었던 때와 다르지 않았다.

다르다고 여겼던 건, 오히려 나였나?

나는 고삐를 받아들며 결연하게 고개를 끄덕였다.

"답례할게요. 꼭."

"제가 원하는 답례가 어떤 건지 알면, 놀라실 텐데."

루센이 장난스럽게 웃었다. 그러나 그 말에 뼈가 있어 가슴이 따끔했다. 눈치를 보던 울린 경은 넘겨받은 말을 데리고 헛간 뒤로 들어갔다. 마차를 꺼내려는 것 같았다. 나는 울린 경의 뒷모습을 잠시 응시하다가 루센 쪽으로 다시 고개를 돌렸다.

"미안해요."

그에게 용서를 빌어야 하는 일이 많았다. 고작 말만으로 그의 마음을 달랠 수는 없겠지만, 죄책감에 그마저도 내뱉지 않고서는 버틸 재간이 없었다.

내 사과에 루센이 여상하게 물었다.

"제가 그대를 죽였던 남자인데도요?"

"아뇨, 당신이 말했잖아요. 나를 사랑한 남자라고."

내가 어깨를 으쓱이며 말을 이었다.

"그거 해요. 그리고 그김에 실연의 상처를 딛고 성공한 냉미남도 해봐요."

"노력할게요."

"아니, 노력할 종류의 일은 아니고……."

나는 곤란해서 미간을 좁혔다. 농으로 던진 말인데 루센의 표정은 진지했다.

"마님, 준비됐습니다!"

너머에서 울린 경의 목소리가 들려왔다. 내가 그럼 이만 하고 걸음을 떼려는데 루센이 나를 불러 세웠다.

"마님, 입니까?"

"곧 결혼할 테니까요."

나는 태연한 대답을 돌려주었다. 틈이 비쳐 보이지 않도록.

"그러네요. 곧 유부녀가 되겠고."

"이제 매력 없는 여자가 되는 거죠."

"결혼 후에도 그대는 예쁠 겁니다."

내게 시선을 고정한 채 루센이 입을 다물었다. 이어 나온 그의 목소리는 다소 떨리고 있었다.

"아주…… 아주 아름답겠지요."

잠시 고민했다. 어떤 대답을 돌려주는 게 나을까. 그도 딱히 나와 다시 시작하고자 저런 말을 하는 건 아닐 것이다. 내 마음을 돌릴 수 없다는 걸 알 테니까. 다만 미련이겠지. 타인에게 내보이기 면구한 마음은, 못 본 척해줄 필요가 있었다.

나는 입꼬리를 당겨 루센을 향해 웃어 보였다.

"그 말은 미래의 부인에게 해주세요. 그럼 가볼게요."

울린 경이 이끌고 온 마차에 올라탔다. 문을 닫자 더는 루센이 보이지 않았다. 우습게도 안심이 되었다.

나는 등받이에 몸을 깊게 기대었다. 마부석을 향해 작게 난 창으로 울린 경이 보였다. 어디서 났는지 그는 찢긴 옷가지를 버리고 새 옷을 걸치고 있었다.

"그건 어디서 났어요?"

"누가 놓고 간 옷이 있던데요. 잠깐 빌렸습니다."

울린 경이 절도 행위를 신사적으로 꾸미며 태연하게 대답했다. 하긴 지금 찬 빵 더운 빵 가릴 처지는 아니었다. 나중에 같은 자리에 더 좋은 옷이라도 놔두면 되겠지.

"최대한 조용히 퇴궁해요."

“만약 낌새가 이상하면 말을 타고 먼저 도망치세요. 제가 시간을 벌겠습니다.”

울린 경이 진지한 투로 주의를 주었다. 나는 손등에 턱을 괴었다. 그러고는 나른한 투로 대답했다.

“싫어요.”

“예?”

울린 경이 왜 그러냐는 듯 되물었다. 나는 김빠진 얼굴로 손끝을 매만졌다.

“만약 일이 벌어지면 경의 말대로 할게요. 하지만 기분은 싫어요.”

좋아하는 사람을 하나씩 버려가는 상황이 좋을 리 없었다.

지금 베인은 무사할까?

내 투정에 울린 경은 옅게 웃어 보였다.

“마님은 윗사람의 자질은 없으신 것 같습니다.”

“누가 이런 일을 반길까요. 나 대신 죽을 사람을 고고한 눈으로 고르는 게 귀부인이라면, 나는 그거 안 할래요.”

나는 반복해서 죽어봤다. 그게 얼마나 아프고 무서운 일인지를 알았다. 때문에 누군가 나 대신 그런 끔찍한 일을 당하는 걸 두고 보고 싶지 않았다.

물론 2왕자는 예외다. 결자해지(結者解之)라, 그는 이 상황을 목숨으로 끝맺을 책임이 있었다. 죽을 각오를 한 자만이 타인을 벨 수 있는 법이다. 살인을 계책한 이상 그도 제 목에 칼이 와 박힐 수 있음을 알아야 했다.

“이것 보세요, 재능이 없으시다니까요.”

“칭찬이죠?”

“당연히도.”

막상 위험 지대를 벗어나자 궁은 소름 끼칠 만치 평안했다. 밀려드는 위화감에 풀렸던 표정을 다시금 굳혔다.

"곧 성문을 지납니다. 긴장하고 계세요."

울린 경이 주의를 주었다. 나는 허리를 꼿꼿이 세웠다. 아까 찢었던 부위는 속치마였기에, 다행히 외관으로 어떤 이상이 보이지는 않았다. 그러나 준비가 무색하게도 검문은 싱겁게 끝났다. 문지기는 나를 들여다보지도 않았다. 아무래도 나가는 마차이다 보니 들어올 때보다 검문이 허술한 것 같았다.

궁 밖으로 이어지는 긴 도로를 지나 시가지로 접어들 즈음, 마차가 멈췄다. 울린 경은 마차를 뒷골목에 세우고는 나를 불렀다.

"나오셔도 됩니다."

나는 문을 열고 마차에서 내려섰다. 차체가 단단한 게 꽤 품질이 좋아 보였다. 가져갈 사람이 누군지 몰라도 횡재했다. 울린 경은 말 한 마리를 내게 내어주고, 품 안에서 단검도 하나 꺼내었다.

"위험하면 그어버리세요."

"어디를?"

"해면체를."

"으."

상상만 해도 끔찍했다. 나는 그만 미간을 좁혔다.

"카르스의 갑옷 복식은 음경 부분을 걷어낼 수 있게 되어 있습니다. 입은 채로 볼일을 볼 수 있게요. 접합부가 고정돼 있지 않고 흔들리는데, 거길 위로 들어서 찢으시면 됩니다."

"울린 경은 잔인하네요……."

"훈련받은 무사가 아닌 이상 단번에 심장을 뚫을 수는 없어요. 검을 빼기도 힘들고."

언젠가 베인이 했던 조언과 똑같았다. 과연 그 주군에 그 기사라.

"기억해둘게요."

고개를 끄덕이며 말에 올랐다. 이제는 갈라설 시간이었다.

"무사하세요!"

먼저 출발한 내게 울린 경이 소리쳤다. 귀밑머리로 와 닿는 걱정 어린 목소리는 머리를 차분하게 해주었다.

우선 저택으로 돌아가 아버지를 찾아야 했다. 최대한 사정을 빠르게 설명하고, 상황이 1왕자에게 유리하도록 2왕자의 반란이 얼마나 극악했는지를 부풀려야 한다. 원군의 문제라면 루센과 울린 경이 해결해줄 것이다.

이를 악물고 말을 재촉했다. 급히 나왔던 통에 안장을 얹지 않아 꼬리뼈가 몹시 아렸다. 저택을 왕궁 근처에 마련해둔 것이 다행이었다. 아버지가 과시하듯 사들인 값비싼 사저가 오늘만큼은 몹시 감사했다.

리플렉츠가 저택 앞에 다다라, 나는 말에서 내리지 않은 채 문지기를 재촉했다. 말에 올라탄 채 실내로 뛰어 들어온 나를 보고 지나가던 하녀가 자지러졌다.

"꺄악!"

"아버지는 어디 계셔?"

"아…… 아마 집무실에……."

하녀 아이가 몸을 달달 떨며 대답했다.

"확실해?"

"네. 아가씨, 무슨. 오늘 분명 마지막 시험이라고……!"

뒤늦게 정신을 차린 듯 몸을 일으킨 하녀가 다급히 물어왔다.

하지만 마주치는 모두에게 친절하게 상황 설명을 할 짬은 없었다.

"나중에!"

말에서 내려 계단을 뛰어올랐다. 어머니가 본다면 교양 없다며 나무랄지도 모르겠지만, 이런 때에 속도를 내지 못하면 그만큼 쓸모없는 다리도 없으리라.

노크할 정신도 없이 문을 열어젖혔다. 안경을 쓰고 무언가를 끼적이던 아버지가 놀라 고개를 들었다. 나를 발견하고 나서 그 눈은 더 이상 커질 수도 없을 만치 크게 벌어졌다.

"카타리나? 왜 여기……."

"2왕자가 일을 쳤어요."

"뭐?"

"2왕자가 반란을 획책했어요. 기자를 대동해요. 친분이 있던 가문 사람들을 불러 모으세요. 누구보다 빨리 이 사실을 전해야 해요. 그리고 베인, 베인이 아직 궁 안에 있어요. 그를 구해야 해요."

나는 헐떡이며 다급히 말했다.

2왕자는 일을 끝마친 뒤 명분을 꾸며낼 생각일 터다. 죽은 자는 말이 없으니까. 그전에 선수를 쳐야 했다.

"빨리요!"

내 재촉에 아버지가 허둥지둥 몸을 일으켰다. 상황이 다급하다는 걸 느꼈던지 아버지도 나만큼이나 빠른 속도로 달려 나갔다. 내 안에서 어떤 파도가 쓸려나가기라도 한 것처럼, 몸에서 힘이 빠졌다. 그대로 바닥에 주저앉았다. 뒤늦게 몸이 떨리기 시작했다.

양팔을 교차해 스스로를 감싸는데, 어깨 위로 무언가 부드러운 것이 와 닿았다. 담요와 익숙한 손이었다.

"괜찮으세요, 아가씨?"

놀란 얼굴의 레이가 눈앞에 서 있었다. 세 번의 시험을 치르는 동안 보지 못했던 내 오랜 사용인이자 친구.

긴장이 풀린 듯 눈에서 굵은 눈물이 뚝 떨어졌다.

"베인이 아직 왕궁 안에 있어."

나는 내가 무슨 말을 하고 있는지도 모른 채, 아버지에게 했던 말을 다시금 반복했다. 목소리가 흔들리고 있었다.

레이가 당황하여 내 앞에 무릎을 굽히고 앉았다. 나는 나와 시선을 맞추는 그녀의 팔을 붙잡고서 울먹이며 물었다.

"죽으면 어떡하지? 나를 살리려다 저 사람이 죽어버리면 어떡해?"

다리에 힘이 풀려 몸을 일으킬 수가 없었다.

"응? 나 어떡해, 레이……?"

1왕자가 지더라도 베인이 살았으면 좋겠다. 베인을 죽여 얻을 승리라면, 차라리 졌으면 좋겠다.

레이는 영문 모를 얼굴을 했다. 반란 소식을 전해 들은 것은 방금 밖으로 나간 아버지뿐이었으니까. 레이는 무슨 일이 있었는지 묻는 대신 나를 끌어안았다.

"괜찮을 거예요, 아가씨. 괜찮아요."

안 괜찮을지도 몰라. 그게 너무 무서워. 무서워서 견딜 수가 없어.

레이가 나를 다독이며 반복해 말했다.

"괜찮을 거예요……."

나쁜 생각이 밀려드는 걸 걷잡을 수 없었다.

떨림이 진정되지 않자 레이는 결국 내 몸을 잡아 일으켰다.

"일단 방으로 돌아가요. 따듯한 차를 마시면 좀 진정되실 거예요."

"응……."

힘겹게 일어섰다. 발끝이 중심을 잡지 못하고 휘청거렸다. 레이는 그런 나를 부축해 방으로 데려갔다. 참으로 오랜만에 들르는 내 방이었음에도, 잘 쓸고 닦아둔 덕분인지 떠났을 때와 별다를 바가 없었다.

어질러진 곳이 전혀 없어 생활감이 좀 부족한 정도일까.

익숙한 장소에 들고 나자 점차 눈물이 멎어들었다. 나는 손등으로 눈가를 꾹꾹 눌렀다. 너무 많이 울었기 때문인지 눈까지 저렸다. 곧 레이가 헐레벌떡 티팟을 들고 돌아왔다. 주전자에서 김이 솟아오르고 있었다.

조심스럽게 차를 따른 레이가 내게 잔을 내밀었다. 하지만 손이 도통 제자리에 있지를 아니했던 통에 잘 받아 들 수가 없었다. 불안하게 수면이 출렁였다. 결국 레이는 찻잔을 내려놓았다.

“아가씨, 혼자 있으시는 게 낫겠어요?”

“아니, 아니. 여기 같이 있어.”

“무슨 일 있었는지 말씀해주실 수 있어요?”

레이가 차근차근 나를 달랬다. 나는 잠시 망설였다. 어디부터 말해야 할까? 첫 번째 시험부터? 하지만 지금은 무언가를 잘 풀어 설명할 자신이 없었다. 쉽사리 대답하지 못하는 나를 대신해 레이가 차근차근 질문했다.

“궁에서 위협이 있었나요?”

내 행색 때문에 그녀는 무슨 일이 있었는지 대충 눈치 채고 있는 듯 보였다. 아마 지금 이 대화는 나를 진정시키기 위함일 것이다.

“응, 2왕자가…….”

말을 하려다 말고 입을 다물었다.

2왕자라는 이름을 입에 담자마자 목구멍 아래로 토기가 치민 탓이었다. 구역질나는 비겁한 남자. 정말 그렇게까지 왕이 되고 싶었나. 잇새로 험악한 욕이 새었다.

결국 레이는 내게 대답을 듣는 걸 포기하고 담요만 여며주었다.

“배는 안 고프세요? 식사라도 들일까요?”

"아니. 나…… 베인에게 가고 싶어."

내가 무의식적으로 대답했다. 하지만 지금 심정과 가장 맞닿아 있는 대답이기도 했다. 베인에게 가고 싶었다. 만약 그가 위험하다면, 마지막이라도 함께해주고 싶었다.

무엇이든 다 해줄 것 같던 레이가 이번만은 표정을 굳혔다.

"위험해요, 아가씨."

"하지만."

"방에서 기다리고 계시면 제가 소식을 알아 올게요. 단신으로 가서 어쩔 셈이세요?"

"피오니도 두고 왔어."

그 말에 레이가 잠시 멈칫했다. 그러더니 이내 시치미를 뚝 떼며 입을 열었다.

"그래도 안 돼요."

"걱정되지 않아?"

"걱정돼요. 말하자면 저를 대신해서 갔던 여자니까. 하지만 저한텐 아가씨가 더 중요해요."

트레이를 치우던 레이가 주먹을 꽉 쥐었다. 깨물렸던 입술이 벌어지고, 그녀가 다시 말을 이었다.

"무사할 거예요. 자기 받아먹을 건 귀신같이 찾아 먹는 여자잖아요. 사막에 데려가도 살아남을걸요."

그건 나에게 하는 말이라기보다는 스스로에게 하는 다짐처럼 들렸다. 시험을 위해서 피오니와 합의한 사항이라고는 하나, 어쨌든 지금으로선 그녀가 레이 대신 사지에 있는 셈이다. 그 사실을 알고도 아무렇지 않을 리는 없다. 나는 레이를 더 곤란하게 하지는 않기로 했다.

"그럼 공작저로 데려다줘."

레이가 눈을 동그랗게 떴다.

"공작저요?"

"조르제가로 가야겠어. 거기서 그를 기다릴 거야."

전투가 끝나면 그는 우선 제 사저에 들를 것이다. 공작가에 들렀다 내게 올 잠깐의 시간도 견딜 수 없었다.

"알겠어요. 마차랑 호위를 준비시킬게요."

이것까지 막을 필요는 없다 여겼는지 레이가 고개를 끄덕였다. 나는 문을 나서는 레이를 잠시 쳐다보다가, 어깨를 감쌌던 담요를 내려두었다.

목적지를 정하자 그제야 몸이 진정되기 시작했다. 이렇게 떨고만 있을 필요는 없었다. 그는 무사할 거다. 무사할 거라고 믿어야 했다. 나쁜 생각만 하는 건 나를 위해 위험을 무릅쓴 베인에 대한 예의가 아닐 테니까.

레이의 행동은 날쌨고, 나는 머지않아 마차 안에 있었다. 위험하다며 굳이 따라온 레이도 건너편에 앉아 있었다.

어느새 날이 저물어 있었다. 나는 붉게 물든 하늘을 나쁜 징조로 받아들이지 않으려 애썼다. 아직 반란 소식이 번지지 않은 시내는 평소처럼 평화로웠다. 무소식이 희소식이라고 했다. 2왕자의 군이 순조롭게 진압되고 있다고 보아도 될까?

"지금 무슨 생각 하세요?"

레이가 창 밖만 쳐다보는 나에게 물었다. 내가 담담하게 대답했다.

"2왕자를 따르는 왕실기사단은 무슨 생각이었을까 하는 거."

왕실기사단…… 하고 가볍게 입속으로 읊조리던 레이가 고개를 들어 물었다. 어쩐지 피부가 희게 질려 있었다.

"혹 루센 경도 그 안에……."

루센 역시 왕실 기사단 소속이었다. 2왕자에게 세력을 보탠 건 제2 기사단뿐이라는 말을 전하지 않아 오해가 생긴 듯싶었다.

나는 고개를 저었다. 그리고 멍하니 입을 열어 말했다.

"아니, 그는…… 그는 나를 도와줬어."

루센은 나를 도왔다. 제 사랑을 증명하는 숭고한 의식처럼.

"내가 도망칠 수 있게 말을 내준 게 그 남자였거든."

"어머."

레이가 입을 가렸다. 그녀의 감탄사에 어떤 의미가 숨어 있는지 알 것 같았다. 아마 나와 그리 다르지 않은 감상이겠지.

"베인 경은요?"

"베인은 아마 재판소 안에 있을 거야. 나보고 몸을 피하라면서 퇴로를 만들어줬어. 대신 자기가 미끼가 돼서."

말을 마치고는 시선을 내려 바닥을 보았다. 내 자신이 참으로 못나게 느껴진 탓이었다. 루센과 베인의 도움으로 겨우 목숨을 보전하고 도망쳤다.

목숨의 가치에 차등이 없다면, 오히려 그렇기에 나 하나가 아닌 두 사람을 살리는 게 낫지 않았을까? 그들이 나 대신 굳이 위험을 무릅쓸 필요 없이.

"아가씨, 도착했어요."

레이가 창 밖을 내다보며 말했다. 나는 일어서려는 그녀에게 손을 뻗었다.

"여기서 기다리고 있어. 안엔 나 혼자 들어갈게."

레이가 알았다는 듯 고개를 끄덕였다. 나는 조용히 마차에서 내려섰다. 공작저의 내부는 한산했다. 울린 경이 기사단을 데리고 왕궁으로 향한 탓일까.

용케 나를 알아본 하인 하나가 길을 안내하겠다고 나섰지만, 나는 그를 물리고 기억을 더듬었다. 응접실로 가는 길이 어느 쪽이었더라. 잠시 고민했지만 몇 번이고 겹친 기억 덕에 도면은 싱겁게 떠올랐다.

응접실 문을 열자 곧장 테이블 너머의 벽면이 눈에 들어왔다. 나는 그 위에 걸린 괘종시계를 빤히 응시했다.

회귀 후 처음으로 공작가를 방문했을 때, 나는 이상하게 저 물건이 눈에 익다 여겼다. 지금 생각해보면 오히려 모르는 것이 이상한 일인데도 불구하고.

"어떻게 견뎠어요?"

이곳에 없는 사람에게 물었다. 베인은 내가 죽은 후의 시간을 어떻게 견뎌냈었나. 고작 가정뿐인데도 지금 내 마음은 이렇게 아려오는데 말이다.

"나를 다시 만났을 땐…… 어떻게 참았어요?"

만약 내가 베인이었다면, 다시 나를 만난 순간 품 안에 끌어안지 않고서는 배겨내지 못했을 것이다. 그보다 꿈같은 순간이 또 없었을 테니까.

괘종시계를 향해 팔을 뻗었다. 앞을 가로막은 유리를 누르자 덮개가 가볍게 열렸다. 나는 손을 들어 시침을 천천히 뒤로 돌렸다. 그렇게 하면 베인이 돌아오기라도 할 것 같다는 듯.

그러나 그런다 한들 기적이 일어날 리는 없다. 어제나 일주일 전쯤으로 돌아가, 모두가 무사하게 일을 꾸미는 것은 불가능했다. 피오니의 생사가 불명해진 지금에 와선 다음 기회의 유무조차 알 수 없고 말이었다. 처음엔 시간을 돌아온 걸 그리도 불행히 여겼었는데.

무심코 웃음을 터트렸다가, 그대로 입을 다물었다. 만약 베인이 오지 않는다면, 영영 내게 오지 않는다면. 멎었다 생각했던 눈물이 다시금 고였다. 금세 볼 언저리가 축축해졌다.

“나쁜 생각 하면 안 되는데.”

나는 힘없이 중얼거렸다.

최대한 긍정적으로 생각해야 했다. 베인이 돌아와 내 앞에 섰을 때 환히 웃어줄 수 있도록.

“당신 정말 어떻게 견딘 거야. 이건 너무…… 너무 힘들잖아.”

입술을 깨물며 옷깃으로 눈물을 닦았다. 너울거리는 마음을 여미기 위해 노력했다. 그가 응접실로 올 리는 없으니 미리 집무실 쪽으로 가볼까. 그의 흔적이 남은 그곳으로 가면 마음이 안정될지도 모른다.

그러나 나는 발을 돌림과 동시에 멈춰 서고 말았다.

“견딜 수가 없었습니다.”

너무나 기다리던 인물이 눈앞에 있었으므로.

“그래서 타인을 제물 삼는 무정한 짓까지 하지 않았습니까. 오직 당신을 돌려받기 위해.”

다시 왈칵 눈물이 쏟아졌다. 눈앞이 흐려 시야가 분명하지 않았다.

“당신이에요?”

나는 떨리는 목소리로 물었다.

혹 내가 환상을 본 건 아닐까. 나는 눈가를 닦아내고는 다시 베인을 천천히 살폈다.

그는 피에 젖어 있었고 안색 역시 그리 좋지 못했지만, 그럼에도 실존하여 내 앞에 있었다.

“맞습니다.”

“정말, 내가 꿈을 꾸고 있는 게 아니고요?”

“꿈이라면 조금 더 멋진 모습으로 나타나지 않았을까요.”

그가 정장의 단추를 끄르며 난처하게 웃었다. 나는 더 이상 참지 못하고 그에게로 달려갔다. 그의 목에 매달리듯 안겼다.

"옷이 더러워집니다."

"지금 그걸 신경 쓸 때예요? 당신이, 당신이 지금……."

그를 다시 만나면 웃어주려고 했는데, 정작 밖으로 나온 건 그치지 않는 울음이었다.

"당신을 버리고 살면 내가 행복할 줄 알았어요?"

"제게 그대보다 중한 것은 없습니다."

"나는 그 마음과 다르다 여기나요?"

"그럼에도 양보할 수 없었습니다."

그가 내 허리를 안아 제게로 당겼다.

"무서웠어요."

나는 울먹이며 말했다

"당신이 없는 게 무서워서, 꼭 무너질 것 같았어요."

발밑이 푹 꺼져 어디로도 쉽사리 걸음을 옮길 수 없었다. 그가 죽었을지도 모른다는 생각만으로도 숨이 막혔다. 그가 정말 이겼는지, 2왕자는 죽었는지 혹은 1왕자가 살았는지, 울린 경이 데리고 간 원군은 도움이 되었는지.

그 모든 것이 하나도 궁금하지 않았다. 마음이 벅차 다른 질문이 입 밖으로 나오지 않았다.

베인이 내 곁에 있다는 사실만으로도.

"저는 여기 있습니다."

"현실감이 없어요."

"이렇게 당신 앞에 살아 숨 쉬고 있지 않습니까."

"저는 방금 전까지도 당신과의 포옹을 많이, 아주 많이 상상했어요."

이건 언젠가 했던 대화의 반복이다.

내가 사라질까 불안해했던 남자를 내가 안심시켜주었던 것처럼, 이제는 그가 내게 안정을 돌려줄 차례였다.

베인이 손을 뻗어 내 머리칼을 다정히 쓸어 넘겼다.

그가 물었다.

"어떻게 해야 안심이 될까요."

"……."

"키스할까요?"

나는 아스라이 눈을 감았다. 허락을 대신하여.

콧잔등에 그림자가 내려앉고, 이내 부드러운 입술이 내려앉았다. 나는 애달프게 그를 끌어안았다. 손을 놓으면 그가 꼭 사라질 것만 같았다.

천천히 입술이 떨어졌다. 그가 내 뺨을 가볍게 쓸었다. 눈물이 닦여 나가며 시야가 맑아졌다.

문득 이 말을 참을 수 없었다.

"사랑해요."

베인은 부드러운 미소를 지어 보였다.

"놀랍군요. 저도 그러한데."

말을 마친 남자가 나를 끌어안았다. 내가 그를 붙잡은 채 놓지 않은 것처럼, 그는 내 등을 끊임없이 쓸어주었다. 출혈 때문인지 허리에 감긴 손은 미지근했다. 하지만 나는 그의 심장 뛰는 소리를 선연히 들었다. 뜨거운 박동이었다.

나를 살리기 위해 태양을 거스른 남자에게, 나 역시 진심을 전했다.

"나를 찾아줘서 고마워요."

Epilogue

2왕자의 몰락은 생각보다 시시했다. 그가 저질러온 악행들을 생각하면 도무지 수지가 맞지 않을 정도로.

루센과 울린 경이 각각 데리고 갔던 제1기사단과 조르제가의 기사단은 착실히 적을 베었고, 더 이상 원군을 끌어올 수 없었던 2왕자군은 자멸했다. 다만 2왕자의 마지막 숨을 끊은 인물은 다소 의외였는데, 그게 1왕자도 베인도 아닌 루센이었던 탓이다.

나는 그에게 특별히 다른 신념이 없다는 걸 알았다. 아마 2왕자를 처단한 건 나를 위해서였을 것이다. 그 헌신에 어떻게 보상을 해야 할지 알 수 없었고, 그런 내 심정을 알기라도 하듯이 루센은 나를 찾지 않았다.

아꼈던 아들의 배신으로 충격을 받은 왕은 몰테 자작부인을 유폐시켰다. 같이 일을 꾸민 건 몰테 자작부인도 마찬가지였을 텐데, 차마 사랑하는 연인에게 사형 선고는 내릴 수 없었던 모양이었다.

사랑에는 여러 형태가 있다고들 한다. 그리고 왕의 사랑은 영 이해할 수 없는 종류의 것이었다. 한 나라의 왕쯤 되는 인물이 눈이 멀면 이렇게나 답이 없다.

1왕자는 결국 왕세자 자리에 올랐다. 책봉식에 참석한 나를 보고 1왕자는 이렇게 말했다.

"아주 꽁지가 빠져라 도망치더군."

"……."

2왕자랑 같이 죽어버리지 왜 살았냐, 진짜.

"어째 더 재수 없어진 것 같아요."

피오니가 내 귀에 소곤거렸다. 조용히 벌인 작전이니만큼 반군의 규모가 그리 크지 않았기에 방에 틀어박혀 있던 그녀는 살았다. 무슨 소리인가 싶어 방 밖을 살피던 몇몇 이들의 목이 날아간 걸 생각하면 현명한 행동이었다.

나는 뭐라도 주워 먹고 있으라며 그녀를 물렸다. 피오니는 신나서 내 옆을 떠나갔다.

"설마 저하께서 레이디를 방패로 삼는 무정한 짓을 하셨으려고요."

내가 호호 웃으며 말했다. 1왕자는 시니컬한 대답을 돌려주었다.

"죽으면 기사도가 다 무슨 소용이지?"

그건 그런데 당신쯤 되는 인물이 그런 말을 하면 안 되지. 눈을 가늘게 뜨는 나를 보고 1왕자는 고개를 까딱였다.

"농담일세. 사실 잘 피했어. 방해나 안 되었으니 망정이지."

왕자쯤 되지 않으면 할 수 없는 농담이었다. 아랫사람들이 죽어나는 농담이기도 하고. 다행인지 불행인지 '2왕자 타도'로 한참 부대꼈더니 저 말투에도 좀 익숙해져가는 것 같았다.

"왕세자빈은 언제 들이실 생각이세요?"

"슬슬 사람을 추려봐야겠지. 참, 선 보여준다더니."

"가슴 크고 얼굴 예쁜 여자가 그렇게 안 많더라고요. 그냥 그거 취소할게요."

많은 가문이 2왕자의 세력으로 몰려 축출되고 나자 더욱이 뽑을 인물이 없었다. 나는 심드렁히 대답하고는, 이어 질문했다.

"왜 선왕을 베지 않으셨어요?"

웃음기를 띠고 있던 1왕자의 표정이 굳었다. 그가 목소리를 낮추며 물었다.

"무슨 소리지?"

"난리통이었잖아요. 2왕자가 다 베어버리라고 소리치기도 했고. 2왕자가 한 짓이라 꾸밀 수도 있었을 거예요."

"그리고 번거롭게 왕세자가 되는 대신 바로 왕좌를 가질 수도 있었다?"

"틀리지는 않습니다."

왕이 1왕자를 사랑했다면 전과 같은 행동을 했을 리 없다.

아픈 손가락을 위해 덜 아픈 손가락을 사지로 밀어 넣는 부모가 어디 있나. 상대가 나를 자식으로 생각지 않는다면, 나 역시 부모로 대접해줄 필요는 없었다. 나라면 상황에 승기가 설 즈음 가장 먼저 왕을 베었을 것이다.

왕이 살아 있기 때문에 몰테 자작부인 역시 처형당하지 않았다. 1왕자의 입장에선 화근을 남겨둔 셈이었다.

1왕자는 나를 잠시 빤히 쳐다보았다. 이어 그가 입꼬리를 당기며 대답했다.

"그럼 나도 제핀과 다를 바가 없지 않겠나."

1왕자는 생각보다 좋은 왕이 될지도 모르겠다. 함께할수록 알테가 그에 대해 성군이니 말했던 칭찬들이 점점 못 미더웠었는데, 당분간은 걱정을 접어둬도 될까.

"베인, 조심하게. 자네 부인 될 사람은 무서운 여자야."

1왕자가 어느샌가 다가온 베인의 어깨를 두드리며 충고했다. 나는 눈을 부리부리하게 떴다.

비겁한 인간, 나한테 청혼했던 것도 주군 관계를 생각해 일부러 말

안 했더니!

"그게 그녀의 매력입니다."

베인이 부드럽게 웃으며 내 허리를 끌어안았다. 이마에 입을 맞추는 행동이 몹시 조심스러웠다. 깨질 것 같은 유리를 대하기라도 하듯이. 베인이 내 머리칼을 쓸어 넘기며 다정하게 물었다.

"슬슬 빠져나갈까요?"

"파티는 이제 시작인데?"

1왕자가 다소 놀란 얼굴로 물었다. 이제 막 식이 끝난 참인데 사저로 돌아간다고 하니 당황한 듯했다. 베인이 그런 1왕자 쪽을 돌아보았다. 1왕자의 표정이 시시각각으로 변해갔다.

"아? 아, 음. 호오, 그렇군."

대체 서로 무슨 교감을 하고 있는 거지?

설마 지금이 오랫동안 갈고닦아왔던 브로맨스 레이더를 세워야 할 때인가?

나는 의심 어린 눈초리로 베인의 뒤통수를 쳐다보았다. 하지만 애정이 담긴 그의 눈길이 돌아오자 그조차도 허물어졌다.

"갑시다, 카렌."

엉겁결에 그를 따라 발을 떼었다. 나는 잠시 후에야 겨우 정신을 차리고는 물었다.

"왜 이렇게 일찍 돌아가는 거예요?"

"그건……."

말이 멎음과 동시에 그가 제자리에 멈춰 섰다. 나는 그를 의아하게 쳐다보다가 곧 주변을 돌아보았다. 밖으로 나가는 줄 알았는데, 막상 우리는 연회장에서 얼마 떨어지지 않은 화원의 정중앙에 있었다.

분수대에서 물이 졸졸 흐르고, 주변은 온갖 만발한 꽃들이 감싼 그림 같은 장소에.

"여기는 왜 왔어요?"

연회 도중에 빠져나온 연인들끼리의 은밀한 회동이라…….

헉, 설마 야외 플레이라도 하려는 작정인가? 우리가 오랜 연인이라고는 하지만, 그래도 아직 결혼도 안 한 사이인데…….

내 표정이 수상했는지 베인이 곤란한 표정을 지었다.

"이상한 생각은 마시고요."

"이상한 생각이라니요, 제가 언제……."

"표정에 다 나와 있습니다."

내 연인은 쓸데없이 눈치가 빨랐다. 좀 모른 척 넘어가주면 안 되나. 이러니 나만 몸이 단 것 같지 않은가.

"그래서 왜 왔는데요?"

내가 새치름한 목소리로 물었다. 베인은 답지 않게 바로 대답하지 못하고 망설였다. 언제나 당당했던 내 연인이 왜 저러는 걸까? 도저히 짐작 가는 바가 없었다.

나는 그가 무릎을 꿇고 내 손등에 키스했을 때까지도, 그가 지금 무엇을 하려는 건지 조금도 알아차리지 못했다. 당황하여 눈만 굴리는 내 앞에서, 베인은 작은 상자를 꺼내 들었다.

"설마……."

"그 설마가 맞을 겁니다. 아마도."

담담히 대꾸한 베인이 닫혀 있던 상자를 열었다. 그가 조심스럽게 그걸 내게 내밀며 물었다.

"저와 결혼해주시겠습니까?"

양손을 들어 입을 막았다. 분명 몇 번이고 거쳐온 청혼임에도 불구하고, 떨림은 처음보다 더하면 더했지 못하지 않았다. 하도 꿈꿔왔던 일이라 현실이 된 지금도 꼭 꿈만 같았다.

"생각도 못했어요."

"반군을 물리친 이후부터, 전 항상 이 생각뿐이었는데요."

베인이 쓰게 웃었다. 그러고는 고개를 들어 나와 눈을 맞췄다.

"대답은?"

"알고 있잖아요?"

"그래도 말해주세요."

"좋아요. 몇 번이고 좋아요."

감격에 못 이겨 그를 끌어안았다. 베인은 아직 무릎을 꿇고 있어, 내 치맛자락 역시 바닥에 닿아 더럽혀졌다. 하지만 고작 그런 일에 신경 쓸 재간이 있을 리 없다.

울먹이는 내 손을 잡고, 베인이 조심스럽게 반지를 끼워주었다. 기억과 같은 물건이었다. 그러니까 말하자면, 가운데에 큰 다이아몬드가 있고 그 둘레를 푸른 사파이어 알갱이들이 감싼.

내가 반짝이는 보석을 들여다보며 중얼거렸다.

"나 이거, 저번 생에서도 꼈었는데."

베인의 눈썹이 불만스럽게 들렸다.

"그때는 잊어요."

"질투해요?"

"그러지 않을 남자가 있을까요."

"나를 다른 남자에게 보낸 건 당신이었으면서."

내 핀잔에 아랑곳 않고 그가 내 뺨을 쓰다듬었다. 그의 얼굴이 천천히 내게로 기울어져, 곧 입술이 맞닿았다. 나는 눈을 감고 그의 목에 매달렸다. 등허리를 쓰는 손가락이 선연했다. 바깥이 아니었다면 곧장 옷감 안으로 파고들었을 만치 노골적인 욕망이었다.

서로의 몸을 보듬는 행위는 이전의 감각을 일깨웠다. 어쩌면 몇 번이고 지새웠던 열락의 밤까지도. 긴 손가락이 가슴께의 봉우리를 감쌌다. 힘 있게 쥐어오는 감각이 짜릿했다.

"아……."

나도 모르게 신음했다. 나는 눈을 번쩍 떴다.

"지금 뭐하는 거예요?"

아무리 분위기를 탔다고는 해도 지금은 야외였다. 지나가다가 누가 보면 답도 없다.

"……사실 이미 나갔던 진도인데……."

베인이 곤란한 얼굴로 대답했다. 나는 미간을 좁히며 정색하다 말고 크게 웃음을 터트렸다. 이런 일로 눈치를 보는 남자가 몹시 귀엽게 느껴진 탓이었다.

나는 만족스러운 눈으로 베인이 준 반지를 들여다보았다.

"세 번째 프러포즈네요."

"미리 눈치채지 않으셨습니까."

"전혀요. 그도 그럴 것이 세 번째니까요."

이대로 그냥 자연스럽게 혼인까지 도달하리라 여겼다. 벌써 양가에서 혼담이 오가고 있는 입장이니 더더욱.

그가 결혼반지를 낀 내 왼손을 제게로 끌어왔다. 그의 손이 조심스럽게 그 위를 덮었다.

그가 말했다.

"그동안은 다 잊고, 전부 다 잊고……."

베인이 잠시 입을 다물었다. 그가 눈을 감으며 내 손등에 이마를 대었다. 힘들었던 기억에 대한 송별식이라도 치르는 것처럼.

"행복해집시다. 같이."

여러 번 생각했지만, 단순히 프러포즈를 받는 문제면 몰라도 결혼 자체는 도저히 반복해서 할 게 아닌 것 같다. 예단을 준비한다거나 식순을 살핀다거나 하는 복잡한 문제를 말하는 게 아니다. 공복에 입는 드레스만으로도 나는 충분히 고통스러웠다.

내가 배를 부여잡으며 신음했다.

"배고파."

"너도 참 꾸준히 답 없다."

옆에 앉은 로제가 부지런히 쿠키를 집어 먹으며 대꾸했다. 나 먹으라고 간단히 가져다놓은 다과인데 다른 사람들만 덕을 보고 있었다. 한계까지 졸라놓은 코르셋 덕에 정작 나는 물 한 모금만 마셔도 토할지도 모른다.

괴로워하는 나를 보던 로제가 혀를 찼다.

"그러니까 진작 다이어트하라고 했잖아."

"피로연 음식 준비하는 게 너무 즐거웠어."

내가 음울하게 중얼거렸다.

"그래서 새신부의 신분을 잊고 신나서 퍼먹었구만?"

"그때 너도 같이 먹었잖아!"

나는 이글거리는 눈으로 로제를 노려보았다.

로제는 새신부로서의 자세에 관해 나를 비난할 자격이 없다. 로제와 알테의 결혼식 역시 머지않은 참이었으니까. 둘은 내 혼인으로부터 고작 한 달 정도의 간격을 두고 날을 잡았다.

로제는 내 열렬한 시선에 가볍게 어깨를 으쓱였다.

“난 먹고 다 토했어.”

“…….”

저게 잘한 건가?

너무 당당해서 박수까지 쳐줄 뻔했다. 나는 두 손을 모으다 말고 정신을 차렸다. 지끈한 통증이 다시 허리를 감싼 탓이다.

이번 결혼식을 위해 나는 이번에도 ‘도성 최고의 재봉사’를 저택에 불러들였다. 재봉사는 지난번 주문의 뒤끝으로 방문을 꺼리는 듯했으나, ‘좋은 말로 할 때 와라.’라는 비신사적인 권유에 겨우 후작저로 걸음 했다.

나는 벌벌 떠는 재봉사를 앞에 두고 열과 성을 다해 웨딩드레스를 주문했다.

「느낌적인 느낌으로.」

「다시.」

「아니, 다른 거.」

「그거 말고 조금 더 어두운 거.」

「다채로우면서 간소한 것 말이야. 내 말뜻 모르겠어?」

「장식이 많으면서도 정돈된 느낌이 났으면 좋겠는데. 쨍하면서도 칙칙한, 무채색이 아니지만 단정한…….」

「느낌적인 느낌으로, 드레스인 듯 드레스 아닌 드레스 같은. 내 말 무슨 뜻인지 알지?」

「하……. 당신 한두 번 일해본 거 아니잖아. 이렇게 고객의 니즈를 맞추지 못해서야 되겠어?!」

드레스가 완성되던 날 재봉사는 실신했다. 그러고는 가게 문을 걸어 잠그고 은둔에 들어갔다. 우수 고객이었던 나로서는 왜 그런지 모를 일이었다. 결혼식이 끝나면 위문품이라도 보내야겠군. 그리고 신혼 때 입을 슬립을 몇 가지 주문하는 것도 괜찮을 것 같았다.

"근데 드레스 정말 예쁘다."

"다들 그러더라."

"베인 경은 뭐래?"

"아직 안 보여줬어. 놀래주려고."

내가 뿌듯하게 말했다. 이전 결혼식에서 입었던 드레스와도 또 다른 것이었다. 꽤 괜찮은 이벤트 같아 보였는지 로제도 드레스 깜짝 공개를 진지하게 고민하기 시작했다.

"근데 그 티아라 어디서 맞춘 거야?"

"이거?"

로제의 물음에 내가 머리 위를 가리켰다. 빈틈없이 틀어 올린 머리 위엔 은빛의 티아라가 빛나고 있었다. 섬세한 장식 때문에 언뜻 봐도 값이 꽤 나가 보였다. 나야 몇 번이고 써본 물건이라 이젠 익숙하지만 말이다.

나는 자랑하듯 로제에게 이마를 들이댔다.

"맞추긴, 어머니가 물려준 유서 깊은 물건이야. 받고 나중에 딸이나 며느리한테 주라던데."

"아가씨, 그러다 머리 장식 다 빠져요."

레이가 치마 주름을 펴며 심드렁히 주의의 말을 남겼다. 확실히 다 고정해놓은 게 아니라 위태위태하긴 했다. 나는 얌전히 머리를 다시 바로 세웠다.

"그래도 설마 이 정도에 빠지려고."

"아직 고정해둔 게 아니라……."

레이가 말을 멈추었다. 도중에 은빛 물체가 바닥과 헤딩한 탓이다. 그리고 어쩐지 내 머리 위가 허전해졌다.

"아가씨……?"

"지금…… 저게…… 내 머리에서 떨어진 건가?"

"네……. 그리고…… 저 커다란 알은 아가씨 머리에서 떨어진 티아라에서 떨어진 거 같네요."

레이가 떨리는 손으로 티아라 중앙에 박힌, 아니, 박혀 있던 다이아몬드 알을 집어 들었다. 장식의 중심을 잃은 티아라는 상당히 빈티 나 보였다. 알이 떨어져 나간 지저분한 접합부 주위 탓에 더더욱 그러했다.

"신부 입장 준비하세요!"

바깥에서 나를 부르는 소리가 들렸다. 그제야 우리는 퍼뜩 정신을 차렸다.

레이는 접착제를 찾아 방을 뒤지기 시작했고 로제는 모른 척 눈을 감았으며 나는 구두를 벗었다. 저 다이아몬드를 본래 자리에 박아 넣기 위해서다. 나는 깊은 고민 없이 구두를 휘둘렀다. 조금만 더 생각할 여유가 있었다면 그런 멍청한 짓은 하지 않았을 텐데.

이윽고 내가 모든 걸 포기한 인자한 웃음을 지으며 말했다.

"구도 굽도 나갔네."

최강의 강도를 자랑하는 대왕 다이아몬드가 휘황찬란하게 반짝였다. 그 처참하게 아름다운 광경에 레이가 질끈 눈을 감았다. 레이에게 몹시 미안해졌다. 기껏 정성 들여 꾸며놨더니 주인이 깽판을 치고 있었다.

레이가 이를 악물며 말했다.

"어쩔 수 없어요. 구두는 다 벗으세요."

레이는 얇은 머리끈을 가져와 보석을 친친 동여 묶었다. 무식한 해결법이었지만 자세히 보지 않는 이상 티는 안 날 것 같았다. 보석 중앙을 가로지르는 검은 선은 그럭저럭 장식의 일부로 보였다.

"내 인생은 끝까지 이런 식이야."

어쩐지 결혼식 날까지 사고 없이 잘만 흘러간다 싶었다. 액운은 당일에 터질 예정이었던 거다. 내 체념에 로제가 고개를 저으며 반박했다.

"네가 멍청한 짓거리만 안 해도 사건사고의 반은 줄어들 거란다, 친구야."

"시끄럽고. 준비해, 들러리!"

드레스 자락을 펄럭이며 일어섰다. 내 사나운 명령에 로제가 구시렁거리며 면사포를 들었다. 드레스가 길어서 맨발인 건 별로 티가 나지 않았다. 베인과 키 차이는 좀 많이 나겠지만.

대기실을 나서자마자 감격한 얼굴의 아버지가 보였다. 아버지는 나를 끌어안으려 했지만, 안 그래도 시간이 지체된 참이라 발걸음을 빨리해야 했다. 아버지는 포옹 대신 진득한 음성으로 나를 불렀다.

"내 딸……."

그러더니 슬쩍 눈가를 훔쳤다.

"으음, 그런데 티아라에 못 본 장식이 생긴 것 같구나."

"아버지도 참. 이게 요즘 도성 유행이에요."

내가 뻔뻔한 얼굴로 대답했다. 어머니 처녀 적의 기억이 되살아난 듯 아버지가 고개를 갸웃거렸다.

"으응, 그러니? 근데 예전엔 안 그랬던 것 같……."

"아버지! 입장이에요!"

내가 급히 외쳤다. 어느새 베인에게로 향하는 카펫 앞에 다다라 있었다. 아버지는 그제야 헛기침을 하며 근엄한 표정을 떠올렸다. 베인이 나를 향해 부드러운 미소를 지었다. 그 너머로 저 멀리 상석에 앉은 알테가 보였다. 그는 손수건을 물어뜯으며 악을 쓰고 있었다.

"흐흑, 내 동생은 못 줘!"

"……."

다들 저 인간 안 끌어내고 뭐하는 거지?

머리가 지끈거렸지만 행진곡은 예정대로 흘렀다. 아버지와 나란히 걸어 베인에게로 다가갔다. 내가 베인의 손을 바꿔 잡자마자 멀리서 알테가 패륜적인 발언을 했다.

"흐흐흑, 저 손은 내가 넘겨줬어야 했는데!"

나는 최대한 알테 쪽을 보지 않으려 애썼다. 덕분에 베인과 시선이 마주쳤다. 그의 눈이 이채를 띠었다.

"전보다 작아졌네요."

안 그래도 그와의 키 차이가 컸던 탓에 지난 결혼식에선 높은 굽을 신었었다. 지금은 맨발로 걷고 있으니 얼마나 차이가 날지 알 만했다. 내가 태연한 표정을 자아내며 대답했다.

"그건 레이디를 위해 노코멘트 해줘요."

"하긴, 아무래도 좋지요."

베인이 옅은 미소를 떠올렸다.

바야흐로 '고생 끝 행복 시작'의 대단원이다. 그간 조금씩은 날 서 있던 그가, 오늘은 그저 온화했다.

우리는 나란히 주례 앞에 섰다. 이번만큼은 여러 번의 결혼 경험을 알차게 써먹었는데, 바로 주례사를 가장 짧게 하는 인물을 데려다놓은 것이다. 덕분에 지루한 시간은 그리 길지 않았다. 하객들이 졸지 않을 정도로 적당히 이야기를 마친 사제가 마무리로 크게 소리쳤다.

“그럼, 키스하세요!”

남자는 주먹을 움켜쥐며 콧김까지 내뿜고 있었다. 사제가 저래도 되나?

영 찜찜했지만 맹세의 키스를 안 할 수도 없었다. 나는 살포시 눈을 감았다. 적당히 새색시처럼 보이기를 바라면서. 이어 베인의 입술이 천천히 닿았다 떨어졌다. 몇 번이고 했던 입맞춤인데도, 어쩐지 새로웠다. 가슴이 간질간질했다.

“그럼 부케 던지겠습니다. 미혼 여성분들은 이쪽으로 나와주세요!”

사회자가 단상 위로 사람들을 불러들였다. 그러나 참가율은 의외로 저조했다. 로제가 엄청난 기세로 어깨빵을 하고 있었기 때문이다. 앞으로 나섰던 영애들이 소란스럽게 수군거렸다.

“어머어머!”

“미쳤나 봐!”

“세상에, 저 어깨 좀 봐, 엄청나게 단단해!”

“어차피 자기가 받기로 해놓고 저래야 되냐, 진짜…….”

내가 심란한 어조로 중얼거렸다. 어련히 자기 쪽으로 던져줄 텐데, 로제는 내 패스 능력이 영 못 미더운 모양이었다. 나는 착잡한 표정으로 부케를 던졌다.

당연히 꽃다발을 받은 건 로제였다. 그녀는 하객들을 향해 우아하게 손을 흔들어 보였다.

“제 결혼식에도 꼭 와주세요, 여러분!”

웃음이 만개한 얼굴이 퍽 가증스러웠다. 부디 알테의 눈에서 콩깍지가 벗겨지지 않고 오래오래 잘 살았으면 하는 마음이다. 알테가 이혼의 후유증으로 피눈물을 뽑는 모습은 보고 싶지 않으니까.

“우리는 잠시 뒤로 빠질까요?”

허리에 다정한 손이 감겼다. 귓가를 어르는 낮은 음색 역시. 나는 베인에게 기대며 나른히 그를 올려다보았다.

"신랑, 신부가요?"

"피로연을 준비해야지요."

"당신 생각은 영 이상한 곳에 가 있는 것 같은데요."

"이젠 그만 참을 때도 되지 않았습니까."

그건 동의하는 바다. 나는 곰곰이 고민하다가, 이내 반색하며 고개를 들었다.

"이제 부인으로서 묻는 건데요."

"말씀하세요."

"진짜 혼자 하는 거 보여주면 안 돼요?"

베인이 거세게 헛기침을 터트렸다. 그가 이어 무어라 작게 중얼거렸지만, 워낙 목소리가 작았던 통에 알아들을 수 없었다.

내가 인상을 쓰며 "네?" 하고 되물었다. 베인은 고뇌하는 얼굴로 한참을 망설였다. 잠시 뒤, 시뻘겋게 달아오른 얼굴로 그는 짧게 대꾸했다.

"……한 번만입니다."

— fin.

작가 후기

안녕하세요 마지노선입니다. 끝까지 재밌게 봐주셨는지요?

이번 돌아와요 피앙세는 다소 무거웠던 제 지난 글들과는 다르게 귀여운 로맨스 코미디 작품이었습니다. 여타 소설의 회귀가 자기계발과 발전의 장이 되는 반면, 카타리나는 이를 불행으로 받아들이고 한참을 괴로워하지요. 약혼자를 되찾기 위해 무던히도 노력하지만, 사실은 이 산이 그 산이 아니었던…… 그런 재밌는 상황을 그려보고자 했습니다.

재작년, 전작 외전 집필과 생업으로 한참 정신없을 때가 있었습니다. 돌아와요 피앙세는 그 반대급부로 다른 누구도 아닌 제가 웃기 위해 쓴 글이었어요. 처음으로 손대본 로맨스 코미디 장르는 생소하면서도 몹시 즐거웠습니다. 기존 독자분들은 믿지 않으실 지도 모르지만, 저는 이런 로맨스 코미디도 좋아합니다. 저를 웃게 해준 작품이 과분하게도 좋은 결과를 얻고, 종이책으로까지 나오게 되어 매우 기쁜 마음이에요.

정성들여 아름답게 표지 디자인해주신 이백 님, 과분하기까지 한 일러스트 그려주신 라펫 님, 수고롭게도 제 글을 엮어 책으로 내주신

가하 편집부에도 감사 인사를 전합니다.

그동안 즐거운 사랑을 읽어주셔서 감사합니다. 저는 다른 이야기로 또 찾아뵙겠습니다.

2017년 4월

마지노선